MÁNDAME

UN ROMANCE DE JEFE-ASISTENTE DE VACACIONES

SYNERGY
LIBRO 4

MICHELLE MCCRAW

lazy dog
books

ADVERTENCIA DE CONTENIDO

Mándame es un romance picante que contiene escenas íntimas explícitas y lenguaje vulgar. Esta historia también contiene violencia y abuso de alcohol, así como violencia doméstica (no representado directamente) y falta de vivienda (no representado directamente).

Si este no es el momento adecuado para que leas una historia con estos elementos, considera saltarte este libro por ahora. Cuídate.

1

BEN

LOS PROBLEMAS LLEGARON en la forma de un par de hombros anchos.

Incluso encorvados hacia adelante, enmarcando su cabeza gacha, eran anchos y musculosos; sus bíceps apenas contenidos en una camiseta antigua y finísima de los Rolling Stones, metida por dentro de un par de vaqueros en su estrecha cintura. Su ridícula hebilla de cinturón de Austin, Texas, era tan grande como mi mano.

Cuando me juntaba con los otros asistentes administrativos en las pausas para el café, se derretían por el atractivo desenfadado y la personalidad coqueta de Jackson Jones.

Yo no. Eso se lo dejaba a mi jefe.

Espera, perdón, ¿dije eso? Como sea, yo sabía que Jackson Jones era un problema.

Se arrastró hasta mi escritorio y me clavó un par de ojos inyectados en sangre.

—¿Está?

Dios, cómo deseaba que no estuviera. O poder mentir y salvar a mi jefe del nuevo infierno al que Jackson estaba a punto de arrastrarlo.

—¿Puedo ayudarle en algo? —Me puse de pie y me alisé el suéter azul marino de lana merina. No soy un hombre alto, pero de pie, no tenía que estirar el cuello para mirar a Jackson.

Se rio entre dientes.

—No, a menos que tengas una cura milagrosa para el bicho que tumbó a mi hijo, a mi esposa y a la niñera.

—Lo siento, se me acabaron... Oh. Se supone que hoy iba a Boston.

—Sí. Sobre eso...

Hice una mueca. Mi jefe acababa de regresar de un viaje a Asia la semana anterior. No había tenido tiempo de recuperarse del *jet lag*. Y Jackson estaba a punto de pedirle que se subiera de nuevo a un avión para cruzar el país y volver a arruinarle el reloj biológico.

Pero Jackson pensaba que Cooper Fallon era Superman, que podía hacerlo todo: su propio trabajo como director de Operaciones y el trabajo de Jackson también.

No ayudaba en nada que Cooper no hiciera nada por disipar esa idea. Cuando Jackson le pedía que saltara, él preguntaba qué tan alto. Según la asistente ejecutiva que apoyaba a la junta directiva de Synergy, quien había estado allí casi desde el principio, esa había sido su dinámica desde que fundaron la empresa hacía más de una docena de años. Eran socios, pero no era nada parecido a un 50-50. Más bien un 80-20. Y a Cooper siempre le tocaba la peor parte de esa proporción.

—Entonces, ¿puedo entrar?

No me había dado cuenta de que me había puesto frente a la puerta de cristal de la oficina de Cooper, bloqueándole la entrada a su socio. Ojalá pudiera decirle que no para proteger a Cooper de Jackson y de su propio exceso de compromiso, pero Cooper no quería ser protegido de Jackson.

Aunque lo necesitaba.

Deliberadamente, bajé los hombros, que se me habían subido hasta las orejas. Me di la vuelta y toqué la puerta antes de abrirla y asomar la cabeza por la abertura.

—¿Señor Fallon?

Cuando se apartó de su monitor, la luz azul le iluminó el rostro, volviendo su piel, normalmente bronceada, de un tono pálido verdoso. Sus ojos también estaban rojos. No tanto como los de Jackson, pero se notaba que había pasado demasiado tiempo mirando hojas de cálculo. Levantó una mano hasta la unión del cuello y el hombro y se masajeó el músculo de allí. Deseé poder hacerlo por él, pero eso habría violado nuestra regla tácita de no tocarnos.

—Ben, ¿cuántas veces te he pedido que me llames Cooper?

Dejé que una comisura de mis labios se curvara.

—Aproximadamente una vez al día desde que empecé a trabajar aquí hace seis meses, señor Fallon.

—Entonces, unas ciento veinte veces. ¿Y cuántas más tengo que decírtelo antes de que me escuches?

Lo brusco de su tono podría haber asustado a cualquiera. Cooper Fallon era famoso por su impulso implacable y su mal genio. Yo sabía que nunca pasaría de las amenazas a la acción. Tal vez con un ejecutivo como Jackson, pero no con alguien de mi nivel. Lo había observado, probablemente más de lo saludable, y sabía por muchas horas de cuidadosa observación que, aunque su tono era áspero, por lo general mantenía a raya la furia que destellaba en sus ojos azules.

—Oh, sí lo escucho —dije.

Detrás de mí, Jackson se aclaró la garganta y la sonrisa se borró de mi cara.

—Jackson está aquí para verlo. ¿Tiene un minuto? —*Por favor, di que no.*

Se pasó una mano por su cabello besado por el sol y se levantó; su cuerpo de un metro noventa y tres se irguió con elegancia atlética.

—Hazlo pasar.

Contuve un suspiro y abrí la puerta por completo, entrando en la oficina, y dije con más formalidad de la necesaria:

—Puede verlo ahora.

Jackson pasó a mi lado arrastrando los pies.

—Hola, Coop.

Cooper rodeó su escritorio y le dio una palmada en el hombro a Jackson. Tenían aproximadamente la misma altura, dos magníficos especímenes físicos, pero solo uno de ellos me revolvía por dentro cada vez que estaba en su presencia.

Me quedé allí, pegado a la puerta.

—¿Les traigo algo? ¿Café? ¿Un sándwich? —¿Habría almorzado Cooper? Yo había ido a la cafetería con la asistente de Jackson, Marlee, pero no estaba seguro de si Cooper se había movido de su escritorio.

—¿Me traerías un café, por favor? —preguntó Jackson.

—Claro. ¿Qué tal un batido verde, señor Fallon? —Necesitaría los antioxidantes para mantener sus fuerzas si iba a volver a viajar.

Su mirada se posó en mí y un calor se extendió por mi piel. Pero sus palabras fueron cortantes, heladas.

—Sí, por favor. Gracias.

Y entonces, por mucho que odiara hacerlo, salí de su oficina y cerré la puerta, dejando solos a Jackson Jones y Cooper Fallon.

ME FROTÉ la sien palpitante y avancé en la fila del quiosco de café en el imponente vestíbulo de Synergy. Mi mirada subió por el hueco del ascensor de cristal hasta el sexto piso.

Si podía juzgar por la tensión alrededor de los ojos de Cooper, él estaba sufriendo su propio dolor de cabeza. No es que fuera a admitir nunca que era lo suficientemente humano como para sentir dolor. Tal vez podría pasarle un analgésico junto con el repugnante batido verde.

Los batidos: mi pequeña pero importante contribución a la empresa. Cooper bebía al menos uno al día. Era combustible rápido y eficiente para sus deberes como director de Operaciones de Synergy Analytics. Cooper mantenía Synergy en funcionamiento y, al buscarle sus batidos, yo ponía de mi parte.

Me froté la cara con la mano y miré a través del vestíbulo. ¿A quién quería engañar? No lo hacía por Synergy. Lo hacía por él.

Lo hacía por el destello en esos fríos ojos azules cuando le entregaba el vaso y decía: «Su batido, señor Fallon».

Lo hacía por el enamoramiento que revoloteó en mi estómago en el momento en que le di la mano en mi primer día de trabajo, hacía seis meses. Y a medida que habíamos trabajado juntos, a medida que había llegado a conocer al ejecutivo motivado que haría cualquier cosa por su socio y mejor amigo, que había hecho crecer la empresa a partir de un plan de negocios que escribió en un cuaderno de espiral en su dormitorio de la universidad, que apoyaba a fundaciones que ayudaban a niños en riesgo, esos revoloteos se instalaron directamente en mi corazón y nunca se fueron.

Mi hermana, Mimi, decía que yo vivía con el corazón en la mano, y que me enamoraría de cualquiera que me diera el más mínimo indicio de corresponder a mi atracción.

No era cierto.

Cooper Fallon no me había dado ningún indicio. Siempre era frío y educado. Decía: «Gracias, Ben», al final de cada día. Me había regalado una cesta de quesos cara pero impersonal por las fiestas. A veces me preguntaba por la escuela, pero probablemente tenía que hacerlo ya que la empresa pagaba mi matrícula.

Y aun así, yo devoraba esos destellos de calor cuando le entregaba sus batidos.

Una mujer tomó su café y se alejó del quiosco, y yo avancé, todavía a dos personas de llegar al frente de la fila. Revisé mi teléfono. Diez minutos desde que había dejado a Cooper solo con Jackson.

¿Por qué había intentado ahorrar tiempo bajando al quiosco? El lugar de la calle ya conocía nuestro pedido. Pero había querido mantenerme lo suficientemente cerca para rescatar a Cooper si lo necesitaba. Ja. Cooper Fallon nunca admitiría que necesitaba un rescate. O un maldito descanso de salvar al mundo. Avancé un poco más en la fila y golpeé el suelo con la punta de mi bota chukka para aliviar la energía nerviosa que me hacía querer sacudir a alguien.

Jackson, que se suponía que era el mejor amigo de Cooper, hacía esta mierda todo el maldito tiempo. Siempre había una razón por la que no podía hacer un viaje o presentar algo a la junta.

Cuando me contrataron por primera vez, Cooper lo manejaba sin problemas. Nhưng kể từ khi con của Jackson chào đời vào tháng Hai, Cooper có vẻ nhợt nhạt hơn. No solo su piel, sino todo él. Como si parte de su esencia vital hubiera sido succionada por esa máquina de *La princesa prometida*. Sus movimientos eran más pequeños. Su sonrisa —rara en el mejor de los casos— era ahora inexistente. Incluso ese famoso temperamento de los Fallon se había enfriado, como si ya nada valiera la pena para enfadarse.

Tal vez era solo algo estacional, y Cooper volvería a la vida cuando los días se hicieran más largos y brillantes en el verano. Pero tenía la sensación de que no era eso. Era cosa de Jackson Jones. Me hundí un nudillo en la sien. Maldito Jackson Jones y sus estupideces.

—Hola, Ben. —La voz del barista me devolvió a la realidad. Por fin, estaba al frente de la fila.

—Hola. —No venía al quiosco a menudo, pero supongo que el barista se había propuesto saber el nombre de todo el mundo.

—Soy Kris. —Me guiñó un ojo, y su pelo oscuro le cayó sobre un ojo.

—Ah, claro, lo sabía. Lo siento, Kris. —¿Lo sabía? —. ¿Tienen arándanos?

Kris parpadeó.

—Eh, sí, claro.

—¿Puedes añadir un puñado a un batido de kale, por favor?

—Revisé mi teléfono. Quince minutos, y ningún mensaje de socorro. Tenía que ser una buena señal—. ¿Y me puedes dar también un café solo y un latte descremado? Y un macchiato de caramelo para Marlee. Por favor.

—Entendido. —Echó café recién molido en una prensa francesa—. No vienes muy a menudo. No tan a menudo como me gustaría.

Aparté la mirada de sus manos, a las que mentalmente había estado instando a que se movieran más rápido, y la dirigí a su cara. Tenía un aire a lo Harry Styles con ese pelo alborotado y esos pómulos de infarto. Totalmente mi tipo.

Excepto que no lo era. Ya no. Mi tipo, al parecer, eran los multimillonarios de ojos azules y emocionalmente inaccesibles. Joder. Mi. Vida.

Mi teléfono vibró en mi mano.

MARLEE

Emergencia. Te necesito YA.

—Mierda, lo siento, cancela todo eso. —Le dediqué a Kris una rápida sonrisa. Las comisuras de su boca se torcieron justo antes de que yo corriera por el vestíbulo hacia la zona de los ascensores. Aporreé el botón y me giré para escanear las puertas de los ascensores detrás de mí. *Ábrete, ábrete, ábrete.* Salté sobre las puntas de los pies como si eso fuera a hacer que el ascensor llegara más rápido.

Por fin, una puerta sonó, y corrí a pararme frente a ella. El ascensor estaba lleno, y necesité cada gramo de autocontrol que tenía para no empujar a mis compañeros de trabajo y luego echarlos fuera.

Cuando la cabina finalmente se vació, me metí dentro y presioné el botón del sexto piso, y luego apreté la palma de la mano sobre el botón para cerrar la puerta. No era la primera vez que tenía que volver corriendo a mi escritorio por mi exigente jefe. Pero hoy tenía un mal presentimiento. Maldito Jackson Jones.

Observé cómo los pisos se iluminaban en la pantalla sobre la puerta y respiré hondo. Tal vez estaba siendo injusto con Jackson. A Marlee le caía bien. A todo el mundo le caía bien. Incluido Cooper. De hecho…

Me froté la mano sobre el ardor demasiado familiar en mi estómago. Necesitaba dejar de preocuparme por Cooper. Como la mayoría de las personas de las que me había enamorado, estaba fuera de mi alcance. Además, su corazón ya estaba ocupado, y cuanto antes superara mi ridículo enamoramiento, mejor.

Por fin, las puertas se abrieron en el sexto piso, y salí con el corazón en un puño.

Unas voces alzadas asaltaron la calma habitual del piso ejecutivo. Venían de la oficina de Cooper. Una multitud de personas se arremolinaba cerca de la puerta.

Marlee se acercó a mí trotando sobre sus tacones de aguja rosas. Retorciéndose las manos, susurró:

—¡Santo cielo, Ben! Están discutiendo. O sea, gritándose de verdad, y no respondieron cuando llamé. Tienes que entrar y hacer que paren. Todo el mundo está mirando.

—¿Está Weston ahí dentro? —El director general era el archienemigo de Jackson, y ninguno de los dos se andaba con rodeos cuando no estaban de acuerdo.

—No, solo Jackson y Cooper. Pero estoy segura de que alguien se lo dirá a Weston.

La tensión en mi pecho se alivió. Jackson y Cooper a veces alzaban la voz, pero nunca duraba mucho. Al menos el director general no lo estaba presenciando de primera mano. Cooper podría explicarlo más tarde. Tenía un don mágico con su jefe.

Yo necesitaba conseguir un poco de esa magia con los jefes.

—Vuelvan al trabajo, todos. Aquí no hay nada que ver —anuncié mientras me dirigía a la oficina de Cooper. Algunas personas volvieron a sus escritorios. La asistente de Weston, Julie, más descarada, se quedó cerca.

Levanté una ceja y, lentamente, ella se dio la vuelta y regresó a su escritorio con paso pesado. No se sentó detrás de él, sino que se quedó de pie, mirando, lista para presenciar lo que fuera que estallara cuando abriera la puerta.

Llamé a la puerta, pero estaban gritando demasiado alto para oír nada. Empujé la manilla, pero no se movió. ¿Por qué estaba cerrada con llave?

A regañadientes, pasé mi tarjeta por delante del sensor. Estaba codificada solo para la identificación de Cooper, la de Jackson y la mía. La luz se puso verde. Tomé una respiración profunda, bajé la manilla y abrí la puerta.

Cooper, con la cara roja y los ojos desorbitados, rugió:

—¡Ya no voy a aguantar más tus estupideces! —Golpeó la mano contra su escritorio.

Todo sucedió muy rápido. Cuando repasé la escena más tarde en mi mente, me pareció recordar haber oído un chasquido, como si ese anillo grande y feo que Cooper siempre llevaba hubiera golpeado la cubierta de cristal que protegía la madera.

Independientemente de lo que lo causó, se escuchó un crujido como de fuegos artificiales estallando y luego silencio. Un segundo después, un trozo de cristal cayó por el borde y se clavó en la gruesa alfombra. Le siguieron algunos trozos más pequeños. Cooper miró fijamente la superficie de su escritorio. Luego levantó la vista y escaneó a su mejor amigo de la cabeza a los pies.

Los celos se encendieron en mi vientre. ¿Por qué, incluso cuando Jackson le estaba endosando sus responsabilidades a Cooper, el primer instinto de Cooper era proteger a Jackson? Lo que no daría yo por recibir esa preocupación, ese cuidado.

Mierda, no era momento para que yo suspirara por mi jefe. Tenía que hacer algo para arreglar esto. Pero mis pies se quedaron pegados al suelo. Estaba íntimamente familiarizado con su temperamento, pero hasta donde yo sabía, nunca había golpeado nada.

—Coop..., ¿estás bien? —La voz de Jackson era un susurro fúnebre. Era la primera vez que lo veía inmóvil.

—Yo... lo siento, Jay. Fue un...

Quería correr hacia él, asegurarme de que no estaba herido,

pero la tensión en la habitación era lo suficientemente sólida como para mantenerme clavado en la puerta. La cerré detrás de mí.

—¿Todo bien por aquí?

Claramente no lo estaba. La superficie del escritorio de Cooper brillaba con cristales rotos. Su cara estaba tan blanca como los papeles apilados ordenadamente en su bandeja de salida. Cuando una gota de sangre cayó sobre el escritorio, levantó la mano y la miró como si no estuviera seguro de que le perteneciera.

—Mie... digo, aquí. Déjeme ayudarle. —Mis pies se despegaron de la alfombra, y al segundo siguiente, estaba al lado de mi jefe. Su palma estaba surcada de cortes, con sangre brotando de cada uno.

Busqué mi pañuelo en el bolsillo delantero y lo sacudí para quitarle las arrugas. Dudé un momento —esa regla de no tocar—, pero era una emergencia. Odiaría que tuviera que interrumpir su trabajo para quitar una alfombra manchada de sangre.

Doblé el pañuelo en tres y lo presioné suavemente contra su palma. Su mandíbula se tensó.

—¿Le duele? —Los cortes no parecían profundos, pero no les había echado un buen vistazo.

—No. —La palabra no tenía nada de su habitual nitidez. ¿Estaba en shock?

—Siéntese. —Con la mano que no estaba usando para aplicar presión en su herida, me estiré y empujé su hombro hasta que se desplomó en su silla.

Finalmente, miré a Jackson, que seguía con la boca abierta, mirando a su amigo.

—¿Qué ha pasado? —Mi tono no fue tan respetuoso como debería haber sido con el cofundador de la empresa, pero cualquier cosa que implicara sangre eran circunstancias atenuantes.

Jackson se abalanzó hacia el escritorio y amontonó los trozos de cristal roto.

—Cooper estaba exponiendo un punto con demasiada fuerza. Supongo que debería haber invertido en cristal templado.

Joder, si seguía haciendo eso, iba a tener dos sangrando en mis manos.

—Jackson, pare. Llamaré a mantenimiento para que suba...

—¡Maldita sea! —Cuando Jackson se metió el pulgar en la boca, su codo golpeó la caracola en el escritorio de Cooper. La que yo desempolvaba una vez a la semana, preguntándome cada vez por qué mantenía ese único objeto decorativo en su escritorio. Ya no tenía que preguntármelo. Se cayó del escritorio, rebotó una vez en la alfombra y se hizo añicos al estrellarse contra el suelo de madera.

El silencio que siguió fue aún más fuerte que cuando Cooper rompió su escritorio.

—Lo siento, Coop, yo...

El dolor cruzó el rostro de Cooper. Era la misma expresión que había puesto el día que Jackson llevó a su bebé a la oficina en una de esas mochilas portabebés.

—Olvídalo. Yo... tengo que irme.

—¿Ahora? —Levanté una esquina de mi pañuelo. El sangrado había disminuido—. No puede ir a una reunión así. —Solo Cooper Fallon continuaría su jornada laboral como si nada después de haberse cortado. Envolví los extremos de la tela alrededor del dorso de su mano y los até en un nudo sobre su palma.

—La gente está acostumbrada a verme hecho un desastre. No a ti. —Jackson se pasó la mano por su pelo oscuro—. Escucha a Ben. Siéntate y descansa un minuto. Tengo un poco de whisky en mi oficina. Podemos...

Tan pronto como mis dedos soltaron el nudo del pañuelo, Cooper retiró la mano bruscamente. Sus ojos azules no estaban tan helados como de costumbre cuando se volvieron hacia mí. Probablemente por la pérdida de sangre.

—Necesito... salir. —Se levantó y me rodeó camino a la puerta. Con la mano en el pestillo, se volvió.

Gracias a Dios, se iba a sentar y a ser razonable. Di medio paso hacia él por si se tambaleaba al volver a la silla.

Pero se quedó allí, agarrando la manilla.

—Ben, avisa a la Sociedad de Emprendedores de Nueva Inglaterra que ocuparé el lugar de Jackson como orador principal. Y cambia su reserva de hotel a mi nombre.

Jackson se sacó el pulgar de la boca.

—Coop, no tienes por qué hacer eso.

Cooper le dedicó a su mejor amigo una sonrisa irónica.

—¿No es eso exactamente lo que me estabas diciendo que tenía que hacer antes de... antes de esto? —Agitó su mano envuelta en el pañuelo hacia el desastre de su oficina.

—Pero...

Extendió la palma de la mano. Temblaba. Debía de estar ejerciendo una enorme cantidad de control sobre sí mismo.

—Pasa todas mis reuniones a la semana que viene.

¿Qué diablos estaba pasando?

—Sí, señor Fallon.

Abrió la puerta y salió, cerrándola suavemente detrás de él. Sin bolsa de gimnasio, sin abrigo, sin computadora portátil. ¿Se quedaba en el edificio? ¿Tenía un cuarto secreto para gritar en el sótano?

—Está bien. —Jackson bajó la cabeza—. Puedes decirlo. Soy el peor amigo del mundo.

No pude evitarlo. Le sonreí al imbécil. Era irritantemente adorable.

—Totalmente cierto. Pero te quiere de todos modos.

Levantó la cabeza de golpe y sonrió.

—Sí, ¿verdad? Soy el tipo con más suerte de San Francisco.

Mi sonrisa se borró de mi cara. Y joder que lo era. Lo que no daría yo por recibir el uno por ciento de ese amor. Jackson era demasiado engreído para darse cuenta, pero yo lo había visto desde mis primeros días en la empresa. Cooper moría por su mejor amigo. Su despistado y heterosexual mejor amigo.

—Debería irse de aquí —dije, con tono plano—. Llamaré a mantenimiento para que limpie esto.

—Gracias, Ben. Dejaré que a Coop se le pase el enfado una hora más o menos, y luego hablaré con él.

Si conocía a mi jefe, necesitaba más de una hora. Y supuse que la conseguiría en su viaje de última hora a Boston. Que ahora tenía que programar.

Maldita sea.

Encontraría la forma de ver cómo estaba, incluso en Boston. Porque quizá a Jackson Jones le importaba una mierda lo mucho que había jodido la vida de Cooper, pero a mí sí.

2

COOPER

CUANDO APROBÉ el diseño de planta abierta del sexto piso de nuestro edificio, nunca anticipé que necesitaría otro lugar además de mi oficina para recuperar la compostura.

Me esforcé mucho por hacer de mi oficina un lugar de calma, un lugar donde pudiera recordar la paz y la seguridad de la isla y donde ninguno de los malos recuerdos, los recuerdos del hombre que me había dado mi nombre, pudiera entrometerse.

Sin embargo, fue en mi oficina donde acababa de perder los estribos.

A pesar del dolor de los cortes, me picaba la palma de la mano por tener una pelota antiestrés o un saco de boxeo, alguna forma de liberar la tensión de mis músculos, de enfriar la ira que burbujeaba en mis venas. Si tuviera el valor de mirarme en un espejo, estaba seguro de que mi reflejo me recordaría el rostro de mi padre, escarlata de ira.

De alguna manera, terminé frente a la oficina de Weston. Tenía sentido, porque desde los primeros días en que hicimos pública a Synergy, él había actuado casi como un padre para mí, dándome el tipo de consejo que mi propio padre no era lo suficientemente sabio o sobrio para dar.

—¿Está? —hice una pausa frente al escritorio de Julie.

Me miró con los ojos muy abiertos antes de bajar la vista hacia el pañuelo ensangrentado que envolvía mi mano.

—Está en una llamada.

—Lo necesito. —Pasé junto a su escritorio y entré directamente en la oficina de Weston.

—Pero...

Cerré la puerta, acallando su protesta.

Weston miró por encima del hombro. Sus impecables mocasines descansaban en el aparador frente a la ventana. A diferencia de la mía, su vista de la bahía no estaba obstruida por el edificio vecino. El agua gris se agitaba bajo las nubes que se cernían sobre ella.

Levantó un dedo y bajó los pies. —Voy a tener que devolverte la llamada. —Se quitó el auricular y lo dejó sobre el escritorio.

Su mirada se posó en la palma de mi mano envuelta en el pañuelo. —¿Qué pasó?

La cubrí con mi otra mano. —Un accidente.

—Ya veo. —Y lo veía. Sus ojos claros veían hasta el núcleo turbulento de mi ser. Se levantó e hizo un gesto hacia el sofá de cuero con tachuelas.

Me senté en el borde. Los muebles de Weston no eran lo suficientemente cómodos como para hundirse en ellos. Además, mi cuerpo todavía vibraba con la adrenalina que rugía en mi sangre.

Se sentó en el sillón de orejas de respaldo alto junto al sofá y cruzó las piernas. Unos centímetros de un calcetín de vestir negro liso se asomaban bajo el dobladillo de sus pantalones de lana.

Mi voz era demasiado tranquila, incluso para mis oídos. —Voy a ir a la conferencia de Emprendedores de Nueva Inglaterra. Por Jackson.

—¿Te ofreciste a ir? —Sus cejas oscuras se arquearon sobre unos ojos que hacían juego con el azul profundo de su corbata de seda.

—No exactamente. Su esposa y el bebé están enfermos. Necesita cuidarlos a ellos y a su otro hijo. —Sonaba perfectamente razonable cuando lo dije. ¿Por qué había explotado con él cuando me lo dijo? Apreté mi mano herida con la otra.

—¿No acabas de regresar de Asia?

—Sí. Supongo que no querrás ir tú a Boston, ¿o sí?

Se rio entre dientes. —Lo siento, esta semana tengo a Phoebe.

Miré la foto en su escritorio. Weston estaba de pie junto a su hija con su casco y su chaqueta de montar, con los brazos alrededor de sus hombros y la pequeña mano de ella sosteniendo las riendas de cuero del caballo castaño que estaba a su otro lado.

—Siempre podrías cancelar —dijo él.

Mi mandíbula se tensó. —Synergy no cancela sus compromisos. Ni a los clientes, ni a nuestros empleados, ni a otros emprendedores. Y no en el último minuto.

—Lo entenderían. Haz que Jones los llame.

Eso era justo lo que Jackson necesitaba, otra mella en su ya frágil reputación. —No, lo haré yo.

—Harías cualquier cosa por él, ¿no es así? —Las palabras eran ligeras, pero su mirada estaba cargada de significado.

Desearía poder desahogarme con él. Poder decirle lo que sentía por Jackson Jones desde casi el primer momento en que entró en nuestro dormitorio en Stanford. Contarle que guardé mi ridículo enamoramiento durante años, sabiendo que Jackson era heterosexual y sin querer arruinar nuestra amistad con una confesión. Contarle cómo se me partió el corazón en dos cuando se comprometió —¡mi amigo fóbico al compromiso que se había negado a invertir dinero en cualquier cosa que no tuviera ruedas para poder escapar, comprometido!—. Y luego se desmoronó por completo cuando me dijo que su prometida estaba embarazada.

Sabía que nunca sería mío, pero ese frijolito en el ultrasonido que agitó en mi cara fue el pitazo final en el juego de autoengaños que había jugado conmigo mismo.

La noche que ella nació, fui yo el que se quedó de pie en el pasillo del hospital cuando la enfermera me cerró el paso y dijo: «Solo familiares».

Jackson era mi mejor amigo, pero nunca sería mi familia.

No necesitaba que el Dr. Pradhi me lo psicoanalizara. El recordatorio que me había dado hoy más temprano —elegir a su familia por encima de la empresa que habíamos construido juntos— fue lo que me hizo explotar.

Como si pudiera ver mis pensamientos escritos en mi frente, Weston dijo: —Creo que te vendría bien un tiempo fuera.

—Pero yo...

—Piénsalo. Yo me encargaré de las cosas aquí. Deberías considerar lo que quieres. Para ti y para Synergy.

¿Qué era lo que yo quería? Había deseado a Jackson durante tanto tiempo que había un vacío dentro de mí donde antes vivía todo ese deseo. Incluso Synergy se sentía vacía. La había abandonado, igual que me había abandonado a mí.

—¿Quieres hablar de ello? —Apoyó los codos en las rodillas, con la seriedad arrugándole la frente. Parecía el padre que desearía haber tenido cuando tenía la edad de Phoebe. Como uno de mis tíos en la isla.

Confiaba en Weston, desde que salvó a Synergy cuando Jackson me decepcionó. La noche antes de reunirnos con los banqueros de inversión, Jackson y yo salimos a tomar unas copas para celebrar que nuestra sociedad de siete años finalmente estaba a punto de dar sus frutos a lo grande. Después de que yo regresara al hotel, Jackson se metió en un lío con un policía. Se presentó a nuestra reunión todo arrugado, con un moretón debajo del ojo y apestando a los mil demonios.

Los banqueros insistieron en que reemplazáramos a Jackson como director general con Weston. Y con Jackson pareciéndose a mi padre las mañanas que había ido a recogerlo de la celda de borrachos, acepté. Jackson, siendo Jackson, me abandonó por un yate lleno de modelos en bikini, pero Weston se quedó. Él guio a Synergy —y a mí— a través del proceso para convertirnos en una empresa que cotiza en bolsa. Y ayudó a convertirla en la potencia de software que llegó a ser.

Aunque habíamos trabajado juntos durante los últimos siete años, nunca le conté a Weston lo que sentía por Jackson. No se lo había contado a nadie. Nunca. Aunque mi otra mejor amiga, Jamila, lo había adivinado por su cuenta.

—No, estoy bien.

—¿Lo estás? Me preocupo por ti, Fallon.

Mi apellido, el que compartía con mi padre, me hizo parpadear. Su nombre no era lo único que había heredado. Hoy lo demostré.

Como si lo estuviera reproduciendo de una grabación de video, me imaginé a mí mismo, con la cara roja, escupiendo mientras rompía el cristal de mi escritorio. No había sentido nada, ni el impacto ni los cortes. Cuando mi padre solía llegar a casa oliendo a güisqui barato, nunca recordaba por qué tenía los nudillos rojos hasta que veía el moretón correspondiente en mi mejilla.

A pesar de que Weston parecía una foto de catálogo de un psiquiatra caro con las canas brillando en sus sienes y en su barba recortada, no podía decirle lo que había hecho ni por qué lo había hecho. Esos ojos azules se volverían duros o, peor aún, se ablandarían con lástima.

—Estoy bien —repetí—. Cooper Fallon siempre estaba bien. Confiable. Trabajador. —Ben está moviendo mis reuniones. ¿Puedes vigilar las cosas mientras estoy en Boston?

—Por supuesto. ¿Ben va contigo?

—¿Ben... ir conmigo? —Parpadeé. Esa era una idea terrible. Cuando se unió a la empresa justo después de la boda de Jackson, yo había estado vulnerable, con el corazón abierto. Era lo único que podía explicar la chispa que sentí cuando le estreché la mano por primera vez. El calor en mi pecho donde solía estar mi corazón antes de que se volviera frío y oscuro. Viajar con Ben sería demasiada tentación—. No.

—Te vendría bien el apoyo. No tienes que hacerlo todo tú solo, ¿sabes?

—¿Acaso no es así? —mostré los dientes en una sonrisa sombría.

Él imitó la expresión. —Tienes razón. Y podría empeorar si Jones decide salirse y centrarse en su familia.

Mis músculos se pusieron tan rígidos como la silla de cuero. —¿Salirse?

—Ambos vemos las señales, Fallon. Su corazón ya no está en esto. Tiene otras prioridades.

Prioridades que no éramos ni yo ni la empresa que habíamos construido juntos. ¿Por qué no lo había visto? Quizás lo había hecho, inconscientemente, y por eso había perdido el control en mi oficina.

Mierda.

Sin Jackson, Synergy sería un doloroso recordatorio de todo lo que había perdido. Ya no sería divertido. Sería trabajo.

Los ojos de Weston se clavaron en los míos como un taladro, extrayendo mis secretos. Luego extendió la mano y me agarró el hombro. —Piénsalo. Tómate un tiempo si lo necesitas. Después de Boston.

Me puse de pie. —Lo haré.

Salí de su oficina y fui directo a las escaleras, sin encontrar la mirada de nadie, temiendo que se agrietara la fachada de piedra falsa que había puesto sobre mis volátiles emociones. Por primera vez en meses, salí de la oficina mientras el sol de invierno todavía colgaba sobre el horizonte.

CUANDO ENTRÉ por la puerta principal, Norma me echó un vistazo y se persignó. Poniendo sus ojos marrones en blanco, murmuró algo —una oración, estaba seguro, ya que siempre estaba rezando por algo—, luego extendió su mano.

No tenía caso resistirse, así que puse mi mano en la suya, con la palma hacia arriba.

—¿Boxeando otra vez?

—Jiu-jitsu —le recordé—. Y no. Yo... —No podía decírselo. Le diría algo a mi madre en la iglesia—. Me corté en el trabajo.

—Tú trabajas en un escritorio. —Chasqueó la lengua mientras examinaba el pañuelo ensangrentado—. No en una fábrica.

—¿Es un corte con papel?

Ni siquiera sonrió ante mi débil broma. Pero nunca le diría a la sensata de Norma —mi empleada de la que era responsable— que había estrellado mi mano contra mi escritorio porque mi mejor amigo había traspasado mis defensas y herido mis sentimientos. Sentimientos que no creía tener ya.

Inclinó la cabeza sobre mi mano. Ni un solo pelo se escapaba de su apretado moño gris, pero sus dedos fueron suaves cuando tiró del pañuelo.

Flexioné mi mano alrededor de él, aferrando la tela. —Estoy bien.

Sus labios se apretaron en una línea pálida. —Necesitamos lavarla. Y poner un vendaje limpio. No es lo suficientemente profundo para puntos, ¿verdad?

—No. —Aun así, la seguí a la cocina y dejé que desenrollara el pañuelo de Ben sobre el fregadero. Con brusquedad, y sin ninguna delicadeza, me lavó la mano con un jabón que escocía. Miré el pañuelo manchado de sangre que había dejado caer descuidadamente junto al fregadero. No era nada especial, solo del tipo que se compra en paquetes en una tienda por departamentos. Sin embargo, *era* especial. Porque era de él. Tenía que devolvérselo.

—¿Podrás lavarlo por mí? —incliné la barbilla hacia la tela—. Se lo pedí prestado a alguien.

—Sí, sí. Igual que toda tu ropa de ejercicio apestosa y las sábanas en las que apenas duermes.

Estaba secándome la mano a palmaditas, así que no me vio poner los ojos en blanco. Me soltó por un segundo para sacar el botiquín de primeros auxilios de debajo del fregadero. —Si te agotas, ya no puedes trabajar. ¿Y entonces qué pasa con este lugar? —Hizo un gesto con la mano hacia la cocina gourmet que usaba para preparar mis comidas, hacia el elegante comedor contiguo que yo usaba solo para cenas de negocios—. Debes cuidarte primero tú, Lito.

No me molesté en explicarle que si renunciaba hoy, seguiría siendo un hombre rico debido a mis acciones de Synergy y otras inversiones. Como todas las amas de llaves, cocineras y jardineras que Mamá me enviaba de la iglesia —mujeres trabajadoras y con mala suerte—, entendía de flujo de caja, pero no mucho más.

Norma, que había perdido a su esposo de veinticinco años hacía seis meses en un accidente, era mejor que la mayoría. Hacía que mi casa funcionara como el motor de un Ferrari, a diferencia de su predecesora, que se había olvidado de pagar la factura de la luz y me había dejado a oscuras durante un frío fin de semana de enero, que casualmente era el fin de semana de mi cumpleaños. Pero nunca podría despedir a una de las personas de Mamá. A diferencia del trabajo, yo estaba en la parte más baja de la jerarquía de las señoras de la iglesia. La puse a cargo de la lavandería y contraté a Norma como mi ama de llaves.

Después de que Norma me pegara un trozo de cinta sobre la gasa para asegurarla, recogió el pañuelo ensangrentado y se lo metió en el bolsillo del delantal. Miré el bulto. No estaría limpio hasta mañana, y yo estaría en Boston.

Lo que me recordó… —Me voy de viaje esta noche. No volveré hasta el fin de semana. Tómate unos días libres.

Frunció el ceño, a medio camino del cuarto de lavado. —¿Otro viaje? Acabas de regresar de Asia el viernes pasado.

—Lo sé. —Repasé la gasa de mi mano, reprimiendo la oleada de ira—. Surgió algo.

—Me preocupo por ti, mijo. Trabajas demasiado.

Era lo que le había estado diciendo a Jackson cuando rompí el escritorio. La ira volvió a latir, en silencio. Necesitaba llamar al Dr. Pradhi.

—Te calentaré la cena antes de irme.

—Gracias, Norma. Y gracias por esto. —Hice un gesto con mi mano derecha vendada.

Ella desestimó mi agradecimiento mientras ponía una de mis comidas ya porcionadas en el horno. —Necesitas unas vacaciones, no otro viaje de trabajo. Un masaje. Dormir un poco.

—Mamá y yo fuimos a la isla en Navidad.

—Eso fue hace meses, y has trabajado casi todos los fines de semana desde entonces. Por las noches, también. Necesitas un descanso.

No se equivocaba. Hoy lo demostraba.

—Algún día —dije—. Aunque no mientras Jackson tuviera un recién nacido, al parecer.

Frunció los labios y se colgó el bolso al hombro. —Que tengas un buen viaje. Y no te olvides de comer.

Le dediqué una sonrisa débil. —Tampoco te olvides tú. Y no pases tus días libres trabajando en el comedor de beneficencia.

—Lo que yo haga en mis días libres no es de tu incumbencia, Miguelito. Si quiero pasar tiempo en la iglesia o incluso aquí, no es asunto tuyo.

Levanté las palmas de las manos. —Sí, señora. Buenas noches.

Asintió una vez y salió por la puerta que daba al garaje. Sus faros se alejaron por la calle.

Después de mi solitaria comida, subí pesadamente a mi dormitorio. El portatrajes en el vestidor todavía estaba medio empacado de mi viaje a Asia.

Boston a principios de abril. Me estremecí.

Metí un par de suéteres de lana en los bolsillos, luego colgué mis trajes y camisas en sus perchas. Justo cuando estaba considerando agregar un par de jeans por si acaso tenía la energía para salir después de la conferencia, mi teléfono vibró sobre la cómoda en el centro del vestidor.

¿Sería Ben, llamando para ver cómo estaba? No, él no me llamaba fuera del horario de trabajo. Pero nunca me había lastimado en el trabajo antes. Mi estómago dio un aleteo esperanzado.

Cuando revisé el nombre en la pantalla, mi estómago se calmó por un segundo y luego se contrajo. Debía haberse enterado de lo que hice.

—Jamila.

—Oye, oye. No hay necesidad de ser tan gruñón. Sabes que a mí no me engañas con esa mierda. Llamo para ver cómo estás. —Su acento de Texas bañado en miel suavizaba las consonantes.

Revisé mi mano derecha. El vendaje estaba libre de sangre a pesar de haber estado empacando. —Estoy bien.

—¿Estás seguro? Porque la gente que está *bien* no se pone como Hulk en la oficina.

—¿Qué carajos te dijo Jackson? No me puse como Hulk. Estaba tratando de dejar un punto claro, y mi anillo golpeó el cristal de mi escritorio. —¿Por qué le estaba mintiendo? Era mi mejor amiga, después de Jackson. Tenía que saber por qué lo hice.

—¿Te refieres al vidrio que pusiste después de que discutiste con una de tus empleadas temporales y ella rayó la madera con una llave?

Hice una mueca. No fue mi mejor momento. Pero esa vez la empleada temporal había sido la que dañó el escritorio, no yo. —Ya sabes cómo es Jay. Me sacó de quicio.

—Sé cómo te pones con Jay. Desde que...

—No tuvo nada que ver con eso. —Otra mentira. Simplemente seguían saliendo de mi boca. ¿Acaso mi padre había muerto y me había poseído como el jumbee de las historias de mis tías? Solo podía esperar que Mick Fallon estuviera muerto. Como Jamila solía decir, ese hombre era demasiado malo para morir.

—¿Estás seguro? Has estado de un humor de los mil demonios desde que nació Valentine.

—Siempre he cubierto su parte, pero apenas ha estado en la oficina desde el nacimiento. He estado haciendo mi trabajo y el suyo también.

Caminé hacia las estanterías empotradas que contenían mis relojes. Junto a mi Breitling estaba el frágil y seco *boutonnière* de calas que había guardado de su boda. Cuando lo toqué, el borde de un pétalo se desprendió. Esa noche me había partido el corazón en dos. Gracias a Dios Jamila había estado allí para salvarme. Me estremezco al pensar en lo que podría haber dicho —o hecho— si me hubiera emborrachado.

Regresé a pararme frente a mi portatrajes. —Estoy empacando ahora mismo para dar su discurso a la Sociedad de Emprendedores en Boston.

—No, Coop. Acabas de volver de Singapur.

—Alguien tiene que hacerlo —gruñí, buscando mis zapatos de vestir en el armario. ¿Qué había hecho Norma con ellos?

—Hay otras personas que pueden cubrirlo, ¿sabes? Haz que Weston lo haga. El director general debería dar un paso al frente.

—No puede. —Me había dicho que cancelara. Y había estado tentado. Especialmente después de que me hizo ver cómo Jackson se estaba desvinculando de la empresa que habíamos construido juntos, la que simbolizaba nuestra amistad.

—Nadie más puede improvisar en el último minuto como yo. Tienen esposas. Hijos. Familias. —Todo lo que yo tenía era una enorme y vacía mansión en Pacific Heights. No tenía ni un puto pez dorado que cuidar. Y si lo tuviera, Norma podría haberlo alimentado mientras yo estaba en Boston.

Tras un momento de vacilación, dijo: —No tener esas obligaciones no significa que puedas hacer el trabajo de todos, Cooper. Tú también necesitas un poco de tiempo libre. ¿No crees que lo que pasó hoy lo demuestra?

Metí la mano en el bolsillo del pantalón y saqué el anillo que había iniciado todo el problema. Era un anillo grande y feo, tipo sello, con una piedra azul claro en el centro. El anillo de plata estaba ligeramente aplanado por el impacto, y la piedra ahora estaba agrietada por la mitad. Larimar. Para la iluminación y la curación, dijo Mamá cuando me lo dio. Si funcionara, dudo que lo hubiera usado para romper mi escritorio. No habría actuado como *él*.

—No quiero hablar de eso.

—Necesitas hablar con alguien. ¿Has llamado a tu terapeuta?

—Todavía no. —Las palabras salieron rechinando entre mis dientes apretados.

—No te enojes. Estoy tratando de ayudarte.

—Lo sé. Lo sé. —Pero saber que Jamila estaba de mi lado no apagaba el fuego que ardía dentro de mí—. Tengo que ir al aeropuerto. Te llamaré este fin de semana.

—Está bien, cariño. Cuídate. —La preocupación tiñó su voz. Añádela a la lista con Norma y Ben.

Miré el pesado Rolex en mi muñeca. El coche estaría afuera en diez minutos. ¿Dónde estaban mis putos zapatos? Lancé el teléfono a través de la puerta hacia la cama para tener ambas manos libres para destrozar mi vestidor. Giré sobre mi talón y...

Cuando miré hacia abajo, vi mis zapatos. En mis pies. Estaba a punto de destrozar mi vestidor por un par de zapatos que había olvidado que llevaba puestos.

Me temblaban las manos, y cuando vi mi reflejo en el espejo de la parte trasera de la puerta, mis ojos estaban desorbitados y salvajes. Mi pelo se erizaba en púas arenosas.

La próxima vez, podría no ser un escritorio lo que golpeara. Podría no ser una lámina de vidrio lo que destruyera.

Me agregué a esa lista de personas preocupadas.

Crucé el vestidor, arranqué el *boutonnière* del estante y lo aplasté en mi puño. Dejé caer los pedazos en la basura. Había terminado con él. Terminado con todo.

Mis dedos estaban casi demasiado temblorosos para encontrar el contacto en mi teléfono, pero finalmente presioné el botón de llamar. —¿Emily? —dije cuando la piloto contestó—. Necesito que cambies nuestro plan de vuelo. No vamos a Boston.

3

BEN

MARLEE SONRIÓ cuando pasé por su escritorio. —Estás de buen humor.

Hice una pausa y señalé el enorme tragaluz. —Hay sol y anoche saqué una A en mi trabajo de economía. —Sentí ganas de cantar victoria cuando la vi. Casi deseé que mi ex, Trey, y yo todavía nos habláramos para habérselo podido contar.

—¡Qué bien! Pero recuérdame, ¿por qué estás estudiando economía? —Hizo una mueca—. Odias las hojas de cálculo.

—Es solo una clase de introducción, y es más sobre teoría que sobre fórmulas. ¿La clase de contabilidad que tomé el semestre pasado? —Me estremecí al recordarlo. Los números siempre se me habían dificultado. A diferencia de mi hermana, Mimi, que es contadora en el piso de abajo y una genia con las matemáticas—. Puras hojas de cálculo. Pero es un requisito para mi carrera de administración de empresas.

—Deberías haber estudiado programación, como yo. —Se echó hacia atrás su cabello castaño claro.

—Debería haber hecho muchas cosas de otra manera. —Como ir a terapia después de que mi novio rompiera conmigo en mi primer año de universidad en lugar de abandonar los estudios. Quizás así tendría lo que Trey consideraba un trabajo de verdad, y no sería el estudiante más viejo de mi clase de economía, obteniendo mi título tan lentamente que tendría suerte si me graduaba antes de los treinta.

—Oye. —Marlee estiró la mano sobre su escritorio para apretarme la mía—. Creo que es genial que estés sacando tu licenciatura. —Sonrió con picardía—. Uno de los títulos de Cooper es en administración. Quizás algún día seas tan rico como él.

—Ja, ja. Para cuando tenía veintiocho años, ya había hecho pública a Synergy y era multimillonario. —Miré hacia su oficina por costumbre, pero por supuesto estaba a oscuras. Estaba en Boston—. Espero que esté bien después de todo el lío que armó Jackson ayer.

—¿Jackson? —Soltó mi mano—. Él no fue quien destrozó su escritorio.

—Sí, pero él… no importa. —Marlee era la mejor amiga de la esposa de Jackson y consideraba a sus hijos como su sobrino y su sobrina. A ninguno de ellos le preocupaban las cargas que Jackson le ponía a Cooper.

—Estoy segura de que está bien. Cooper siempre se lo toma con calma.

Así era. Hasta ayer. Era una olla a presión, conteniendo todo ese vapor dentro. Vimos escapar un poco ayer, pero ¿qué pasaría si seguía acumulándose? ¿Explotaría con alguien que no lo perdonaría de inmediato? ¿Weston, quizás? Que Dios nos ayude a todos si Weston despedía a Cooper.

—¿Qué vas a hacer con todo tu tiempo libre mientras él está fuera?

—¿Tiempo libre? Tengo que asegurarme de que dejen su oficina como debe ser. —El equipo de limpieza había quitado todos los vidrios, pero cuando la inspeccioné, encontré pequeños arañazos en el acabado de cerezo por los cristales rotos. Alguien como Jackson nunca lo notaría, pero Cooper sí—. Los restauradores de muebles deberían llegar en cualquier momento. La nueva cubierta llegará mañana. —Me aseguré de pedir el vidrio templado en caso de otro accidente.

Pero ¿qué haría yo sin Cooper allí? Sonaba perfecto: sin la tensión de contenerme, de controlarme, a su alrededor. Sin la tentación de acariciar su espalda a través de esas camisas hechas a medida que se veían deliciosamente suaves. No hasta el próximo lunes. Me merecía un maldito descanso de la tortura diaria.

Podría adelantar mi próximo trabajo de la universidad, supongo. Aunque escribir otro aburrido ensayo de economía era un tipo diferente de agonía. —Avísame si puedo ayudarte en algo, ¿sí?

—Claro, claro. —Se mordió el labio—. ¿Crees que ya están bien? ¿Jackson y Cooper?

—Tú los conoces desde hace más tiempo que yo. Discuten todo el tiempo. —Aunque nunca como ayer, y ambos lo sabíamos. Miré a mi alrededor para ver si había alguien más lo suficientemente cerca como para oírnos. Teníamos que fingir que todo era normal, o un rumor le llegaría a Weston. Algo siniestro acechaba justo debajo de ese exterior frío y elegante.

—Pero… —Marlee se inclinó más y bajó la voz—, nunca antes habían llegado a lo físico. Era como… como la Bestia.

—¿Te refieres al de los X-Men? —¿Le había dado Tyler una educación comiquera como se debe?

—No, el de *La Bella y la Bestia*. Aunque la Bestia era muy gentil, ¿sabes? —Marlee se enroscó un mechón de pelo en el dedo—. Hasta que Gastón lo atacó.

Por supuesto que ella pensaría en uno de sus cuentos de hadas. —¿Nunca leíste un cómic de los X-Men o viste las películas? Es totalmente Bestia. Sus ojos son del mismo color que el pelaje azul de Bestia. Y ambos son genios.

Marlee ladeó la cabeza. —Yo siempre lo he visto más como un Thor. Pelo rubio, ojos azules, la barba de tres días, esos músculos… —Se estremeció.

—Oye, oye. —La puerta de la escalera se cerró de golpe detrás de Tyler—. Más te vale que estés hablando de mí.

—Por supuesto. —Me guiñó un ojo antes de girarse, con los brazos abiertos, para darle la bienvenida a su prometido al piso ejecutivo. Solo le dio un piquito en la mejilla, pero aparté la cara. El amor que brillaba en el rostro de Tyler era demasiado obsceno para un entorno de oficina.

—¿Jay aún no ha llegado? —Señaló con la barbilla la oficina a oscuras.

—No, la pobre Valentine tiene fiebre y los ha mantenido a ambos despiertos por la noche. Por eso no fue a Boston. Hoy trabaja desde casa para que Alicia pueda descansar.

Y eso significaba que Cooper no podía descansar. Siempre cubría a Jackson. Apagué la irritación que me ardía en el pecho con un trago de mi latte tibio. —Buenos días, Tyler. Nos vemos luego, Marlee.

—Nos vemos —murmuró Marlee, todavía sonriéndole a Tyler como si hubieran estado separados por días y no por horas.

Ese brote de irritación se volvió frío y pesado. Yo nunca experimentaría un amor así. No mientras siguiera enamorándome de los chicos equivocados. Caminé con dificultad por el piso hasta mi escritorio, justo fuera de la oficina de Cooper. En cuanto dejé mi bolso, la luz roja parpadeante de mi teléfono llamó mi atención. ¿Habían llegado los de los muebles? ¿Por qué José no había llamado a mi celular? Tomé el auricular y presioné el botón para recuperar los mensajes.

El primero era de las seis de la mañana, las nueve en la Costa Este. —Señor Levy-Walters, habla Shauna de la Sociedad de Emprendedores de Nueva Inglaterra. El señor Fallon aún no se ha registrado y no he podido localizarlo. Espero que pueda confirmar si aún podrá dar el discurso de apertura hoy al mediodía.

Dale un respiro, mujer. No pudo haber llegado antes de la medianoche. Era un hombre, no una máquina; probablemente solo estaba tomándose un espresso extra para combatir el jet lag. Aun así... Cooper actuaba más como una máquina que como un hombre, y nunca lo había visto llegar tarde. A nada.

El segundo mensaje se reprodujo de inmediato, con una marca de tiempo de hacía treinta minutos. —Señor Levy-Walters, soy Shauna de nuevo. ¿De la Sociedad de Emprendedores? Estoy empezando a ponerme un poco ansiosa. El señor Fallon todavía no está aquí. ¿Puede devolverme la llamada?

Tomé mi celular de Synergy y llamé a Cooper. Saltó directamente a su buzón de voz. Por lo general, escuchar su mensaje de salida me hacía sentir mariposas en el estómago, pero esta vez se me revolvió por los nervios. ¿Qué le pudo haber pasado? Le dejé un mensaje escueto pidiéndole que se reportara tan pronto como pudiera.

El teléfono del escritorio sonó con un identificador de llamadas de Boston. —Oficina de Cooper Fallon. Habla Ben Levy-Walters.

—Oh, señor Levy-Walters. Me alegro mucho de haberlo localizado por fin. Lamento llamar tantas veces, pero todavía no hemos visto al señor Fallon. ¿Está en camino?

Si aún no había llegado, lo dudaba. Cooper Fallon cumplía con sus obligaciones.

Algo andaba mal.

—Lamento el aviso de última hora, Shauna, pero el señor Fallon está inesperadamente enfermo. Fiebre. Escalofríos. Vómitos. —Me interrumpí antes de poder darle a Cooper más síntomas asquerosos—. Le empezó de repente. Probablemente es contagioso. Le gustaría que le transmitiera sus disculpas. Hará una generosa donación a la Sociedad tan pronto como se recupere.

—Oh. Gracias. —Había aprendido trabajando con Cooper que el dinero siempre ayudaba a suavizar las cosas. Shauna no sonaba tan apaciguada como esperaba—. ¿Pero qué hay del discurso de apertura?

—Lo siento, Shauna —dije, lo más amablemente posible—. No puedo ayudarle con eso. Pero tiene una sala llena de emprendedores. ¿No puede uno de ellos sustituirlo?

—Yo… supongo que lo intentaré…

—Perfecto. Que tenga un día fantástico. —Colgué rápidamente antes de que pudiera volver a convertirlo en mi problema.

Mi teléfono sonó casi de inmediato, y suspiré cuando vi que era el puesto de seguridad. Después de una breve charla con José, entré en el ascensor para acompañar a los restauradores.

¿Dónde estaba Cooper?

Después de dejar entrar al equipo de muebles en la oficina de Cooper y que se pusieran a trabajar, volví al escritorio de Marlee. Ella entrecerraba los ojos ante su pantalla, probablemente haciendo su revisión matutina de código. ¿Qué tan abierto podía ser con ella sobre mi problema con Cooper? Éramos amigos desde mi primer día, y nos quejábamos riendo de nuestros jefes casi a diario. Pero esto era diferente. Angustiosamente diferente.

Claramente, lo que sea que le pasara a Cooper era su secreto, ya que no me lo había dicho. Y tenía derecho a tener secretos. Al menos en su vida personal. Su vida profesional era asunto mío. Debería haberle dicho a Shauna que no iba a ir. Y a mí.

Nunca lo había visto faltar así a una obligación. Así que, fuera cual fuera su secreto, debía ser uno grande. Uno que no quería que nadie supiera.

Aunque no era asunto mío compartirlo, necesitaba saberlo porque afectaba a Synergy. Cooper era el corazón de la empresa, y si los rumores llegaban a los medios, las acciones se desplomarían como si Thor las hubiera golpeado con su martillo. Y entonces la empresa también se hundiría, igual que en mi último trabajo.

Me aclaré la garganta. —Oye, sé que dije que te ayudaría hoy, pero Cooper me asignó un proyecto especial. —Observé su rostro en busca de alguna señal de reconocimiento o incredulidad.

Me miró rápidamente y se encogió de hombros. —Sin problema, entonces. Dedícate a tu proyecto.

—Él, eh, ¿no te dijo nada a ti ni a Jackson sobre… el proyecto?

Su mirada ya estaba de vuelta en la pantalla. —No. ¿Necesitas ayuda?

—No. No por ahora, de todos modos. Gracias. —Regresé a mi escritorio con paso cansado.

Llamé a Cooper de nuevo. Directo al buzón de voz.

Llamé al hotel en Boston. No se había registrado.

Llamé a Emily, la piloto del jet. No contestó, pero le dejé un correo de voz. ¿Por qué no le había insistido a Cooper para que me diera acceso al seguimiento de vuelo del jet? Sabría si habían despegado del aeropuerto.

Julie, la asistente ejecutiva de Weston, pasó a toda prisa, aferrando papeles contra su pecho por encima de su vientre de embarazada.

Quizás ella sabía lo que estaba pasando. —Oye, Julie.

Se dio la vuelta, con la boca en una línea impaciente. Ella y yo no éramos tan amigas como Marlee y yo, pero nos llevábamos bien. Normalmente. Claramente, algo pasaba hoy. —¿Sí, Ben?

—Disculpa que te moleste. Me preguntaba si el señor Weston había tenido noticias de Cooper hoy. Sé que está en Boston, pero tengo una pregunta para él.

—¿No está dando un discurso de apertura esta mañana? Probablemente te llame después.

Así que ella tampoco sabía nada. —Es cierto. —Sonreí—. Gracias.

Asintió y continuó su carrera hacia la oficina del director ejecutivo.

Tomé mi teléfono celular y lo acuné por un minuto. Mi teléfono de la empresa tenía la aplicación de rastreo de Synergy en caso de pérdida o robo. Como director de operaciones, Cooper guardaba los secretos de la empresa, y los dispositivos que contenían esos secretos, como un tesoro. Lo que probablemente eran, en las manos equivocadas.

Me mordí el labio. No estaba exactamente rastreando un dispositivo perdido. Estaba rastreando a una persona perdida. Un ejecutivo. Era una invasión de la privacidad. Una no autorizada.

Pero ¿y si realmente estaba enfermo? ¿O herido? ¿Y si el jet se había estrellado? El corazón se me aceleró. Alguien habría llamado si el avión se hubiera estrellado, ¿no? Mierda.

Abrí la aplicación de rastreo e hice clic en el nombre de

Cooper. La rueda giró. Por fin, apareció un mensaje. *No se pudo encontrar el dispositivo. Ver mapa para la última ubicación conocida.* Debía haber apagado su teléfono.

Mi corazón latía con fuerza mientras entrecerraba los ojos para ver el mapa. Los puntos de referencia se aclararon. San Francisco. ¿Qué? ¿No se había ido? Hice zoom en el icono que mostraba la última ubicación conocida del teléfono de Cooper. Su casa en Pacific Heights.

Me levanté tan rápido que mi silla salió disparada y golpeó la pared. Tomando mi bolso y mi chaqueta, corrí hacia los ascensores. No se había subido al avión. ¿Estaba enfermo? Es decir, ¿realmente enfermo, no la farsa que había inventado para la Sociedad de Emprendedores? Quizás Jackson lo había contagiado con cualquier virus infantil que tuviera Valentine. Imaginé a Cooper en su cama, solo, ardiendo de fiebre. O gimiendo en el suelo de su baño, aferrado al borde del inodoro.

—Tengo que irme, Marlee —dije al pasar por su escritorio—. Emergencia de proyecto.

—Buena suerte —gritó mientras entraba en el ascensor.

¿Cuánto tiempo había pasado desde que lo había visto? ¿Dieciocho horas? ¿Había estado enfermo y solo durante tanto tiempo? Golpeteé el suelo con mi bota durante todo el trayecto hasta la planta baja.

No me molesté en tomar el autobús. Usé mi tarjeta corporativa —si esto no era un asunto de la empresa, no sabía qué lo era— para tomar un transporte compartido hasta el elegante barrio de Cooper y directamente a su mansión en la cima de la colina, toda de columnas dóricas, piedra blanca y plantas nativas respetuosas con el medio ambiente y bien cuidadas. Le pedí al conductor que me esperara por si teníamos que correr al hospital. Ojalá hubiera pensado en tomar un formulario de confidencialidad antes de salir de la oficina, pero podía ocuparme de eso más tarde. Lo importante era asegurarme de que Cooper estuviera bien.

Subí corriendo hasta la elegante puerta de roble tallado y toqué el timbre. Una pantalla junto a la puerta se iluminó y mostró el rostro de una mujer. Su pelo gris estaba recogido en un moño severo. Su rostro, de un color dorado tostado y con ligeras arrugas, era una máscara inexpresiva. —¿Puedo ayudarle?

—Hola —jadeé. Dios, si solo correr desde el auto me había dejado sin aliento, necesitaba empezar a hacer algo de cardio—. Soy Ben. El asistente de Cooper. Lo estoy buscando. ¿Está bien?

El reconocimiento brilló en sus ojos marrones. —No está aquí.

—¿No… está aquí? ¿No está enfermo?

—Se fue anoche de viaje. Pero dejó un paquete para usted. Tenía la intención de enviarlo a la oficina esta mañana, pero la lavandería se retrasó. —Frunció el ceño—. Un momento. —La pantalla se quedó en negro.

Un minuto después, la puerta se abrió. Por el moño apretado de la mujer, esperaba que abriera la puerta con uno de esos anticuados vestidos de uniforme negro con delantal blanco. Pero llevaba pantalones de yoga y una camiseta salpicada de polvo. Se alisó el bajo de la camiseta—. Estaba limpiando los candelabros ya que el señor Fallon no está. Tenga. —Me tendió una pequeña caja.

La tomé automáticamente. —Pero él… nunca apareció. No fue a Boston.

Sus ojos se entrecerraron. —No está aquí.

—Por favor. —Me acerqué—. ¿Tiene alguna idea de adónde pudo haber ido?

La tenía. Podía verlo en el brillo de sus ojos. Pero dijo: —No. Lo siento. —Dudó un momento—. Lo mejor que puede hacer por el señor Fallon es darle unos días para él solo.

—Por favor, yo…

—Adiós. Cuando regrese, le haré saber que estuvo aquí. —Me cerró la pesada puerta de madera en la cara.

Presioné el timbre una docena de veces más, pero la puerta no se abrió. Finalmente, me apoyé en una columna y examiné la caja que tenía en las manos. Era más larga que ancha y plana, hecha de cartón brillante. Parecía demasiado ligera para una de las elegantes corbatas de seda de Cooper.

Deslicé el pulgar bajo la tapa y la abrí. Un sobre de tamaño comercial normal yacía sobre un pañuelo blanco impecablemente doblado. ¿El mío? Acaricié el algodón almidonado. Mi pañuelo nunca había estado tan limpio o... rígido. Lo olí y percibí el olor del detergente de la ropa de Cooper. Tomé el sobre y luego aplasté la caja para encerrar el aroma. La metí bajo el brazo y centré mi atención en el sobre.

Había garabateado mi nombre en el frente. *Ben.* Solo mi nombre de pila. Era casi íntimo. Me estremecí mientras le daba la vuelta para sacar el contenido.

Un certificado de regalo para un spa. Uno muy generoso que cubriría un día completo de tratamientos, incluso el decadente baño de lodo del Mar Muerto.

Y una nota escrita a mano.

Ben: Estaré fuera unos días. Tómate un tiempo libre. – Cooper

Eso era todo. Once palabras, más mi nombre y el suyo. Sin disculpas. Sin explicación. ¿Qué demonios estaba pasando?

—Necesito encontrarlo —murmuré.

¿Pero de verdad?

Me di la vuelta hacia el auto, todavía aferrando la nota que había escrito. Se había ido, según su empleada. Lo más probable es que no estuviera enfermo. Había apagado su teléfono. Eso significaba que no quería que lo encontraran. Quizás ella tenía razón y lo que más necesitaba de mí era tiempo a solas. Cubrirlo hasta que se suponía que debía volver a la oficina el lunes.

Podía hacer eso. Podía hacer lo que más ayudaría a Cooper —y a la empresa—.

Regresaría el lunes y todo volvería a la normalidad.

¿Verdad?

4

COOPER

ME TOMÓ cinco intentos escribirle el mensaje de texto a mi asesor financiero.

Acciones Dell 25$ Clase A

Normalmente, lo habría hablado con Luis, pero él no estaba trabajando esa noche. Probablemente por eso escribí el mensaje. Estaba solo. Extrañaba a Jackson, pero también estaba enojado con él. Revolcándome en los sentimientos que usualmente mantenía encerrados. Rodeado de felices vacacionistas. Y borracho.

El cantinero era un chico que no conocía. Me giré hacia el tipo corpulento en el taburete de al lado. Usaba un sombrero que me recordó a Marlon Brando en *Guys and Dolls.* ¿Quién carajos usaba un fedora con este calor? Aun así, parecía más sobrio que yo.

—Oye. ¿Este mensaje tiene sentido? —le pregunté, mostrándoselo.

Frunció el ceño al ver la pantalla.

—Creí que Dell ya no cotizaba en la bolsa.

—¿Dell? ¿Qué carajo? —Entrecerré los ojos para ver la pantalla —. Oh, mierda. Un error de dedo. —Luchando contra mis dedos rebeldes, cambié la *D* por una *S* y levanté el teléfono.—¿Mejor ahora?

—¿Quisiste decir vender veinticinco dólares en acciones? ¿O tal vez te refieres a porcentaje?

—Joder. —Pulsé el signo de dólar, lo borré y luego pasé una pantalla tras otra para encontrar el signo de porcentaje. Los caracteres bailaban ante mis ojos.

—¿Quieres que te ayude?

—¿Lo harías? —Intenté dedicarle una sonrisa ganadora, pero tenía la cara adormecida por el whisky. Jackson nunca tuvo ese problema. Incluso borracho, su sonrisa podía derretir a cualquiera. Pero ya no hacía eso. No ahora que tenía una esposa y un maldito hijo. Y un bebé. Mierda. Me sequé los ojos irritados con la manga de mi camisa de vestir y dejé una mancha húmeda en el algodón caído.

Jackson nunca estaría solo en un bar como un perdedor. No por mucho tiempo.

¿Yo, por otro lado? Iba a estar solo para siempre.

El tipo me dio un codazo en el brazo.

—Ya está arreglado.

Miré la pantalla.

Vender 25% de acciones Clase A

—Gracias, amigo. —Con cuidado, me concentré en la pequeña flecha y la presioné.

—Si no te molesta que pregunte —dijo el tipo—, ¿por qué estás haciendo eso ahora? No pareces el tipo de persona que tiene que vender algo para quedarse en un lugar como este.

Me miré los pantalones arrugados del traje y la camisa que se había humedecido con la humedad de la isla. Me veía… como mi padre. Tragué saliva. Él nunca había tenido ropa tan cara como la mía, pero cuando llegaba a casa de los bares, sus camisas de trabajo habían perdido la rigidez que mi madre les había planchado con tanto esmero.

¿Qué me había preguntado? La pantalla de mi teléfono se iluminó. Otra llamada de Ben. La rechacé y recordé: las acciones.

—Malos recuerdos —dije. Ni siquiera yo estaba seguro de si me refería a que las acciones me recordaban a Jackson o si me recordaban mi propio mal comportamiento en mi oficina ayer. De cualquier manera, el recuerdo tenía que ser purgado, y el alcohol me decía que vender acciones lo lograría.

Me quedé sentado un minuto, mirando el único cubo de hielo en mi vaso de whisky. ¿Me sentía diferente? ¿Más ligero, con menos ataduras, menos cargas?

No. Todavía me sentía pesado y melancólico.

Vender acciones de Synergy no había ayudado. El whisky tampoco había servido, aunque ahora el bar tenía un brillo suave como Carole Lombard en *My Man Godfrey*. Era un buen bar. Pasé la mano por la brillante superficie de madera. Un bar agradable. Volvería a visitarlo mañana. Quizás otro día bebiendo me ayudaría a olvidar.

Me deslicé del taburete y me tambaleé por un segundo.

—¿Estás bien, amigo? ¿Necesitas ayuda? —El tipo corpulento del sombrero extendió las manos como si fuera a estabilizarme.

—Yo me encargo de él. —Un bulto más bajo se cernía detrás de mí. Ramón.

—Eres un maletero —dije, como si eso fuera relevante—. No tengo ninguna maleta que puedas cargar.

Se rio.

—Solo me aseguraré de que llegues a tu habitación. A salvo. Y solo. —Mirando con- dureza al otro tipo, me tomó por debajo del codo.

Después de que bajamos los escalones y comenzamos a caminar por el sendero de grava hacia mi bungalow, preguntó:

—¿Cómo está tu mamá?

—Está bien. La llamé cuando llegué ayer. —Una sensación cálida me invadió al recordar que había añadido un par de hombres a su equipo de seguridad. Estaría a salvo aunque yo estuviera a miles de kilómetros de distancia.

—¿Viene a visitarte?

—No esta vez. —No podía verme así. Revolcándome en la autocompasión. Borracho.

—¿Y el resto de tu familia? ¿Vas a ver a Isobel?

—Ni de coña. —Mi tía abuela era peor que Mamá. Me cocinaría, no pararía de hablar y me sacaría toda la sórdida historia. Y lo último que quería era rememorar cómo me había convertido en Mick Fallon con mi mejor amigo, recordar sus ojos abiertos y asustados, y la expresión de sorpresa de Ben.

No quería volver a pensar en eso nunca más.

—Necesitas a alguien —dijo—. No deberías estar solo.

—¿No debería? —Por alguna razón, la cara de Ben apareció en mi visión. Parpadeé con fuerza. No. Cuando no podía confiar en mí mismo, estar solo parecía lo mejor. Tal vez podría alquilar una cabaña en la montaña y convertirme en un ermitaño.

Lo que necesitaba era otra copa.

Afortunadamente, tenía un mueble bar lleno en mi bungalow, y tan pronto como Ramón me dejó, me serví otro whisky.

Si bebía lo suficiente, podría olvidar lo que había hecho. Lo que había perdido.

5

BEN

A LA MAÑANA SIGUIENTE, justo cuando estaba a punto de hacerle ping de nuevo al celular de Cooper, Julie se plantó frente a mi escritorio. Apagué la pantalla de mi celular y le dediqué una sonrisa. —¿Qué puedo hacer por usted, Julie?

—El señor Weston dice que el señor Fallon se tomará un tiempo libre. ¿Eso significa que no se conectará a la conferencia de prensa sobre la alianza de investigación?

Mierda, eso era hoy. Synergy había asignado un pequeño equipo para personalizar nuestro software para una organización de investigación sobre el cambio climático, como lo habían hecho el año pasado para un grupo de investigación genética. La esperanza era que el motor de análisis de Synergy pudiera agilizar y acelerar la investigación para obtener resultados más rápidos. Cooper había luchado mucho por la donación y debería haber sido él quien hablara de ello.

—No, lo siento.

—Le informaré al señor Weston.

Solté el aire. —Gracias, Julie.

—Pídale que envíe una actualización por correo electrónico,

¿quiere? El señor Weston busca las últimas cifras para su gran proyecto. Además, quiere la contraseña de la red de Cooper.

—¿Su contraseña?

—Como Cooper no volverá por un tiempo, el señor Weston quiere asegurarse de poder acceder a sus archivos. Necesita su contraseña.

—Yo... no puedo dársela. —En mi capacitación de empleado nuevo, había firmado un papel que decía que nunca, jamás, compartiría mi contraseña con nadie, ni siquiera con mi hermana. Eso también tenía que aplicarse a la contraseña de Cooper.

Julie frunció el ceño. —Claro que puede. No le pertenece a Cooper. Le pertenece a Synergy. Y el señor Weston es el director general.

Insensible, mis labios formaron la palabra: —Está bien.

Después de que se alejó, dejé caer la cabeza entre las manos.

Debería haberme tomado el maldito día de spa.

Weston sabía que Cooper se había ausentado. Supuse que tenía sentido que Cooper se lo hubiera dicho a su jefe. ¿No podría haberse tomado el tiempo de decírselo a su asistente? Maldita nota. Maldito certificado de regalo. Me ardía el estómago.

Pero yo era un profesional, incluso si Cooper había decidido dejar de comportarse como tal. Le enviaría un correo electrónico...

¡Correo electrónico! ¿Por qué no había pensado en eso? Si Cooper estaba enviando correos electrónicos, tal vez podría averiguar a dónde se había ido.

Pasé de la aplicación del calendario a la del correo e inicié sesión para ver la de Cooper. Los no leídos eran abrumadores; tendría que priorizarlos más tarde. Revisé la bandeja de Enviados.

Se había enviado un correo electrónico desde que Cooper desapareció el martes por la noche. La marca de tiempo era del miércoles por la noche, hacía menos de ocho horas. Lo examiné, ávido de detalles.

Era un mensaje para la responsable de cumplimiento normativo de Synergy, confirmando un correo electrónico de su asesor financiero. Cooper planeaba vender algunas acciones de Clase A.

Pero. Qué. Carajos.

Busqué una respuesta en la bandeja de entrada de Cooper. Ahí estaba. La responsable de cumplimiento normativo envió una respuesta amistosa recordándole a Cooper que actualmente estábamos en un período de restricción, pero que podría vender tan pronto como terminara en una semana.

Cooper iba a vender acciones. No cualquier acción. De Clase A, las que daban el control de la empresa.

¿Qué carajos significaba *eso*?

Sabía lo que había significado en mi antigua empresa, pero solo en retrospectiva. Los fundadores se habían deshecho de sus acciones unas semanas antes de que todo se viniera abajo. Uno dijo que iba a comprar una casa en la playa; el otro se estaba divorciando y necesitaba el dinero. No hubo ninguna casa en la playa. El divorcio sí ocurrió, sin embargo. Y después de que tuvieron su dinero, me llamaron a la sala de conferencias, con sus rostros llenos de disculpas y una pizca de culpa, y me despidieron.

Con la pequeña cantidad de indemnización que me dieron, tuve que elegir entre pagar el alquiler y pagar la matrícula.

Cuando le pregunté a mi novio, Trey, si podía quedarme con él por un mes o dos, solo hasta que pusiera mi vida en orden, puso una cara de terror. De acuerdo, tal vez tenía una mancha de helado de Triple Galleta de Fudge y Chocolate de Häagen-Dazs en la camiseta y no me había afeitado en unos días. Pero cuando empezó a poner excusas, supe que lo nuestro había terminado.

Me merecía a alguien que me apoyara cuando lo necesitaba. Que no huyera a la primera señal de problemas. Que estuviera dispuesto a superar juntos los problemas de la vida. Me mudé con Mimi al día siguiente y dejé de contestar las llamadas y los mensajes de Trey a altas horas de la noche.

Y cuando encontré un gran trabajo en Synergy que pagaba mi matrícula, me prometí a mí mismo que no me volverían a tomar por sorpresa. La próxima vez estaría preparado, alerta a cualquier problema.

¿Sabía Cooper algo sobre el futuro de Synergy? ¿Estaba huyendo mientras podía? El sudor me corrió por la espalda y me pegó la camisa a la piel.

Abrí una ventana del navegador y busqué. No eran todas sus acciones de Clase A. Alrededor de una cuarta parte. Ni de cerca una liquidación total.

Aun así, ¿qué significaba?

—¿Estás bien?

Levanté la vista de la pantalla, parpadeando. No había oído el cliqueteo de los tacones de Marlee sobre los viejos tablones de madera. Una pequeña arruga de preocupación dividía sus cejas.

Minimicé la ventana del navegador. —Estoy bien. ¿Qué pasa? —Intenté sonreír, pero no lo conseguí.

—Estás muy pálido. ¿Seguro que te encuentras bien?

Marlee había trabajado en Synergy mucho más tiempo que yo. Conocía a Jackson y a Cooper mejor que yo. Y era discreta con las andanzas de Jackson. Podía hablar con ella.

—¿Tienes un minuto? —Señalé con la cabeza la sala de conferencias vacía detrás de ella.

—Claro. —Me guio hasta la sala, que daba a la concurrida calle y a los altos edificios que rodeaban la fábrica reconvertida que ahora albergaba a Synergy. Cerré la puerta.

Sabía algo sobre acciones por mi clase de finanzas del año pasado. El trabajo de la responsable de cumplimiento normativo era garantizar que lo que Synergy hacía fuera legal según las regulaciones gubernamentales. Probablemente ya había enviado un aviso público del plan de Cooper para vender sus acciones, así que no le estaría contando a Marlee nada confidencial.

Aun así, no estaría de más ser prudente. —¿Cuándo fue la última vez que Jackson vendió acciones de Synergy?

La pequeña arruga de preocupación volvió a aparecer. —¿Te refieres a cuando ejerció sus opciones sobre acciones?

—No, me refiero a vender acciones de verdad.

—He trabajado para Jackson durante cuatro años y nunca he sabido que vendiera acciones. Ni cuando compró su casa, ni cuando se casó, ni cuando tuvieron a Valentine. Él y Cooper se aferrarán a esta empresa hasta que se la arranquen de sus frías y muertas manos. ¿Por qué lo preguntas?

Comprobé que la puerta estuviera cerrada detrás de mí. —Cooper va a vender algunas de sus acciones de Clase A. Eso parece raro, ¿verdad?

Los ojos de Marlee se abrieron de par en par. —Superraro. Las de Clase A son las que les dan derechos de voto extra, ¿no?

—Exacto.

Arrugó la nariz. —Pensé que esas se heredaban. Como los Ford. ¿Acaso puede venderlas?

—No en el mercado de valores normal. Pero los estatutos de Synergy permiten a los titulares convertirlas en un número mayor de acciones ordinarias.

—Mírate, con tu sofisticado título en negocios.

Me ardieron las mejillas. —Título en negocios en curso.

—¿Qué te dijo cuando le preguntaste al respecto?

Hice una mueca. Antes, no quería revelar que Cooper estaba desaparecido. Y todavía no llevaba desaparecido ni cuarenta y ocho horas. Pero Marlee podría ayudarme a localizarlo. Además, estaba desesperado por compartir la carga.

—Cooper se fue. Desapareció. No se presentó en Boston. —Solté las palabras atropelladamente, contándole sobre el celular de Cooper, su ama de llaves, los mensajes no devueltos al piloto, el correo electrónico. Incluso la nota que me decía que me tomara unos días libres, aunque no pude mirarla a los ojos cuando se lo conté.

Para cuando terminé, Marlee se cubría la boca con las manos. —Eso no está bien —murmuró entre los dedos—. Tenemos que localizarlo.

—Llevo un día y medio intentándolo, pero sin suerte.

Marlee dejó caer las manos a los costados y se alisó la falda. —Lo bueno es que sabemos que está vivo y al menos razonablemente bien si está enviando correos electrónicos a la responsable de cumplimiento normativo.

No lo había pensado de esa manera. La tensión en mi cuerpo se alivió un poquito. —Vaya Boy Scout. Cumple con los protocolos incluso cuando está desaparecido.

Marlee resopló. —Un Boy Scout. Aun así, tenemos que encontrarlo. Alguien se va a enterar en algún momento, y que tu Director de Operaciones desaparezca no da una buena imagen.

—Vale, ¿cuál es el plan? —Marlee siempre tenía un plan.

—Hablaré con Jackson. Si Cooper le dijo a alguien a dónde iba, habría sido a él. Y usaré algunas de mis técnicas para rastrear a Jackson para averiguar a dónde fue Cooper.

—¿Técnicas para rastrear a Jackson?

Esbozó una sonrisa de suficiencia. —La técnica favorita de Jackson para lidiar con el estrés es desaparecer. No tienes idea de todos los lugares en los que ha intentado esconderse. Déjame trabajar en ello un par de días. Hoy es jueves. Si no he averiguado nada y no ha vuelto para el lunes, reevaluaremos.

Eso encajaba con los pocos días que él pensaba que estaría fuera. —Quizás fue a un spa.

—¿Uno de esos retiros silenciosos en un monasterio?

Me reí al pensar en Cooper Fallon permaneciendo en silencio durante una semana sin dar órdenes a nadie. —Que Dios ayude a esos monjes.

—No te preocupes. Lo encontraremos.

Aferrado a la mano de mi amiga, me sentí un poquito mejor.

6

BEN

ESPERARON hasta el postre para emboscarme.

Papá acababa de traer su panqué de limón casero con salsa de frambuesa cuando sonó el timbre.

—¿Quieres que vaya a ver quién es? —dijo Mimi, dejando la jarra de café.

—No, no. —Mi madre agitó las manos con nerviosismo. La miré entrecerrando los ojos. Mamá, abogada ambientalista, nunca se ponía nerviosa—. Le pedí a un socio que me trajera unos papeles esta noche. ¿Recuerdas que te hablé de él? El nuevo. David. —Corrió hacia la puerta.

Mi madre nunca corría así.

Le levanté una ceja a papá, pero él centró su atención en cortar gruesas rebanadas de pastel. Así que me volví hacia Mimi. Torció los labios hacia un lado.

—¿Tú qué sabes, Mimi?

—Nada. —Sacó otra taza de porcelana del aparador antiguo. Hasta la parte de atrás de su pelo rizado parecía presumida.

Mamá volvió a entrar apresuradamente en el comedor, haciendo que las velas de Shabat parpadearan. —David fue tan amable de traerme los papeles que necesitaba de la oficina que le pedí que se quedara para el postre.

Detrás de ella, un chico blanco de mi edad entró en la habitación. No era mucho más alto que mi madre, así que medía más o menos lo mismo que yo. Tenía el pelo oscuro, una barba bien recortada y una nariz buena y fuerte. Tenía esa apariencia de no ver nunca el sol que tenían todos sus socios por pasar demasiado tiempo en la oficina.

Le puse los ojos en blanco a mi hermana. Mamá lo había vuelto a hacer.

—David, ya conociste a mi marido, Adam, en la fiesta del mes pasado. Esta es mi hija, Miriam, y mi hijo, Benjamin. Ben está terminando su carrera en empresariales.

Mimi ni siquiera tuvo derecho a una profesión. Ahí se fue mi última esperanza de que este plan fuera para ella. Era para mí. Maravilloso.

Le estrechó la mano a Mimi y luego a mí. Un apretón bueno y firme. Unas largas pestañas bordeaban sus ojos oscuros. —Shabat shalom —dijo.

—Shabat shalom —repetí. También era judío. Mamá estaba apuntando a lo grande con David.

Lo dirigió al asiento junto al mío. Durante el pastel y el café, tuvimos una charla trivial sobre dónde creció, a qué universidad fue y cuánto le gustaba el derecho ambiental.

Mamá fingió estar absorta en la conversación de papá y Mimi sobre el último escándalo del mercado de valores, pero me di cuenta de que estaba escuchando por la forma en que se crispó cuando David habló de su estelar universidad.

Finalmente, intervino. —Ben tomó un camino no tradicional para su formación. Y ahora está trabajando y estudiando. Va a seguir a su padre en los negocios.

—¿De verdad? —David había fruncido el ceño cuando le dije que era asistente ejecutivo, pero ahora sus ojos castaños se iluminaron. Trey había sido igual. Cuando nos conocimos, me preguntó por qué quería ser secretario.

—Bueno, no exactamente. Mi padre dio clases durante veinte años antes de empezar su negocio de tutorías. Una vez que tenga mi título, solicitaré un trabajo diferente en la empresa donde Mimi y yo trabajamos. Quizá en *marketing*.

—El *marketing* es una buena elección, Ben. —Mamá debió de ver la forma en que no pude evitar arrugar la nariz al hablar de mi trayectoria profesional—. Sabes que no puedes mantenerte con el trabajo social.

—Lo sé. —Lo habíamos discutido una y otra vez hasta que cambié de carrera. El *marketing* no era la carrera más emocionante, pero me quitaría a mamá de encima y me sacaría del sofá de Mimi.

Y dejaría atrás el sexto piso, a Cooper Fallon y sus tentadores ojos azules.

David inclinó la cabeza. —No suena muy entusiasmado con el *marketing*.

Volví a centrarme en él. Sus ojos eran realmente bonitos con esas pestañas largas. No tan impresionantes como los de Cooper, pero mamá se había tomado toda esta molestia. Puse una sonrisa coqueta en mi cara. —¿Con qué sueno entusiasmado?

—Bueno… —alisó la tela junto al pliegue impecable de sus pantalones—, ha hablado mucho de Cooper Fallon.

Alcancé mi vaso de agua, deseando que tuviera más hielo para enfriar mis mejillas. Me lo bebí de un trago y dejé el vaso sobre la mesa. —Es mi jefe. Y es increíble. Surgió de la nada para crear una empresa Fortune 1000 en menos de diez años.

—Stanford no es la nada. —Mi madre no podía mantenerse al margen de nuestra conversación—. Puedes hacer cualquier cosa con un título de Stanford. Podrías… —Frunció los labios—. ¿Por qué estamos hablando de Cooper Fallon? ¡Ustedes dos tienen tanto en común! A ambos les gusta…

Cuando hizo una pausa demasiado larga, intercambié una mirada con David. ¿Qué teníamos en común?

—¡Las causas! —dijo ella por fin—. A David le importa el medioambiente…, de ahí el derecho ambiental. Y a Ben…

Se había acorralado a sí misma de nuevo. No quería sacar a relucir mi causa particular porque le tocaba demasiado de cerca.

David no sabía el campo minado en el que se había metido. —¿Cuál es su pasión, Ben?

—Soy voluntario la mayoría de los fines de semana en el centro comunitario. Con niños en situación de riesgo.

David se inclinó hacia adelante. Su voz profunda y la atención constante de esos ojos marrones deberían haberme hecho sentir un hormigueo. Pero, maldita sea, no había hormigueo. Nada de nada. —¿Por qué el centro comunitario?

Lancé una mirada a mis padres, que se habían quedado quietos. Mejor no revelar esa sórdida historia a un extraño, especialmente a uno que trabajaba para mi madre. Así que me encogí de hombros, como si nunca me hubieran dado una manta raída en un refugio. —Me apasiona la falta de vivienda, especialmente porque afecta de forma desproporcionada a las personas LGBTQ.

—Oh. Eso es noble de su parte.

Los hombros de mi madre se relajaron. Papá empezó a recoger los platos vacíos.

Me levanté y tomé el plato de David. —Oh, soy lo más alejado a ser noble. Pero muchas veces, los refugios son lo único que se interpone entre esos chicos y el daño que se pueden hacer a sí mismos o que otros les pueden hacer.

—No, Ben, yo me encargo de los platos. —Mamá se medio levantó.

Le hice un gesto para que se sentara. —Necesito estirarme. ¿Por qué no le cuentas a David el día del año pasado en que todo el bufete fue voluntario en el comedor social? Ya sabe, David, está a solo cinco kilómetros de aquí. El hambre es un problema real en nuestras comunidades.

No es que él lo hubiera experimentado alguna vez. Cooper, por otro lado, me daba esa impresión. No parecía sentir las señales de su estómago. Quizá era su régimen de entrenamiento el que se lo había provocado, pero esa era otra señal de un pasado problemático: tratar de ejercer control sobre el propio cuerpo. Por eso le llevaba todos esos batidos y los endulzaba con arándanos.

No, los arándanos no eran solo porque me recordaban a sus ojos.

—Me gusta esa pasión, ese fuego —dijo David, sacándome de mis cavilaciones sobre Cooper Fallon.

—Gracias —dije, sonriendo. Cómo deseaba poder apasionarme por David. Pero mi obstinado corazón solo quería a un hombre. Uno que no podía tener.

En la cocina, puse la pila de platos junto al fregadero y cargué en el lavavajillas los que papá enjuagó.

Papá se apoyó en el fregadero. —Está tratando de ayudar, ¿sabes?

Suspiré. —Lo sé. Y es un tipo perfectamente agradable, pero…

—¿Pero?

—No estoy listo.

Me miró por debajo de sus cejas grises. —Han pasado meses desde que rompiste con ese… ese…

—Trey, papá. Se llama Trey.

—Es un imbécil —susurró—. No era lo suficientemente bueno para ti.

—No. —Sonreí. No podía evitarlo con mi padre protector—. No era el adecuado para mí. Pero así es todo mi historial de citas: tipos que no creían que yo fuera lo suficientemente bueno para ellos. Y tipos así no me merecen. Por eso me estoy tomando un descanso. —Cerré el lavavajillas.

—Pero y si…

—No. —Me crucé de brazos—. Ni siquiera si… si Jonathan Groff apareciera en mi puerta y me rogara que lo invitara a un café. Estoy centrado en mis estudios. Y en mi trabajo. Haré que te sientas orgulloso. Te lo prometo.

—Benny, sabes que estamos orgullosos de ti, sin importar nada. Has salido adelante, has hecho algo con tu vida. —Se secó las manos y puso una en mi hombro—. Pero no tienes que hacerlo solo. Creo que serías más feliz con alguien a tu lado. Alguien que te merezca. —Apretó mi hombro.

Acaricié su mano y parpadeé para contener las lágrimas que me ardían en los ojos. —No estoy solo. Los tengo a ustedes. Y a Mimi. No necesito a nadie más. Estoy bien por mi cuenta.

—No tienes que demostrarnos nada. De hecho, estaríamos encantados de ayudar…

Levanté una mano. —No, papá. Yo me pago lo mío. Synergy me está pagando la matrícula ahora, y estoy ahorrando para mi propio lugar.

—Benny…

Negué con la cabeza. Habíamos tenido esta discusión demasiadas veces.

—Aun así —dijo—, la vida es más divertida con alguien especial.

Sonreí. —Puede ser. Tú y mamá deberían saberlo. Es solo que todavía no he encontrado a esa persona especial.

—¿Entonces es un no para David? —Una comisura de su boca se elevó.

—Hoy, es un no.

—Pobre tu madre. Lleva semanas trabajando en esto.

—Estoy seguro de que encontrará a un chico encantador.

—Y algún día —me atravesó con la mirada—, tú también lo harás.

Así era mi padre. Siempre viendo lo mejor en la gente. Incluso en mí. Me alegraba de que no pudiera ver la verdadera razón por la que David no me resultaba atractivo. Ese era mi enamoramiento altamente inapropiado de mi jefe inalcanzable.

Que actualmente estaba desaparecido.

7

BEN

COOPER NO HABÍA VUELTO el lunes.

Peor aún, el propio Weston me llamó a su oficina para pedirme la contraseña de red de Cooper. Había esperado que se olvidara del asunto, pero debí haberlo imaginado. Nuestro intenso director ejecutivo no se olvidaba de nada.

—Enviaré una solicitud a TI hoy mismo —prometí.

Él frunció el ceño. —¿Tenemos que involucrar a TI? ¿No te la sabes?

—No. —Incluso si la supiera, no se la diría—. Es difícil que te despidan en Synergy, ¿pero meterse con la seguridad? Si Cooper se enteraba, estaría de vuelta en la fila del desempleo.

—Revisa su escritorio. Quizás la tenga escrita.

Podría haber enumerado de memoria los artículos sobre el inmaculado escritorio de Cooper, y era imposible que hubiera escrito su contraseña en una nota adhesiva y la hubiera pegado debajo de su teléfono como un boomer cualquiera. Pero para salir de la oficina de Weston, dije: —Claro, revisaré ahora.

Pasé de largo la oficina de Cooper y fui directamente al escritorio de Marlee. Mirando por encima del hombro para asegurarme de que Weston no me observaba, la jalé a una sala de conferencias cercana y le conté lo que Weston me había pedido que hiciera.

Marlee pestañeó con sus grandes ojos marrones. —No le diste la contraseña, ¿verdad?

—No, ni siquiera me la sé. ¿Tú te sabes la de Jackson?

—Ya no. Aunque sí me la sabía cuando él estaba… —hizo una mueca—, pasando por su fase menos responsable. Necesitaba mucha ayuda en ese entonces. Yo solía asignárselas. Siempre usaba los títulos de mis libros de romance favoritos.

—Tú… olvídalo. —Cooper nunca me había pedido eso. ¿Significaba que no confiaba en mí? ¿O que podía hacer sus propias cosas, a diferencia de Jackson?—. Supongo que le preguntaré a los de TI.

—No lo hagas.

Se sintió bien que Marlee confirmara la mala espina que la petición de Weston me había dado. —No debería, ¿verdad? Es raro.

—Nadie debería compartir contraseñas. No lo habría hecho por Jackson en ese entonces si no hubiera sido una situación desesperada. Cooper pondría tu cabeza en una pica y la usaría como ayuda visual en su próximo discurso sobre ciberseguridad.

—Cierto. —Dios, cómo deseaba que estuviera allí para explicar lo que estaba pasando. Incluso si me gritaba por no haberme negado al instante a la petición de Weston—. ¿Alguna suerte con tus técnicas de rastreo de Jackson?

—Todavía no. —Bajó la voz—. ¿Revisaste la aplicación de rastreo de teléfono?

—Sí, todos los días, pero ninguna señal.

—Probablemente la desactivó. Él la creó, sabes.

Hice una mueca. —Ah. —Debí haber recordado que Cooper era un genio de los negocios y un programador decente—. ¿Y ahora qué?

—Ahora pasamos a la Fase Dos del plan.

—¿Fase Dos?

—Weston sabe que se ha ido. Y si te está pidiendo la contraseña de Cooper, algo se trae entre manos. Necesitamos intensificar las cosas. Averiguar qué sabe Weston.

No conocía a Weston tan bien. Era guapísimo, del tipo zorro plateado, pero la torcida mueca cruel de su boca carnosa me repelía por completo. Y esos ojos suyos azul zafiro siempre estaban observando. Escalofriante. Volví a mirar por encima del hombro, pero nadie merodeaba fuera de la puerta de cristal de la sala de conferencias.

—¿Qué crees que trama?

—Ni idea, pero no puede ser nada bueno. Jackson no confía en él.

Ahí estaba de nuevo esa sensación de que se me caía el estómago, como si estuviera en una montaña rusa y acabáramos de empezar a caer por la pendiente más grande. Pero Marlee encontraría una solución.

—Gracias, Marlee. —La abracé, envuelto en su perfume con aroma a rosas.

—No me des las gracias todavía. —Apretó su agarre en mi espalda y me habló al oído—. No has oído tu parte del plan.

MARLEE ME HIZO MEMORIZAR los tres pasos del plan que sonaba engañosamente simple, al que había llamado Operación Buscando a Nemo. ¿Quién habría pensado que una mujer que se veía y hablaba como una princesa de Disney tenía una mente tan retorcida?

Al día siguiente, martes, una semana desde que había visto a Cooper, se detuvo en mi escritorio, con el brazo sobre los hombros de Julie. Ambas llevaban sus impermeables, el de Julie abierto alrededor de su vientre protuberante. ¿Cuándo estaba programada su licencia de maternidad de nuevo? Parecía que pronto.

—Hola, Ben. Julie y yo vamos a ir por un helado a ese camión al final de la calle. Tienen unos sabores increíbles, pero solo estará ahí por otros veinte minutos.

Los ojos de Julie se abrieron como platos. —Marlee dice que tienen uno de camote y tocino. ¿Y quizás una bola de helado de sriracha encima?

Reprimí un escalofrío. —Suena delicioso. —Casualmente, añadí—: ¿Hay algo que necesite cubrir mientras no están?

—Ay, Dios mío, casi lo olvido. No puedo ir, Marlee. El señor Weston tiene una llamada con el presidente en cinco minutos. Siempre me hace marcar la llamada y conectarlos como si fuera 1960. —Puso los ojos en blanco.

Solté un bufido falso. —Puedo hacer eso por ti, no hay problema.

—¿De verdad? —Sus ojos se abrieron como platos.

—Por supuesto. No quisiera que te perdieras ese helado de sriracha.

—Ay, Dios mío, se me hace agua la boca. Te debo una bien grande, Ben. Toda la información está en mi calendario.

Marlee me guiñó un ojo. *Paso Uno: listo.*

—Yo me encargo. Que se diviertan.

—Gracias. Eres el mejor, Ben —gritó Julie por encima del hombro mientras Marlee la guiaba hacia el ascensor.

Ahora, el Paso Dos. Abrí el calendario de Julie y encontré la información de la llamada. Cuando el reloj marcó la hora en punto, llamé al presidente y le pedí que esperara a Weston. Luego llamé a Weston.

—Señor Weston, tengo al presidente en espera.

—¿Ben? ¿Dónde está…? Olvídalo. Pásamelo.

Conecté la llamada, pero en lugar de colgar, me quedé en la línea, asegurándome de haber silenciado mi micrófono. Marlee me había prometido que Weston no era lo suficientemente experto en tecnología como para darse cuenta. Aun así, observaba la puerta cerrada de su oficina desde mi escritorio, con las palmas sudorosas haciendo que el auricular se me resbalara en la mano.

—Buenas tardes, Charles. —Weston se lanzó a una charla

trivial, preguntando por la nueva nieta del presidente, su esposa y sus propios negocios. A cambio, el presidente propuso una salida de golf en unas pocas semanas, cuando el clima mejorara.

Mientras charlaban de todo y nada, yo esperaba, con el lápiz preparado sobre mi bloc de notas y el sudor perlando mi frente. Respiraba lo menos posible, aunque estaba en silencio y no podían oírme.

Finalmente, Weston preguntó: —¿Leíste mi propuesta?

—Sí, y tengo algunas preocupaciones. —El presidente sonaba… ¿incómodo? Eso no podía ser. Solo lo había visto una vez, y había sido todo tranquilidad y confianza—. No creo que Cooper o Jackson aprueben algunas de tus medidas de reducción de costos. El plan de reembolso de matrícula, por ejemplo…

Jadeé. Luego verifiqué por tercera vez que seguía en silencio. Nunca terminaría mi carrera si Synergy no pagaba mis clases y libros. Pero el presidente aún no había terminado.

—Lo que de verdad es inaceptable es este recorte de personal del diez por ciento en todos los ámbitos. Ninguno de los dos fundadores ha apoyado jamás una reducción de personal, ni siquiera durante la última recesión.

Me puse rígido. ¿Despidos? ¿A quién despedirían? ¿A alguien de un departamento grande como el de mi hermana, Mimi, o a los contratados más recientes? A mí me habían contratado hacía solo seis meses.

—¿Cuál es la situación con Cooper? —preguntó el presidente —. Jackson no lo aprobará si él se opone.

—No creo que Fallon sea un problema por mucho más tiempo.

Un escalofrío en toda regla me recorrió la espina dorsal cuando Weston dijo eso. Era un imbécil, pero no haría nada para lastimar a Cooper, ¿o sí?

—¿A qué te refieres? —Puse los ojos en blanco hacia el tragaluz y le agradecí a Dios por hacer que el presidente hiciera la pregunta que me quemaba en los labios.

—Ha presentado una notificación de conversión de Clase A.

El presidente no dijo una palabra por unos segundos. —¿Cuánto?

—Aproximadamente una cuarta parte.

—Podría ser que necesite el dinero.

—Podría ser. O podría ser una señal de que ya no puede más. Que está agotado. No sería el primer fundador en desilusionarse con su empresa. En querer seguir adelante. Lo que respalda la oportunidad de la que te hablé la semana pasada.

—¿Has hablado con tu contacto? —preguntó el presidente.

¿Una oportunidad? ¿Un contacto? ¿Qué estaba pasando?

—Si vende otro cinco por ciento, él y Jones perderán su bloque de votación. Synergy se vuelve mucho más atractiva.

¿Atractiva para quién? ¿Para los clientes? ¿Para el mercado? ¿De qué estaban hablando? Me había quedado tan quieto que no sentía los pies. Agarré el auricular como si fuera un salvavidas.

—Eso es lo que me preocupa. —La voz del presidente retumbó en mi oído—. ¿Y si hay una adquisición hostil? Gurusoft…

—Charles, Charles —arrulló Weston—. Lo tengo bajo control. Trabajé con el oficial de cumplimiento. La empresa está a salvo de acercamientos no deseados.

El presidente guardó silencio. Me quedé mirando la pantalla de mi computadora, sin ver nada. Weston dijo que tenía la situación bajo control. ¿Cómo? ¿Y el cambio en las acciones y el poder significaría que a Jackson y Cooper les resultaría más difícil resistirse a las medidas de reducción de costos de Weston? Esas medidas me afectaban directamente.

Si me despedían, volvería a estar de patitas en la calle por segunda vez en menos de un año. Sin plan de matrícula, sin título universitario. Si Mimi también perdía su trabajo, ambos quedaríamos en la calle.

Colgué el auricular. No necesitaba oír más. Tenía que encontrar a Cooper, asegurarme de que no vendiera más acciones y hacer lo que fuera necesario para que volviera.

8

BEN

JUEVES, diez días desde que había visto a Cooper, y el método secreto de rastreo de Marlee no había arrojado ni una sola pista. Y cuando le preguntó a Jackson dónde podría estar Cooper, estaba tan confundido como nosotros.

Cooper tampoco lo había llamado a él.

El celular de Cooper seguía sin ser localizable y su buzón de voz estaba lleno. Volví a su casa, pero su ama de llaves me volvió a cerrar la puerta en la cara.

Fui a clase el jueves por la noche, pero no escuché ni una palabra de lo que se dijo, demasiado ocupado preocupándome por el curso de verano. No podría permitírmelo si Weston eliminaba el programa de ayuda para la matrícula. Y si me despedían, sería ese tipo con otro hueco en su currículum, viviendo en el sofá de su hermana, lo suficientemente desesperado como para luchar por un trabajo de salario mínimo.

El viernes, en la sala de descanso de empleados del sexto piso, le di un bocado a mi sándwich de pavo. Tragué con dificultad para deshacer el nudo que tenía en la garganta. ¿Cuántos almuerzos más comería en la oficina de Synergy? ¿Cuánto faltaba para que tuviera que lidiar de nuevo con la oficina de desempleo?

Marlee irrumpió en la sala de descanso, con las mejillas tan rosas como su blusa.

—¡Tengo noticias!

Dejé caer mi sándwich sobre la servilleta.

—¿Buenas noticias?

Se encogió de hombros.

—¿A estas alturas no es buena cualquier noticia?

—Tienes razón —si teníamos una pista sobre a dónde se había ido Cooper, estábamos un paso más cerca de traerlo de vuelta. Dejando mi almuerzo en la mesa, seguí a Marlee a la sala de conferencias vacía más cercana.

Cerró la puerta y se apoyó en ella. En voz baja, que vibraba de emoción, dijo—: ¿Conoces esa isla a la que va de vacaciones?

—En el Caribe, ¿verdad?

—Sí. Está allí —se metió la mano en el bolsillo de la falda y sacó una nota adhesiva. Se la tomé. En su caligrafía enlazada estaba el nombre de un resort, un número de teléfono y una dirección.

Una isla caribeña. Estaba de jodidas vacaciones, tomando tragos con sombrillitas y dándole a su piel ese tono dorado que tan bien le quedaba. Mientras todos nosotros nos preocupábamos por él.

Ignorando la sensación de hundimiento en mi estómago, agité la nota.

—¿Cómo lo encontraste?

Hizo una mueca.

—No está usando su tarjeta corporativa. Puede que haya llamado a la compañía de su tarjeta personal y fingido que pensábamos que se la habían robado. No se lo digas, sobre todo si le cancelan la tarjeta.

Como dije, astuta.

—Tu secreto está a salvo conmigo —miré fijamente la nota—. Entonces, eh, ¿los llamo y pregunto por Cooper?

Hizo una mueca.

—Lo siento, ya lo intenté. Son igual de pesados que su ama de llaves. Ni siquiera quisieron confirmar si se estaba alojando allí. Vas a tener que ir.

—¿Ir? —parpadeé. Nunca había subido a un avión. Ni siquiera había salido del estado de California. Nunca lo había necesitado. Todo lo que me importaba —mi trabajo, mi familia— estaba aquí.

—Sí, ya sabes. Vuela hasta allá. Encuéntralo. Secuéstralo. Lo que sea necesario.

Lo que sea necesario. Tenía razón. Había demasiado en juego como para no intentarlo. Sin Cooper, no tendría trabajo ni ninguna esperanza para mi futuro. Y tampoco Marlee. Aunque ella era miembro a tiempo parcial del equipo de desarrollo, si obligaban a Jackson a irse, no querrían mantener cerca a su más leal seguidora.

—Ya reservé tus vuelos para mañana por la mañana. Siento no poder conseguir el jet de la empresa, pero tenemos que mantener esto con discreción, ¿sabes? ¿Tienes tu tarjeta corporativa? ¿Y pasaporte?

—Cooper me hizo sacar uno cuando me contrató. Por si tenía que viajar con él —me había estremecido cuando me lo dijo, pensando en paseos por los Campos Elíseos o en sacarme una selfi frente a las Torres Petronas con Cooper. Pero nunca me había pedido que viajara con él. Y ahora, tal vez nunca lo haría.

—Entonces, estás listo. Llámame en cuanto lo encuentres, ¿de acuerdo? —se frotó el párpado, corriéndose el rímel sobre las ojeras moradas que tenía desde hacía una semana.

Saqué mi pañuelo —no el que olía a Cooper, sino uno normal — y le limpié el rímel.

—De acuerdo. ¿Y tú me llamarás si sabes algo más?

—Sip —me miró fijamente—. Hay mucho en juego en esto. Sé que puedes hacerlo.

Asentí, sintiéndome como Spider-Man recibiendo una orden de Iron Man. Aunque Iron Man no solía vestir tanto de rosa. El peso del mundo —al menos de la empresa— recaía sobre mis hombros.

—¿Y? —sus cejas se arquearon.

—Y... ¿qué? —parpadeé, mirándola.

—¡Vete a casa! Haz la maleta. Duerme. Tu único trabajo ahora es encontrar a Cooper. Concéntrate, Ben —puso las manos en sus caderas.

—Sí, señora.

Asintió, abrió la puerta y salió con paso decidido. Volví a la sala de descanso y tiré los restos de mi almuerzo. Aturdido, empaqué mi bolso y me fui. Para esta misma hora mañana, estaría en mi misión: Operación Buscando a Nemo. No podía volver sin él.

———

CUANDO MIMI LLEGÓ A CASA, yo estaba mirando mi maleta de lona, con montones de mi ropa rodeándola en el sofá que también era mi cama.

—¿Qué estás haciendo? —se quitó los zapatos con los pies y dejó su maletín del portátil en el suelo, junto a ellos.

—Haciendo la maleta.

—Obviamente. ¿Para qué estás haciendo la maleta, Benjamin? No te estarás... ¿no te estarás yendo? —su voz se elevó a un chillido.

—¡No! Quiero decir, claro que me *voy*. Pero no permanentemente.

—Bien —se dejó caer en el sillón.

—Pero ¿no quieres que me vaya? —recorrí con la vista el apartamento que habíamos estado compartiendo desde que perdí mi antiguo trabajo. Afortunadamente, era de un dormitorio, no un estudio, así que ella todavía tenía una habitación para ella sola. Y yo intentaba no estorbar tanto como podía. Pero cuando se mudó, no había planeado compartirlo con su hermano. No había mucho espacio más allá del pequeño sofá en el que dormía, el sillón y lo que pasaba por cocina en Potrero Hill. Por muy ordenado que intentara ser, por muy a menudo que cocinara para los dos, tenía que estar deseando tener su espacio para ella sola de nuevo.

Extendió la mano y me dio una palmada en el hombro.

—Con el tiempo. Pero no me ha disgustado tener a mi hermanito cerca. Me ha gustado tenerte donde pueda vigilarte —examinó la maleta y los montones de mi ropa que normalmente vivían en un par de cajas de embalaje en la esquina.

—¿Finalmente te rendiste con el flechazo que tienes por Cooper y conociste a alguien? —sus ojos se agrandaron—. ¿De verdad te gustó David?

La cara se me puso al rojo vivo.

—No estoy colado por Cooper.

Apretó los labios.

—Sí, lo estás. Se te suaviza la mirada cuando hablas de él.

—¡Es un buen tipo! Y mi mirada no se suaviza.

—Ahora mismo la tienes suave. Dulce, como el caramelo.

—¡Claro que no!

—Vale, de acuerdo. No estás colado por tu jefe. Solo te gusta. Mucho. Profesionalmente. Entonces, ¿*sí* te gustó David?

—¡No! ¡Por supuesto que no! Osea, estaba bien. Solo que no era para mí.

—¿Por qué *por supuesto que no*? Eres el campeón de conocer a alguien y enamorarte al instante. No puedes ir al supermercado sin volver prácticamente comprometido.

Estaba exagerando. En su mayor parte. ¿Y qué si me había acostado con Trey el día que lo conocí y habíamos sido inseparables durante el mes siguiente?

Metí un par de trajes de baño en la maleta.

—Esto es por trabajo. Yo… yo… —no había compartido nada con ella. No quería que se preocupara por su trabajo. Pero ahora, considerando que estaba a punto de subir a un avión y volar a otro país para encontrar a nuestro Director de Operaciones, pensé que era hora de decírselo. Por si moría, ya sabes.

Toda la historia de la desaparición de Cooper y la misteriosa conversación de Weston con el Presidente salió de mí a borbotones.

Para cuando terminé, Mimi se inclinaba hacia adelante en el sillón, con los codos apoyados en las rodillas.

—¿Qué vas a hacer con la escuela?

—Estará bien. Me voy mañana temprano y probablemente pueda volver a tiempo para la clase del martes. Pero por si acaso, le dije a mi profesor que tenía que viajar por trabajo, y me dijo que puedo mantenerme al día con las tareas a distancia si es necesario. Pero no será necesario. Encontraré a Cooper, le contaré sobre el malvado plan de Weston y volveré. Quizás me tome un trago con sombrillita mientras esté allí —intenté tranquilizarla con una sonrisa, pero mis mejillas se negaron a cooperar.

—Benjamin —el tono de Mimi estaba lleno de advertencia de hermana mayor—. Mírame.

Encontré su mirada. Sus ojos eran más oscuros que los míos, del color de una cerveza porter en lugar de una amber ale.

—Vas allí. Lo convences de que vuelva y se ocupe de su empresa. Y luego regresas. Nada de enamorarte de tu jefe. Tú no eres Pepper Potts. ¿Entendido?

Asentí. Cooper Fallon era exactamente lo opuesto a Tony Stark. Él ponía las reglas y nunca las rompía. Era el Capitán América, defendiendo lo que era correcto y bueno. Y enamorarse de su asistente iba en contra de las reglas, por mucho que yo lo anhelara.

Aunque había sido una jugada totalmente a lo Tony Stark escaparse a unas jodidas vacaciones en una isla sin decirle a nadie, dejándome a mí —a todos nosotros— preocupados por él.

—Aun así —dijo Mimi, metiendo la mano en el tazón debajo de la mesa de centro y sacando una tira de condones, que arrojó a mi maleta—, nunca se sabe lo que podría pasar con el chico de la piscina.

Resoplé. Si seguía su plan —entrar, convencer a Cooper, salir — no habría tiempo para aventuras isleñas.

Sus cejas oscuras se arquearon.

—Échale candado a ese frágil corazón tuyo, Ben. Y vuelve pronto, ¿vale?

Me abalancé a través del espacio que nos separaba y la abracé.

—Lo prometo, lo haré.

9

BEN

POR UN SEGUNDO, mientras el antiguo Ford Escort subía con dificultad por la ladera de una pequeña montaña en el centro de la isla de camino del aeropuerto al complejo turístico, pensé que quizá no lo lograríamos. Pero no me importó. Al menos estábamos en tierra. Después del turbulento vuelo en avioneta de hélice desde Charlotte Amalie, con el estómago revuelto y los dedos temblando sobre la bolsa para vomitar, nada en tierra firme volvería a asustarme.

La brisa de la isla, con su aroma a océano, me calentó las mejillas mientras el taxi subía lentamente por el camino circular, pasando junto a palmeras y macizos de grandes flores tropicales rojas.

El conductor detuvo el auto frente a un par de puertas de madera tallada abiertas de par en par. Un hombre con una guayabera de color rosa amapola y unas bermudas caquis me abrió la puerta.

—Bienvenido al paraíso, señor. —Su rostro bronceado se arrugó en una sonrisa que dejaba ver unos dientes rectos y blancos. Su placa de identificación decía *Ramón.*

Salí del auto agachándome y me puse de pie para estirarme. Ramón le quitó mi maleta de lona al conductor e hizo un gesto con la mano hacia las puertas del complejo.

Caminé en la dirección que me había indicado. —Thank you. Digo, gracias.

El aire húmedo se me pegaba a la piel y suavizaba las arrugas de mi polo de golf. No debería haberme molestado en plancharlo esa mañana en casa. Uno de mis rizos oscuros apareció en mi visión periférica y lo alisé para devolverlo a su sitio. Volvió a su posición al instante y se me pegó a la frente. Mi producto para el cabello no estaba diseñado para este clima.

Ramón me siguió hasta la recepción, donde se mantuvo a una distancia discreta, con mi maleta entre los pies, mientras me registraba.

Después de que la recepcionista me describiera sus alojamientos —bungalós privados frente a la playa, un *penthouse* con piscina infinita, suites de lujo, habitaciones de spa con bañeras de hidromasaje—, le pedí la habitación más barata. Tendría que pedirle a Cooper que aprobara mi informe de gastos, y no quería tener que justificar una camilla de masajes en la habitación, por mucho que la necesitara después del vuelo en el que me aferré a los reposabrazos.

Me habían puesto trabas por teléfono, pero ahora que era un huésped, esperaba que fueran más cooperativos. Mientras le entregaba mi tarjeta corporativa, me incliné. —¿Sabe dónde se hospeda? Estoy buscando a otro huésped, Cooper Fallon.

La recepcionista frunció los labios rojos e introdujo mi tarjeta en el lector. —Lo siento, no puedo dar esa información.

—Él está en la propiedad... en algún lugar —insistí. Si fuera un espía de película, le deslizaría un billete de cien dólares nuevecito. Pero no tenía ni un billete de cien y tampoco era un imbécil. En su lugar, le dediqué mi mejor sonrisa.

—Lo siento, señor. No puedo decírselo.

Mierda. Tendría que esperar a que Marlee me avisara de que había gastado dinero en un bar o tienda local. Suponiendo que no le hubieran suspendido el acceso a la tarjeta. Mientras tanto, lo buscaría en el restaurante del complejo o en la piscina.

La piscina. Me permití imaginarlo por un momento. Cooper estaría reclinado en una tumbona, leyendo el *Wall Street Journal* o el *Financial Times*. Llevaría una camisa de algodón de manga corta, abierta por delante, sobre un... —tragué saliva— ¿un Speedo? No, nunca tendría tanta suerte. Usaría un traje de baño largo y normal, como el que yo había empacado. Me pararía junto a su silla, como hacía a menudo en la oficina, esperando a que terminara su artículo y me hiciera caso. Bajaría el periódico por encima de esos abdominales de lavadero con los que había fantaseado y se levantaría las gafas de sol para colocárselas sobre su pelo rubio arenoso, agitado por la brisa. Y diría...

—¿Cuántas noches?

Volví a centrar mi mirada en la recepcionista. Parpadeó, expectante.

—Oh, solo esta noche, creo. —Aunque ya era media tarde. ¿Podría encontrarlo tan rápido?—. En realidad, mejor que sean dos. —Por si no lo localizaba enseguida y tenía que buscarlo al día siguiente. Además, no tenía ninguna prisa por volver a subir a esa avioneta de hélice oxidada en el diminuto aeropuerto de la isla. Después de cubrir a Cooper durante casi una semana, arrastrar mi trasero por todo Estados Unidos y vomitar hasta el alma sobre el mar Caribe, me merecía dos noches en una cama de verdad en un complejo turístico de lujo. Y una o dos bebidas con sombrillita.

Justo después de encontrar a Cooper Fallon, contarle lo que estaba pasando en la oficina y recordarle que su lugar estaba allí. Lo enviaría de vuelta en el elegante jet de Synergy, y luego me sentaría junto a la piscina, tomaría algo afrutado para celebrar un trabajo bien hecho, pasaría una noche más en un dormitorio privado sin que mi hermana pasara de puntillas junto al sofá en mitad de la noche para ir por un vaso de agua, y me iría a casa, dándome palmaditas en la espalda.

La recepcionista me deslizó una carpeta de papel con dos tarjetas de acceso dentro y marcó con un Sharpie rosa el extremo más alejado del edificio principal en mi copia del mapa del complejo. —Bienvenido. Disfrute su estancia.

—Gracias. —Tomé la carpeta y el mapa y me volví hacia Ramón. Me guio hacia un largo pasillo a la izquierda. Después de pasar los ascensores, dijo en voz baja: —¿Es usted amigo del señor Fallon?

¿Un amigo? No exactamente. Pero *amigo* probablemente me llevaría más lejos que *empleado*. —Se fue de casa sin decirle a nadie a dónde iba. Estoy preocupado por él. —Todo cierto.

Ramón se detuvo y dejó mi maleta en el suelo de baldosas españolas. Me escudriñó, con un brillo especulativo en sus iris oscuros. —Nosotros también somos sus amigos. También estamos preocupados. El señor Fallon no ha sido el mismo desde que está aquí.

—¿No ha sido él mismo? —Entonces recordé que venía aquí una o dos veces al año. La gente del complejo lo conocía, al menos un poco.

—No. Él es... —Entrecerró los ojos como si pudiera ver a través de mí hasta mi corazón. Luego asintió una vez—. Venga. Se lo mostraré. —Echándose la maleta al hombro, giró sobre sus talones y regresó por donde habíamos venido. Pero en lugar de volver al vestíbulo, se desvió por un pasillo más estrecho que terminaba en una puerta de cristal. Me abrió la puerta y entré en el bar del hotel.

La mitad más cercana parecía un bar normal con suelos de bambú, un techo de poca altura con vigas de madera oscura a la vista y mesas altas alrededor de una barra central y cuadrada. Una licuadora rugía detrás de la barra de madera brillante. Un barman de piel oscura con una guayabera verde azulado clavó una sombrillita en un vaso alto con algo rosa —se me hizo agua la boca— y lo colocó en la bandeja de una camarera, que lo llevó al otro extremo del bar.

El extremo más alejado se abría a la playa. El techo daba sombra a la terraza, pero unas cuantas mesas con sombrilla estaban directamente en la playa, donde la gente podía beber con los pies en la arena y el sol en la piel. Moví los dedos de los pies dentro de mis mocasines. Quizás me merecía más de dos noches para disfrutar plenamente de las comodidades de la isla. Una suave y cálida brisa me acarició las mejillas.

Ramón me dio un codazo en el hombro. —Ahí. —Seguí el movimiento de su barbilla hacia el lado más cercano de la barra, que estaba ocupado por una mujer con un vestido de verano floreado y un sombrero de paja enorme, un hombre desplomado sobre su bebida y otro que se comía con los ojos una mesa cercana de universitarias que llevaban pareos finos sobre sus bikinis. Se me revolvió el estómago como si estuviera de vuelta en esa avioneta. El tipo tenía reflejos rubios en el pelo como los de Cooper, pero no era mi jefe.

Volví a mirar a Ramón. Quizás lo había entendido mal antes y no estábamos hablando de la misma persona. Pero él asintió hacia la barra.

Revisé de nuevo, y esta vez, reconocí la forma familiar del antebrazo que el hombre de en medio había apoyado en la barra para agarrar su whisky. El mismo antebrazo cubierto de vello dorado por el que había babeado en las pocas ocasiones en que Cooper se había arremangado la camisa de vestir en la oficina. Estaba lleno de músculos y tendones y ligeramente pecoso, sobre todo si había pasado el fin de semana en un paseo en bicicleta. Y ahora descansaba sobre la barra, a seis metros de mí, unido a un hombre que estaba tan borracho que se caía del taburete.

—Qué... —Me lancé hacia adelante, interponiéndome entre el ala del sombrero de paja de la mujer y mi jefe. Lo agarré del hombro y lo enderecé. Mi mano, pegajosa por la humedad, se retiró con pequeñas fibras pegadas. Cooper llevaba un suéter gris marengo finísimo sobre un par de pantalones negros. Unos zapatos de vestir negros y brillantes completaban su aspecto de «listo para la oficina».

Se estremeció y miró por encima del hombro —el equivocado — y luego se giró para mirarme. Su boca se aflojó. —¿Ben? —Una oleada de aliento alcohólico me golpeó. Tenía las mejillas sonrosadas y el sudor le perlaba la frente.

El barman deslizó su mirada de mí a Ramón. Asintió y retrocedió medio paso, fingiendo limpiar una copa de margarita, pero sin quitarle un ojo de encima a Cooper y a mí.

—Cooper. —*Señor Fallon* parecía fuera de lugar cuando mi jefe estaba borracho hasta las cejas en un bar de una isla del Caribe.

—¿Q-qué...? ¿Por... qué...?

La charla de trabajo, cualquier cosa seria, tendría que esperar hasta que se le pasara la borrachera. Dejé que una de las comisuras de mi boca se levantara. —Se ve... acalorado.

—Graciaaaas. —Sus ojos rojos y desenfocados se encontraron con los míos—. Espera. ¿Fue eso un coqueteo? Ben nunca haría eso. No puedes ser Ben. Eres una fanta... fantas... un sueño. —Sacudió la cabeza, y un mechón de su pelo le cayó entre los ojos y se le pegó a la frente.

—No, soy real, y no fue una frase para ligar. —Tomé una servilleta de cóctel y le sequé el sudor de la frente—. Me pregunto por qué lleva un suéter de cachemira cuando estamos a veintiséis grados.

Sus palabras salieron más nítidas de lo que esperaba. —Fallo de vestuario.

Levanté una ceja, y tuvo la reacción más extraña: sonrió. No la sonrisa de labios apretados que me dedicaba en la oficina después de decir: «Buen trabajo, Ben». Una sonrisa de verdad con un hoyuelo auténtico en la mejilla izquierda. Yo estaba vestido apropiadamente para el calor, y aun así, un calor me subió a las mejillas.

La sonrisa desapareció un segundo después, y se volvió hacia el barman. —Otro, Luis.

La mirada del barman se encontró con la mía. Negué con la cabeza, y él asintió. Echó hielo en un vaso alto y lo llenó con su pistola de refrescos. Le deslizó el agua a Cooper, que se quedó mirándola.

—Esto no es whisky.

—Bébasela y luego lo llevo a la cama. —Mierda, eso sonó mal —. Quiero decir, a su cama. —Maldita sea, eso seguía sin estar bien. No me había tomado ni una copa y sentía la cara como la superficie del sol.

Los ojos azules de Cooper se volvieron a nublar. —Ahora sé que no eres Ben. ¿Quién coño es este, Luis?

Luis sonrió, mostrando dos hoyuelos. —No sé. Pero dejaría que un chico tan lindo como tú me llevara a la cama. —Guiñó un ojo.

Vaya. Me fijé en los musculosos antebrazos y la piel oscura e impecable de Luis. Tal vez usaría la tira de condones de Mimi. Después de mandar a Cooper de vuelta a casa.

Cooper se quedó mirando su agua. —Sabes que no hago eso, Luis. No en un mucho, mucho, mucho, mucho tiempo.

—Lo sé. —La boca exuberante de Luis se contrajo—. Pero como siempre te digo…

—Lo sé, lo sé. Todo el mundo merece amor. Eres un farsante, Luis. —Cooper miró fijamente el agua otra vez como si pudiera convertirla en whisky por pura fuerza de voluntad.

Miré a mi jefe. En la oficina, era un bloque de mármol, impenetrable y con ángulos de noventa grados lo suficientemente afilados como para cortarte. Aquí, en el bar, sonaba sospechosamente como yo: blando, vulnerable y anhelando que alguien lo amara.

No. Eso no podía ser. Era el whisky hablando. Mi jefe y yo no teníamos nada en común.

—¿Yo, un farsante? No más que tú, viejo amigo. —Extendió la mano y le dio una palmadita en el hombro a Cooper. Cooper no se apartó, no como cuando yo lo toqué—. Ahora, ve a casa y descansa. —Luis hizo un gesto con los dedos a alguien detrás de mí.

Al segundo siguiente, Ramón estaba al otro lado de Cooper. Ya no tenía mi maleta. —Hora de irse, señor Fallon. —Metió un hombro ancho bajo el brazo derecho de Cooper. Yo hice lo mismo con el izquierdo, y juntos lo levantamos del taburete y lo pusimos de pie.

Ramón nos dirigió no a través de la puerta de cristal hacia el hotel, sino hacia la terraza y, con cuidado, bajamos un par de escalones hasta un sendero de conchas trituradas. El sol había empezado a ponerse sobre el agua, su resplandor anaranjado deslumbrante.

Levantando conchas, caminamos por el sendero. El sol poniente parpadeaba entre los troncos de las palmeras, haciendo la experiencia tan surrealista como bailar en una discoteca con una luz estroboscópica. O quizá era mi desfase horario.

Tropecé en un bache del camino, y la palma de Cooper, que colgaba sobre mi hombro por debajo de donde yo le sujetaba el brazo, se cerró sobre mi pectoral izquierdo. Me estremecí ante la sensación. ¿Qué se sentiría si lo hiciera a propósito? ¿Que me tocara, que me acariciara la piel como nadie lo había hecho desde Trey?

Trey. Apreté más fuerte el brazo de Cooper. Dijo que me quería, pero luego me botó cuando más lo necesitaba. Para Trey, yo solo servía para un encuentro ocasional. Nada más.

En esto, estaba de acuerdo con Cooper. Luis era un farsante. El amor no era para todos.

Yo daba mi amor libremente —demasiado libremente, según Mimi— y nunca recibía nada a cambio. Mi propósito aquí era devolver a Cooper a San Francisco, donde pertenecía. Luego me olvidaría de mi estúpido enamoramiento por él y me ligaría a cualquier desconocido en una discoteca. Cien por ciento lujuria, cero por ciento amor. Eso era lo que necesitaba. Lo que merecía.

Aunque, ¿cuándo volvería a tener la oportunidad de estar tan cerca de mi jefe? Giré la cabeza hacia su cuello y lo olí bien, abriendo la nariz al cedro de su cara colonia y al matiz mentolado que me hacía temblar cuando me acercaba demasiado en la oficina. Pero esta noche, el alcohol se filtraba por sus poros, cubriendo su irresistible aroma con el olor empalagoso del maíz fermentado.

Cooper giró la cabeza, su nariz a dos centímetros de la mía. —¿Qué estás haciendo?

Mierda, acababa de oler a mi jefe, y se había dado cuenta. Esperaba que estuviera demasiado borracho para recordarlo. Miré hacia el sendero. —Arrastrando tu lamentable trasero a tu habitación.

Se rio entre dientes. —No puedes ser Ben. Ben no dice palabrotas.

—Puedo decir lo que quiera cuando estoy haciendo mucho más de lo que exige mi trabajo —masculle. De verdad, Cooper pesaba. Y ni una cacería internacional ni arrastrar personalmente a mi jefe fuera de un bar en la playa estaban en la descripción de mi puesto.

—Mucho más —repitió—. Ben siempre va mucho más allá. El mejor asistente que he tenido. Lo amo.

Volví a tropezar y casi me caigo de cara en el sendero de conchas. Por suerte, el peso sólido de Ramón sirvió de ancla, manteniendo a Cooper en pie. Haciendo una mueca, me metí bajo la axila sudorosa de Cooper y continuamos por el sendero.

¿Que me amaba? Quería decir que amaba mi trabajo. Que le encantaba tenerme como su asistente. Eso era todo. Y yo era un tonto por soñar que significaba algo más.

—¿Cuánto falta? —le pregunté a Ramón. Habíamos perdido de vista la parte principal del complejo, y habían pasado un par de minutos desde que pasamos uno de los bungalós frente a la playa.

—Ya casi llegamos —gruñó. Cargaba con la mayor parte del peso de Cooper.

Más adelante, apareció un muro de estuco blanco. El sendero se desviaba bruscamente de la playa, pero un camino más pequeño conducía a una verja metálica en el muro.

—Su tarjeta, señor.

—¿Mmm?

Cuando Ramón soltó a Cooper, me tambaleé bajo su peso. Le palpó los bolsillos a mi jefe y de su bolsillo derecho del pantalón sacó una tarjeta de acceso. No era blanca como la mía, sino de plástico dorado que brillaba bajo los rayos rojos del atardecer.

La pasó por delante de un sensor en la verja y arrastramos a Cooper a través de ella. La propiedad frente a nosotros era impresionante. La parte trasera de la casa de estuco de una sola planta era toda de ventanas con vistas a una piscina privada ajardinada y, más allá de un muro bajo con otra verja, la playa. Nos acercamos a la casa desde la terraza trasera entre hibiscos y buganvillas. El dulce jazmín se mezclaba con la brisa marina mientras zigzagueábamos entre una mesa de patio redonda con sus sillas y un sofá seccional de mimbre.

Cuando llegamos a la casa, Ramón pasó la tarjeta por otro sensor, y la puerta de cristal se abrió a una sala de estar con muebles orientados hacia la vista de la piscina y la playa.

Como si conociera el lugar, Ramón giró por un pasillo a la derecha y abrió la puerta de un dormitorio. Su enorme ventana nos ofrecía una vista sobrecogedora del sol poniéndose sobre la playa. Pero yo estaba demasiado sudado y agotado para admirarla. Dejamos que Cooper cayera a los pies de la cama. Rebotó una vez y luego se hundió en el colchón, su suéter oscuro y sus pantalones contrastando con las sábanas blancas.

—Esto está bien —murmuró—. Les voy a dar acciones. Acciones de Sssynergy. —Sus párpados se cerraron con un aleteo.

Ramón y yo intercambiamos una mirada.

—¿Se encarga usted de él desde aquí? —preguntó Ramón, secándose el sudor de la frente con la manga.

—Sí, yo... ¿supongo?

Cooper suspiró, ya dormido. Pero no podía dejarlo solo después de haber bebido tanto.

—Hice que llevaran su maleta a su habitación —dijo Ramón—. ¿Quiere que la traiga aquí?

Pensé en mi ropa limpia. Mi cepillo de dientes. La loción facial que usaba antes de acostarme. Pero yo me dedicaba a servir a los demás, y no iba a hacer que alguien —ciertamente no Ramón, que también había ido mucho más allá de su deber— me la cargara hasta aquí.

—No, estaré bien esta noche. Gracias. Por todo.

—De nada. Nos vemos, Ben. —Me guiñó un ojo y luego desapareció por el pasillo.

Un ligero ronquido zumbó desde la cama, y volví mi atención a Cooper. Tendría calor durmiendo con ese suéter. Y los pantalones. Pero ni siquiera «ir mucho más allá» cubría desnudar a mi jefe. Tocar su piel desnuda. Echarle un vistazo en sus bóxers... ¿o calzoncillos? Me estremecí. Bajaría el aire acondicionado para que estuviera cómodo.

Sus zapatos de vestir colgaban del extremo de la cama, polvorientos por las conchas del camino. Le quité uno con cuidado y luego el otro, y los llevé al baño de la suite, donde los limpié, junto con mis Chucks, con un paño húmedo. ¿No tenía un par de chancletas?

Fui a su armario, donde, como esperaba, Cooper había desempacado su maleta y colgado su ropa. Otro suéter de lana en un suave color camel. Un trío de camisas de vestir arrugadas, cada una de ellas usada al menos una vez, y dos sacos de traje y un blazer, sin estrenar. Dos pares de pantalones de traje arrugados colgaban lánguidamente en perchas separadas. Doblados en el estante superior del armario había un par de shorts de baloncesto sedosos y una camiseta de entrenamiento de alta tecnología. Un par de zapatillas deportivas estaban rígidas a su lado. Ni chancletas, ni camisetas, ni siquiera un par de jeans.

Encontré la bolsa de lavandería del complejo y rellené la hoja de pedido. Metí los pantalones y las camisas en ella y seguí las instrucciones de llamar a recepción y dejar la bolsa fuera de la puerta principal.

La cocineta del bungaló, equipada con electrodomésticos de alta gama, estaba abierta a la sala de estar. Todo estaba decorado en tonos neutros de playa: blanco, arena y azul pálido con algún acento coral. No había un vaso o un plato fuera de lugar, y no sabía si era porque Cooper era tan maniático del orden en vacaciones como en la oficina, o si era porque solo había dormido aquí y había pasado cada hora de vigilia emborrachándose en el bar.

Al otro lado de la sala de estar había dos dormitorios más pequeños. Uno estaba decorado en tonos neutros como el resto de la casa. El otro estaba claramente destinado a una mujer. El edredón con estampado de hibiscos, el cubremesita de encaje y el par de novelas de suspense apiladas encima me hicieron un nudo en la garganta. ¿Qué mujer se quedaba aquí tan a menudo como para que él hubiera decorado para ella?

Aunque… el dormitorio estaba separado del de Cooper. ¿Lo había preparado para una mujer con la que no dormía?

Eché una última mirada anhelante al otro dormitorio de invitados y luego usé el baño de invitados. Encontré un cepillo de dientes y pasta de dientes nuevos, así que tuve ese pequeño consuelo. Finalmente, volví arrastrando los pies a la habitación de Cooper.

Se había puesto de lado, con las rodillas encogidas y abrazando la almohada. Parecía tranquilo, inocente. Reprimí mi impulso de apartarle el pelo húmedo de la frente sudorosa.

En cambio, bajé el termostato a dieciséis grados, tomé la manta y la almohada de repuesto de su armario y apagué la luz. Acurrucándome en el pequeño sofá del dormitorio, dejé que el puro agotamiento me llevara al sueño.

10

COOPER

COMO DE COSTUMBRE, me desperté con un dolor de cabeza espantoso, la boca con un sabor a fondo de un contenedor de basura y un hueco en el centro del pecho.

No podía hacer nada por el hueco, pero sí podía encargarme de lo otro.

Entreabrí un ojo y, allí, en la mesita de noche, había un vaso alto de agua y un par de aspirinas. ¿Habría estado lo suficientemente sobrio anoche como para poner eso ahí? Intenté recordar, pero pensar me daba ganas de arrancarme los ojos de las cuencas, así que me tragué las pastillas, apuré el vaso y me senté lentamente.

Cuando la cabeza me dejó de dar vueltas, me puse de pie y me dirigí al baño. Después de vaciar la vejiga y lavarme los dientes, cometí el error de mirar al espejo. Ojos hinchados e inyectados en sangre. Piel pastosa. Vello facial que empezaba a parecer más una barba real que una barba de tres días con estilo. ¿Y eso era una cana justo al lado de la boca? Puta madre, qué suerte que a nadie en la isla le importara mi aspecto. O mi imagen profesional. Mi suéter y mis pantalones estaban más que arrugados después de dormir con ellos. Y era mi último conjunto de ropa limpia.

Me froté el pecho donde me dolía. No importaba. Esta era mi vida ahora. Pasando el rato en el paraíso, donde no tenía que hacer nada más que beber hasta olvidar lo que había hecho en la oficina y en lo que eso me había convertido.

Al menos aquí, no había nadie a quien amara lo suficiente como para hacerle daño.

Tomé el vaso de la mesita de noche y bajé por el pasillo hacia el mueble bar. Mejor empezar de una vez.

Las puertas de cristal estaban abiertas y las cortinas transparentes se mecían con la brisa cálida. Por Dios. Nadie se metería conmigo en la isla, pero ¿de verdad tenía que tentar a la suerte dejando las puertas abiertas toda la noche?

Pasé de largo la cocina y fui directamente al mueble bar.

Y me quedé helado.

Las botellas no estaban donde las había dejado, encima del mueble bajo. Solo había una jarra de agua.

Abrí de un tirón las puertas del mueble. Todo vacío.

Mierda. Alguien se había robado todo el alcohol. Irónico, ya que al parecer yo estaba demasiado borracho como para cerrar las puertas.

Habían reemplazado el alcohol con agua. ¿Y esas eran rodajas de naranja flotando? ¿Qué carajo?

Agarrándome el pelo para contrarrestar los martillazos dentro de mi cráneo, me di la vuelta hacia la terraza y distinguí una figura sentada en el seccional de exterior. Las cortinas que se mecían lo tapaban parcialmente, pero si estuviera en cualquier otro lugar que no fuera una isla remota y sin importancia en medio del Caribe, a casi cinco mil kilómetros de donde lo había dejado, diría que esa figura esbelta y esos rizos oscuros pertenecían a Ben Levy-Walters.

Tenía que saberlo. Llevaba los últimos seis meses mirándolo cada vez que tenía la oportunidad.

Salí a través de las cortinas hacia el sol cegador de la terraza.

Me tapé los ojos con una mano y esperé a que el dolor punzante detrás de mis globos oculares cediera. Finalmente, separé dos dedos lo suficiente para mirar por el hueco.

—¿Ben? ¿Qué carajos hace aquí? —Había hecho todo lo que se me ocurrió para asegurarme de que no me encontrara: la nota sugiriéndole que se tomara unos días libres, apagar el rastreo de mi celular. Porque si había una cosa que había aprendido sobre mi asistente era que era tan persistente como yo.

—Buenos días... eh... buenas tardes. —Se puso de pie, sus manos revoloteaban de los bolsillos de sus pantalones cortos a sus caderas. El brillante sol tropical resplandecía en su pelo. Unas gafas de sol ocultaban sus ojos, pero yo sabía que brillaban como el whisky de malta bajo las luces de un bar. Se había dejado una barba de uno o dos días, y me gustó. Quería pasar mis dedos sobre ella.

¡No, no quería!

No podía.

Apreté los puños a los costados y mantuve la mirada fija en sus gafas de sol, sin atreverme a tentarme con la vista de las piernas de mi asistente en pantalones cortos.

Él miró hacia la playa por un segundo como si hubiera leído mis pensamientos y quisiera salir corriendo. —¿Qué le parece un poco de café? —Señaló una jarra térmica en la mesita, junto a un plato de sándwiches.

Se me revolvió el estómago al anticipar lo que el ácido del café le haría a la ya maltratada mucosa de mi estómago. —Esa no era una pregunta retórica —gruñí—. ¿Por qué está aquí?

—Comamos algo antes de hablar de eso.

—A la mierda la comida. ¿Dónde está el whisky? —bramé. No podía dejar que viera lo que me había hecho, lo contento que estaba de verlo.

—Bien. —Se cruzó de brazos—. Se acabó. Y tenemos que hablar.

—¿Hablar? —Le lancé mi mirada más fulminante, esa que

hacía que los oponentes en las negociaciones se acobardaran y que los empleados júnior holgazanes me evitaran en los pasillos.

Él retrocedió medio paso y chocó contra el sofá. Después de agitar los brazos por un segundo, se enderezó y tensó la mandíbula. —Sí, hablar. Sobre Synergy.

Me froté la cara. Toda mi energía iracunda se drenó por mis pies. Él era solo un lacayo, leal a alguien más ahora que yo llevaba más de una semana fuera. Había esperado más de Ben. Creía que nos entendíamos. Que él me entendía a mí.

No era la primera vez que alguien me decepcionaba. Quizá sería la última.

—¿Quién lo envió? ¿Weston? ¿O Jackson? —Cuando dije el nombre de mi socio, mi estómago vacío se contrajo. Su abandono era la otra cosa que había estado tratando de borrar con el alcohol.

La boca de Ben se tensó. —Nadie me envió.

Una risa amarga brotó de mí. —¿Nadie lo envió? ¿Vino hasta aquí por su cuenta para… para hablar conmigo sobre Synergy? —Tenía que estar trabajando para Weston. Creía que Weston entendía que necesitaba un descanso, pero tal vez había enviado a Ben para ver cómo estaba. Era imposible que Ben hubiera decidido venir hasta aquí. No después de haberme visto explotar en la oficina. No después de haber tenido que limpiar el desastre que yo había hecho.

Ben era demasiado amable, demasiado brillante, demasiado hermoso. Él era el día soleado, tropical y de cielo azul para mi huracán de nubes negras. Él era la brisa suave y el murmullo relajante del agua en el lado caribeño de la isla. Yo era el viento azotador y el oleaje furioso en el lado atlántico. Él cuidaba; yo destruía. Mi escritorio en la oficina era la prueba.

Debió de horrorizarse al presenciar mi pérdida de control. Debería haber renunciado. No debería estar ahí, en mi terraza, ofreciéndome café.

¿Había venido a presentar su renuncia? Eso no tenía ningún sentido. Sacudí la cabeza, y eso solo hizo que un nuevo dolor estallara entre mis ojos. Me lo froté con la yema del dedo.

—Vine aquí por usted. —Su voz era tan suave que casi no pude oírla por encima de la brisa marina—. Estaba preocupado, señor Fallon.

Se sintió como una finta seguida de un puñetazo al hígado. Estaba preocupado. Por mí. Y luego me había recordado nuestra relación. Yo era su jefe. Él trabajaba para mí, y eso me hacía responsable de él. De su bienestar. Lo que significaba que la atracción que sentía era completamente inapropiada. Sin mencionar que yo era un peligro para las personas que se suponía que debía cuidar.

Necesitaba un trago. Uno fuerte. Afortunadamente, mi casa no era el único lugar en la isla con una reserva de alcohol.

Me di la vuelta sobre mis pies descalzos y volví a mi habitación, donde encontré mi último par de calcetines limpios y, en el baño, mis zapatos de vestir. ¿Qué carajos hacían en el baño? También estaban sospechosamente limpios, no cubiertos del polvo del camino de conchas. ¿Acaso Ben...? Imposible.

Me puse los zapatos y caminé a zancadas hacia la puerta principal. Ben estaba en la cocina y me ofreció una taza de café negro y humeante.

Se la rechacé con un gesto. —Me voy. Adiós, Ben.

Se quedó con la boca abierta, y con un satisfactorio portazo, me fui.

11

BEN

ME QUEDÉ PARALIZADO, agarrando sin pensar la taza de café, después de que Cooper salió furioso. Entonces, azoté la taza contra la encimera y el café se derramó sobre el liso granito. Ahora que lo había encontrado, no podía perderlo de vista. No hasta que le preguntara sobre la venta de acciones. Y sobre lo que había escuchado en la llamada de Weston con el presidente.

Corriendo hacia la puerta trasera, me deslicé los Converse, salté de la terraza y corrí a través del portón trasero. Cooper, con sus largas zancadas, ya me llevaba mucha ventaja. Apresuré el paso para mantenerlo a la vista.

No me sorprendió que se dirigiera de vuelta al bar donde lo había encontrado la noche anterior. Subió pesadamente los escalones y desapareció tras la pared. Aceleré hasta empezar a trotar —¿y si había alguna sala privada de la que yo no supiera?— y subí de un salto los escalones del bar.

Cooper se sentó en el mismo taburete de anoche y le dijo algo a quien atendía la barra. No era Luis, sino un joven de rostro fresco, de no más de veinte años, con un corte pixie y un pin que decía *they/them*. En lugar de una guayabera turquesa, llevaba una camiseta blanca sin mangas, anudada justo debajo de las costillas. Se inclinó sobre la barra, mostrando un trasero y unos muslos bien formados bajo sus shorts recortados. Maldición, ¿acaso Cooper volvía aquí año tras año por el deleite para la vista? ¿Había probado alguna de las delicias que se ofrecían? Sentí que el cuello de mi camisa polo me ardía.

Cuando el bartender se dio la vuelta para preparar la bebida de Cooper, capté su mirada y negué con la cabeza. Se mordió el labio y asintió.

Me deslicé en el taburete junto a Cooper.

—No te vas a deshacer de mí tan fácilmente.

Mantuvo la mirada fija en la espalda del bartender.

—¿Cuánto? —preguntó, demasiado bajo para que lo oyera.

¿Me estaba hablando a mí?

—¿Cuánto qué?

—¿Cuánto te paga Weston por traerme de vuelta?

Retrocedí.

—¡Weston no me está pagando!

—Jackson, entonces. —La mirada que me dedicó fue una mezcla desgarradora de esperanza y angustia.

—No —dije en voz baja. Había visto la forma en que miraba a Jackson en la oficina. Era la misma forma en que Mimi miraba el chocolate, aunque fuera alérgica. La misma forma en que yo miraba a cada perro que nos cruzábamos en la calle cuando era niño. Mimi también era alérgica a los perros.

Era la forma en que yo miraba a Cooper cada maldito día.

Su mandíbula se tensó y se quedó mirando la bebida que el bartender deslizó frente a él.

—¿Qué carajo es esto? —gruñó.

—El especial de hoy. Daiquirí de banana. Virgen. —Le colocó una diminuta sombrilla azul encima y le guiñó un ojo.

—Pedí whisky. —Su voz había adquirido un retumbo ronco.

Asentí hacia el bartender, y este se escabulló al otro lado de la barra. Puse mi mano en la manga del suéter de Cooper, donde cubría su antebrazo.

—Te necesito sobrio. Tenemos que hablar.

Se puso de pie.

—No quiero un maldito daiquirí virgen, y no quiero hablar. —Un hombre con un sombrero de paja en la mesa más cercana levantó la vista ante el tono elevado de Cooper—. Quiero hablar con Luis —le gritó al bartender.

El joven se quedó donde estaba, retorciendo el nudo de su camiseta con el dedo.

—Luis no empieza hasta las cuatro.

Cooper fulminó con la mirada su Rolex, giró sobre sus talones y salió del bar hacia el camino de conchas.

Con una última y anhelante mirada a la alegre sombrilla azul, corrí para alcanzarlo.

—Supongo que ya puedo tachar el cardio de mi lista —dije cuando llegué a su lado.

Cooper gruñó y continuó a la misma velocidad devoradora de distancia. Estaba bien. Estaba acostumbrado a su ritmo en la oficina. Y a diferencia de él, yo llevaba el calzado adecuado para caminar rápido sobre una superficie irregular.

Dudé solo un momento. Preferiría no empezar la conversación a la intemperie, donde cualquiera pudiera oírnos, pero necesitaba captar su atención antes de que intentara excluirme de nuevo.

—Entonces, ¿qué pasa con la venta de tus acciones?

Miró al frente.

—¿Leíste los informes de cumplimiento?

—No tenía mucho más que hacer cuando desapareciste.

Me miró de reojo, con sus gruesas cejas fruncidas.

—Se suponía que te tomarías un tiempo libre. ¿Te envió Jackson aquí?

—¡No! —Me mordí el labio para no decirle que había venido porque estaba preocupado por él. Estaba bastante seguro de que aún podía despedirme incluso cuando no estábamos في edificio Synergy.

Habló con la mandíbula apretada.

—Los ejecutivos de la empresa compran y venden acciones

todo el tiempo. Weston vendió algunas el año pasado cuando se divorció.

—Pero tú no. —*Y tampoco Jackson,* no dije. No podía soportar ver esa mirada de nuevo.

—Siempre hay una primera vez para todo.

—¿Hay acaso...? —*Aguanta, Ben*—. ¿La empresa está en problemas?

Frunció el ceño.

—Claro que no. ¿Por qué pensarías eso?

—Es solo que... mis antiguos jefes hicieron eso. Vendieron acciones justo antes de que la empresa se fuera a pique.

Puso mala cara.

—Espero que la SEC los haya metido en la cárcel. No, no es nada de eso. —Su casa, o más bien su complejo, estaba a la vista. En lugar de ir directo hacia el portón trasero, se desvió a la izquierda hacia el camino de la puerta principal.

—¿Entonces qué es? —Corrí unos pasos para igualar su ritmo acelerado—. ¿Algo que ver con el...?

Cooper subió de un salto los escalones de su porche delantero.

—Solo estoy simplificando un poco. Eliminando de mi vida cosas que no necesito. Adiós, Ben. Vete a casa.

Y por segunda vez en menos de una hora, me cerró la puerta en la cara.

No tenía llave de su casa, así que golpeé la puerta con los puños durante unos minutos. No respondió. Rodeé la casa hasta el portón y miré a través de él. No estaba en la terraza trasera.

No había tenido la oportunidad de preguntarle sobre los recortes de Weston. Y no podía irme a casa hasta que le hubiera preguntado sobre lo que había escuchado.

Menos mal que ya había decidido quedarme una noche más. Lástima que no conseguiría ese trago con sombrillita.

12

COOPER

UN TINTINEO me despertó de una pesadilla.

Nunca en mi vida había manejado una marioneta, pero había visto *La novicia rebelde* como cien veces. En mi sueño, sostenía la barra de control del títere y lo hacía ejecutar un baile complejo en el escenario de abajo. El público de niños pequeños vitoreaba, y yo sonreía mientras movía los hilos.

Entonces noté un hilo atado al dorso de mi propia mano. Lo seguí con la mirada hacia arriba y vi que estaba sujeto a una varilla. El titiritero me observó desde arriba con una sonrisa malévola.

—¡Baila, Mikey!

Era mi padre.

Me senté, sudando, cuando el tintineo sonó de nuevo. La sobriedad era una puta mierda. También lo era hablar con la Dra. Pradhi. Ella supo al instante por qué había huido de Synergy. Dijo que destrozar mi escritorio no me convertía en mi padre. Que fue un accidente. Que necesitaba perdonarme a mí mismo igual que había perdonado a Jackson todas las veces que me había lastimado. Que necesitaba hablar con él, preguntarle si lo que Weston dijo era verdad, si estaba buscando su propia salida de Synergy.

No necesitaba preguntar. Lo que dijo Weston resonaba con mi propia interpretación de la situación. Jackson era un hombre rico. No necesitaba los ingresos de Synergy. Estaba listo para enfocarse en lo que era importante para él, que no era la empresa que habíamos construido juntos. Había centrado su atención en su familia, la cual había construido él solo. Con una cerca a su alrededor que me mantenía afuera.

La Dra. Pradhi dijo que huir de mis problemas no los resolvía. Pero el whisky me hacía olvidarlos.

Hasta que Ben apareció, tiró el alcohol y trajo de vuelta los recuerdos.

El tintineo sonó una vez más, y esta vez escuché golpes en la parte delantera de la casa. La puerta. ¿Había venido Luis a ver cómo estaba?

Descalzo, caminé sigilosamente hasta el vestíbulo. ¿Qué hora era? Debí de haber dormido unas cuantas horas después de haber mandado a Ben a casa y llamado a mi terapeuta. A través de las ventanas traseras, el sol se estaba poniendo sobre el agua.

Justo cuando el timbre volvió a sonar, abrí la puerta de golpe. Ben estaba allí, sosteniendo una bolsa de compras de papel marrón. Su sonrisa era forzada, nerviosa. —Buenas noches, señor Fallon.

—¿Por qué sigues aquí?

—¿Puedo pasar?

—¿Para qué? —Siempre seguía mis órdenes a la perfección. Ya debería estar aterrizando en San Francisco. ¿Hubo algún problema con el jet?

—Para que podamos hablar.

—No quiero hablar. —Todavía estaba tembloroso y vulnerable después de hablar con la Dra. Pradhi. Después de la pesadilla. Podría decir algo que no quería.

—¿Qué quieres? —Ladeó la cabeza y frunció sus labios carnosos. Los rayos rosados del sol poniente se colaban por las ventanas traseras y teñían sus rizos oscuros de un oro rosado encendido.

Eso no. Podía desearlo, pero no podía tenerlo. —¿A qué te refieres?

—¿Por qué viniste aquí, a la isla? Por la ropa en tu clóset, no parecía que lo tuvieras planeado. ¿Por qué el cambio de último minuto? ¿Qué buscabas? ¿O de qué huías?

La cabeza me daba vueltas con sus preguntas y algunas propias. —¿Estuviste en mi clóset?

Puso los ojos en blanco, apenas perceptiblemente. —Ramón y yo te trajimos del bar anoche.

—Ah. —Mantuve mi rostro inexpresivo, pero el autodesprecio bullía justo debajo de la superficie. Debió de haberme visto en mi peor momento—. No… eh… ¿no intenté pegarte, o sí?

Frunció el ceño. —¿No te acuerdas?

—No, yo… —Hice memoria, pero la última semana después de llegar a la isla, después de llamar a mamá, era una nebulosa de sudor y el ardor del whisky y de despertarme en el suelo más a menudo que en mi cama—. No me acuerdo.

—Dijiste que nos darías a Ramón y a mí acciones de Synergy.

Ah. Me había preguntado antes sobre vender acciones. Estaba borracho cuando puse la primera orden de venta. Podría haberla cancelado al día siguiente, pero la dejé para ver qué se sentía. Hasta ahora, no se sentía como nada. Quizá sentiría algo una vez que se ejecutara. Si no, intentaría otra orden en unos días. Regalar acciones era lo mismo que venderlas. —Soy un hombre de palabra. ¿Cuánto dije que te daría?

Ben resopló y se apoyó en el marco de la puerta. —Estabas hasta las man… no pensabas con claridad. Ninguno de los dos te tomó en serio.

—¿De eso querías hablar? —Si Weston o Jackson no lo habían enviado, ¿por qué había venido Ben? ¿Y por qué seguía en la isla? Normalmente, yo era el que tenía todas las respuestas, pero me dolía la cabeza de nuevo y mis pensamientos se negaban a hilarse.

De repente sentí las piernas como fideos. Dejando la puerta abierta, me giré hacia la sala de estar. —Necesito sentarme.

Al instante siguiente, Ben estaba allí, metido bajo mi brazo.

Joder, llevaba la misma ropa desde hacía dos días y apestaba, pero no pude reunir la fuerza para apartarlo. Me guio hasta el sofá y me instó a que me hundiera en él. Suavemente, me empujó la cabeza entre las rodillas y luego me frotó la espalda en círculos. Se sentía bien, como cuando mamá solía arroparme en la cama por la noche.

—¿Cuándo fue la última vez que comiste? —preguntó desde muy arriba.

La sangre se me subió a los oídos y palpitaba en mi cerebro. Pensar era difícil. —No sé.

—¿Comiste algo hoy? Te dejé los sándwiches en el refrigerador.

—No. Luis suele servirme las comidas en el bar, pero me hiciste irme.

Los círculos se detuvieron un segundo y luego se reanudaron. —¿Prefieres comer un sándwich ahora mismo o ir conmigo al restaurante a cenar?

Conmigo fue lo que me convenció. —Al restaurante. Pero primero necesito ducharme y cambiarme.

—Sobre eso…

—Dame diez minutos. —Me puse de pie de un salto y me tambaleé un segundo, pero esta vez mis rodillas aguantaron. Fui a la habitación, cerré la puerta de golpe detrás de mí y abrí la puerta corrediza del clóset. Solo me recibieron sacos de traje y ganchos vacíos. Además de mi ropa de ejercicio, sin usar en el estante de arriba. Igual que el gabinete de licores.

—¡Ben! —rugí.

Ben asomó la cabeza en la habitación. —Señor Fallon, yo…

—¿También tiraste mi ropa? Cada uno de esos trajes cuesta más de lo que te pago en un mes.

—¡No! La mandé a la lavandería. Hablé con el gerente y la enviaron a una tintorería de muy alta gama en Miami. Estarán de vuelta pasado mañana. Mientras tanto, te conseguí esto. —Extendió la bolsa de compras.

La tomé con dos dedos y miré dentro. —¿Esto es una broma?

—Es ropa apropiada para la isla. Estarás mucho más cómodo.

Saqué una camisa con cuello. El algodón amarillo limón estaba estampado con conchas marinas rosas. —¿En serio?

—Ese amarillo se va a ver fantástico con tu… tu tono de piel. —Las mejillas de Ben ardían en rojo, y esta vez no era por el atardecer—. También hay shorts. Esperaré afuera en la terraza. —Se fue antes de que pudiera responder.

Shorts. Y una camisa tropical. Parecería un turista. Me quedé mirando la ridícula tela estampada que apretaba en mi mano. Luego los ganchos vacíos en el clóset. Usaba shorts todo el tiempo cuando venía aquí. Y a veces, en la privacidad de mi propia piscina, mucho menos. Pero de alguna manera, exponer mis brazos y piernas a Ben, mi asistente, era diferente.

Pasé un dedo sobre una de las conchas estampadas. El algodón sin lavar estaba tieso, todavía con el apresto. Pero él me lo había comprado. Pensando en mí.

Unos minutos más tarde, salí a la terraza, con el pelo húmedo, vistiendo la camisa de conchas marinas y los shorts caquis. Cuando la brisa del mar golpeó mi piel expuesta, se me puso la piel de gallina, haciendo que los vellos de mis brazos y piernas se erizaran.

O tal vez fue por Ben. Atrapado en mi pesadilla y con la visión anublada por el hambre, no lo había mirado bien antes. Llevaba una camisa de golf rosa y unos shorts tipo bermuda blancos. Antes de ayer, nunca le había visto las piernas. No me había fijado entonces, pero lo hice ahora. Su piel de tono oliva era pálida bajo el espeso y oscuro vello. Sus muslos y pantorrillas delgados tenían la forma y definición justas.

Cuando me vio, se levantó, y sus Converse color lavanda golpearon la madera. —¿Listo? —Su voz era aguda y entrecortada. Se aclaró la garganta.

—Sí. —Le hice un gesto para que pasara delante de mí por la puerta corrediza y la cerré con llave desde adentro. Salimos por el frente y también cerré esa puerta con llave. Tan separados como pude, caminamos por el sendero hacia el resort principal.

—Es realmente hermoso aquí —dijo Ben, sus tenis crujiendo sobre las conchas—. ¿Es por eso que vienes? ¿El... el paisaje?

Era mi asistente, me recordé a mí mismo. No mi amigo. Así que le di parte de la verdad. —Tengo algunas conexiones aquí en la isla. Me siento cómodo.

—Conexiones... ¿como Luis? —Miraba el camino que teníamos por delante. Inteligente, ya que a veces una tortuga o una jutía se desviaban hacia él.

—Claro, Luis. Y otros. —Luis había sido mi mejor amigo en la isla cuando mi madre me trajo aquí de niño. Y la familia de mamá —al menos los que no se habían ido a Estados Unidos como ella— vivía cerca. No podía entrar al pueblo sin ver al menos a tres primos y que me invitaran a un café o a comer. Así que no había ido al pueblo.

—¿Otros? —Ben me echó un vistazo. ¿Era el atardecer, o las puntas de sus orejas estaban rojas? Quizá se había quemado con el sol.

—Otros. —Nunca hablaba de mi familia. La prensa de negocios se daría un festín con ello, enviando reporteros a la isla para hablar con la gente que mejor conocía a Cooper Fallon. Luego desenterrarían a mi padre, y ese era el tipo de publicidad que nadie necesitaba.

Ben se mordió el labio y escudriñó el oscuro sendero. Caminamos en silencio por un minuto hasta que el edificio principal del resort apareció a la vista.

—Si, eh, te encuentras con uno de esos *otros* y quieres que te, eh, dé tu espacio, solo avísame. Entiendo que esto no es algo social, señor Fallon. —Hizo un gesto entre nosotros, pero con cuidado de no mirarme.

—Ben. —Finalmente entendí lo que estaba diciendo. Dejé de caminar y, después de un segundo, él se detuvo y me encaró—. Me invitaste amablemente a cenar. Por supuesto que es algo social. Y no te dejaría solo para ligar con alguien más.

La sola idea de ligar era risible. No estaba seguro de recordar cómo hacerlo.

Pero Ben y sus *señor Fallon* me tentaban a pensar en ello. ¿Por qué ese *señor* en su boca era tan jodidamente sexi? Tenía que parar o haría algo de lo que me arrepentiría, como acariciar su mano—. Mira, no estamos en la oficina. Bien podrías llamarme Cooper.

Lentamente, una sonrisa se extendió por su rostro e iluminó esos ojos color whisky. —Está bien. Cooper.

Sentí una punzada en el pecho. Tal vez no había sido tan buena idea que me llamara por mi nombre de pila. Mi nombre —en cualquier forma— en sus labios encendía terminaciones nerviosas que creía muertas hacía mucho tiempo.

—Vamos. —Mi voz fue más brusca de lo que pretendía—. A comer.

Lo llevé al menos formal de los dos restaurantes del resort, el que solían frecuentar las familias. Donde mi ridícula camisa sería aceptable. Llevarlo al restaurante formal se habría sentido peligrosamente como una cita. Y Ben y yo *no* estábamos en una cita.

Lo cual quedó claro desde el momento en que nos sentamos junto a una familia de cinco.

Ben observó a los dos niños pequeños, con crayones en sus puños, y al bebé que dormitaba en su portabebés. —¿Está bien esto? —murmuró.

—Está bien. —Tomé el menú. No había peligro de quedar atrapado en los ojos de whisky de Ben mientras los niños parloteaban en la mesa de al lado.

No me molesté en intentar pedir un bourbon o siquiera una cerveza, pero deseé haberlo hecho cuando un chillido ensordecedor estalló en la mesa de al lado. El bebé se había despertado. La madre intentaba calmarla mientras los niños pequeños, ya no entretenidos con sus crayones, se quejaban a su padre. El ruido se asoció con el palpitar de mi cabeza, y me froté la sien.

—¿Puedes llamar la atención de nuestro mesero? Necesito un trago.

—No, pero dame un minuto. —Ben se apartó de la mesa y, segundos después, el silencio cayó como una manta.

Levanté la vista y vi a los niños pequeños tomados de la mano de Ben mientras los alejaba de la mesa hacia la fuente en el centro del restaurante. Rebuscó en el bolsillo de sus shorts y sacó algo que iluminó los ojos de los niños. Luego se arrodilló junto a ellos y los dejó tomar los objetos de su palma. Monedas. La niña cerró los ojos por unos segundos y luego extendió el puño sobre el estanque bajo la fuente. Luego abrió la mano y la moneda cayó. El niño repitió sus acciones. Ben sonrió, encantado.

Las luces del restaurante brillaban en las ondas oscuras de su cabello, contrastando con los esponjosos rizos rubios de los niños. Tomaron más monedas de su palma y las arrojaron a la fuente, riendo. Nunca había visto tal expresión de placer en el rostro de Ben. En la oficina, era todo seriedad y respeto. Con esos niños, era libre.

Por un segundo, imaginé a Ben con un par de hijos propios. Empujando un cochecito en El Presidio, allá en San Francisco. O en la playa, sosteniendo sus manos mientras bailaban entrando y saliendo de las olas como había visto hacer a tantas familias. Eso, allí con los niños, era lo que se suponía que Ben debía estar haciendo. No atrapado en una oficina gestionando calendarios y reuniones para mí mientras yo escondía mi anhelo detrás de mi exterior seco y cascarrabias.

Cerré los ojos con fuerza. Ben necesitaba irse a casa. Si —cuando— cortara lazos con Synergy, me aseguraría de que terminara en un lugar seguro y estable. Lo que era lo más lejos posible de mí.

13

BEN

CUANDO SALIMOS DEL RESORT, el canto rítmico de las olas me llamó. —¿Podemos volver caminando por la playa?

Cooper frunció el ceño. —No tienes que acompañarme de vuelta.

Vi cómo su mirada se desviaba hacia el bar. —Pero quiero hacerlo.

Se agachó para desatarse los tenis. —¿Tienes una habitación en el resort, no?

—Sí. —Dejé en el suelo la bolsa de papel con las sobras del bistec para quitarme los Converse y los calcetines. Pisé la arena y moví los dedos.

Era muy diferente a la última vez que había estado en una playa, cuando mis amigos y yo habíamos manejado hasta Half Moon Bay. La arena cálida se extendía hasta donde alcanzaba la vista y las olas susurraban como una canción de cuna. Eché un vistazo a Cooper y a las pantorrillas musculosas que nunca le había visto hasta esta noche. La cantidad justa de vello. Debajo, una piel suave y dorada. Quería lamerle toda la pantorrilla, detrás de la rodilla y... ¡mierda! Tenía que dejar de mirarle las piernas a mi jefe.

—¿Listo? —No esperé su respuesta. Caminé con dificultad por la arena, pasando la fila de camastros y sombrillas, hasta donde la arena estaba compacta y húmeda bajo mis pies. Miré el agua oscura. La luna aún ʜe había salido lo suficiente como para brillar sobre ella, pero las estrellas centelleaban arriba, más de las que había visto nunca a la vez.

—Es tranquilo, ¿no? —Cooper se paró a mi lado y lo sentí inhalar el aire salado.

Hice lo mismo y solté un suspiro cargado con la tensión de las últimas dos semanas. —Sí. —La brisa me apartó el pelo de la piel pegajosa. Levanté una mano para alisar mis rizos y se me enganchó en el desastre indomable. El aire húmedo del Caribe había derrotado por completo mi producto. Menos mal que la noche estaba oscura.

Cooper se dio la vuelta y caminó hacia su bungaló. Me apuré para alcanzarlo y así no sentirme tentado a mirar cómo se movía su trasero en esos shorts, la tensión de sus isquiotibiales mientras avanzaba con fuerza por la arena.

Pero no pude resistirme a echar un vistazo a su cara. Intenté convencerme de que era para revisar su color —se estaba desintoxicando bastante fuerte— y no para comerme con los ojos la definición de sus pómulos.

Algo se movió en las sombras detrás de él.

Me quedé helado como si fuera su presa. —¿Qué es eso?

—¿Qué? —Siguió mi mirada.

—Ahí. —Señalé—. Detrás de ese último camastro. Algo se movió.

Entrecerró los ojos. —Hay gente caminando por el sendero. Quizá viste eso.

Efectivamente, hubo el destello de algo brillante —un vidrio o el teléfono de alguien— y un roce en el sendero de conchas apenas visible a través de los árboles. Pero no creía que eso fuera lo que me llamó la atención. Había visto algo, y no era humano.

—¿Hay lobos aquí? ¿Coyotes? ¿Linces?

—No. Pudo haber sido un roedor. O un pecarí.

—¿Un pecarí?

—Es como un jabalí.

Escruté la oscuridad, pero no vi nada. Miré mis manos. En una tenía mis zapatos y en la otra la bolsa para llevar. Ninguna sería una buena arma contra un qué-sé-yo. Un jabalí. ¿Tenía colmillos?

Ahora hasta las olas sonaban amenazantes. —Vamos. —Tomaría el sendero de conchas bien iluminado de vuelta a mi habitación después de dejar a Cooper.

Caminé lo más rápido que pude sobre la superficie irregular de la playa. Cooper me seguía el paso fácilmente con sus piernas más largas. Eché un vistazo hacia atrás un par de veces, pero no vi nada. Ya casi me había relajado cuando Cooper habló.

—Nos están siguiendo.

—¿Por uno de esos jabalíes? ¿O un Pie Grande? ¿Hay de esos aquí? —El corazón ya me daba saltos en el pecho, pero entonces empezó a correr.

—No. —Se rio entre dientes—. Por un «perro cocotero».

—¿Es como el *Sabueso de los Baskerville*?

—Así es como llaman a los perros callejeros aquí en la isla. Sigue caminando y mira hacia atrás. A las ocho en punto.

Disminuí la velocidad lo suficiente para mirar por encima del hombro. Un perro nos seguía a hurtadillas, manteniéndose en las sombras, pero sus ojos brillaban a la luz de las estrellas.

—Probablemente huele tu cena.

El perro ni siquiera era tan grande. Era más pequeño que un labrador, el perro que siempre había querido. Era de color claro bajo la luz de las estrellas, amarillo o canela, con la cara oscura. Cuando me detuve y me di la vuelta, se quedó quieto.

—Hola, amiguito —dije en voz baja. Me puse en cuclillas y dejé caer los zapatos en la arena. Luego dejé la bolsa con mis sobras.

El perro levantó la nariz para olfatear. Sus enormes orejas le daban el aspecto de un murciélago gigante sin alas. Dio un paso vacilante hacia nosotros, y fue entonces cuando me di cuenta de lo flaco que estaba. Se le notaban las costillas incluso bajo la luz de las estrellas. Era del tamaño de un beagle, pero no podía pesar más de nueve kilos.

Lentamente, metí la mano en la bolsa y saqué el paquete envuelto en papel de aluminio que había dentro. En la cocina lo habían torcido en forma de cisne, con un largo cuello de papel de aluminio que se elevaba sobre el bulto del bistec. El papel de aluminio crujió cuando empecé a desenvolverlo.

—¿Qué estás haciendo? —La voz de Cooper asustó al perro, que se escabulló de nuevo entre las sombras.

—Shh. Estoy dándole de comer a ese pobre perro.

—Es callejero. Salvaje. Podría tener alguna enfermedad. Podría morderte.

Le hablé al perro con dulzura. —No vas a morderme, ¿verdad, cosita? —Cuando abrí el paquete, el olor a carne se esparció. Lo dejé en la arena y retrocedí unos pasos.

El perro dio un paso encorvado y vacilante hacia la comida, y luego otro.

—Eso es, pequeño. Vamos, ven a cenar algo.

—Solo vas a enseñarle a molestar a los turistas, y alguien lo va a encerrar por ser una molestia.

El perro se quedó helado de nuevo al oír la voz de Cooper.

—Shh. Aléjate unos pasos. Lo estás asustando.

No tuve que mirar para ver que Cooper hizo lo que le pedí. Sentí su ausencia detrás de mí. —Vamos, cosita. Nadie te va a hacer daño.

El perro se acercó más y más a hurtadillas hasta que tomó un trozo y corrió de vuelta a las sombras.

—Eso es. Buen chico. Ahora ven por más.

Repitió el proceso, tomando un trozo y huyendo, hasta que se acabó todo. Quise estirar la mano y rascarle esas enormes orejas triangulares, pero no quise asustarlo. Arrugué el papel de aluminio y lo metí en la bolsa. —Se acabó todo —le dije.

Aquellos ojos grandes y oscuros me miraron brillantes desde las sombras.

—¿Contento ahora? —dijo Cooper. Pero su voz no tenía el filo del sarcasmo. Era más suave de lo que nunca la había oído.

Estaba de pie, alto y erguido sobre la arena, contra el murmullo de las olas. Su pelo caía en perfectas ondas playeras sobre su frente. Probablemente ni siquiera necesitaba usar productos para lograr un pelo perfecto. Y esa noche, era todo mío para admirarlo. —Sí, lo estoy.

Como si de alguna manera hubiera leído mis pensamientos, bajó la cabeza. —Vámonos antes de que otros perros hambrientos descubran el corazón de pollo que tienes.

Recogí mis zapatos y juntos continuamos hacia su casa. Había tantas cosas que quería preguntarle, que necesitaba preguntarle. Sobre la venta de las acciones. Sobre por qué había venido a la isla. Sobre por qué no había ido a Boston. Pero cada vez que lo miraba y veía la suavidad en sus ojos, su mandíbula relajada y suelta de una manera que nunca había visto en la oficina, olvidaba lo que estaba a punto de preguntar. La luna se alzó sobre los árboles y lo bañó de plata, y el único pensamiento que quedaba en mi cerebro era el de trazar esas líneas de luz de luna con mis dedos.

Pero no podía. Yo era su asistente y él era mi frío y severo jefe. Cooper Fallon nunca tendría una relación con un empleado, y ciertamente no con su empleado directo. Además, mi corazón todavía estaba magullado y maltratado por lo de Trey. No podía entregárselo a alguien como Cooper. Diablos, ni siquiera estaba seguro de que fuera gay. Según los tabloides, salía con mujeres. Los sentimientos de más que amigos que percibía que tenía por Jackson podrían haber sido un secreto vergonzoso. Podría no haber aceptado su bisexualidad; no todo el mundo lo hacía. Podría haber estado imaginando la ternura que creí ver en su rostro anguloso cuando me miraba.

Para cuando llegamos a su portón, había creado un huracán emocional en mi pecho. Tenía que alejarme de Cooper y calmarme. Había desperdiciado el día; no podía permitirme desperdiciar otro. Dormiría en una cama de verdad y, por la mañana, estaría preparado para hacerle a Cooper las preguntas que necesitaba hacerle. No me distraería con sus pómulos ni con las ondas tocables de su pelo ni con el cariño de su tono.

—Buenas noches —dije, girándome ya hacia el sendero de conchas.

—Buenas noches, Ben.

Todo dentro de mí se detuvo ante el bajo murmullo de su voz. Me atreví a levantar la vista hacia su rostro.

Fue un error. Algún truco de la luz de la luna calentaba sus ojos azules. Y cuando sacó la lengua para humedecerse el labio inferior, solo estaba saboreando el toque de la brisa marina. Algo tocó mi nudillo, y bajé la vista mientras la mano de Cooper rozaba la mía y luego se metía en el bolsillo de sus shorts.

Mis rodillas se aflojaron. —Buenas noches.

—Ya lo dijiste. —El brillo de sus dientes —una sonrisa de verdad de Cooper Fallon— fue lo último que vi antes de que el portón se cerrara tras él.

Me quedé allí un momento, jadeando el aire del mar. Luego me puse los zapatos y regresé crujiendo por el sendero de conchas hacia el resort. En realidad, flotaba.

Cuando sonó mi teléfono, ni siquiera miré el identificador de llamadas, todavía atrapado en la sonrisa de ensueño de Cooper.

—¿Hola?

—Ben, ¿estás bien? —La voz de Marlee me sacó del sueño.

Me aclaré la garganta. —Bien. ¿Qué pasa?

—¿Qué pasa contigo? ¿Algún progreso?

Hice una mueca. —Todavía no. Estoy tratando de ir con calma.

Su voz crepitó. —Se te acabó el tiempo para ir con calma. Esa orden de venta se ejecuta mañana.

14

COOPER

EL LUNES, cuando desperté sobrio de nuevo, metí la bolsa con las camisas que Ben me había comprado en el fondo del clóset y me puse una camiseta y unos shorts de entrenamiento. No iba a hacer ejercicio, pero tampoco usaría ropa que me recordara a Ben.

Había sido tan tonto con Ben como él lo había sido con ese perro anoche. Lo dejé acercarse, aunque sabía que no teníamos futuro juntos. Yo no tenía futuro con nadie. Mejor estar solo que herir a alguien que me importaba.

Tenía que ponerle un alto en seco.

Ignoré los golpes de Ben en la puerta, sus mensajes de texto y sus llamadas. Cuando llamó por el intercomunicador de la reja, me metí a la casa. Si no contestaba, se iría. Se iría a casa.

En el sofá, leí el correo electrónico de mi asesor financiero que resumía la venta de las acciones. Revisé el saldo de mi cuenta. El director de mi fundación estaría encantado. Y cada uno de los cincuenta o más refugios para mujeres del Área de la Bahía recibiría una donación considerable, pero anónima. Estarían extasiados.

¿Y cómo me sentía yo?

Vacío.

Esperaba sentir algo. Alivio por estar deshaciéndome de Jackson por fin. Arrepentimiento por haber roto la promesa que le hice a mi amigo. Emoción por la posibilidad de hacer algo nuevo, algo por lo que no tuviera que pelear con Weston, algo que no sintiera que estaba obligando a Jackson a hacer.

Lo único que sentía era cansancio.

Así que, como uno de los lagartos de la isla, tomé una siesta en el sofá bajo el sol que entraba cálido por las ventanas.

Los rayos que se estrellaban contra mis párpados cerrados me despertaron. El sol, que bajaba hacia el horizonte, brillaba sobre el océano y la piscina, y lanzaba destellos dorados en el techo de la sala. Me incorporé y me froté la cara.

Estaba menos cansado… y muerto de hambre. Mi estómago rugió.

Pero no podía ir al bar ni al restaurante. Ben me encontraría allí. Así que llamé al servicio a la habitación.

Media hora después, sonó el timbre, un solo toque corto como siempre lo hacía Ramón. Fui descalzo hasta la puerta y la abrí de golpe. Pero no era Ramón.

Era Ben.

Y traía el carrito de Ramón.

—¿Qué le hiciste a Ramón? —fue lo más inteligente que se me ocurrió decir. Hice una mueca.

Ben empujó el carrito para que pasara el umbral hasta que me quité del camino. —Creo que deberíamos comer en el patio, ¿no te parece? Es una tarde hermosa.

—¿Deberíamos? —lo seguí a través de la puerta corrediza hasta la terraza.

Detuvo el carrito y se giró hacia mí, con las manos en las caderas. —Te traje la cena. —Señaló el carrito—. Lo menos que puedes hacer es compartirla conmigo.

—¿Por qué sigues aquí? —Cualquier otra persona se habría ido a casa. Sin un ejecutivo a quien asistir, Ben podría jugar

Animal Crossing todo el día en su escritorio. O tomarse una semana libre como le sugerí. Nadie lo cuestionaría.

—¿De verdad? —su mandíbula, recién afeitada de nuevo, sobresalía—. Has venido aquí a descansar y relajarte, pero no sabes cómo. Creo que es bastante evidente que estás deprimido. Necesitas a alguien con quien hablar. Para asegurarte de que comas. Tal vez no quieras que esa persona sea yo, pero soy todo lo que tienes en este momento.

Se volvió hacia el carrito. Con movimientos bruscos, lanzó un mantel sobre la mesa del patio y, con habilidad pero no en silencio, hizo sonar los platos y los cubiertos al ponerlos.

¿Estaba deprimido? Tal vez eso explicaba el vacío dentro de mí. Le preguntaría a la Dra. Pradhi la próxima semana.

Mientras él llevaba el carrito de vuelta adentro, eché un vistazo a la mesa. Había fuentes de pescado y verduras. Un tazón de ensalada y otro de un plato de granos. Era exactamente lo que habría comido si hubiera venido a la isla en una de mis visitas habituales, nada que ver con la porquería que había estado comiendo en el bar. Había incluso un pequeño arreglo de orquídeas nativas. Y un trío de velas en el centro.

Con el atardecer rosado sobre el océano volviendo las olas de oro fundido y el rítmico romper de las olas en la playa, todo parecía tan... romántico.

—¿Qué pasa? —Ben salió al patio.

—Siento que no estoy vestido para la ocasión. —Traté de poner todo mi agradecimiento, mi disculpa, en la rápida sonrisa que le dediqué.

Él examinó mi camiseta de compresión y mis shorts deportivos y luego se aclaró la garganta. —Estás bien. —Su voz salió ronca y, a pesar del atardecer resplandeciente, se me puso la piel de gallina en los brazos.

Me los froté. —¿Comemos?

No sé qué me impulsó a hacerlo, pero aparté la silla más cercana y esperé a que se sentara. Luego tomé la silla del otro lado de la mesa.

—Esto está muy bien. Gracias. —Señalé la mesa con un gesto
—. Pero no emboscaste a Ramón, ¿verdad? No está tirado en los
arbustos en alguna parte.

—No. —Sus mejillas se sonrojaron mientras tomaba la fuente
de pescado y me la pasaba—. Ramón me hizo un favor.

Tomé un trozo de pescado y le devolví la fuente. ¿Un favor? Y
ese sonrojo. Sabía muy bien lo coqueto que era Ramón. ¿Estarían
él y Ben teniendo una aventura en la isla? Le revisé el cuello a
Ben, pero no vi ninguno de los chupetones característicos de
Ramón. Aunque tal vez se los había puesto en algún lugar oculto
por el polo y los shorts de Ben.

Me aparté el cuello de la camisa de la piel acalorada, de
repente con menos hambre que antes.

Ben desvió la mirada hacia la reja y luego de vuelta a mí. —
¿Cómo te sientes?

—Quieres decir, ¿si bebí hoy? —Dejé que una comisura de mi
boca se curvara hacia arriba.

—No, quiero decir que te ves bien hoy. —Señaló mi cara con el
tenedor—. Aunque siempre te ves bien. Más descansado.

Dejé que el cumplido me llegara y me calentara el estómago.
Era casi tan bueno como el bourbon. —Tomé una siesta.

—Eso es genial. ¿Hiciste… ah… ejercicio? —Se quedó mirando
mi camiseta ajustada.

—No. Esto era lo que tenía.

Se mordió el labio y, cuando lo soltó, estaba brillante y más
rosado que antes. Quise inclinarme sobre la mesa y probarlo. Pero
ese labio delicioso le pertenecía a Ben, mi asistente, así que
mantuve mi trasero en la silla.

—Deberíamos hacer que hagas más ejercicio. Te hará bien.
¿Cómo entrenas normalmente cuando estás aquí?

Normalmente no lo necesitaba. Entre todas las caminatas al
pueblo y los proyectos de construcción, quemaba un montón de
calorías. Pero no iba a compartir mi verdadera conexión con la isla
con Ben. Encontraría alguna manera de usar a la gente que me
importaba como palanca para que hiciera lo que sea que Weston

lo hubiera enviado a hacer. Y si iba al pueblo, mi familia se metería en mis asuntos, especialmente si Ben les decía que estaba deprimido.

—No necesito que gestiones mis entrenamientos —gruñí.

Lanzó una mirada a la reja, pero luego se centró de nuevo en mí. —Está bien, entonces, vayamos al grano. Entiendo que seguiste adelante con la venta de tus acciones de Synergy.

La decepción aplastó la pequeña llama que se había encendido en mi corazón. La comida, las velas, las flores, todo era una artimaña. No era lo que me había atrevido a esperar: una velada romántica con Ben. Quería hablar de Synergy. Perfecto. Me enderecé en la silla. —Lo hice. Aunque no es asunto tuyo.

—¿No es asunto mío? —Sus gruesas cejas desaparecieron bajo los rizos que caían sobre su frente—. Cooper, si te vas…

Pinché mi pescado. —No voy a ninguna parte. —*Todavía*. Si lo hacía, le encontraría a Ben otro puesto dentro de Synergy para que pudiera terminar su carrera.

—Mmm… escuché algunas cosas. En la oficina.

Como no continuó, pregunté: —¿Qué escuchaste?

—Weston tiene algunas ideas sobre la empresa. Ideas de recortes.

Resoplé. —Weston siempre quiere recortar algo. Es un tipo de números.

Ben dejó el tenedor. —Recortes de personal. Y… y el programa de matrículas.

—Ridículo. —Me recliné en mi silla—. Weston no haría eso. E incluso si quisiera, alguien lo convencería de que no lo hiciera.

—¿Quién, Cooper? —Ben inclinó la cabeza—. ¿Quién lo va a convencer? ¿El director financiero? ¿Jackson? Tú no estás ahí para hacerlo.

El nombre de Jackson y el recordatorio de que había dejado mi empresa me golpearon el pecho como un par de balines. Pero Weston había prometido que se encargaría de las cosas. —Weston quiere lo mejor para la empresa. Confío en él.

—¿Lo haces? Porque dijo algunas cosas que me preocuparon.

—¿Ah, sí? —Me froté el punto adolorido en mi pecho—. ¿Qué?

—Lo oí decirle al presidente que habías vendido tus acciones. Y luego hablar de una oportunidad.

De repente, el hecho de que Charles supiera que había vendido mis acciones hizo que todo pareciera real. Charles, el padrastro de Jackson, siempre nos había apoyado, así que tenía sentido que le pidiéramos que fuera Presidente del Consejo en los primeros días de Synergy. Y ahora yo había vendido mis acciones sin avisarle. Reducir mi participación en Synergy dejó de ser un concepto tan ligero y transparente como la brisa de la isla y se convirtió en una realidad concreta y culpable. Sentía como si hubiera perdido una parte de mí. Una parte de mi alma.

Pero eso era yo siendo egoísta. A Ben le preocupaba su trabajo y su educación.

—Weston ha sido parte de Synergy durante la mitad de su existencia. Hará lo correcto por ella. Y por los empleados.

Los labios de Ben se torcieron hacia un lado como si no se creyera lo que le decía. —¿El presidente dijo algo sobre una adquisición hostil?

—Estoy seguro de que Weston está tomando medidas para evitar eso. Tiene en mente el mejor interés de la empresa. Te lo prometo.

Los ojos de Ben se entrecerraron por un segundo, pero luego asintió. —Está bien. Si tú lo dices.

—Lo digo.

—¿Pero qué hay de Jackson?

Se me cerraron los pulmones, obligándome a toser. Bebí un trago de agua. —¿Qué pasa con Jackson? —Mi voz salió como un gruñido a través de mi garganta contraída.

—Él está allí solo para hacerle frente a Weston. Si es que hay que hacerle frente a Weston.

Entonces lo vi. —¿Jackson te mandó a hacer esto? —Típico de Jackson, enviar a alguien en su lugar para rogarme que volviera a trabajar. Maldito Jackson, siempre queriendo, necesitando algo de mí. Las migajas de amistad que recibía a cambio ya no eran suficientes.

Además, tontamente había esperado que Ben hubiera venido aquí por mí. No era más que una herramienta que Jackson había tomado, sin saber que era exactamente la correcta para romperme.

—¡No! —El atardecer brilló en sus ojos—. Vine aquí porque estaba preocupado. Por ti.

—No necesito que te preocupes por mí, joder. ¡Estoy bien! —Oí que mi voz había subido de tono, pero parecía flotar sobre mi propio cuerpo, separado del imbécil de cara roja que le gritaba al hombre amable que le había traído la cena. El hombre amable cuyo rostro había pasado de sonriente a pétreo.

Durante el silencio que se extendió entre nosotros, oí un susurro junto a la piscina, y mi conciencia se estrelló de nuevo en mi cuerpo, nadando en el calor líquido que lo llenaba. ¿Con quién carajo había venido Ben? ¿Quién más se unía a la fiesta de la lástima? Me aparté de la mesa de un empujón, las patas de mi silla rechinando sobre las tablas de la terraza, y bajé a zancadas hasta la reja. Cuando la abrí de un tirón, un destello marrón pasó a mi lado.

Me di la vuelta para ver a un perro cocotero erguido sobre sus patas traseras, lamiéndole la cara a Ben. Un puto perro. ¿Era el mismo de anoche, el que había alimentado con las sobras de su bistec? ¿O había atraído a toda una colonia de ellos mientras yo dormía la siesta? ¿Era yo solo otro perro callejero para él, uno que necesitaba comida y paseos?

Los ojos de Ben se abrieron de par en par cuando vio la expresión de mi cara, una fracción de segundo antes de que la ira estallara dentro de mí.

Cuando me acerqué, el perro se giró y gruñó, mostrando los dientes.

—Vine aquí por mí. Porque quise. No es asunto de nadie, joder, lo que yo hago. —Señalé salvajemente la piscina, la casa, la playa—. Estas no son unas putas vacaciones para nadie excepto para mí. No te vas a quedar. Te vas a casa mañana o estás despedido. —Miré fijamente al perro a través de una neblina roja. Mostró los dientes y gruñó más fuerte—. Y no puedes seguir alimentando a ese puto perro callejero. No es una mascota. ¡Podría morderte! —Golpeé la mesa con la mano, haciendo que los platos saltaran. Un vaso de agua se cayó con un estrépito.

Me quedé quieto. Eso era lo que había empezado todo este lío. Separarme de Jackson, adormecerme con alcohol y contarle mis intimidades a mi terapeuta... nada de eso había solucionado nada.

Ben se puso de pie. Me cubrí los ojos con la mano para no verlo salir corriendo por la reja. Tenía la garganta irritada y tensa, y ni siquiera tragar saliva me aliviaba.

Un toque ligero como una pluma se posó en mi brazo, justo debajo de la manga de la camiseta. —No... no me voy a ir.

La ira se desvaneció, dejándome tambaleante como si su arrebato hubiera sido lo único que me mantenía en pie. A pesar de mí mismo, me apoyé en el toque de Ben. Me frotó el brazo, de arriba abajo, como si acariciara a un perro.

Pero en ese momento, no me importó. No me importó que yo fuera solo otro perro callejero para él, que necesitaba cuidado y afecto. Y que cuando se fuera de la isla, me dejaría igual que dejaría a ese maldito perro.

—Lo siento. Siento haber gritado —murmuré. No era ni de lejos suficiente, pero era todo lo que se me ocurría decir. Si abría la boca de nuevo, podría decir algo de lo que me arrepintiera aún más. Rogarle que se quedara. Conmigo. No podía querer eso. No podía tener eso. Ni siquiera cuando las chispas me sacudían cada vez que me tocaba, como lo habían hecho desde el primer día, impactando mi corazón con un nuevo ritmo: *Ben-Ben, Ben-Ben*. Me froté el pecho con la otra mano.

—Está bien. ¿Quieres postre o prefieres irte a la cama?

Sabía que no se refería a ir con él, pero mi corazón no era tan inteligente. Palpitó con fuerza, y Ben probablemente lo vio a través de mi camiseta de licra. —A la cama.

—Está bien. —Me acarició el brazo una vez más, y cuando se

detuvo, sentí el brazo frío—. Yo limpiaré aquí afuera. Nos vemos en la mañana.

—Está bien —murmuré, todavía bajo su hechizo.

No fue hasta que entré que me di cuenta de que me había tendido una trampa. ¿Qué carajo íbamos a hacer en la mañana?

Aunque había tomado una siesta, arrastraba los pies. Necesitaba dormir más. Lo último que le oí decir antes de cerrar la puerta de mi habitación fue: —Coco, ¿qué tal un poco de pescado sabroso?

15

BEN

CUANDO LLAMÉ a la puerta de Cooper a la mañana siguiente, con la ropa de la tintorería en una mano y una bandeja de cafés en la otra, sabía que era demasiado temprano. Bueno, se suponía que era demasiado temprano. Pero sabía dos cosas: mi jefe era madrugador —cuando no estaba borracho o con resaca— y necesitaba hacer ejercicio. La noche anterior, cuando le toqué el brazo, prácticamente sentí el exceso de energía que le recorría el cuerpo.

Y, en efecto, me abrió la puerta. No tenía idea de si se veía recién levantado o ya despierto porque no. Podía. Dejar. De mirarle. El pecho. Su pecho desnudo. Musculoso, desde sus pectorales anchos y planos hasta sus abdominales marcados. Una selva tropical de vello rubio oscuro le cubría la parte superior del pecho y bajaba, bajaba, bajaba por debajo de esos shorts deportivos. Mis dedos me picaban por acariciar su piel dorada, el lunar en su pectoral izquierdo, justo encima del pezón. Aquel pezón bronceado se tensó hacia mí como si a él también le gustara la idea. Gracias a Dios que sujetaba sus trajes limpios en una mano y los cafés en la otra. No estaría bien tocar a mi jefe casi desnudo.

Se aclaró la garganta. —¿Qué demonios, Ben? Apenas son las

siete. —Pero me quitó la pesada ropa de la tintorería y se hizo a un lado cuando avancé.

Dejé el café en la encimera de la cocina y fijé la mirada en la ropa cubierta de plástico que tenía en la mano. —¿Quieres guardar eso y ponerte una... una camisa? Necesitas hacer ejercicio, así que pensé que podríamos salir a correr juntos. —Procuré no hacer una mueca. Odiaba correr. Demasiados recuerdos de dar vueltas en la pista de la preparatoria con el entrenador gritando: «¡*Muévete, Walters!*».

No muy diferente al entrenador, Cooper me examinó de arriba abajo, desde mi camiseta de *Guardianes de la Galaxia* hasta mis Converse morados. —No puedes correr con esas zapatillas.

—Son las únicas zapatillas deportivas que tengo. Estarán bien. Son de baloncesto.

—Zapatillas de baloncesto —se burló—. No vas a correr con esas. En vez de eso, caminaremos.

Caminar sonaba mucho mejor que correr. —Una caminata sería genial. De hecho, Ramón me dijo que deberíamos caminar hasta el pueblo y ver el Jardín de Tía. ¿Qué es eso? No lo vi en la hoja que me dieron de cosas que hacer.

—Ramón —gruñó. Por fin, me quitó la ropa de la tintorería—. Es uno de esos lugares solo para gente de aquí.

—¡Oh! ¿Me llevarás? Me encanta ver los lugares como si fuera un local.

—Dame un minuto.

Le tomó más de un minuto. Ya me había tomado la mitad del café cuando salió del dormitorio, duchado y afeitado, llevando la segunda camisa y los shorts que le había conseguido. La camisa era blanca con un estampado de lagartijas verdes tomando el sol. A mí me había parecido bonita, pero por la expresión fúrica de Cooper, a él no.

Le extendí su café, apartando cuidadosamente la mirada de su mandíbula cincelada, lisa y desnuda, que de alguna manera era aún más sexi, más irresistible al tacto, que su pecho desnudo. —¿Listo para irnos o querías comer algo primero?

—Vamos. Seguro que encontraremos algo de comer en el pueblo.

—Oh, ¿otro lugar secreto para locales?

Cooper solo gruñó.

Fue una suerte que me hubiera tomado la mitad del café, porque habría derramado uno lleno al medio trote que tuve que mantener para seguirle el paso a las largas zancadas de Cooper. Tomamos el sendero de conchas hasta el edificio principal del resort y un camino pavimentado alrededor de este hasta que llegamos a la rotonda que daba a la carretera. Sabía que no estaba lejos del pueblo, poco más de un kilómetro y medio, pero estaba casi sin aliento para hablar. Y necesitábamos hablar.

—¿Podemos ir más despacio? —jadeé.

Se detuvo tan de repente que casi me estrello contra su espalda. Mirando detrás de mí, dijo: —Nos están siguiendo.

Me di la vuelta y vi a Coco, merodeando entre los arbustos a unos seis metros detrás de nosotros. —Está bien. Es solo Coco.

Las pobladas cejas de Cooper se alzaron. —¿Coco? ¿Le pusiste nombre?

—Es macho, y claro que le puse nombre. —Silbé, y Coco trotó hacia nosotros. Se escabulló los últimos metros y se acurrucó detrás de mí.

Cooper arrugó la nariz. —¿Eso es… manzanilla?

—Es mejor que como olía antes. Es solo el champú que tenían en mi habitación. Usé todo el bote con él. —Me agaché y le alboroté el pelaje a Coco.

—¿Estaba en tu habitación? ¿Y las pulgas? —El labio de Cooper se curvó.

—Tenía un montón de pulgas, sí. Un par de garrapatas también. Pero Ramón me ayudó a darle un baño antipulgas en una de las duchas exteriores. Olía absolutamente asqueroso, y por eso lo bañé con el champú de manzanilla. Pero no le gustó la secadora, y no podía dejarlo dormir afuera cuando todavía estaba mojado. —Cerré la boca de golpe y me preparé para la explosión de Cooper sobre cómo no me iba a quedar y que no tenía sentido hacerse de un perro callejero.

Pero no lo hizo. Solo me observó acariciar el pelaje amarillo de Coco durante un minuto antes de darse la vuelta y continuar su marcha hacia el pueblo.

—Buen chico —murmuré. Luego troté para alcanzar a mi jefe, con Coco trotando a mis talones.

Las primeras casas que vimos eran pequeñas, no más grandes que mi modesta habitación en el resort, pero de aspecto robusto y pintadas en colores sorbete. Aunque era temprano, algunas personas trabajaban tranquilamente en sus jardines, recogiendo tomates rojos y maduros y calabazas doradas.

Un niño pequeño salió disparado de una casa pintada de turquesa y se estrelló contra las piernas de Cooper. Sus delgados brazos se envolvieron alrededor de la cintura de Cooper, y hundió la cara en su cadera. Una mujer embarazada descendió lentamente del porche, caminó por el sendero y le plantó un beso en la mejilla a Cooper. No hubo nada lento en el español que le soltó a Cooper. Todo lo que capté fueron las palabras para *construir* y *escuela*.

Cooper murmuró una respuesta en español.

La mujer apoyó una mano en la cadera y me recorrió con la mirada, luego le hizo una pregunta a Cooper. Él no respondió, sino que se agachó para desenredar suavemente al niño de sus piernas. Luego inclinó la barbilla en la dirección en la que íbamos y dijo algo sobre el jardín que planeábamos visitar.

Después de que Cooper le dio una palmadita en la cabeza al niño y besó la mejilla derecha de la mujer, ella me miró de arriba abajo una vez más. Regresaron a la casa turquesa sin siquiera mirar a Coco. Cooper reanudó su paso de zancadas largas.

—¿Quién era ella? —pregunté cuando lo alcancé.

—Solo alguien que conozco.

—¿La conoces? —Me di la vuelta para reevaluar la casa turquesa—. ¿Cómo? ¿Trabaja en el resort?

—Haces muchas preguntas —gruñó.

—Eso no fue una respuesta. —Me interpuse en su camino para que tuviera que detenerse y me crucé de brazos.

Soltó un suspiro de frustración. —Está bien. Es una amiga de la familia. Querían agradecerme por un trabajo que hice en la comunidad la última vez que estuve aquí.

—¿Trabajo? ¿Como un programa de software?

—No. —Inclinó la barbilla hacia algo detrás de mí—. Eso.

Me giré y vi un pequeño edificio de estuco pintado de un alegre amarillo girasol. —¿Qué es eso?

—Una escuela. Para los niños del pueblo.

—¿Donaste dinero para ella?

—Sí. —Reanudó su marcha hacia el pueblo—. Y les ayudé a construirla.

Arrugué la nariz. —¿Como, con un martillo? —Antes de encontrarlo en la isla, no podía imaginar a Cooper con otra cosa que no fuera ropa de vestir impecable, con el teléfono pegado a la oreja. Me costaba imaginarlo haciendo trabajo manual.

—Tengo habilidades, ¿sabes? No siempre fui Director de Operaciones. Tuve trabajos de verano alguna vez. —Apretó la mandíbula, y supe que no debía preguntarle sobre esos trabajos de verano.

Continuamos por el camino, pasando la escuela, una tienda de comestibles, una farmacia. Unos pocos hombres pasaban el rato frente a la tabaquería, hablando, sus nubes de humo flotando hacia el cielo azul y despejado.

Unos callejones se desviaban de la carretera principal, llevando a más casas. Cooper giró en uno bordeado por una cerca de estacas pintada de blanco. Las enredaderas trepaban por ella, sus capullos violetas apenas se abrían con el sol de la mañana. En otros lugares, altas flores se inclinaban sobre la cerca, sus corolas moviéndose con la ligera brisa como para darnos los buenos días. Los girasoles se curvaban hacia la calle, sus cabezas demasiado pesadas por las semillas para levantarse.

Al otro lado de la cerca, una mujer pequeña con un sombrero tan grande como la rueda de una bicicleta usaba un par de tijeras peligrosamente afiladas para cortar una cabeza de girasol y la dejó caer en su cesta. Se sobresaltó con el roce de mi zapatilla en el pavimento. —¿Lito?

Miré a Cooper, que estaba… sonriendo. —Tía Camelia.

Tirando de Cooper hacia abajo para besarle la mejilla, la mujer habló tan rápido que mi español de preparatoria no pudo seguirle el ritmo. Cooper no intentó interrumpirla. Capté las palabras para *visita* y *demasiado tiempo* y *hambre*. Mi estómago gruñó.

—¿Y él, quién es? —preguntó.

—Tía Camelia, este es Ben, mi asistente.

Lanzó otra sarta de español que hizo que las mejillas de Cooper se enrojecieran.

—También es un amigo.

Amigo. Esa la entendí. ¿Me estaba llamando su amigo? Mis mejillas también se calentaron.

Finalmente, habló en inglés. —Entren. A desayunar. —Sin esperar respuesta, levantó su cesta, se dio la vuelta y entró en la casa.

—Así que no es el Jardín de Tía, un lugar secreto para los locales. Es el jardín de *tu* tía.

La sonrisa desapareció de su rostro, y volvió a ser mi jefe de mandíbula apretada. —Así es. Recuérdame tener una charla con Ramón más tarde.

—A la orden. Jefe.

Me entrecerró los ojos. Y luego a Coco. Abrió la puerta para dejarnos pasar.

No necesitamos entrar en la casa de Camelia. Una pérgola cubierta de enredaderas sombreaba su porche trasero, que albergaba una larga mesa de madera con sillas desparejadas, cada una pintada de un color brillante diferente. Yo tomé la morada, y Cooper tomó la azul que combinaba con el cielo y sus ojos. Coco se aplastó contra el escalón inferior, con un ojo en Cooper y el otro en su ruta de escape.

Camelia ya tenía pan fresco, rodajas de mango y un puré que llamó mangú servidos en la mesa. Las tazas de café estaban tan desparejadas como las sillas, y sirvió café en una taza de Delft tan fina que casi podía ver a través de ella. Me la entregó.

Cuando se sentó en una silla naranja frente a nosotros, me llevé la taza a los labios. El aroma robusto se enroscó en mis fosas nasales. Estaba caliente y fuerte, amargo con un poco de dulzura. Al sorberlo, mis ojos se abrieron de par en par.

—Tía Camelia hace el mejor café de la isla —dijo Cooper, dejando su propia taza en el platillo.

—Tú también podrías hacerlo —dijo ella, pasándole la cesta de pan—. Alfonso, al final de la calle, tuesta los granos. Te dará todas las bolsas que quieras.

Él agitó la mano. —Lo he intentado. Pero cuando lo preparo en mi casa en California, no sabe igual que aquí, con tus flores y la brisa del océano.

Como si le hubiera pagado, la brisa se deslizó por el jardín y alborotó su cabello besado por el sol. Yo también quería hacer eso. Pasar mis dedos por esas ondas de aspecto suave. Masajearle el cuero cabelludo y ver si cerraba los ojos, saboreando la sensación como lo había hecho con su café.

Mierda. Me quedé mirando mi taza. ¿Qué demonios tenía esta cosa, que me hacía pensar que podía tocar casualmente a Cooper, mi jefe tan estirado? Tomé un trozo de pan recién horneado de la cesta que Cooper me pasó y lo unté con mantequilla y mermelada. Aún no había comido, así que no era el café, era el bajo nivel de azúcar en la sangre lo que me había dado ese pensamiento totalmente inoportuno.

—Entonces, Ben, ¿eres el asistente de Miguelito o su amigo? —Ella levantó las cejas, acentuando las arrugas de su frente. Ahora que se había quitado el sombrero, podía ver que sus ojos de un marrón profundo eran claros y agudos.

Vaya. La tía Camelia no se andaba con rodeos. ¿Y por qué lo llamaba Miguelito? ¿Era un apodo? —No soy su amigo. Me cae bien, por supuesto. —Dejé mi café. Demasiado caliente. Por todas partes—. Es un gran jefe. —Quería meterme debajo de la mesa.

La tía Camelia me miró con los ojos entrecerrados, luego a Cooper. —Y él también te cae bien.

Me enderecé y lo observé como si estuviera a punto de revelar los secretos del universo. Pero no me miró. Miró fijamente a Coco en el escalón del porche. —Ben es muy agradable. Y el mejor asistente que he tenido.

Mi pecho se hinchó con el cumplido. Luego recordé la sarta de asistentes temporales realmente terribles que me habían precedido. Ser el mejor asistente que había tenido no era poner el listón muy alto. Y me había llamado agradable. Como un concepto. No que realmente le cayera bien. Me desinflé.

Los ojos de la tía Camelia se convirtieron en rendijas. —Ben te siguió hasta aquí. Está preocupado por ti. —Luego inclinó la cabeza hacia mí—. Y todavía estás aquí.

Finalmente, su mirada se posó en la camisa con estampado de lagartijas de Cooper. Dio una palmada. —¡Ya veo! ¿Tendrás ¿La boda aquí?, sí?

Cooper negó con la cabeza, pero sus labios se curvaron como si estuviera tratando de contener una sonrisa. —Tía, eres incorregible.

Desearía que mi español de la preparatoria se me hubiera quedado mejor grabado en la cabeza. Quizás la tía Camelia me contaría su broma en inglés más tarde. ¿Qué era la boda?

—Miguelito, ¿por qué estás aquí en la isla? No te esperábamos hasta julio.

Me entretuve untando con mantequilla otro trozo de pan.

Sentí la mirada de Cooper sobre mí antes de que dijera en voz baja: —Tuve un incidente en el trabajo. Sabía que necesitaba un descanso.

Ella asintió. —¿Y cuánto dura este descanso?

Me quedé quieto, el trozo de pan a medio camino de mi boca.

—El tiempo que sea necesario. Quizás mucho tiempo. Quizás para siempre. —Murmuró la última parte, pero la oí.

La tía Camelia también lo hizo. —No puedes huir de tus problemas. Especialmente si están dentro de ti. —Estiró la mano sobre la mesa y le tomó la suya—. Pero este es exactamente el lugar donde necesitas estar para resolver las cosas. Rodeado por la familia. —Levantó ambos brazos como si estuviera en un abrazo grupal.

Miré a mi alrededor, esperando ver a toda una familia de Fallon reunida a nuestro alrededor. Pero solo estaban las abejas zumbando, las flores y la brisa salada. Debió de querer decirlo metafóricamente. A menos que… ¿me incluyera como parte de la familia de Cooper? Un calor llenó mi estómago. Sí que me preocupaba por él. No porque firmara mis cheques. Y no solo porque había estado colado por él desde mi primer día en el trabajo. Era un buen hombre. Ayudaba a la gente en su hogar en California a través de su fundación, y ayudaba a la gente en su escondite secreto de vacaciones construyendo escuelas con sus putas *manos*. Lo ayudaría a resolver sus problemas si pudiera.

Cooper no dijo nada. En cambio, se miró las manos y se frotó la costra en la palma de cuando había roto el escritorio.

Coco gruñó, el pelo erizado a lo largo de su espalda. Miró fijamente a través del espeso follaje hacia el callejón de más allá.

—¿Qué pasa, Coco?

Sin apartar la mirada, gruñó más fuerte. El roce de un zapato sonó en el callejón, y unos pasos se alejaron hacia la calle. Con un último resoplido, Coco se sacudió y se volvió a acomodar en el escalón.

—He oído que unos extraños han estado haciendo preguntas. —La tía Camelia se levantó, con la jarra de café en la mano.

—No sería la primera vez —gruñó Cooper—. Y no será la última.

—Aun así, no me gusta. Ten cuidado, Miguelito.

—Siempre tengo cuidado. —Intercambiaron una mirada, y no me gustó la forma en que él apretó la mandíbula ni la forma en que ella se erizó. ¿De qué tenía que tener cuidado en esta isla paradisíaca?

Cooper tomó el plato vacío de Camelia y lo apiló con el suyo. —¿Ya terminaste, Ben?

Me metí el último y delicioso bocado de pan en la boca y le pasé mi plato. Poniéndome de pie, recogí los frascos de mermelada y la cesta de pan vacía.

—Cariños, no se preocupen. Yo limpio —dijo Camelia.

—Yo lo haré —dijo Cooper con una mirada tan contundente que casi me vuelvo a sentar.

Levanté la barbilla. —Yo ayudaré.

Años de limpiar la cocina de mis padres me convirtieron en un campeón lavando platos, y Cooper me sorprendió como un habilidoso secador de platos. La cocina era diminuta, pero todo tenía su lugar, y Cooper parecía conocerlo tan bien como si viviera allí.

Bajo el traqueteo de lavar los cubiertos, pregunté: —¿Quieres hablar de eso? ¿Del descanso del trabajo?

Secó una taza de café. —Estuviste allí. Lo viste. Necesito resolver mi…

—¿Tu mierda?

La comisura de su boca se curvó hacia arriba. —Mi mierda.

—¿Estás…? —Dios, estaba atravesando esa barrera profesional como si fuera de papel—, ¿hablando con alguien?

Con su sonrisa desaparecida, frotó una mota invisible de la taza. —Lo estoy.

—Bien. Eso es bueno. —Aunque deseaba que hablara conmigo también. Y entonces recordé de qué necesitaba hablarle—. Sé que dijiste que no había nada de qué preocuparse en Synergy. Pero estoy preocupado. Por el plan de Weston. Por que vendas tus acciones. Por este descanso que te estás tomando. ¿Vas a… vas a dejar Synergy permanentemente?

Dejó la taza y respondió la pregunta que había tenido demasiado miedo de hacer. —Ben, no te pasará nada. Incluso si decido alejarme de Synergy, tu trabajo está seguro. Te lo prometo.

Mi estómago se relajó un poco. Pero no del todo. Porque si Cooper *se alejaba*, ¿quería yo tener un trabajo seguro en Synergy? Claro, el sueldo y los beneficios, especialmente el reembolso de la matrícula, eran geniales. Y Marlee me caía muy bien. Incluso había planeado solicitar un trabajo diferente una vez que obtuviera mi título. Pero después de un par de días con el Cooper relajado de la isla, supe que si Cooper no estaba allí, no sería lo mismo. Estaría... vacío.

Estaba en problemas. En. Tantos. Problemas. Mi corazón se aceleró.

—Ben, ¿estás bien? —Cooper me rodeó el hombro con la mano. Me quedé helado, todavía agarrando los cubiertos—. Estás pálido. ¿Necesitas sentarte?

—No, estoy bien. —Mi voz sonó demasiado aguda, y me aclaré la garganta—. Estoy bien. —Enjuagué los cubiertos y los puse en la toalla para que Cooper los secara. Saqué el tapón y dejé que el agua se escurriera del fregadero.

—Quizás tú también necesites un descanso. Deberías... deberías quedarte.

Realmente necesitaba sentarme. Me agarré al borde del fregadero. Respiré. Intenté tomarlo a broma. —Dijiste que estaba despedido si me quedaba, así que supongo que ya es tiempo perdido.

Me apretó el hombro y lo soltó con una risita. —Ya deberías saber que no siempre digo lo que pienso.

Mi corazón se detuvo, y las palabras se me escaparon. —¿Así que no lo decías en serio hace un momento? ¿Sobre quedarme?

Sus ojos azules se suavizaron. —Claro que sí. Deberías disfrutar de las vacaciones.

No se movió para tomar los cubiertos y secarlos. Simplemente se quedó mirándome, como si quisiera decir más de lo que había dicho. ¿Cuál era el significado detrás de esos impenetrables ojos azules? ¿Quería decir que necesitaba un descanso después de haberme partido el lomo trabajando para él durante los últimos seis meses? ¿O que quería que me quedara porque disfrutaba de mi compañía? ¿O que... —tragué saliva, con la garganta repentinamente seca— yo podía disfrutar de *él*, en este respiro temporal del mundo real?

—Va... vale.

—Bien. —Recogió una cuchara y la secó.

—Ah. —La tía Camelia estaba en el umbral, con las manos en las caderas—. Sabía que encontrarían la manera de que funcionara. Juntos. —Hizo un gesto con la mano hacia su cocina limpia, como si se refiriera a eso.

La miré con los ojos entrecerrados. La actuación inocente de la tía Camelia no engañaba a nadie.

Aun así, cuando volvimos al resort, hablé con María en la recepción y extendí mi estancia por una semana.

16

BEN

LA MAÑANA después de conocer a la tía Camelia de Cooper, Coco y yo aparecimos temprano en su casa. ¿Y qué si lo hacía por segundo día consecutivo? Cooper era un tipo madrugador. No significaba necesariamente que quisiera empezar el día viendo su cara... y quizás su pecho desnudo de nuevo. Además, Coco parecía encantado de volver a visitarlo, a pesar de la falta de entusiasmo de mi jefe por mi compañero de cuatro patas.

Además, la llamada de Marlee de anoche me atormentaba. Al parecer, mientras yo me daba un festín de mangú, unos desconocidos habían aparecido en la sala de juntas de Synergy para una reunión con Weston. Desconocidos que tenían ese aspecto aceitoso de Gurusoft, al menos según Jackson y Marlee. ¿Acaso los tiburones corporativos visitan a los objetivos de sus adquisiciones hostiles?

Tenía que ponerme las pilas. Así que traje una bolsa de pastelitos que, según Luis, eran los favoritos de Cooper. No me imaginaba a Cooper comiendo algo con tantos carbohidratos, pero olían tan celestialmente que si yo fuera él, rompería una dieta de años para comerlos.

Llamé a la puerta. Ninguna respuesta.

Golpeé más fuerte. Solo me respondió la quietud de una casa vacía.

Coco me siguió por el costado hasta la puerta trasera, y me asomé. Ni una sola onda alteraba la piscina. Las sillas estaban todas vacías.

¿Se había ido? ¿Cooper se había vuelto a California? A pesar de que eso se alineaba con lo que yo intentaba que hiciera, una punzada de decepción me recorrió. No se iría sin decírmelo, ¿o sí?

Ya lo había hecho antes.

Me arrastré hacia la playa y la examiné con la mirada. Ni rastro de Cooper. Solo un par de corredores y una familia con un niño pequeño de pelo dorado jugando en las olas.

Me dejé caer en la arena. Con un gemido compasivo, Coco se sentó a mi lado.

—No me debe nada —dije.

Coco me rascó los shorts con la pata.

—No tiene que rendirme cuentas. Lo demostró al venir aquí en primer lugar. Weston es su jefe, y es la única persona a la que le debe una explicación.

Coco se acercó un poco más.

—Sí. —No podía ignorar la pesadez en mi estómago—. Tienes razón. Soy un idiota. Sabía que no podía importarle alguien como yo. —Abrí la bolsa de pastelitos y saqué uno de los pegajosos pastelitos esféricos. Cuando me lo metí en la boca y mordí la crujiente capa exterior frita, el interior esponjoso se derritió en mi lengua.

—Oh, por Dios, Coco. ¿Dónde han estado estas cosas toda mi vida? —Mordí un segundo y le di la mitad a Coco. Lo inhaló y se lamió el almíbar del hocico.

El tercero fue todo para mí—. Supongo que podemos sentarnos aquí y atiborrarnos todo el día. Aunque esto iría mejor con una taza de…

—¿Café? —La voz detrás de mí era dolorosamente familiar y bruscamente divertida.

Me puse de pie de un salto y me di la vuelta para encontrar a Cooper, vestido de nuevo con su ropa de entrenamiento ajustada, de pie detrás de mí con un par de vasos para llevar.

—Oh, hola. Quiero decir, buenos días. —Mantuve mis ojos en su cara. El sol brillaba en ella, volviendo dorada su barba incipiente. Y por muy irresistible que me pareciera su mandíbula, no era nada comparado con los músculos que revelaba su camiseta de compresión. *No. Mires.* Me derretiría en la arena si lo hacía.

—Iba de camino a… salir… y entonces pensé que podrías venir para acá. —Se aclaró la garganta—. Así que te compré un latte. —Me lo entregó.

Lo tomé, sin palabras por una vez.

—Es lo que te gusta, ¿verdad? ¿Con leche descremada?

—¿Cómo lo supiste? Yo te traigo café *a ti*. Es, como, casi parte de la descripción de mi trabajo.

Rozó su zapatilla de alta tecnología en la arena—. Presto atención.

—Ah, claro. —Por supuesto. Uno de los secretos del éxito de Cooper Fallon era su atención a los detalles. Debía tener un millón de ellos revoloteando por su cerebro de genio en ese mismo segundo—. Gracias.

—Tienes, ah, algo en la camiseta.

Miré hacia abajo. Mierda, había un chorrito de almíbar sobre mi pectoral derecho. Ni siquiera podía comerme mis penas sin parecer un niño pequeño. Le extendí la bolsa—. Te compré esto.

—Para mí. —Sus labios se crisparon como si quisiera sonreír. Tomó la bolsa y miró dentro—. ¡Buñuelos! Estos son mis favo… —Se interrumpió cuando me miró, y sus ojos se encendieron como cuando lo llamaba «señor Fallon» en la oficina—. Tienes algo de miel… algo de almíbar… en el labio.

Cuando me lamí la comisura de la boca y encontré la dulzura allí, mi cara ardió. No todo era por el sol que se elevaba en el cielo. Parte era por esos rayos láser azules de sus ojos que siguieron el recorrido de mi lengua.

Me mordí los labios. Si no decía nada, no comía ni bebía nada, tal vez podría salvar mi dignidad.

Se aclaró la garganta—. Tengo que estar en un sitio. Deberías probar el spa de aquí hoy. O relajarte en la piscina. —Asintió hacia el complejo turístico.

Entrecerré los ojos. ¿Otra vez con esto?—. No puedes deshacerte de mí con tu tentación de masajes con piedras calientes. Voy a donde tú vas. Hasta que te vayas a casa.

No parecía enojado. Parecía casi… ¿complacido? Aunque su mirada se enfrió un poco—. De acuerdo, entonces. Vamos. —Sin esperar a que respondiera, se dio la vuelta y se dirigió de nuevo hacia el complejo.

———

PARA CUANDO LLEGAMOS A LA OBRA, los buñuelos habían desaparecido y yo tenía una punzada en el costado por el paso rápido de Cooper.

El edificio se alzaba en un espacio despejado con camionetas estacionadas al azar a su alrededor. Estaba cubierto con ese envoltorio de plástico que había visto en las ampliaciones de las casas del barrio de mis padres. El techo era de madera contrachapada desnuda. Unas cuantas almas valientes con cascos naranjas estaban en el techo, y una máquina en el suelo les subía materiales. Dios, era como mi fantasía favorita de los Village People hecha realidad.

—¿Qué están construyendo? —pregunté.

—Este será el nuevo centro comunitario. El huracán dañó el antiguo. —Cooper puso una mano en su cadera y se protegió los ojos con la otra para mirar hacia el techo.

—¡Oye! —Cooper gritó a los hombres en el techo. En español, preguntó algo sobre metal.

Los tipos asintieron, y uno de ellos gritó algo en respuesta y señaló los materiales que subían lentamente hacia ellos.

Cooper caminó a zancadas hacia la escalera más cercana y ya había subido una cuarta parte antes de que me diera cuenta de lo que pasaba y corriera a su lado. Coco me siguió, ladrando como un loco. Podría estar tan preocupado como yo, o pensaba que perseguir a Cooper era un juego divertido.

Los tipos en el techo negaron con la cabeza, y el que había hablado con Cooper agitó las palmas de las manos en una clara señal de «no subas aquí». Un tipo con jeans y un casco blanco llegó a la escalera al mismo tiempo que yo.

—¡Lito, no!

Cooper se detuvo y miró hacia abajo. Soltó una sarta de palabras en español y saludó con la mano hacia el techo. El tipo del casco blanco plantó las manos en las caderas, negó con la cabeza y respondió. Mis clases del instituto no me habían dado vocabulario de construcción, pero capté la palabra *peligroso*. Estaba de acuerdo.

El tipo le dio un golpecito en su casco y señaló las manos de Cooper. Cooper puso los ojos en blanco y luego hizo un gesto hacia el casco del hombre. Él negó con la cabeza, su expresión seria excepto por la crispación en la comisura de su boca.

El tipo del casco blanco, al parecer un supervisor, le gritó a otro tipo en el suelo que trajo un par de guantes de trabajo y un par de llanas de metal. Con un suspiro de cuerpo entero, Cooper bajó los peldaños de la escalera hasta que estuvo a mi lado. A regañadientes, tomó las llanas y los guantes. El supervisor no se movió hasta que Cooper se puso los guantes y los agitó en un gesto de «¿contento ahora?».

Miró a Cooper con los ojos entrecerrados y luego lo señaló hacia un lado del edificio, donde un par de tipos clavaban una malla metálica sobre el plástico. Luego se dio la vuelta y se alejó.

—¿De qué se trató eso? —pregunté.

Cooper miró a los tipos en el techo como si deseara tener alas —. Yo fui quien recomendó el techo de metal. Es más resistente a los vientos fuertes. Y quería ayudar a instalarlo. Pero... —sus mejillas se enrojecieron—, el capataz no me deja. Dice que no tiene cascos de repuesto, y que mi cerebro y mis manos son demasiado valiosos para arriesgarlos en una caída. ¡Por el amor de Dios! ¡Yo trabajaba en la construcción cuando él estaba aprendiendo el abecedario!

—Oye, tranquilo. —Le froté el bíceps—. No es un reflejo de tu habilidad. Pero eres más valioso aquí en el suelo. Cualquier pelagatos puede instalar techos. Tú eres el único que puede dirigir Synergy y seguir extendiendo cheques para apoyar la reconstrucción aquí.

No lo negó. Aun así, miró fijamente a los techadores mientras desenrollaban un material oscuro sobre el techo y lo clavaban con pistolas de clavos.

—¿De verdad trabajaste en la construcción?

—Sí. Cuando estaba en el instituto. Incluso antes. Mi padre… —Se estremeció y miró mi mano, que todavía descansaba en su manga.

La retiré de golpe como si me hubiera quemado. Se me había olvidado la regla de no tocar.

—No importa —dijo—. Lleva a ese perro debajo de esos árboles. No quiero que estorbe. Y ten cuidado donde pisas. Los clavos de techo son una jodienda si no llevas botas de trabajo.

—Puedo ayudar —protesté. Débilmente. Era hijo de un abogado y una maestra. Cuando algo necesitaba arreglarse en casa, contrataban a un contratista. Nunca había construido ni siquiera una casa para pájaros en mi breve carrera en los Cub Scouts. Dejé el programa después de encontrar una araña tan grande como mi mano en mi saco de dormir durante nuestro primer campamento.

—Puedes ayudar manteniendo a ese perro fuera del camino. Y asegúrate de mantenerte hidratado. No voy a cargarte de vuelta.

Se alejó a zancadas hacia un lado del edificio, cargó una llana con una sustancia parecida al barro y la untó sobre la malla como si esta hubiera insultado a su madre.

¿Yo? Hice lo que me dijo. Me senté a la sombra con Coco. Bueno, y les llevé al resto de los chicos botellas de agua de la hielera mientras el sol se elevaba en lo alto. Y si mi mirada no se apartó de esos esculpidos músculos de Cooper mientras se agachaba y levantaba el pesado barro, mientras sus brazos se arqueaban a lo largo del costado del nuevo centro comunitario, mientras se ponía en cuclillas para raspar la barra de metal que alisaba la superficie del estuco, ¿quién podría culparme?

17

COOPER

TRABAJÉ duro en el centro comunitario hasta que me dolieron los músculos y el equipo sacó una hielera llena de cervezas para celebrar.

Casi podía sentir el frío amargo entumeciéndome la garganta. Pero les di las gracias a los chicos y me fui, diciendo que necesitaba una ducha caliente.

Mejor dicho, una ducha fría. Había sentido la mirada de Ben pegada a mí todo el día como una caricia, y prácticamente me había apretado contra el lado pegajoso del edificio para esconder el bulto en mis shorts de básquetbol.

Lo mandé al bar del resort con el encargo de algo refrescante. Lo que fuera que trajera, seguro sería decepcionantemente sin alcohol, pero me daría tiempo para calmarme y recordar que Ben seguía siendo mi asistente y no alguien a quien quería saborear.

Pero cuando volví a la casa, no estaba vacía. Había alguien en mi terraza. Alguien alto.

Hice rodar los hombros, luego abrí la reja de atrás y entré. —La seguridad aquí es una mierda.

Jamila se dio la vuelta desde donde había estado estudiando la buganvilia enrejada, su falda blanca se abrió alrededor de sus muslos morenos. Una sonrisa apareció en su rostro.

—Tienes razón. Solo necesité un poco de esto... —hizo una demostración con un contoneo de caderas hacia mí—, y uno de estos... —me guiñó un ojo—, y entré a tu propiedad. Con el almuerzo. —Señaló la comida extendida sobre la mesa de la terraza. Dos platos para un encuentro íntimo—. O quizás es la cena. Después de viajar todo el día, no tengo idea de qué hora es.

Hice una mueca. Estaba preocupada por mí. Sabía muy bien lo que una directora ejecutiva habría tenido que reprogramar para ausentarse de su negocio un día entero. —Mila, no tenías que...

—¡Claro que sí, carajo! La última vez que hablamos, ibas camino a Boston. Mi amigo Cooper no se toma vacaciones no planificadas ni una sola vez en los quince años que lo conozco. Tengo que comprobar que no te han abducido. ¿Qué es algo que solo el verdadero Cooper sabría?

Resoplé. —Tienes un tatuaje de una rosa amarilla en la parte interior de tu...

—Está bien, de acuerdo. Aunque un número sorprendente de personas sabe de ese tatuaje.

—¿Sorprendente? —Enarqué las cejas—. ¿Eso lo dice la mujer que, la primera vez que la conocí, estaba sentada en mi dormitorio en ropa interior?

—En ese entonces no sabía que Jackson podía contar cartas.

Jackson. Mi cara debió de mostrar parte de la desolación que me había ennegrecido por dentro, porque ella dio un volantazo para salir del camino de los recuerdos.

—Dime que no te alegras de verme.

Le di un beso en la mejilla, y su familiar aroma a jazmín me inundó la nariz. —Claro que sí. Pero te envié un mensaje, estoy bien.

—¿Bien? —Sus cejas se arquearon—. Sospecho que estás de todo menos bien. Ahora, sienta tu trasero y cuéntaselo todo a tu mejor amiga Mila.

Miré hacia la reja. Ben llegaría en cualquier momento con las bebidas y esa sonrisa coqueta suya. Y Jamila lo vería todo. No necesitaba darle más munición para el sermón que veía en mi futuro inmediato.

—Normalmente, lo haría…

—¿Normalmente? ¿Qué está pasando? No estarás bebiendo de nuevo, ¿verdad? —Me olfateó, arrugó la nariz y luego negó con la cabeza—. Un secreto, entonces. —Se golpeó los labios, oscurecidos con un labial violeta intenso—. ¡Una aventura secreta! ¿Dónde está ella? ¿O él? ¿O ellos?

Ignoré sus cejas arqueadas hasta el cielo. —Solo quise decir que me hubiera venido bien un pequeño aviso. Una planificación previa.

—¿Para qué? Sabes que no tienes que limpiar la casa por mí. —Bajo su coqueteo, bajo la suavidad del acento de Texas que se le pegaba como la miel, empalagando el acento de California que había adoptado, me observaba con esos ojos oscuros. Escaneando. Catalogando. Evaluando, como lo haría con un fragmento de código rebelde.

—Déjame ir a limpiarme. Apesto. —Sorprendería a Ben en la puerta principal, lo despacharía. Se sentiría herido, pero sería mejor que sentarme bajo el escrutinio de Jamila durante una hora.

—¿Cooper? —Demasiado tarde.

Jamila se asomó por detrás de mí hacia la reja trasera. —¿Y bien, qué tenemos aquí? —murmuró.

—Compórtate —le advertí antes de darme la vuelta y caminar hacia la reja para dejar entrar a Ben. Sostenía una jarra en una mano y una pila de vasos de plástico en la otra.

Abrí la reja. —Jamila Jallow pasó a hacerme una visita sorpresa. Si usted no quiere quedarse…

—Claro que quiere quedarse. —Jamila estaba justo detrás de mí—. Ben. Nos hemos visto antes en la oficina de Cooper.

¿Acaso recalcó *la oficina de Cooper* un poco más de lo necesario? ¿Y me lanzó una mirada con esos ojos grandes y oscuros? ¿O estaba viendo cosas?

—Cierto —dijo Ben—. Usted tampoco pide citas allí.

Los ojos de Jamila brillaron por un momento, luego echó la cabeza hacia atrás y se rio. —¿No es tan puntillosa fuera de la oficina, eh? —Le tendió la mano—. Un gusto volver a verlo.

Ben, todavía parado en la reja abierta, se metió los vasos bajo el brazo y le estrechó la mano. —¿Buen vuelo?

Mierda, ¿a esto íbamos a jugar? ¿A fingir que era perfectamente normal que yo estuviera en un resort del Caribe *con mi asistente*? Me despegué la camiseta de compresión de la piel pegajosa. Fue un error. El olor a sudor y cal me llegó a la nariz.

Jamila escaneó a Ben desde la quemadura de sol rosada en su nariz hasta sus Converse polvorientas. Luego clavó su mirada en mi ropa de ejercicio manchada de estuco. Solo Dios sabía qué pensaría ella que eran las manchas blancas y resecas. Una sonrisa curvó sus labios morados. —¿Tiene hambre, Ben?

—N... yo... ¿Tengo? ¿Hambre? —Me miró parpadeando.

Cerré los ojos y suspiré por la nariz. —Pase, Ben. Tomemos una bebida, al menos. —Observé el brebaje afrutado en la jarra. Apostaría el rosario favorito de mi madre —el que el mismísimo papa Juan Pablo II había tocado— a que no contenía ni una sola gota de alcohol.

Pero Ben no fue el primero en entrar por la reja. Ese perro, el que lo seguía a todas partes, se coló, pegado al suelo, directo hacia Jamila.

—¿Y a quién tenemos aquí? —Se agachó con elegancia, como una pluma descendiendo, y extendió la mano. El perro la olfateó y luego le dio un cabezazo, buscando su caricia. Jamila le rascó la barbilla y detrás de las orejas antes de que él se echara de espaldas para que ella pudiera rascarle la barriga.

—Lo llamo Coco —dijo Ben.

—Coco —le canturreó Jamila. El perro meneó la cola.

Mientras Jamila prodigaba atenciones al perro, le quité la jarra a Ben y lo aparté unos pasos. —Disculpe, yo... ella no suele quedarse mucho tiempo. —¿Por qué me disculpaba con Ben?

Jamila era mi amiga y tenía más derecho a estar aquí que él. Aun así, dije—: Puede irse cuando quiera.

Él agachó la cabeza. —¿Usted quiere que me vaya?

¿Quería? Jamila ya había visto y deducido más de lo que me gustaba. Más de lo que había, probablemente. No podía empeorar si se quedaba. Y en cuanto se fuera, Jamila lanzaría una serie de preguntas que no estaba listo para responder. —Depende de usted. —Crucé un brazo, el que no sostenía la jarra, sobre mi pecho.

—Ella tiene una habitación aquí en su casa, ¿no es así?

Había visto la habitación de invitados con volantes. —A veces mi madre se queda ahí, pero es sobre todo de Jamila.

—¿Será que...? —Apretó los labios y negó con la cabeza—. Me quedaré. Por una bebida. Tengo sed. —Y sacó la barbilla. Por alguna razón, quise pellizcársela entre los dedos y atraer sus labios hacia los míos. Pero no podía. No delante de Jamila. ¡Mierda! No podía besar a Ben sin importar quién más estuviera allí. Era mi asistente. Fuera de límites.

Pasó rozándome, y ese deslizamiento casual de su antebrazo desnudo contra el mío me prendió fuego. Me lo froté, y cuando levanté la vista, Jamila me estaba observando, con una sonrisa cómplice jugando en su rostro. ¿Dije que no podía empeorar? Estaba equivocado.

—Cooper —dijo Ben—, ¿podría pasarme la jarra, por favor?

—Claro. Disculpe. —Troté hacia la mesa y la dejé.

Ben quitó el plástico de la parte superior y sirvió el contenido en los vasos que había llenado del cubo de hielo. Le dio uno a Jamila, otro a mí, y levantó el suyo. —Por las visitas sorpresa.

—Por los amigos, viejos y nuevos —replicó ella.

No podía mirarla. En cambio, me bebí de un trago la bebida demasiado dulce. Pasé la lengua por la película pegajosa que dejó en mis dientes. —¿Qué es esto?

—Ponche de guayaba. Sabroso, ¿no? —Ben se lamió una gota de la comisura de la boca, y tuve que apartar la vista antes de pensar demasiado en qué sabor tendría el ponche de guayaba en su piel.

Jamila tomó un segundo sorbo cauteloso. —Quizá pueda rebajarlo con un poco de té. Aunque creo que aun así sería demasiado dulce para ti, Coop.

Sentí que Ben se encogía aunque estaba al otro lado de la mesa. —Está bien. —Tomé otro trago e intenté no hacer una mueca. El dolor de cabeza y las náuseas por el azúcar vendrían después, pero podía mantener la farsa durante una hora más o menos.

—No sé ustedes, pero yo estoy muerta de hambre. No creerían la hora intempestiva a la que tuve que salir de California. —Sacó un plato de algún lugar de la mesa sobrecargada y lo puso delante de Ben. Luego llenó su propio plato con fruta y un pastelito—. ¿No tienen hambre?

—Yo no. Cooper, ¿y usted? Trabajó todo el día casi sin descanso. —Ben sorbió su bebida.

—No. —No sabía qué hacer con las manos, así que tomé un trozo de queso de la bandeja.

—¿Qué han estado haciendo aquí en la isla? —Jamila sirvió fruta en un plato y se lo pasó a Ben.

Respondí por él. —Oh, ya sabes. Cocteles con sombrillitas en la playa. Clases de tambores metálicos. Baile en línea con los otros turistas.

Jamila ignoró mi comentario impertinente. —¿Cómo va el centro comunitario?

—Bien. —Empecé a quitar una mancha de estuco de mis shorts.

—Se ha volcado en el trabajo aquí, igual que lo haría en la oficina, ¿no es así? —Jamila tamborileó sobre la mesa con sus uñas cortas y pulidas.

—Eh… ¿supongo? —Dos manchas de color florecieron en los pómulos de Ben. Tomó una rodaja de plátano de su plato y se la lanzó a Coco, quien se la tragó entera.

En la oficina y en la isla, Ben me protegía. Creía que me estaba haciendo un favor al no decirle a Jamila el pobre diablo que había sido durante una semana en la isla. Era tan amable. Tan atento. Incluso después de que casi volviera a perder el control hace dos noches, había regresado. Tenía eso en común con el perro Coco.

Jamila conocía mis mecanismos de defensa demasiado bien para dejarse engañar. Ladeó la cabeza hacia mí.

—Los primeros días no —admití—. Pero Ben me convenció de que sacara la cabeza del culo. Sabes que siempre necesito algo que hacer. Y aquí hay suficientes proyectos de construcción para mantenerme ocupado un tiempo.

Untó un panecillo con mantequilla. —O —alargó la palabra—, podrías relajarte, pasar un tiempo en la playa. No siempre tienes que estar demostrándoles tu valía a los demás.

Resoplé. La doctora Pradhi me decía eso al menos una vez al mes. —¿Ah, no?

Jamila dejó el panecillo y me agarró la mano. —No. No tienes que hacerlo. La gente se preocupa por ti. —Sus profundos ojos marrones eran feroces—. Yo me preocupo por ti. Y también Ben. —El apretón que le dio a mi mano garantizaba que tenía más que decir cuando estuviéramos a solas.

Miré a Ben y me quedé helado. Sus ojos marrones más claros no eran feroces como los de Jamila, pero la expresión en ellos me asustó aún más. Eran gentiles, tranquilizadores y llenos de una promesa deliciosa. Una ofrenda que estaba desesperado por aceptar. Pero no podía.

—Ben vino aquí para ver cómo estaba. Igual que tú. Ojalá todos creyeran que estoy bien. Puedo cuidarme solo. Solo necesitaba un descanso. —Y a falta de algo mejor que hacer con las manos, tomé otro trago del ponche. Hice una mueca.

—Te hubiéramos creído más fácilmente que estás bien si encendieras tu maldito teléfono y hablaras con nosotros. —Los labios de Jamila se apretaron en una fina línea morada.

Todo el lío empezó cuando hablé con Jackson. Me había desahogado con él. Le había hecho lo mismo a Ben la otra noche.

No podía confiar en mí mismo para no herir a la gente que me importaba. No en ese momento. Quizá nunca.

—¿Quiere mi número? —preguntó Ben—. Me quedaré unos días, y podría avisarle que él está bien.

El gruñido brotó de mí, sin querer. —¿Qué es usted, mi puto niñero?

Con una mirada fría hacia mí, Ben le pasó su teléfono a Jamila, quien se agregó como contacto y luego llamó a su propio teléfono para obtener el número de Ben.

Tiré mi ponche de guayaba en la maceta de hibiscos detrás de mí y volví a llenar el vaso con agua de la otra jarra. El líquido helado apagó la llamarada de ira en mi pecho.

—Creo que ya me voy. Para que ustedes dos se pongan al día. —Ben se levantó, y algo tiró de mi estómago. *Todavía no.*

Debería haberlo dejado ir. Dejar que saliera de mi vida. Pero mis rodillas traidoras me empujaron a ponerme de pie.

—Lo acompaño a la reja. A veces se atasca. —Una mentira. El personal de Luis se aseguraba de que la reja nunca se atascara.

Caminamos en silencio hasta la reja, con el perro trotando a los talones de Ben. Cuando llegamos, apoyé la mano en el metal. Mi voz salió malhumorada y ruda. —Podría venir más tarde. Para cenar. Si quiere.

—¿Ella no se queda? —Dirigió su mirada hacia la terraza y Jamila.

—No. Solo vino a ver cómo estaba.

—Fue muy amable de su parte. Pero de verdad, no la eche por mi cuenta. Tengo algo de trabajo que hacer. De la escuela. Me tomé un par de días libres y ahora tengo que ponerme al día.

—¿Por qué no lo trae? —¿Por qué no podía simplemente dejarlo ir, dejar que tuviera una noche para él solo? ¿Evitar la tentación?

Porque me había seguido hasta aquí. Me había cuidado. No me había tratado como el monstruo que era. Y porque lo deseaba. Lo necesitaba. Aunque eso me convirtiera en una bestia.

Una pequeña arruga se formó entre sus cejas. —De acuerdo. ¿Nos vemos como a las nueve?

—A las ocho. La despacharé temprano.

Una pequeña sonrisa. —Nos vemos entonces.

Se alejó tranquilamente hacia el resort, con Coco trotando a sus talones.

Cuando volví a la mesa, Jamila había apartado su plato. —¿Y cómo estás en realidad?

—Mejor. —El pecho ya no se me oprimía todo el tiempo, y la noche anterior había dormido casi ocho horas seguidas.

—Bien. Sabes que todos estamos preocupados por ti. Especialmente Jay.

Mi boca se tensó. —Y, sin embargo, eres tú la que ha venido a ver cómo estoy.

—Yo no tengo un bebé en casa y una esposa tratando de mantener su negocio a flote. Jay tiene nuevas responsabilidades. Vas a tener que acostumbrarte a ellas, ¿sabes? —Su voz era tan suave como el oleaje distante.

—No sé si es así. —Intenté respirar a través de la opresión que había vuelto con toda su fuerza—. Weston dijo que Jay está considerando salirse.

Ella ladeó la cabeza. —¿Weston dijo eso? ¿No Jay?

—No tenía que decirlo, joder —gruñí—. Ha tenido un pie fuera de la maldita puerta desde que se casó.

Jamila habló aún más despacio de lo habitual, tanteando el terreno en mi campo minado emocional. —Sé que su matrimonio el otoño pasado fue mucho para que lo aceptaras, sintiendo lo que sientes.

—Sentía. Ya no… ya no.

—¿Estás seguro de eso?

—¡Por supuesto que sí! Tiene una puta familia. Nunca… —Intenté tragar, pero tenía la garganta llena de arena. Bebí un trago de mi vaso de agua.

—Lo sé, cariño. Lo sé. Pero. —Se tomó su tiempo para doblar la servilleta junto a su plato—. Pensé que tal vez cuando le gritaste, significaba…

—Significaba que extraño a mi mejor amigo.

Sus ojos se volvieron líquidos. —Coop, él…

—No. Ahora ella es su mejor amiga. Él ha seguido adelante. Es un esposo y un padre primero. Y así… así es como debe ser. —Me levanté y me dirigí al borde de la alberca para recuperar el aliento.

—¿Y crees que vender tus acciones te hará sentir mejor? —Me acarició el centro de la espalda y miró conmigo las profundidades azules del agua.

—No lo sé. Hice la venta cuando estaba borracho. No se sintió terrible cuando se concretó. —No se sintió como nada en absoluto. Ben probablemente tenía razón sobre mi depresión.

—Si vas a vender más, deberías decírselo primero. Ustedes tenían ese acuerdo.

Me aparté de su alcance. —Yo… no puedo. Hablar con él. —Cada vez que lo hacía, el hielo dentro de mí se convertía en fuego. Cuando había golpeado el escritorio hacía casi dos semanas, en realidad había querido golpearlo a él, justo en el plexo solar, para que le doliera tanto como a mí.

—¿Has hablado con la doctora Pradhi últimamente?

—Sí. A principios de esta semana.

—De acuerdo. Estoy segura de que te dijo que tienes que hacer lo que sea correcto para ti. Para tu salud mental. Si eso es una despedida a la francesa a Jackson y a Synergy, que así sea.

Dejé que mi mirada se perdiera en la playa y el océano más allá de mi alberca cercada. ¿Podría quedarme en la isla? ¿Dejar que mis responsabilidades en California se desvanecieran? Trabajar en el centro comunitario se sentía bien. Gratificante. Y había mucho más por hacer.

¿Podría convencer a Mamá de que volviera? Estaría más segura tan lejos de mi padre. Extrañaría a sus amigas de la iglesia y del centro para mayores, pero en la isla, tenía familia.

Inhalé una profunda bocanada del aire salado. La solté. Si Jamila no hubiera estado allí, habría cruzado la reja hacia la arena y hundido los dedos de los pies en ella. La isla siempre se había sentido como un hogar, calmándome, tranquilizándome, abrazándome de una manera que la casa de mi infancia nunca lo hizo y de una manera que nunca podría recrear en California en la mansión grande y fría de Pacific Heights.

—Aunque ese Ben… —Jamila me lanzó una mirada astuta—. Sería una pena decirle adiós.

Mi mente dio vueltas, y por una vez, no me salieron las palabras.

—Lo supuse. Una pequeña aventura en la isla podría hacerte bien. Ayudarte a superar todo ese lío con Jay. Dejarte seguir adelante.

Resoplé. —¿Una aventura con mi asistente? Sería una idea terrible. Tendría que levantarme un acta a mí mismo.

—Por Dios, Cooper. Todo el mundo folla en vacaciones. Demonios, tú y yo…

La interrumpí con una brusca sacudida de cabeza. —El Director de Operaciones no se folla a su asistente.

—¿Y qué si Ben quiere follarse al tipo bueno del que no puede quitar los ojos de encima, que resulta ser su jefe cuando están a un continente entero de distancia? Mientras sea consentido, no me parece que sea un problema.

—Entonces, cuando escriba su informe de desempeño a fin de año, ¿lo califico por lo bien que folla, además de sus otras responsabilidades? —Pero no solo protestaba por una aventura con mi asistente. Era una aventura con Ben. Ben, salvador de niños y animales. Ben, con sus suaves ojos marrones y su piel aún más suave. Ben, que había venido hasta esta pequeña isla para cuidarme. Ben merecía mucho más que una aventura. Mucho más que yo.

Apoyó los puños en las caderas. —Ambos son adultos. Creo que pueden resolverlo. Claramente, necesitan sacárselo del sistema.

—No, no es así. He lidiado con esto durante seis meses, y…

—¿Seis meses? ¿Quieres decir desde que empezó en Synergy? Hice una mueca. —¿Sí?

—Oh, cariño. —Puso su mano en mi brazo, y no me produjo el hormigueo que sentí cuando Ben lo hizo anoche—. Tienes que resolver esto. Además…

Mordí el anzuelo, la esperanza parpadeando en mi estómago.
—¿Además?

—Si no regresas, ya no será tu asistente.

Puta madre.

18

COOPER

ERAN SUS MUÑECAS. La delicada curva que formaban sobre el teclado de su laptop mientras escribía, sentado a casi dos metros de mí en el sofá modular. Los huesos y tendones que se movían al compás de sus dedos. Esa era la parte de él que más quería tocar, explorar.

Después de sus labios, por supuesto.

Como ya lo había hecho una decena de veces, se tensó y giró la cabeza para mirarme, de alguna manera, sintiendo que lo observaba fijamente. Estaba sentado derecho, con los pies en el suelo y la laptop sobre las rodillas, en plan de trabajo. Su expresión decía: *¿Por qué intentas distraerme de mi trabajo?*

O quizás: *Deja de mirarme así, pervertido.* Yo era su jefe y tenía que parar de comerme con los ojos las muñecas de mi empleado.

Estaba medio desparramado en la esquina del sofá, con las piernas estiradas hacia él. Mis pies descalzos colgaban del asiento. Hundí la nariz en mi libro de bolsillo maltrecho, fingiendo leer el *thriller*. Cuando pasé la página, esta se desprendió del lomo. Los libros no resistían bien la humedad del Caribe, en especial los que había leído tantas veces como este. Alisé la página para volver a ponerla en su sitio y luego, sin mover la cabeza, miré de reojo a Ben.

Aún me estaba mirando. —¿Buen libro?

—Sí, este me encanta. Tiene muchos giros.

¿Por qué carajo había dicho que tenía muchos giros? Porque ahora solo podía pensar en el rizo que caía en el centro de la frente de Ben, ese que quería enroscar en mi dedo. Nunca me había alegrado tanto de la humedad de la isla. Había vencido por completo la rutina de cuidado capilar de Ben y, al final del día, sus rizos brotaban libres y sueltos.

Se pasó una mano por el cabello, pero el rizo de la frente volvió a caer sobre ella. Apreté la mano para evitar estirarla y tocarlo. No podía tocarlo. Era su jefe. Lo que Jamila dijo de que nos quedáramos juntos en la isla era un sueño. Yo le importaba, pero no de esa manera.

Alisé la página, fingiendo leer. —¿Avanzas con tu trabajo?

—Sí, ya casi termino el borrador de este ensayo para mi clase de economía.

¿Economía? Ben no parecía del tipo negociante. Era un asistente fantástico, pero nunca parecía curioso sobre el funcionamiento interno de Synergy. Había supuesto que estudiaba algo más enfocado en la gente. —¿Esa es tu carrera?

Las puntas de sus mejillas se sonrojaron y presionó un par de teclas antes de dejar la laptop en la mesa de centro y girarse hacia mí, con una rodilla doblada sobre el cojín del asiento. —Estudio Administración. Por las oportunidades laborales. —Se quedó mirando sus rodillas.

—¿Por las oportunidades laborales? —repetí—. Es un campo excelente. Pero no es lo que amas, ¿o sí?

No levantó la vista. —En realidad no.

Me incliné hacia él. —¿Qué, Ben? ¿Qué es lo que amas?

Lo vi tragar saliva, su nuez de Adán subiendo y bajando. —Amo… trabajar con niños. Quiero ayudarlos. Nunca podré hacerlo como tú, con tu fundación y tus programas y todo eso. Pero tal vez tenga un poco de dinero extra que pueda donar. Y tiempo para ser voluntario. Trabajo en el refugio los fines de semana, pero... —Negó con la cabeza—. Me gusta trabajar con niños de forma individual. Niños que están en problemas, como yo lo estuve. —Cerró la boca con fuerza, como si no hubiera querido decirlo.

—¿Estuviste en problemas? —No podía imaginar al genial, formal y elegante Ben metido en problemas alguna vez. Entonces recordé mis propios problemas de juventud, los ojos morados que tenía que explicar a mis maestros, los moretones que escondía durante la clase de gimnasia cambiándome en el cubículo del baño. Un calor me subió por el pecho. Nadie había herido a Ben de esa manera, ¿o sí? Mi corazón se aceleró y mi mano se cerró en un puño.

—Yo... —Soltó una risa nerviosa—. Mi hermana dice que llevo el corazón por fuera, donde cualquiera puede herirlo. Y en mi primer año de universidad, dejé que alguien, mi novio, me hiriera. Emocionalmente —se apresuró a decir, posando su mano sobre mi puño.

El contacto enfrió mi sangre y la devolvió a mi corazón, donde ralentizó los latidos furiosos. Relajé los dedos bajo los suyos.

—Reprobé todas mis clases, y entonces me dio demasiada vergüenza, estaba demasiado jodido, para ir a casa y decírselo a mis padres. Así que estuve durmiendo en sofás ajenos por un tiempo, pero luego terminé en la calle. Y yo... mierda, ¿por qué te estoy contando esto?

Volteé mi mano y agarré la suya. —Quiero escucharlo, Ben. Si no te importa contármelo.

Se quedó mirando nuestras manos unidas. Mierda, le estaba sujetando la mano a mi asistente. Lo solté, pero él apretó más fuerte.

—Me metí en problemas. Con la policía. Pero en lugar de enviarme a la cárcel, el juez me envió a un programa. Me dejaron vivir allí, y ellos... bueno, el director, un tipo llamado Victor, me ayudó a recuperarme. Me encontró un trabajo en un restaurante. Si no hubiera sido por él, no sé qué habría pasado conmigo. O sea... —me miró, con los ojos grandes—, tengo unos padres geniales. Que me apoyan. Querían que volviera a casa. Pero yo... yo no podía. No en ese momento. En fin, ojalá pudiera ser como Victor. Y ayudar a otros chicos que se han metido en problemas y necesitan una mano.

—Eso es... —Me quedé mirando nuestras manos unidas, la suya más pálida y pequeña dentro de la mía—. Eso es... —Mi cerebro se había quedado en punto muerto. Escuché cada palabra, pero su agarre lo ralentizaba todo. Lo hacía fácil. Pacífico.

—Eso es hermoso. —Me refería a todo lo que me había contado. Y a más. La luz de la lámpara brillando en sus mechones oscuros. La seriedad de esos ojos castaños dorados que absorbían cada una de mis preocupaciones y las evaporaban. Todo lo que quería hacer era sostener a Ben con mis manos, con mi mirada, para siempre.

Pero no podía. Él era mucho más de lo que había imaginado. Resiliente. Fuerte. ¿Demasiado fuerte para que yo lo hiriera? No. Mi escritorio destrozado era la prueba.

Además, seguía siendo mi empleado.

Le arrebaté la mano. —Yo... voy a nadar.

Salí a la terraza y respiré un par de veces el aire pegajoso. La piscina se veía fresca y apetecible.

Maldita sea, había salido sin traje de baño. El mío estaba en la casa. Pero no podía pasar junto a Ben. Jamás resistiría la tentación de tomarlo en mis brazos y besarlo hasta el cansancio.

—A la mierda —mascullé. Salí del charco de luz que venía de la casa y me quité la camisa y los shorts. En bóxers, me zambullí en la piscina y me quedé sumergido todo lo que pude. La presión del agua, la frialdad contra mi piel, incluso el ardor en mis pulmones me anclaron a la realidad. Me recordaron que yo era Cooper Fallon, y que no merecía el amor de nadie. Definitivamente no el de Ben. Por Cristo, quería trabajar con niños en riesgo. Hasta ese maldito perro sabía que Ben era gentil y bueno, no peligroso como yo.

Finalmente, la presión en mis pulmones me obligó a salir a la superficie. Jadeando, me sacudí el agua de los ojos y me incliné para flotar de espaldas. Contemplé la luna, blanca y serena. Así necesitaba ser yo. Frío. Duro. Separado de la vida por miles de kilómetros y el vacío del espacio.

—¿Te importa si te acompaño?

Me encogí y me giré para encarar a Ben, que estaba de pie al borde de la piscina.

—¿Qué? —Me saqué el agua de un oído.

Jugueteó con el dobladillo de su polo. —¿Te importa si te acompaño en la piscina?

—Pero no estás… —Señalé su camisa y sus shorts—. No tienes traje de baño.

Una comisura de su boca se curvó hacia arriba. —Tú tampoco.

Mierda, estaba aquí en ropa interior. Suponía que esta situación podría caer dentro de las excepciones del código de vestimenta que Synergy tenía para las fiestas en la piscina. Lo habría pasado por alto para casi cualquier otro empleado. Excepto para mí. —Yo… no creo…

—No pienses —dijo. Se quitó la camisa, y no pude evitarlo. Me quedé mirándolo. El vello oscuro esparcido por su pecho, la palidez de la piel que su camisa cubría y la piel más oscura de sus brazos donde el sol del Caribe la había besado.

Luego sus dedos fueron al botón de sus shorts, y me di la vuelta para mirar más allá de la cerca, hacia el océano. Solté el aire cuando oí el chapoteo de su entrada en el agua.

De repente, la piscina parecía demasiado pequeña. Nadé a braza hasta la parte honda, donde había un asiento sumergido, y planté mi trasero en él. Me agarré al borde. Nada me movería de este sitio. No hasta que Ben se fuera.

Remó hacia mí, pero se detuvo donde el suelo comenzaba a descender. —¿Te hice sentir incómodo ahí adentro? —Inclinó la cabeza hacia la casa.

—No. —Lo único incómodo había sido la presión en mis shorts. Pero, ¿cómo se veía que me hubiera ido justo después de que él compartiera esa información tan personal conmigo? Por Dios, me había portado como un idiota. Me pasé una mano húmeda y fría por la cara—. Gracias por compartir tu historia conmigo. Me gusta que te sientas lo suficientemente cómodo como para hablar conmigo.

Sus hombros se hundieron y se alejó de mí remando hacia los escalones en la parte baja. Se sentó en uno de los primeros, con la mayor parte de su cuerpo bajo el agua.

—Pensé que estábamos hablando. Pensé que tal vez tú me hablarías a mí. —Las palabras apenas se oían a lo largo de la piscina.

Se me contrajo el estómago. —Yo... Ben, yo... —Mierda. No podía gritar esto a través de la piscina.

Nadé hacia él y me detuve a unos metros de los escalones. No, todavía estaba mal. Avancé por el agua y me senté en el extremo opuesto de su escalón. Una balsa de piscina podría haber cabido entre nosotros.

—Me conmovió lo que dijiste. No tuve la mejor de las adolescencias. Ojalá hubiera tenido un Victor a quien acudir. —No es que lo hubiera hecho. Los Fallon no pedían ayuda. Luchaban hasta que se ahogaban... o aprendían a nadar.

Ben se acercó un poco más. —¿En serio?

Aparté la mirada de él y la clavé en el océano, más allá de la cerca. Aquí en la isla, el tiempo y la marea siempre erosionaban mis problemas. Y no quería invocarlo aquí. Mi padre no tenía cabida en este hermoso refugio. —Si no te importa, preferiría no hablar de eso.

—Está bien. Pero si alguna vez quieres hablar de ello...

No lo haría. Pero asentí una vez.

Una mano fría y húmeda se posó en mi hombro, y me sobresaltó lo suficiente como para mirarlo. Ben estaba cerca, demasiado cerca, sus ojos marrones oscuros y esos labios carnosos tentadores. Ansiaba estirar un dedo y tocarlos. Pero no podía. Yo...

—A la mierda —masculló Ben.

Cuando se inclinó a través de la distancia que nos separaba, las ondas del agua lamieron nuestros pechos desnudos. Me obsesioné con ellas. Habían tocado su piel, y ahora tocaban la mía. ¿Dónde terminaba él y dónde empezaba yo? El agua había borrado nuestras barreras. Mis barreras. Su mirada ardió en la mía, y me perdí.

Tras una brevísima vacilación, rozó sus labios contra los míos.

Ese roce de sus labios fue todo lo que había imaginado y más. Su piel era suave y olía al bálsamo labial con aroma a miel que guardaba en el cajón de su escritorio. Su aliento cálido se deslizó por mi mejilla. Mantuve los ojos abiertos —debo haber sabido a un nivel instintivo que no podía perderme ni un solo detalle de esta experiencia porque nunca, jamás, podría volver a ocurrir— pero sus oscuras pestañas revolotearon hacia abajo sobre sus pómulos. Tan cerca, olí su loción para después de afeitar, y me hizo pensar en mañanas perezosas, la luz del sol entrando a raudales en la cama, la punta de su cadera apenas visible sobre el borde de una sábana arrugada.

Debí de hacer algún ruido porque se quedó helado. Yo también me quedé quieto, esperando que, si no me movía, no rompería el hechizo.

Se quedó allí, con los labios a un par de centímetros de los míos, durante tres de mis respiraciones entrecortadas. Las ondas acariciaron mi pecho cuando se tensó, preparándose para apartarse.

No podía dejar que hiciera eso. Ahora que lo había probado, necesitaba más. Como ese maldito perro echado bajo la mesa del patio, una vez que sentí la bondad solidaria de Ben, supe que era mejor no perderlo de vista.

Había querido hacerlo durante los últimos cuatro días —demonios, desde que había entrado en el sexto piso de mi edificio —, así que hundí la mano en su pelo para sujetarlo mientras aplastaba mis labios contra los suyos.

Nuestro segundo beso no fue tan ligero como una pluma como

el primero. No, este era mío, y llevaba mi necesidad, mi deseo, incluso mi violencia apenas contenida por cualquiera que hubiera herido a Ben. Presioné mi lengua contra la unión de sus labios hasta que se abrió. Tomé y saqueé todo. Devoré la barba incipiente alrededor de su boca. Pasé mi lengua por sus afilados dientes. Apreté sus rizos y tiré.

Ben no se apartó. En cambio, se desplomó contra mí, su pecho desnudo deslizándose contra mi piel. Respondió a cada ataque a su boca con una contraofensiva fácil, deslizando su lengua contra la mía, mordisqueando mi labio inferior y apoyando la palma de su mano en el centro de mi pecho, no para alejarme, sino como si necesitara sentir cómo mi corazón se aceleraba por él.

Finalmente, como sabía que haría —como debía, por su propia preservación—, se apartó, soltando pesadas bocanadas de aire en mi oído. —Joder. Maldición.

Me retorcí, intentando sentarme derecho, pero cuando me besó la mandíbula, me quedé helado.

—Eres tan excitante —murmuró—, y salvaje. —Sus labios descendieron a mi cuello, y los escalofríos me pusieron la piel de gallina.

Solté su pelo y apreté con los dedos el escalón de la piscina.

—No, no. —Lamió el lóbulo de mi oreja y lo succionó. La sensación fue directa a mis bolas, contrayéndolas. —Tírame del pelo otra vez. Me gustó.

Levanté mis manos temblorosas hacia su pelo y acaricié los rizos. —No… no debería.

—¿No deberías? —susurró en mi oído.

Mi pene se convirtió en acero.

—¿No deberías, en lugar de hacer siempre lo correcto, solo por una vez, hacer lo que se siente bien? —Se acurrucó contra mi cuello y succionó suavemente el punto del pulso.

No pude evitarlo. Enrosqué mis dedos en su pelo. Su boca sobre mí, el peso de su cuerpo sobre el mío, se sentía tan jodidamente bien. Estaba perdiendo el control, y era increíble.

Su respiración se entrecortó cuando apreté mi agarre, y se

acomodó en mi regazo, su cadera rozando apenas la punta de mi pene en mis shorts. Un impulso desesperado se apoderó de mí, y mis dedos ya estaban tirando de él hacia un lado para poder invertir nuestras posiciones, para poder tener el control, para poder hacerle sentir tan bien como él me estaba haciendo sentir a mí.

Entonces inhalé profundamente, y el oxígeno llegó a mi cerebro por fin, recordándome que Ben era mi asistente y que no debería estar besuqueándome con él. Ni siquiera de vacaciones.

—¿Cooper? —Su voz sonaba tan drogada como yo me había sentido un segundo antes.

—Tenemos que parar.

—Deberías dejar de pensar. Solo siente. —Se balanceó hacia mí.

—No puedo. —Tan suavemente como pude, lo moví hacia un lado y me deslicé unos metros más allá en el escalón. Apoyé los codos en las rodillas y me froté la cara—. Necesito…

—¿Procesar esto? —Su voz acarició mis nervios tensos.

Con las manos todavía cubriéndome la cara, negué con la cabeza. —Necesito llamar a Recursos Humanos.

—Una mierda que lo harás.

¿Ben me había maldecido alguna vez? —Claro que sí. Acabo de besar a mi asistente.

—No. Me besaste a mí. A Ben. —Me tocó la mano.

Unos escalofríos me recorrieron. Estaba a un pelo de volver a besarlo. Y no podía. Por más razones de las que podía decirle. Tenía que ponerle fin a esto.

Levanté la cara para mirarlo y le lancé mi mirada más dura. —Este es un patrón de comportamiento por el cual debería ser disciplinado.

—¿Un patrón? —Arrugó la nariz.

Mantuve mi voz dura como el diamante de las estrellas que brillaban sobre nosotros. —¿Te dijo Marlee que la besé el año pasado?

Ese fue el día en que me di cuenta de que Jackson ya no era

mío. Él y yo estábamos borrachos en su fiesta anual de Halloween, la que se diferenciaba de todas las demás porque la había organizado con Alicia, no conmigo. Y luego me había dicho que amaba a su feto nonato más de lo que me amaba a mí.

Cuando Marlee me había frotado la espalda e intentado hacerme sentir mejor, me aproveché de su buen corazón e intenté tomar de ella el consuelo que necesitaba.

Era un jodido imbécil.

Y aquí estaba, haciéndolo de nuevo.

La cara de Ben se quedó cómicamente sin expresión. Me habría reído si no me estuviera ahogando en un pozo de alquitrán de mi propio autodesprecio.

—Soy un depredador, Ben. Llamaré a RR. HH. mañana. También necesitarán una declaración tuya.

Esa boca exuberante suya se afinó y endureció. —Daré mi declaración en persona cuando volvamos a la oficina.

—Bien. Puedes irte a primera hora mañana por la mañana. —Me puse de pie y el agua cayó en cascada de mí. No tenía que preocuparme por cómo me veía en mi ropa interior pegada. Mi pene se había ablandado, lo contrario a mi corazón.

Ben también se puso de pie. —No me voy de esta isla sin usted, señor Fallon.

¿Dije que estaba blando? Porque tan pronto como la palabra *señor* salió de sus labios, me puse rígido. Salí chapoteando de la piscina y le di la espalda. —No voy a volver. Yo… no puedo. Enviaré una declaración por correo electrónico a RR. HH. El jet estará listo para llevarte de vuelta a las ocho de la mañana.

—¿Es por Jackson? —Su voz se quebró al decir el nombre de mi amigo.

—Lo es. —Synergy no sería lo mismo sin mi mejor amigo. ¿De qué servía toda la riqueza que había amasado si odiaba ir a trabajar todos los días? —Me aseguraré de que tu trabajo esté a salvo. *Y de que estés a salvo de mí.*

—Bien. —Su voz vibraba de ira. Oí su susurro, «jódete, Cooper

Fallon», justo antes de que sus pies se alejaran con un golpe seco sobre la terraza de la piscina.

Bien.

Perfecto.

Justo lo que quería.

Y al día siguiente, para evitar pensar en lo que había perdido, iría al pueblo de al lado, donde no sabían que no debían venderme whisky.

19

BEN

JODIDO COOPER FALLON.

¿Cómo se atrevía? ¿Cómo carajos se *atrevía* a besarme para luego usar esa boca preciosa que tiene para hablar de sus sentimientos por Jackson Jones? Raspé mis Converse contra el suelo y una concha salió disparada contra el tronco de un árbol.

Jodido Jackson Jones. Tenía una esposa brillante y dos hijos maravillosos, un montón de dinero, un trabajo en el que podía hacer exactamente lo que quisiera. Y tenía el corazón de Cooper.

Y ni siquiera lo quería, carajo.

Pero yo sí.

Mierda.

Mis calzoncillos mojados se me metieron en la raja del culo. No lo había notado cuando flotaba en la piscina de Cooper y besaba sus suaves labios, ni cuando sentí el más mínimo roce de su erección contra mi cadera. Sabía a menta y olía a la realización de todos mis deseos. Pero noté la irritación mientras caminaba con dificultad por el sendero de conchas, con la humillación oprimiéndome los pulmones y la ropa mojada pegada a la piel.

Me había besado. Y no significó nada, igual que cuando besó a Marlee.

¿Había besado a *Marlee?* Supe desde el principio que ella creía estar enamorada de él. También sabía que a él no le interesaba en lo más mínimo.

Quería a Marlee, pero, Dios, a veces podía ser tan densa. Cooper no era para nada el indicado para ella. Y ahora yo había sido igual de denso. Pensé que le importaba. Me demostró que estaba equivocado.

Ya me había cansado de hacer el ridículo. Iba a empacar mis mierdas y a esperar en el aeropuerto. En cuanto Emily estuviera lista para irse, me largaría de vuelta a California. ¿Por qué carajos me importaba lo que Cooper hiciera con sus acciones? Era un adulto hecho y derecho y podía cuidarse solo.

Y aunque había actuado como un adolescente con un enamoramiento patético, yo también era un adulto hecho y derecho. Recogería mi corazón magullado, le echaría tierrita y estaría bien.

Con el tiempo.

Coco gruñó.

Me detuve en el sendero porque él también se había detenido, mirando hacia la casa de Cooper. —No, amigo. No vamos a volver ahí. Ya no tienes que gruñirle. Ya terminamos con él.

De hecho… mierda. Me puse en cuclillas en el sendero y acaricié el pelaje de Coco, que todavía olía a manzanilla, sin importar cuántas veces había intentado quitárselo revolcándose en la arena. —No puedo llevarte conmigo. Probablemente hay papeleo, vacunas y esas mierdas y, además, Mimi es alérgica y en su apartamento no permiten mascotas. —Me aclaré la garganta y le rasqué detrás de las orejas como le gustaba—. Será mejor que te vayas.

Coco fingió no haberme oído y se quedó mirando hacia la casa de Cooper. No debí esperar que me entendiera.

Exploré el oscuro sendero y no vi nada. Cuando agucé el oído, lo único que escuché fue el sonido de las olas. Hasta las ranas se habían callado. Saqué mi celular y encendí la aplicación de la linterna. Nada más que el sendero y los arbustos que lo bordeaban.

—¿Ves, Coco? No hay nada que temer… Oh.

Había una alerta de mensaje de texto. Apagué la linterna y abrí el mensaje.

MIMI

¿Cómo va todo?

De la jodida chingada, sobre todo después de que lo besé. Pero no podía decir eso. Se volvería loca. Me recordaría todas las razones por las que no debí haberlo seguido a la piscina, por las que no debí comérmelo con los ojos en calzoncillos y luego *de hecho meterme* en la piscina con él. Y mucho menos besarlo. No tenía que señalarme que había vuelto a perder mi corazón. Por mi jefe. Hice una mueca.

No había venido a la isla para besar a Cooper; había venido para convencerlo de que volviera a Synergy para que gente como Mimi pudiera conservar su trabajo. Y había fracasado. Se me revolvió el estómago.

No muy bien. Voy de regreso.

Pero Mimi me conocía de toda la vida.

TE ENAMORASTE DE TU MALDITO JEFE, ¿VERDAD?

Fue un accidente. Pero ya se acabó.

¿QUÉ se acabó?

Todo

Casi podía sentir el «te lo dije» en sus burbujas de escritura. Pero al final, ella era la hermana mayor en la que siempre había confiado.

> Lo siento, cariño. Compraré papitas y chocolate,
> y podrás ver todas las películas de superhéroes
> que quieras cuando llegues a casa.

Ni siquiera las películas de superhéroes podían arreglar esto. Había convertido a Cooper Fallon en un superhéroe, pero él había demostrado ser exactamente igual a todos los demás hombres ordinarios a los que les había entregado mi corazón y que me lo habían devuelto sin más.

Lo había olvidado todo cuando me incliné tan cerca que pude oler la menta y su colonia de cedro, ver el vello de su barbilla brillar plateado a la luz de la luna. Sus ojos azules no habían estado helados. Eran del color del agua poco profunda en la orilla, donde se lanzaban los pececillos. El agua que estaba tibia contra mi piel, que me arrastraba hacia las profundidades.

Nunca debí haberlo seguido a la piscina. Debí haber sabido que se volvería frío conmigo. Claramente, no valía la pena romper las reglas de Recursos Humanos por mí. Lo supe desde el primer día que entré en Synergy y le estreché la mano. Ese destello azul que había parpadeado en sus ojos antes de que me cerrara el paso. Cuando finalmente volviera a Synergy, regresaríamos a la normalidad y fingiríamos que yo no sabía que sabía a menta y a los restos almibarados de mi enamoramiento.

Cuando llegara a casa, Mimi me abrazaría, dándome sal, azúcar y pañuelos desechables. Para ser alguien que nunca se permitía hacer algo tan ridículo como enamorarse, tenía una extraña habilidad para saber qué curaría mi corazón roto. No podía esperar a verla.

> Nos vemos pronto

Antes de que pudiera siquiera cerrar la aplicación de mensajes, Coco se soltó a ladrar un segundo antes de que algo pesado se estrellara contra mí.

Mi tobillo se torció, vaciló y cedió, y me desplomé, con la mejilla hundiéndose en el sendero de conchas y mi atacante pesando sobre mi espalda. Él —definitivamente era un hombre, no una iguana extragrande o un pecarí— me inmovilizó con sus brazos.

Había logrado caer encima de mi bolso. ¿Estaría bien mi laptop? ¿Iba a perder el trabajo de todo un semestre? Mi corazón se aceleró. ¿Y si quería robarla? Entonces nunca pasaría mi clase, y si no la pasaba, Synergy no pagaba. *Mierda.* Intenté proteger el bolso del tipo grande.

Cuando habló, el olor a ron me abrazó la mejilla como un paño húmedo. —Vete a tu casa —gruñó.

¿Qué demonios?

Apenas podía hablar, incapaz de respirar a fondo con el tipo enorme encima de mí. —Eso hacía. Ir a casa. —Intenté señalar con la barbilla hacia el otro lado del complejo, más allá del concurrido restaurante que aún estaba demasiado lejos para oírme gritar y era demasiado ruidoso para oír los ladridos frenéticos de Coco.

—No. —Me recorrió el brazo hasta la muñeca y la agarró, torciéndomela detrás de la espalda. Un dolor punzante me atravesó el hombro y la muñeca—. Vuelve. A California. O si no.

¿Cómo mierda sabía que vivía en California? Los latidos de mi corazón se aceleraron al ritmo de un colibrí. ¿Qué más sabía de mí? ¿Sabía que Mimi estaba sola en su apartamento ahora? ¿Sabía que Cooper estaba de vuelta en su bungaló con tecnología muy cara y un reloj que costaba más que un carro? De repente, mi laptop parecía un intercambio justo para que este tipo se me quitara de encima y se volviera a cualquier bar del que hubiera salido.

Me volvió a torcer el brazo y jadeé ante la punzada de dolor.

Pero él también lo hizo. Y luego aulló, y el peso sobre mi espalda rodó hacia un lado, una última punzada de dolor me apuñaló el hombro antes de que soltara su agarre.

Me puse de pie a trompicones, o lo intenté. Mi tobillo se

encendió en llamas cuando apoyé peso sobre él. Me apoyé en un árbol para aliviarme, pero el dolor me recorrió el hombro. ¡Mierda!

Aun así, estaba en mejor forma que el tipo en el suelo. Agitaba los brazos hacia Coco, que le tenía la pierna agarrada con una mordida mortal. Una de sus manazas golpeó la nuca de Coco, pero el perro no se movió. Si no salíamos de allí, ambos íbamos a terminar gravemente heridos.

Me aparté del árbol y cojeé unos metros hacia el bungaló de Cooper. —Coco, suéltalo. Ven.

¿Acaso los perros salvajes entendían órdenes? ¿Acaso Coco hablaba inglés? Avancé cojeando otro paso e hice un gesto con mi brazo sano. —Ven, Coco.

Soltando la pierna del hombre, saltó sobre él y se adelantó por el sendero hacia la casa de Cooper, ladrando una alarma. El hombre gimió, pero de ninguna manera iba a volver a ver cómo estaba. Cojeé detrás de Coco tan rápido como pude. ¿Por qué no se me había ocurrido comprar un poco de gas pimienta después de que la TSA confiscara el mío en el aeropuerto?

La isla había parecido tan segura. El personal del complejo me cuidaba. Y no había visto ni un solo mendigo desde que dejé la ciudad del aeropuerto. Esta hermosa isla donde hasta los perros salvajes eran amigables me había arrullado hasta darme una falsa sensación de seguridad.

O no me había dado cuenta de lo lejos que me había alejado de la casa de Cooper o mi paso lento hacía que el sendero se alargara hasta el infinito. Pareció que tardé horas en volver a su casa. Cada pocos pasos, giraba la cabeza para mirar por encima del hombro a ver si el atacante me seguía, pero no vi nada. No oí nada más que el sonido de las olas y el canto de los coquíes.

Por fin, la casa de Cooper apareció a la vista. Coco arañó la puerta principal, y se abrió justo cuando arrastraba mi pierna adolorida por el escalón.

—¡Ben! —Cooper se había puesto un pantalón de pijama,

dejando al descubierto la piel dorada y el vello color miel oscuro de su pecho—. ¿Qué pasa?

Miré detrás de mí una vez más y, al no ver movimiento en el sendero, cojeé los últimos pasos hacia Cooper. Mi tobillo, habiéndome llevado hasta allí, finalmente se rindió y caí hacia adelante sobre él. Me atrapó, pasó un brazo por debajo de mis rodillas y me llevó adentro.

Puede que me haya desmayado.

20

COOPER

—¡BEN! —El corazón me martilleaba en el pecho, queriendo salirse de mis costillas para llegar hasta el hombre que estaba en el sofá —. ¡Ben! —Me arrodillé en el suelo, a su lado.

—Aquí estoy —dijo, como si fuera yo el que necesitaba consuelo.

Y sí que lo necesitaba. Cuando abrió los ojos parpadeando, volví a respirar.

Tenía la mejilla roja y raspada, con pedacitos de conchas trituradas pegadas a la piel. Cuando le toqué el hombro, hizo una mueca de dolor. Metí ambas manos entre mis rodillas. —¿Qué pasó?

—Un tipo grande y corpulento me atacó. No tengo idea de por qué. ¿Mi laptop?

—Aquí está. —Señalé con la cabeza la mesita de centro donde estaba.

—¿Y Coco?

El maldito perro se había colado adentro y ahora estaba sentado al otro lado de mí, con la barbilla apoyada en la rodilla de Ben. —Él también está aquí.

—Me salvó. Mordió al tipo. —Los párpados de Ben se cerraron con un aleteo.

Miré al perro. Tuvo el descaro de levantar las cejas, como acusándome de negligencia mientras él había saltado al rescate de Ben.

—Buen perro —masculló.

—¿Hielo? —preguntó Ben.

—Por supuesto. —Me levanté y fui a grandes zancadas a la cocina, contento de ser útil—. ¿Te duele la cara?

—No tanto como el tobillo o el hombro.

Me quedé paralizado mientras buscaba un paño de cocina. —¿El tobillo y el hombro?

—Me los torcí.

Mierda. Toda mi atención se había centrado en la cara de Ben. Apresuradamente, envolví hielo en dos toallas y las llevé de vuelta al sofá. Le quité con cuidado el zapato deportivo. Su tobillo derecho estaba hinchado. Puse una bolsa de hielo sobre él y la otra en el hombro que le había dolido cuando lo toqué.

—¿Estás bien? ¿Necesitas algo más por ahora?

Sus ojos se abrieron con un aleteo y entrecerró la vista por la luz de la lámpara. Jesús, ¿tendría una conmoción cerebral?

—No, estoy bien.

—Voy a hacer un par de llamadas. —No me atrevía a dejarlo. ¿Y si se desmayaba y se caía del sofá? ¿Y si necesitaba vomitar? Caminé de un lado a otro a unos pasos de distancia y llamé a Sara.

Contestó en español. —¡Lito! ¡La tía Camelia le dijo a mamá que estabas aquí! ¿Por qué no has venido a vernos? El domingo. Después de la iglesia —vas a venir a misa, ¿verdad?—, ven a cenar. Papá quiere preguntarte…

—Escucha, Sara. —Mi español sonó bajo y urgente—. Te necesito. Mi amigo está herido. ¿Puedes venir a revisarlo?

—¿Herido? ¿Cómo? —De fondo, oí un movimiento. Si conocía a mi prima Sara, ya estaba agarrando su maletín médico.

—Lesiones en el hombro y el tobillo. Aún no las he revisado. Y cortadas en la cara.

—Entendido. Llego en diez minutos.

—Gracias.

Volví junto a Ben. El perro se acercó más y le olfateó la cara. Justo cuando llegué a su lado, la lengua rosada del perro salió y lamió la mejilla de Ben.

—¡Puaj! —Empujé al perro con la rodilla hasta que se escabulló a unos metros de distancia—. Traeré un paño para limpiarte.

Ben apretó los labios. Mierda, le dolía, y era mi culpa. Yo lo había enviado solo en la oscuridad. Lanzándole una mirada de advertencia al perro, fui al baño a buscar una toallita. Dejé correr el agua hasta que se calentó y pensé en mi siguiente llamada.

Un minuto después, aparté de nuevo al perro de Ben y me arrodillé a su lado. Con toda la delicadeza que pude, le di palmaditas en las cortadas de la mejilla. —¿Pudiste ver bien al tipo?

—No. Me atacó por la espalda. Aunque había estado bebiendo. Ron. Y sonaba americano. No pude distinguir un acento. Aunque no dijo mucho. Era grande. Debía de ser el doble que yo.

—¿Alto?

—No tan alto como tú, solo corpulento. Me sacó el aire cuando se me cayó encima.

—¿Te sientes con fuerzas para hablar con Luis? Quizá lo recuerde del bar.

—Claro, está bien.

Llamé a Luis. Cuando contestó, oí conversaciones y música de fondo.

—No, Cooper, no te voy a llevar nada de alcohol.

—No te iba a pedir eso. ¿Puedes ir a un lugar más tranquilo? Esto es importante.

Pude imaginar la sorpresa en su cara, pero después de unos instantes, el clic de una puerta silenció el ruido de fondo.

—Gracias, Luis. Alguien atacó a Ben esta noche de camino a su habitación. Voy a ponerte en altavoz para que pueda contarte.

Puse el teléfono sobre la mesita de centro. Mientras Ben contaba su historia, apreté los puños con más fuerza hasta que mis uñas dejaron medias lunas rojas en mis palmas.

—Espera —dije—. ¿Te dijo que volvieras a California?

—Sí, eso es raro, ¿no? —dijo Ben—. ¿Cómo sabía que soy de allí?

Miré el teléfono con furia. —Quizá trabaja para el resort.

—Sin una descripción, es difícil saberlo —dijo Luis—. Empleo a muchos tipos grandes y corpulentos. Mira, llamaré a Mateo.

—A Mateo no —gruñí—. Manda a Ramón. O ven tú mismo.

—Cooper, es viernes por la noche. Tenemos dos despedidas de soltera y una pandilla de universitarios ricos y malcriados. Y Ramón tiene la noche libre. Mateo se encargará.

Resoplé. No era por mí que me preocupaba. Era por Ben. No quería a Mateo cerca de él. —Que se quede afuera. Fuera del camino.

—Por supuesto. Ben, ¿va a estar bien usted?

Llamaron a la puerta y tomé el teléfono, quitando el altavoz de camino a abrir. —Sara está aquí. Estará bien. Pero haz que alguien traiga sus cosas a mi casa. Por la mañana está bien.

—¿Se va a quedar contigo? —Una sonrisa se dibujó en su voz.

—Se queda conmigo.

—Gracias a Dios.

—Vete a la mierda. —Corté la llamada.

Cuando abrí la puerta, Sara entró presurosa con su maletín. Me besó en la mejilla de camino al sofá.

Se acuclilló junto a Ben. —Buenas noches. Soy la doctora Sara Castillo.

—Ben Levy-Walters. —Él le tendió la mano y ella se la estrechó.

—Voy a lavarme las manos y después, si le parece bien, revisaré sus heridas mientras me cuenta lo que pasó.

Ben asintió.

En lugar de ir directamente al baño a lavarse, Sara me agarró del brazo y me llevó a la puerta corrediza de cristal que daba a la terraza. —Cooper, espera aquí afuera.

—Espera, ¿qué? —Miré de reojo a Ben.

—Necesito que se sienta seguro.

—Pero yo… —Abrí bruscamente la puerta corrediza y la saqué conmigo. Cuando la puerta se cerró, le dije—: ¿No creerás que *yo* le hice esto?

—La violencia de pareja es algo muy real, Cooper.

¡Y vaya que lo sabía! Mi voz se alzó. —Lo atacaron. Vino aquí a pedir ayuda. Y él *no* es mi pareja. Es mi empleado. No pensarás que yo sería capaz de…

—Quiero escucharlo. Y tú necesitas esperar aquí afuera. Con tu perro.

Bajé la mirada, y tenía razón. El perro estaba sentado a mis pies. —Bien. —Me dejé caer en una silla de la terraza—. Solo… cuídalo. ¿De acuerdo?

—Por supuesto. Significa mucho para ti, ¿verdad?

Miré a través del cristal. Ben se veía pequeño y frágil en el sofá. Su mejilla se había hinchado. Las mentiras que le había dicho antes ya no importaban. —Sí, significa mucho.

—Lo cuidaré muy bien. —Se dio la vuelta y volvió a entrar.

Después de que se fue, no pude quedarme quieto. Caminé alrededor de la piscina, mirando con furia el reflejo brillante de la luna en el agua. Mi propia prima pensaba que yo podría haber herido a Ben. Absurdo. Aunque… ¿no había intentado alejarlo precisamente por esa razón? ¿Por miedo a hacerle daño?

Yo no le haría daño. ¿O sí? Había acudido a mí en busca de protección. No lo haría si pensara que soy un peligro para él.

Claro que no conocía a mi padre. Nadie pensaba que Mick Fallon haría daño a nadie, tampoco.

—Psst. Lito.

Giré la cabeza bruscamente hacia la reja, donde mi primo Mateo apretaba la cara contra los barrotes de metal.

Mis músculos se tensaron. Obligué a mis pies a llevarme hasta la reja.

—Luis me dio una tarjeta de acceso —la agitó en la mano que no sostenía una maleta—, pero no quería sorprenderte. ¿Estás bien?

—Estoy bien. —Empujé la reja para abrirla y extendí la mano para tomar la maleta.

Mateo tuvo el descaro de parecer dolido. —¿No hay abrazo para tu primo?

—No.

Me pasó la maleta. —¿No sigues enojado por…?

—No. —Claro que lo estaba. Solo ver su cara bonita y esos ojos azul Caribe me recordaba cómo solía bailar con mis citas cada vez que salíamos juntos.

—¿Y por…?

—No. Quédate afuera. Llámame si ves a alguien sospechoso.

—¿Afuera? ¿Ni siquiera puedo sentarme en tu terraza?

—No.

—Es alguien especial, ¿verdad? —Esos ojos azules brillaron a la luz de la luna.

—Sí. Aléjate de él.

—Cooper, ya no tengo dieciséis años. Nunca…

Me di la vuelta y cargué la maleta de Ben hacia la casa. ¿No había dicho yo lo mismo? *Nunca le haría daño.*

No confiaba en Mateo, pero quizá podía confiar en mí mismo. Protegería a Ben con todos los recursos a mi alcance en la isla. Hasta mi último aliento.

21

BEN

DESPUÉS DE ENVIARLE por correo electrónico mi trabajo final de economía a mi profesor, suspiré y cerré la laptop.

Tomé mi teléfono de la mesa de centro. No podía seguir posponiendo la lectura de los mensajes de Marlee.

MARLEE

Buenos días, Ben

¿Qué es lo último que sabes de Cooper?

En serio, ¿qué está pasando?

¿Está bien? ¿Cuándo volverá? Todo el mundo me está atosigando con eso porque Weston no quiere decir nada.

Hay rumores, Ben. Están circulando listas de empleados. Estoy preocupada.

DEJA DE IGNORARME

Hice una mueca al leer eso. La pobre Marlee estaba manteniendo todo a flote en la oficina mientras yo descansaba en el sofá extremadamente cómodo de Cooper.

Tenía razón. Tenía que preguntarle cuándo volvería. Había sido inmaduro de mi parte considerar volver a casa sin él, o al menos averiguar la fecha de finalización de estas vacaciones suyas. El trabajo debía de estar acumulándosele. Mis sentimientos heridos no deberían impedirme hacer mi trabajo.

> Te prometo que hablaré con él hoy

Además, ¿listas de empleados? ¿Qué se traía Weston entre manos?

Más allá de las almohadas que Cooper había usado esa mañana para elevar mi tobillo vendado, a través de las ventanas traseras y las barras de la reja, el cigarrillo de Mateo brilló. Él sí hablaría conmigo. A diferencia de Cooper, que había desaparecido. Otra vez.

Llevaba dos días en el bungaló de Cooper. Tres noches. Y cuando digo *en el bungaló de Cooper*, me refiero a *dentro* de su bungaló. Nada de ir al restaurante, ni de paseos por la playa. Ni siquiera cenar en la terraza.

Era como estar en la cárcel. Una cárcel preciosa con un carcelero amable que me traía agua y jugo de guayaba mientras yo me repantigaba en su sofá, que me daba analgésicos con la precisión de la Guardia de la Reina.

Y cada noche, después de ayudarme a meterme en la cama de su cuarto de huéspedes, me daba una palmada en el hombro, apagaba las luces y salía.

Ni siquiera algo tan simple como un beso paternal en la sien.

Al menos no había cumplido su promesa de llamar a Recursos Humanos… todavía. Y había hecho que el jet se fuera.

Me estaba quemando por dentro por estar tan cerca de él y, sin embargo… no estarlo. Era como volver a la oficina, nada que ver con la cercanía que habíamos compartido cuando cenamos en su patio o cuando fuimos a visitar a su tía Camelia. Antes de

besarnos en su piscina. Excepto por cuando rozaba accidentalmente mi piel al vendarme el tobillo, nuestra regla de no tocarnos
volvía a estar vigente.

Era lo mejor si yo era para él solo otra Marlee, una mala decisión pasajera porque no podía tener a Jackson.

Cuando el cigarrillo de Mateo volvió a brillar, me levanté del
sofá y cojeé hasta la puerta corrediza de cristal. La abrí y, como
siempre, Coco estaba sentado dentro de la reja, mirando con
adoración a Mateo. Seguía enojado conmigo por haberle dicho
que lo dejaría aquí. Y estaba aún más enojado con Cooper por
haberme echado esa noche.

Pero Mateo, el primo de Cooper, era su nuevo favorito. ¿Y por
qué no iba a serlo? Mateo era casi igual que Cooper en todos los
sentidos. Tenían más o menos la misma altura, aunque Mateo era
un poco más corpulento. Sus ojos más azules y su pelo más
oscuro eran como una versión más intensa de Cooper. Alguien
podría pensar que Mateo era más atractivo. Para mí, parecía una
foto de Instagram con la saturación de color al máximo. Yo
prefería el atractivo más sobrio de Cooper. Coco, por otro lado,
adoraba a Mateo porque siempre tenía un trocito de jamón en el
bolsillo.

Cojeé hasta la reja. Mateo apagó su cigarrillo contra el metal.

—¿No le dirás a Cooper, verdad?

—¿Lo de que fumas? Depende. —Apoyé mi hombro, el que no
me dolía, contra la reja.

Aún no había descifrado la dinámica entre los primos. Había
aparecido en algún momento durante la noche de mi ataque.
Nunca entraba en la casa. Cada vez que Cooper era frío y distante
con él, Mateo parecía un cachorrito apaleado. Pero cuando Cooper
no estaba, Mateo coqueteaba de una forma que Cooper nunca lo
hacía.

—¿Lo has visto? ¿Al tipo? —pregunté.

—Es difícil saberlo. —Una comisura de su boca se curvó hacia
arriba—. Hay muchos tipos grandes y corpulentos en esta isla con
acento estadounidense. —Se señaló a sí mismo.

Me mordí el labio. —Si me hubieras atacado tú, creo que lo sabría.

—¿Ah, sí? —Dio un paso hacia mí, pero luego se contuvo y metió las manos en los bolsillos.

Suspiré. ¿Por qué no podía enamorarme de alguien dulce y coqueto como Mateo? Él nunca me aplicaría la ley del hielo. —¿Adónde fue Cooper?

—Al centro comunitario.

Por supuesto. Era mejor esforzarse y sudar en la obra que permanecer en mi presencia. Bueno, a la mierda con eso. Estaba harto de quedarme sentado como un inválido. El tobillo apenas me dolía ya, y era hora de aguantarme y hacer mi puto trabajo.

—Llévame allí.

—Ni lo pienses. Cooper dijo que te quedaras aquí.

Alcé las cejas. —¿Y si le digo que estabas fumando en su propiedad?

Su sonrisa coqueta desapareció. —No te atreverías.

—No si me llevas con él.

—Y yo que pensaba que eras bueno —refunfuñó. Sacó un juego de llaves del coche de su bolsillo—. Cierra la puerta corrediza y nos vemos en la puerta principal. Traeré el auto.

Oculté mi sonrisa. —Nos vemos afuera.

Volví a entrar cojeando, cerré la puerta trasera y metí mi pie ligeramente hinchado en mi zapatilla. El otro zapato entró sin problemas. Luego dejé que Coco saliera por la puerta principal y la cerré con llave detrás de mí. Mateo me abrió la puerta trasera de una gran camioneta negra, estacionada en la rotonda.

No estaba lejos el centro comunitario, pero Mateo me hizo prometer tres veces que le diría a Cooper que lo había obligado a llevarme. Le di una palmada en el hombro. —Asumiré toda la culpa. Solo se enojará conmigo.

—¿Enojado contigo? —resopló—. Nunca. Eres su novio.

—¿Novio? No soy su novio. —Pero mi cara se encendió.

—Pues no lo parece. —Pasó entre las camionetas aparcadas en la obra y se detuvo justo delante del edificio.

Mi mirada se dirigió directamente a Cooper. Lo tenían aplicando otra capa de estuco. Por muy descontento que pareciera con el estuco, sus ojos se oscurecieron aún más cuando vio a Mateo inclinarse hacia el coche para ayudarme a salir.

—¿Qué carajos, Mateo? —Sus llanas cayeron con estrépito sobre la hierba mientras caminaba hacia nosotros.

Me aferré al hombro de Mateo hasta que estuve estable. Luego me crucé de brazos y miré a Cooper directamente a los ojos. Tenía polvo rosado en la camisa y en el pelo, incluso pegado a la barba incipiente de sus mejillas. —Es culpa mía, no suya. Tenemos que hablar.

Cooper entrecerró los ojos hacia su primo. Las mejillas de Mateo se pusieron rojas y manchadas. —Yo, eh, terminaré ese estuco por ti —dijo—. Tiene que hacerse en una sola aplicación. — Se escabulló hacia el edificio, arremangándose las mangas de su camisa de lino.

—Vamos a sentarnos a la sombra —dije, señalando los árboles donde había acampado la última vez—. Probablemente no has tomado ni un descanso en todo el día.

Sacudió la cabeza, y supe que no estaba admitiendo que no había tomado un descanso. Estaba negando que fuera lo suficientemente humano como para necesitar uno.

—¿Estás bien? —Me escaneó desde la mitad de mi pecho hasta mis pies, evitando mis ojos como lo había hecho desde que nos besamos esa noche.

—Estoy bien. Synergy no lo está. —Di unos pasos cojeando hacia los árboles —el tobillo se me había puesto rígido después de estar sentado en el coche—, pero Cooper metió su hombro bajo el mío, apoyándome hasta que nos sentamos a la sombra. Metió la mano en la hielera, me pasó una botella de agua y luego tomó una para él.

—Tenemos que hablar de la empresa. Te necesitan allí.

Bebió su agua de un trago, mirando tan fijamente el edificio que podría haberle abierto un agujero al estuco. Se limpió la boca con los dedos. —¿Quién me necesita allí?

—Bueno, Marlee, para empezar. —Pero tenía que jugármela toda—. Y J-Jackson.

—Jackson no me necesita. —Su mandíbula se tensó.

—Claro que sí. No puede enfrentarse a Weston sin ti.

—No necesita enfrentarse a Harris. Se va a ir. Además, Harris puede encargarse de las cosas hasta que yo esté listo para volver. Y todavía no estoy listo.

—¿Estás seguro? —Aunque Harris Weston me daba escalofríos, llevaba mucho más tiempo en la empresa que yo. Cooper lo admiraba. Y Cooper era un hombre inteligente.

—Seguro. Ha sido el líder que Synergy necesitaba desde el principio. Nunca me ha fallado.

—Pero Marlee no dijo nada sobre que Jackson dejara la empresa. —¿Qué haría ella si él lo hiciera? Probablemente pasaría todo su tiempo programando en lugar de cuidar al jodido de Jackson Jones. Nunca lo admitiría, pero estaría mejor sin él.

Se encogió de hombros. —Puede que no lo sepa. No te dije cuándo vendí mis acciones. Hay reglas sobre lo que las personas con información privilegiada pueden revelar.

Un pequeño dolor surgió en mi pecho. Enterarme por espiar su maldito correo electrónico había sido horrible. —¿Me dirías si decidieras vender más?

Entonces giró la cabeza para mirarme. Por debajo de las motas de polvo rosa en sus cejas, sus ojos se suavizaron. —No creo que pudiera avisarte con antelación. No sin violar algunas leyes federales y nuestro propio código de ética.

—Ah. —Froté mi zapatilla contra la hierba espinosa—. ¿Se lo dirías a Jackson?

Soltó una risa ahogada. —Quizás debería haberlo hecho, ya que es mi socio y mi amigo.

—Pero eso no es todo. —Hice una mueca, deseando poder retirar mis palabras.

—¿Qué no es todo?

¿Por qué había dicho eso? Había cruzado como un millón de límites. Podría despedirme por lo que había insinuado.

Esperó.

—Solo quise decir… —Mierda, no había una buena manera de decirlo. Bien podría ponerme a preparar mi currículum. Pero había ido demasiado lejos—. Quise decir que te preocupas por él.

Su expresión se volvió inexpresiva. —Claro que me preocupo por él. Es mi mejor amigo.

El dolor en mi pecho hizo estallar lo que fuera que había estado conteniendo mi ira. —¿Amigos? Creo que es más que eso. —Si mi tobillo estuviera más fuerte, me habría levantado de un salto y me habría marchado. En cambio, me quedé sentado, echando humo y mirando mis Chucks.

La voz de Cooper sonó más suave de lo que nunca la había oído. —¿Eso te molesta, Ben?

Ni siquiera intentó negarlo. —¡Sí, me molesta! ¡Lo tiene todo! Una esposa, una familia y a ti. Suertudo de mierda. —Siseé lo último. Estaba más que despedido, pero no pude evitarlo. Había dejado que mi corazón se me escapara del pecho otra vez.

—¿Estás… estás celoso, Ben?

—¡Claro que lo estoy, joder! ¡Me importas más de lo que nunca le importarás a él! ¿Por qué más crees que te besé la otra noche? ¿Creíste que haría una jugada que acabaría con mi carrera si no estuviera loco por ti?

—¿Loco por mí?

Ahora se estaba riendo de mí. Cooper Fallon era muchas cosas, pero cruel no solía ser una de ellas. Supongo que una confesión de amor no deseada le haría eso a una persona. Nunca podría volver a mirarlo a los ojos.

Tampoco podría volver a trabajar en la oficina con él. No con un *loco por ti* flotando entre nosotros como uno de los pedos de queso de Coco.

Me puse de pie como pude, ignorando la punzada en mi tobillo. —¿Sabes qué? Olvídalo. Renuncio.

Di dos pasos tambaleantes hacia la camioneta. No es que tuviera las llaves o alguna forma de volver a la casa de Cooper. O al aeropuerto, que era adonde realmente necesitaba ir.

—Espera. —Con dos tobillos sanos, era mucho más rápido que yo, y me agarró los brazos con firmeza pero también con suavidad. Se puso delante para bloquearme el paso hacia el coche.

—No soy bueno para ti, Ben. Lo sabes.

—No lo sé. O no lo sabía hasta que tú… tú…

—¿Te lastimé? —Sus ojos iban y venían entre los míos.

—Más bien me lastimé yo mismo. —Me desplomé—. Queriendo algo que nunca podría esperar tener.

—¿Nunca esperar? No, Ben. Me importas. Más de lo que debería. Te mereces mucho más que a mí.

Lo miré directamente a los ojos. —¿No crees que yo debería ser el juez de lo que merezco y lo que quiero?

—Yo… supongo que sí.

—Entonces te quiero a ti. —Era hora de jugármela toda. Me erguí—. Te merezco a ti.

—Ben, yo… —Apretó su agarre en mis brazos y luego me soltó—. ¿Hablabas en serio sobre renunciar?

—Absolutamente. —Pasara lo que pasara ahora, no podía volver a mis educados *señor Fallon* y a la regla de no tocar. No desde que lo besé. No después de decirle que merecía su afecto.

Renunciar a mi trabajo significaba que ya no había más barreras entre nosotros. —Podría encontrar otro trabajo más fácil que encontrar a otro Cooper Fallon.

—¿Estás renunciando oficialmente?

La esperanza estalló en mi pecho. —Redactaré un correo electrónico tan pronto como vuelva a mi laptop.

—Entonces, como ya no eres mi empleado… —Pasando un brazo por mi espalda, metió la mano en mi cabello y luego estrelló sus labios contra los míos.

Mi pulso rugía en mis oídos tan fuerte que casi no oí los vítores del equipo y el «¡Por fin!» de Mateo.

Pero no me importaban. Lo único que me importaba era el hombre que me sostenía en sus brazos y me besaba con todas sus ganas.

22

COOPER

CUANDO BEN SALIÓ de su habitación, no pude evitarlo. Se me cayó la quijada. Supongo que hasta mis muelas del juicio querían babear por él.

Llevaba una camiseta negra que se ceñía a cada uno de sus definidos músculos. ¿Sus jeans? Tragué saliva. Si se hubiera subido la camiseta, te habría podido decir si estaba circuncidado. Había mencionado que su familia observaba las tradiciones judías, así que debía de estarlo.

No es que lo hubiera visto. Nos habíamos besado mucho desde el día anterior en la obra, hasta altas horas de la noche, hasta que nos quedamos dormidos acurrucados en el sofá. Otra sesión de besos después del desayuno. Pero cada vez que su mano se aventuraba hacia la cinturilla de mi pantalón, yo la apartaba con delicadeza. Vernos desnudos era un punto de no retorno. ¿Estábamos listos para eso?

Cuando me había enviado su carta de renuncia por correo electrónico, algo no se sintió bien. Él parecía bastante contento con ello, pero yo me preocupé. ¿Qué pasaría si esto que estábamos intentando juntos no duraba? Entonces se quedaría sin relación y sin trabajo. ¿Aceptaría dinero de mí para recuperarse después? Sospechaba que no. No había aceptado dinero de sus padres cuando dejó la universidad. Ben Levy-Walters era un hombre orgulloso.

Yo debería haber sido el que hiciera el sacrificio, el que renunciara. Aunque renunciar era un paso más grande para mí. Requería planes de sucesión y transiciones. Por mucho que hubiera querido hacerlo cuando llegué a la isla, no podía simplemente marcharme. La gente que trabajaba para Synergy —que era mi responsabilidad como director de operaciones— se merecía algo más.

Casi deseaba que Ben siguiera siendo una de esas personas. Sería mucho más fácil protegerlo como empleado que como mi amante.

Y por eso, ignorando cuánto deseaba explorar cada centímetro de su piel, conocer sus sabores, sus olores, oír los sonidos que haría cuando estuviera desesperado por la excitación, había mantenido dos barreras entre nosotros, y una de ellas era nuestra ropa.

Esta mañana, cuando sus ojos se volvieron fundidos y dorados y deslizó su mano por mi muslo, me fui a correr a un lugar donde no podía seguirme con su esguince de tobillo. Después del almuerzo, me fui al gimnasio.

Pero ahora me había encontrado en el sofá. Y lucía *así*.

—Vístete —dijo con la voz ligeramente mordaz que usaba en la oficina cuando yo iba con retraso y tenía que llegar a una reunión o a un vuelo. La voz que me hacía querer demorarme un poco más para que la usara de nuevo.

—¿Vestirme? —Dejé a un lado mi laptop, la que tenía abierta la segunda orden de venta. Una vez que la ejecutara, seguiría siendo un accionista mayoritario, pero Jackson tendría todo el control. Él podría decidir si quería quedarse o lavarse las manos de la empresa… y de mí. Todavía no había sido capaz de hacer clic en el botón para ejecutar la operación. Cada vez que mi dedo se cernía sobre el trackpad, me empezaba a picar.

—Vamos a salir. Ponte tus pantalones de vestir y esa camisa de vestir color carbón. Sin corbata.

Mi respiración se entrecortó. —¿Salir?

—Me has tenido encerrado en esta casa durante tres días. Por mucho que me gustes, necesito ver a otros seres humanos.

—Pero ¿y si ese tipo…?

—Mateo no ha visto a nadie. Fue un ataque al azar y ese tipo ya se fue. Mira —dijo, apoyando las manos en las caderas—. Te he dado tiempo para procesarlo. Y si has decidido que no quieres hacer esto conmigo, está bien. Dímelo ahora.

—No, yo… sí quiero. Renunciaste, por el amor de Dios.

—Lo sé. —Su boca exuberante se comprimió en una delgada línea—. No hagas que me arrepienta.

Me puse de pie y caminé hacia la puerta corrediza con el pretexto de dejar salir a Coco. Obedientemente, trotó por la puerta para visitar la buganvilla.

De espaldas a Ben, pregunté: —¿Te arrepientes? Porque todavía no he enviado tu carta de renuncia a recursos humanos. —La otra barrera.

—¿Por qué carajos no? Estoy con todo en esto. ¿A menos que tú no lo estés?

Me giré para enfrentarlo. Odiaba la incertidumbre en su voz. Una incertidumbre que yo había puesto ahí. —Estoy dentro.

—Entonces vístete. Vamos a bailar. Con Ramón y algunos de los otros chicos de aquí del resort.

—¿A bailar? —Miré su tobillo. Sus jeans ajustados caían suavemente sobre él, ocultando cualquier hinchazón—. Apenas puedes caminar. ¿Cómo vas a bailar?

El brillo en esos ojos color whisky era perverso. —Yo no bailo con los pies, Cooper.

Mierda. Ahora todo lo que podía imaginar era la ondulación de las caderas de Ben. Se me secó la garganta y, como un robot, marché a mi habitación y me puse exactamente lo que me había dicho. Me lavé los dientes y me afeité por segunda vez en el día.

Me hice un corte en la mandíbula cuando cometí el error de

recordar cómo se veía Ben con sus jeans. No tenía que usar esa ropa ajustada por mí. Babeaba por él con sus camisas de golf brillantes y sus bermudas. Me toqué el corte con un pañuelo de papel. Además, yo solo bailaba cuando era necesario. La última vez había sido en la boda de Jackson en otoño. Con Marlee, después de nuestro brindis. Y con Jamila. No recordaba la última vez que había bailado con alguien con quien estuviera desesperado por acostarme.

Terminé de afeitarme y me puse un poco de crema en el pelo para alisarlo. El corte del afeitado se había cerrado, y parecía que estaba listo para una reunión de viernes casual en la oficina. Para nada como un hombre que iba a discotecas y, joder, bailaba. ¿Esas eran *canas* en mi sien? Gracias a Dios que no había dejado que esto... esto lo que fuera, llegara más lejos. Ben todavía podía reconsiderarlo.

Salí de la suite principal pisando fuerte para pararme frente a Ben, que estaba sentado en un taburete en la barra de la cocina, revisando su teléfono. Cuando levantó la vista, extendí los brazos.

—¿Cuento con tu aprobación? —Giré en círculo.

Cuando volví a mirarlo, se estaba mordiendo el labio. —Absolutamente, señor Fallon.

Supongo que esa era una ventaja de los pantalones ajustados de Ben. Un ajuste más ceñido en los míos habría evitado que mi pene se abultara lejos de mi pierna. Me di la vuelta para ocultar mi reacción y le envié un mensaje de texto a Mateo para que trajera el auto.

Ben ya debía de haberse encargado, porque cuando Mateo llegó un minuto después en una de las camionetas de Luis, Ramón ya estaba en el asiento del copiloto. Se bajó del auto y le ofreció a Ben su lugar. Metí mis largas piernas en la tercera fila de asientos junto a Ramón. La fila del medio estaba ocupada por un trío que reconocí como dos de los meseros de Luis y un bartender.

Mateo me miró por el espejo retrovisor y enarcó las cejas. No me gustaba nada la idea de todo esto —Ben sentado junto a mi primo coqueto, ir a una discoteca donde no bebería y ver bailar a

Ben—, pero asentí de todos modos. Si esto era lo que Ben quería, se lo daría.

Veinte minutos después, Mateo se detuvo frente a una discoteca en la ciudad, y todos seguimos a Ben adentro. No había ido a un club en años, no desde que Jackson dejó de invitarme, pero era igual a como lo recordaba. Música a todo volumen y luces que parpadeaban al ritmo, que se instaló justo en mis sienes. Ramón nos guio a una mesa reservada cerca de la pista de baile. Un largo asiento curvo rodeaba la mesa redonda, y Ben se escurrió entre Mateo y yo.

El mesero trajo una cubeta con hielo y botellas de agua, una botella de ron y siete vasos. Cuando inclinó la botella hacia el vaso frente a mí, puse mi mano sobre el borde. —Para mí no, gracias.

Mateo sonrió y gritó: —¿Eso significa que eres el conductor designado?

¿Mi primo coqueto, ron y Ben? No, gracias. Fruncí el ceño. —No. Tú manejas.

Cuando hizo un puchero, añadí: —Esto es por Isaac.

—Isaac. —Se recostó y se quedó mirando el patrón de luces de colores en el techo—. Ese diminuto Speedo amarillo.

—Ese mismo. —Incliné una botella de agua hacia él, y él chocó la suya contra la mía. Bebimos por la primera cita que me había robado.

Ben observó el intercambio con ávido interés. Luego sonrió. —Nop, no me voy a sentar entre dos tipos sobrios. —Se medio levantó y se retorció sobre mi regazo.

Mis dedos se estiraron hacia las caderas de Ben como si quisieran inmovilizarlo en mi regazo. Y por un esperanzador segundo, pensé que se detuvo para quedarse allí. Pero al segundo siguiente, se dejó caer en el largo asiento entre Bobby el bartender y yo.

No se quedó ahí por mucho tiempo. Una vez que se bebió un vaso de ron, Ben se deslizó a la pista de baile. Y tenía razón. Sus pies apenas se movían. Sus hombros, abdominales y caderas hacían todo el trabajo, una rotación hipnótica que atrajo a más de una persona a su órbita.

Tipos altos y delgados y otros robustos. De piel clara y oscura. Chicos que se vestían con camisas abotonadas como yo y chicos que iban más informales con camisetas y jeans estratégicamente rotos. Incluso un par de tipos sin camisa con arneses en el pecho y diminutos shorts de látex. Ben bailó con todos ellos, pero nunca por más de una o dos canciones.

Jesús, cómo desearía poder ser uno de ellos. Poder pararme detrás de él y mover mis caderas con las suyas. Trazar los contornos de su pecho.

Pero ese no era yo. Yo era el protector, no el alma de la fiesta. ¿Y la persona de la que Ben más necesitaba protección? Yo.

Saqué una botella de agua fría de la cubeta y la sostuve contra mi sien palpitante.

Ramón se deslizó de nuevo en el asiento. No me había dado cuenta de con quién había estado bailando; mi mirada se había centrado —y seguía centrada— solo en Ben, que le había pedido prestado un bombín verde lima a su actual pareja de baile y lo miraba desde debajo del ala.

Ramón se sirvió un dedo de ron en un vaso y lo sorbió. —Todavía no he tenido la oportunidad de darte las gracias. Por las acciones.

Aparté la mirada de Ben para mirar a Ramón. —De nada. Cumplo mis promesas, incluso las que hago cuando estoy borracho.

Asintió y bebió de nuevo. —Te está esperando, ¿sabes?

—¿Quién me está esperando?

Inclinó la barbilla hacia la pista de baile. Ben me miraba fijamente desde debajo del sombrero verde. Sus caderas giraban, y en mi imaginación, bombeaban contra las mías. Me robó el aliento.

Sin romper nuestra mirada, se quitó el sombrero de la cabeza y se lo lanzó al otro hombre. Sus rizos oscuros reflejaban el rojo y el azul de las luces multicolores del lugar. Ben levantó la barbilla, desafiándome a unirme a él en la pista de baile.

Deslicé mi mirada sobre él. Su camisa ahora se le pegaba al cuerpo, y la parte delantera se había subido para mostrar una franja de su vientre plano sobre la cinturilla de sus jeans ajustados. Los focos de la discoteca revoloteaban sobre él, revelando destellos de sus muslos tensos, la curva de su trasero, incluso por un tentador segundo el contorno de una cresta que se extendía desde su entrepierna hacia su cadera.

Incapaz de resistirme, me deslicé hasta el borde del asiento y nadé hacia él a través de los bailarines como un pez en el anzuelo. Entré en su espacio, lo suficientemente cerca como para que inclinara el cuello para mirarme a la cara. Me quedé quieto mientras él se balanceaba frente a mí.

—¿No vas a bailar? —Tuvo que gritar para que pudiera oírlo por encima de la música, y su voz ya estaba ronca.

—Yo no bailo.

—Claro que sí. Oí que bailaste con Marlee en… una vez.

—No así. —Hice un gesto con la mano hacia la masa de bailarines que giraban.

—No es complicado. Te enseñaré. —Puso sus manos en mis caderas e intentó moverlas de un lado a otro. No me moví. Era demasiado sólido para eso.

Enarcó las cejas. —¿No?

—No.

Sus ojos brillaron con un destello dorado. —Entonces lo intentaremos así.

Me dio la espalda y empujó su trasero contra mi entrepierna, desequilibrándome lo justo para que instintivamente le agarrara las caderas. Se balancearon y, como si estuviéramos pegados, las mías lo siguieron.

Me miró por encima del hombro. —¿Ves? Fácil y sencillo.

No había nada de sencillo en la forma en que mi pene se endureció contra sus ajustados jeans. Ni de fácil en la forma en que mis dedos se clavaron en sus caderas, buscando anclarme en la confusa y giratoria discoteca.

No importaba que hubiera nuevos hilos plateados en mi pelo.

Que fuera rígido y brusco y que llevara ropa de oficina a una discoteca. Inexplicablemente, Ben me deseaba. Era evidente en cada roce de su trasero contra mí, en la forma en que apoyaba su espalda en mi pecho. En la mordida de sus dientes contra su labio. Cuando apreté sus caderas con más fuerza, mi dedo medio derecho tropezó con algo duro y pesado en la parte delantera de sus jeans. Ben aspiró aire.

Puso sus manos sudorosas sobre las mías y curvó sus dedos. Al segundo siguiente, ejecutó un movimiento fluido como si lo hubiera hecho mil veces. Levantó mis manos de sus caderas y giró para que quedáramos cara a cara, con nuestras manos entrelazadas muy por encima de nuestras cabezas.

Su pecho chocó con el mío, y mis pezones se endurecieron al contacto. Mis abdominales se apretaron contra su estómago como desearía que pudieran hacerlo las yemas de mis dedos. El bulto en la parte delantera de sus jeans rozó mi erección mientras sus caderas se movían, y me estremecí a pesar del calor del club. Moliendo sus caderas contra las mías, se acercó más y más hasta que su cara se cernió a solo unos centímetros por debajo de la mía.

—¿Quieres largarte de aquí? —Habló en voz baja. Incluso bajo el ritmo martilleante de la música, oí cada palabra.

Con la garganta demasiado seca para hablar, asentí.

Un viaje en taxi y un mensaje de texto a Mateo más tarde, entramos en mi casa, con los oídos todavía zumbando por la discoteca.

A pesar de la afirmación de Ben de que su tobillo aguantaría una noche de baile, hizo una mueca mientras se desataba los zapatos de vestir y los dejaba junto a la puerta.

—Siéntate en el sofá y pon el pie en alto. Te prepararé una bolsa de hielo. —Me lavé las manos en el fregadero de la cocina.

—No quiero poner el pie en alto. Quiero…

Lo fulminé con la mirada que significaba que mi palabra era la última. —Te sentarás en el sofá y descansarás el tobillo.

—Sí, señor Fallon —dijo sin aliento.

Cuando se acomodó en el sofá, con el pie apoyado en la mesita de centro, le di un vaso de agua. Le quité el calcetín y vi que la venda le cortaba la circulación en el pie hinchado. —¿Te parece bien si te quito la venda del pie?

—No me toques el pie. Está sudado.

—No me importa tu sudor. —De hecho, quería enterrar mi nariz en su pecho e inspirar su agudo olor. Aferrándome a mi control por un hilo, le quité suavemente la cinta adhesiva del pie y coloqué la compresa de gel que Sara había traído sobre su tobillo.

—¿Mejor? —pregunté.

Una comisura de su boca se torció hacia arriba. —Mejor.

Hice una bola con la cinta y la llevé a la cocina para tirarla a la basura. Me lavé las manos de nuevo y me serví mi propio vaso de agua.

En la sala, dudé. Debería alejarme de la tentación. Debería ir a mi habitación y cerrar la puerta con llave.

Pero ¿y si Ben necesitaba ayuda para cojear hasta su habitación? No podía dejarlo solo.

Ben decidió por mí. —Ven aquí. Dime qué te pareció el club.

—Era una discoteca, como cualquier otra. —Me encogí de hombros, tratando de parecer indiferente mientras me sentaba en la mesita de centro frente a él.

—¿Y el baile?

Recordar cómo me había llamado a la pista, cómo nuestras caderas se habían empujado juntas, cómo casi me había besado allí mismo bajo las luces giratorias, hizo que mis pantalones se sintieran incómodamente apretados. Me aclaré la garganta. —Me gustó.

—A mí también me gustó. —Se inclinó hacia adelante y puso su mano en mi rodilla. La necesidad viajó por mi muslo directamente a mi entrepierna y se instaló allí, caliente y pesada. Mi respiración se volvió superficial.

—Esos tipos en la discoteca estaban bastante buenos. Especialmente el del sombrero.

Soltó un bufido exasperado. —Cooper Fallon, no eres tan listo como crees si piensas que me interesaba alguien que no fueras tú.

Volví a casa exactamente con la persona que quería. —Deslizó su mano más arriba por mi muslo hasta que estuvo a apenas un centímetro de mi entrepierna—. ¿Tú no?

El último hilo de mi control se rompió. —Sí. —Me abalancé hacia adelante, planté mis manos en el cojín trasero del sofá y estrellé mi boca contra la suya. No fue suave ni bonito. Nuestro beso estaba lleno de necesidad, del castañeteo de los dientes, de la lucha de nuestras lenguas, del ardor de su barba incipiente contra mis labios. Lancé una rodilla sobre el sofá, fuera de su pierna ilesa, y froté mi erección por todas partes —su muslo, su cadera— persiguiendo la sensación de nuestro baile.

Agarró la parte delantera de mi camisa, acercando mi pecho al suyo. —Te necesito —murmuró entre succiones a mi lengua.

Me quedé helado. No había hecho nada con otro hombre desde el bachillerato. Desde que conocí a Jackson. ¿Todavía recordaba cómo funcionaba? No tenía lubricante ni condones ni…

—Shh. —Abandonó mi boca para besarme cerca de la oreja—. Lo haremos despacio. Haré que te sientas bien.

Reprimí un escalofrío que comenzó en el lugar que había besado y se deslizó hasta la base de mi espina dorsal. —Estás herido. No quiero…

—No le pasa nada a mi boca. —Sentí la curva perversa de sus labios contra la piel de mi cuello. Luego se echó hacia atrás—. ¿A menos que no quieras?

—No, claro que quiero. Yo… —Tenía que dejar de hablar, o diría algo de lo que no podría retractarme. En lugar de eso, retrocedí para arrodillarme entre sus piernas. Froté mi cara contra su camisa húmeda de sudor e inhalé profundamente para llenar mis pulmones con su olor. Con mi nariz, tracé una línea por su estómago hasta la cinturilla. Olía a sudor allí también, mezclado con una excitación almizclada. Desabroché el botón de sus jeans y lo miré a la cara—. ¿Puedo?

Se rio entre dientes. —No sé si puedas. Podría hacer falta una cizalla para sacarme de estos jeans.

Tracé la cresta de su erección con un dedo. Se crispó bajo mi toque.

—Perdón —dijo, aspirando aire—. Quise decir, sí, por favor.

Bajé el cierre y no encontré nada más que a Ben debajo. —Creo que la ropa interior apropiada es parte del código de vestimenta, señor Levy-Walters. —Pero mi voz entrecortada restó severidad a mis palabras.

—No hay nada apropiado para el trabajo en mi atuendo de esta noche, señor Fallon.

Separé los lados de sus jeans hasta que liberé su pene, oscuramente sonrojado y circuncidado como había sabido que estaría. Aplané mi lengua contra él y lamí desde donde emergía de sus pantalones hasta la punta oscura.

Gimió. —Si así es como disciplinas a alguien por violar el código de vestimenta, desearía haberme presentado en la oficina sin ropa interior todos los malditos días.

Mis dedos se apretaron en sus pantalones. *La oficina.* No había vuelta atrás después de chuparle el pene.

Como si hubiera oído mis pensamientos, Ben enroscó sus dedos en mi pelo y dirigió suavemente mi mirada hacia él. —Perdón. No más charla de trabajo. He presentado mi renuncia. Esta noche, eres mi… amante.

—¿Amante? —Cada centímetro de mi piel hormigueó.

—Me parece que estás a punto de chuparme el pene. Así que creo que el término es apropiado, ¿no crees?

—¿Y somos exclusivos?

Frunció el ceño. —Por supuesto. Solo bailé con esos otros tipos porque tú no querías bailar conmigo.

—Pero sí lo hice. Bailé contigo.

—Lo hiciste. —Su expresión se suavizó por un minuto, pero luego entrecerró los ojos—. ¿Y ahora?

—Ahora voy a chuparte el pene.

Un destello dorado brilló en sus ojos. —Sí, por favor.

Requirió algunas maniobras para bajarle los jeans por las piernas y quitárselos sin lastimar su pie hinchado, pero lo logré, y pronto Ben estaba despatarrado en el sofá, desnudo excepto por su ajustada camiseta. Empecé por la cabeza de su pene, pasando mi lengua por la ranura y chupando la punta hasta que probé el sabor de su pre-eyaculación. Lo tomé más profundo, humedeciéndolo bien y dándole largas succiones a su miembro. Echó la cabeza hacia atrás contra los cojines y gimió ante eso.

El poder rugió a través de mí, mejor que cuando alcanzamos los mil millones de dólares en ingresos. Mejor que cuando alcanzamos los cinco mil millones. Todo por un gemido.

Lamí hasta sus bolas, sopesándolas con mi lengua. Agarrando su miembro con mi mano, deslicé mi puño hasta la punta, giré en la parte superior y descendí. Su brusca inhalación de aire demostró que había encontrado algo que le gustaba.

Lamí tan abajo como pude, pero el sofá me impidió ir más lejos. Exploraría más la próxima vez. Mierda. La próxima vez. Molí mi propia erección contra el cojín del sofá. Chupé sus bolas hasta que se tensaron.

—Voy a, voy a… —graznó Ben.

—Todavía no. —Apreté la base de su pene, retrasando su orgasmo.

Sacudió las caderas. —Necesito…

—Lo sé. Vas a correrme en la boca. —Quería saborearlo, sentirlo pulsar dentro de mí. Destrozarlo de la forma en que él ya me estaba destrozando a mí.

Cambié mi boca por mi mano y tomé tanto de su miembro como pude. Con mi mano, masajeé sus bolas. Luego le di una larga y dura chupada.

Su espalda se arqueó. —Sí, así —jadeó.

Hundí mis mejillas a su alrededor y dejé que golpeara mi garganta hasta que me dieron arcadas. Luego chupé una y otra vez. Fuerte, luego aflojando, luego fuerte de nuevo. Gimió en el fondo de su garganta, y eso me dio ganas de rugir. En lugar de eso, agarré su cadera, inmovilizándolo contra el cojín.

Sus bolas se tensaron justo antes de que mi boca se llenara con su semen. Subí a lo largo de su miembro, succionando cada gota de su eyaculación, hasta que se salió, y me lo tragué.

—Mierda —gimió. Una muñeca cubría sus ojos. Parecía completamente destrozado, su pene ablandándose contra su muslo, su camiseta arremangada sobre su ombligo. Quería hundir mi lengua en el hoyuelo. Probar cada centímetro de su pecho. La próxima vez.

—Vamos. —Me puse de pie, metí un brazo bajo sus rodillas y encajé el otro detrás de su espalda.

Sus ojos se abrieron de golpe. —¡Espera! ¿Qué estás haciendo?

—Te estoy llevando a la cama. Te ves… —sonreí con suficiencia— agotado. —Lo levanté hasta mi pecho.

—No, estoy bien. Dame un minuto. Luego te lo haré yo a ti.

—No. —Rodeé la mesita de centro y lo llevé de lado por el pasillo para evitar golpearle el pie—. Estás descansando tu tobillo. En la cama.

No se me escapó su escalofrío ante la última palabra. —Pero quiero…

—Todo a su debido tiempo. —Lo dejé en su cama y le eché la sábana por encima—. Buenas noches.

Tenía la intención de dejarle un beso casto en los labios, pero me agarró por la nuca y me atrajo hacia él. El sabor de él, mezclado con el regusto de su semen, me tentó a montarme sobre él. A darme la vuelta y arrastrarlo sobre mi cara y ver si podía hacerlo llegar al clímax de nuevo tan pronto. A sentir sus labios sobre mí.

Pero me aparté. Sus párpados caían, y sabía que su tobillo debía estar palpitando.

Saqué su dosis de analgésico del frasco junto a la cama y le entregué la tableta. —Nos vemos en la mañana.

Gimió, pero se tragó la píldora obedientemente y se giró de lado. —Buenas noches, Cooper. Gracias por… por el baile.

Sonriendo, salí pavoneándome. Bailar había sido una forma perfecta de pasar la noche. Y en ese momento, no me importaba qué cambios pudiera traer la mañana.

23

BEN

CUANDO ABRÍ los ojos al parpadear y vi la luz del sol entrando a raudales por las cortinas transparentes, supe que la había cagado.

Mi intención había sido levantarme al amanecer, colarme en el cuarto de Cooper y despertarlo con la mamada que estaba demasiado cansado para darle anoche. Luego —sonreí ante la imagen—, volveríamos a dormirnos, él abrazándome por la espalda.

¿Por qué no me había despertado la alarma? Eché un vistazo a la mesita de noche, vacía salvo por el frasco de analgésicos y un vaso de agua.

Ah, claro. Mi teléfono estaba en el bolsillo de mis jeans, y mis jeans seguían arrugados en el suelo de la sala donde Cooper Fallon me había volado la cabeza. Me estremecí, recordando cómo se veían sus ojos azules entre mis muslos, cuán perfectos se habían sentido sus labios sexis estirados alrededor de mi pene.

Valió totalmente la pena renunciar a mi trabajo.

Después de que por fin lo convenciera de volver a San Francisco, de volver a Synergy, encontraría otro. No sería tan bueno como el que tenía en Synergy —aunque trabajar para Cooper

Fallon no había sido pan comido—, pero todo lo que necesitaba era un ingreso para llegar al final de mi carrera y…

Mierda. El pago de la matrícula. Estaría en la misma situación que cuando perdí mi último trabajo. Matrícula o alquiler. Aunque Mimi había dicho que no le importaba que durmiera en su sofá. ¿Quizás podría pasar algunas noches en casa de Cooper? ¿O era yo de nuevo con el corazón en la mano?

¿Acaso tenía que seguir ocultándolo?

Cooper me había vendado y desvendado el tobillo. Me había tocado el pie sudado y se había asegurado de que tomara mis pastillas y bebiera agua. Había ido a bailar conmigo y *de verdad bailó*, cosa que no me había atrevido a esperar que hiciera. Y luego me trajo a casa y me hizo un sexo oral increíble, sin importarle si él acababa o no.

¿Y qué había hecho yo? Lo había arrastrado a un club donde ni siquiera bebió —probablemente porque quería complacerme— y bailé con una docena de tipos, esperando que se diera cuenta, se acercara como un cavernícola y me arrastrara a un rincón oscuro para comerme a besos.

Había sido un malcriado.

Cooper no necesitaba un malcriado. Necesitaba a alguien que lo cuidara, que lo mantuviera equilibrado para que no dejara todo botado y huyera.

Yo podía hacer eso. A partir de hoy. Y el primer paso era llevarlo de vuelta a la oficina, a donde pertenecía. Para que pudiera cuidar a gente como Mimi y Marlee y a todos los demás.

¿Y Jackson Jones? Sentí que las comisuras de mis labios se curvaban. Cooper nunca le había hecho una mamada. Claro, eran amigos, y nunca le negaría eso, pero Cooper era mío ahora.

Mío.

Me pellizqué y sonreí ante el dolor.

Después de ducharme y vendarme el tobillo, salí cojeando a la terraza, donde él estaba sentado con su tableta. Coco se levantó de donde yacía a los pies de Cooper y corrió hacia mí, con las uñas golpeteando en la madera de la terraza.

Cuando Cooper levantó la vista de su tableta, su sonrisa rivalizaba con el brillo del sol de la mañana. Dejó la tableta y se lanzó —no, caminó con paso decidido; Cooper Fallon no se *lanzaba* a ningún lado— hacia mí. Sus dedos se curvaron alrededor de mi mandíbula apretada y la levantaron justo antes de depositar un beso suave con sabor a café en mis labios. —Buenos días.

—B-buenos días —. Su contacto me derritió. Me apreté contra su pecho e inhalé su aroma. Café fuerte de la isla, el algodón fresco de la camisa de conchas que le había comprado y un toque de menta verde.

—¡Abajo, Coco! —. Al entender el tono de Cooper, Coco dejó de saltar sobre mis rodillas y se sentó a mis pies.

—¿Cómo está tu tobillo? —Cooper me agarró por los hombros y se inclinó hacia atrás para mirarlo.

—Bien. Yo… me lo vendé.

—Bien —. Me besó en la sien —Dios, yo era un charco derretido— y, con una mano ahuecando mi codo, me llevó a la mesa donde nos esperaba un surtido de frutas y pasteles. Me acomodó en la silla junto a la suya y me sirvió una taza de café con crema y una generosa cucharada de azúcar.

—Después del desayuno, necesito ir al pueblo. Me gustaría que vinieras conmigo si te sientes con ánimos.

—¿Ah, sí? —sorbí el café, endulzado a la perfección—. ¿Qué vamos a hacer en el pueblo?

Él se sirvió del tazón de frutas y me puso un poco en mi plato antes de servirse él. —De compras. Por mucho que me guste la ropa que me compraste, me vendrían bien algunas camisas más.

Le toqué la manga. —No me tomes el pelo. Odias esta camisa.

Sus labios se curvaron hacia arriba. —Me gusta esta camisa. Odio la que tiene lagartijas.

—A mí también me gusta —. Le enderecé el cuello y le pasé una mano por el pecho. Ir de compras era algo que los novios hacían juntos. ¿Era eso lo que éramos ahora? —. De acuerdo, me apunto.

Después del desayuno, Mateo nos llevó al pueblo y nos siguió a una distancia discreta mientras caminábamos frente a las tiendas para turistas que vendían camisetas y collares de conchas, frente a la gran joyería que vendía el larimar por el que la isla era famosa, frente a la licorería que vendía ron importado de Puerto Rico y otras islas cercanas. A Coco no le preocupaba la discreción; trotaba a nuestros talones y miraba por encima del hombro a los otros satos cocoteros que holgazaneaban en los callejones.

En lugar de entrar en una de las tiendas de ropa isleña, Cooper giró por una calle lateral. La acera era más irregular aquí, levantada por las raíces de los enormes árboles que daban sombra a la calle, y cuando me tomó de la mano, el corazón se me aceleró.

En esta calle no había turistas con sus camisas de estampado tropical, zapatillas blancas cegadoras y gorras de béisbol. Aquí, la gente con sombreros de paja gastados እና guayaberas de lino blanco tiraba de carritos de la compra o llevaba bolsas de malla. Los comerciantes se apoyaban en los umbrales de las puertas, llamando a los transeúntes en español.

Y conocían a Cooper. Algunas personas asentían con timidez. Otras se le acercaban y entablaban conversación. Él sonreía —no la sonrisa radiante que me había dado esa mañana, sino una educada— y conversaba con ellos. Cuando una señora mayor con un vestido de flores descolorido le pellizcó la mejilla y me miró alzando las cejas, él me apretó la mano y me llamó su novio. Hasta mi español de secundaria me permitió entender eso. No me había presentado como su amigo, sino como su novio. Una sonrisa se extendió por mi cara.

Cuando ella le besó la mejilla y siguió su camino, le apreté la mano. —¿Así que soy tu novio?

Se le sonrojaron los pómulos. —¿Cómo preferirías que te llame? Hay una palabra aquí para amigos con derechos, pero yo… —Hizo una mueca—. Esa era mi tía abuela.

Tenía razón. Nunca habíamos sido amigos. Y dudaba que la palabra fuera educada. —Novio es perfecto —. Lo acerqué para besarle la mejilla y no se apartó. Puso su brazo alrededor de mi cintura. Miró hacia atrás, a Mateo, que estaba hablando con su tía abuela, y le lanzó una mirada dura.

Pasamos por un supermercado, una zapatería y una barbería. Al otro lado de la panadería, Cooper abrió una puerta y una campanilla tintineó sobre nosotros.

—¡Tío, soy Miguel! —exclamó.

El zumbido de una máquina de coser se detuvo, y un hombre con escaso pelo canoso y una perilla pulcra se levantó de una mesa al fondo de la tienda. Se subió las gafas a la coronilla y nos miró entrecerrando los ojos. —¡Lito! —Arqueó la espalda hasta que crujió y luego caminó arrastrando los pies hacia nosotros.

Abrazó a Cooper y dio un paso atrás para bajarse las gafas y examinar la camisa de Cooper. Negando con la cabeza, chasqueó la lengua. Dijo algo en español, y capté las palabras *camisa fea*. Había dicho que la camisa era fea. Cooper respondió brevemente en español y luego cambió a un inglés lento.

—Tío, este es mi amigo, Ben.

—Buenos días —dije y extendí la mano.

Ignorando mi mano, el tío de Cooper me abrazó. —José María, pero puedes llamarme tío.

Se apartó y me miró de arriba abajo, desde mi polo de golf hasta mis bermudas. —Ustedes dos necesitan ropa.

Yo había venido con una maleta llena de ropa apropiada para el trópico. —No, yo…

La pesada mano de Cooper se posó en mi hombro. —Sí, por favor, tío. Ropa casual.

—¿Algo para el domingo?

—No, gracias, nosotros…

—Sí, sí. Vendrán a cenar a casa de tu tía.

Cooper hizo una mueca, pero tampoco protestó. ¿Cena del domingo con su familia? ¿Su *familia*?

José María se movía afanosamente por la tienda, sacando prendas de las perchas. Me entregó la mitad a mí y la otra mitad a Cooper, y luego nos empujó hacia dos cubículos al lado de la tienda. La cortina se cerró de golpe detrás de mí.

—Póntelo y luego sal —dijo José María.

Me quité los shorts y me puse un pantalón de lino holgado de color beige. Me quité el polo y me abotoné una guayabera rojo ladrillo. Me miré en el pequeño espejo. Aunque normalmente vestía de negro y gris, el rojo se veía bien contra mi piel, y los pantalones se sentían frescos y ligeros, incluso en la tienda sin aire acondicionado.

Me deslicé a través de la cortina y salí. José María asintió con aprobación. —Date la vuelta —ladró.

Me di la vuelta y sentí cómo agarraba la tela en mi trasero. —Lo voy a entallar un poco aquí. Sería una lástima ocultar este… ¿cómo dicen los jóvenes en inglés? ¿Botín?

Le sonreí por encima del hombro. —Gracias.

—Ah —dijo, su mirada pasando de largo—. Un momento.

Cooper salió de su probador. Como yo, llevaba pantalones de lino y una guayabera, una de color azul cielo que hacía juego con sus ojos. No había exceso de tela alrededor de sus caderas; los pantalones parecían hechos para él, rozando sus caderas estrechas y muslos musculosos y rompiéndose justo en el tobillo, sin amontonarse en la parte inferior como los míos.

—Veo que todavía tienes mi talla —dijo.

Y vaya que la tenía. Mis ojos recorrieron los anchos hombros y la cintura afilada de Cooper.

—No seas tonto. Cuando me enteré de que estabas aquí, te los hice, Lito.

Las mejillas de Cooper se enrojecieron, pero sonrió. —Gracias, tío.

José María ajustó mis pantalones, y volví al probador para cambiarme al siguiente conjunto, que era similar, pero la camisa era de un rosa ostra pálido. José María también los ajustó. La selección final fue un par de pantalones de vestir ajustados de color gris piedra, una camisa de vestir azul francés y un blazer de seersucker.

Mientras José María ajustaba los pantalones, Cooper emergió en unos pantalones caqui impresionantemente ajustados, una camisa de vestir a cuadros azules y un blazer de lino azul marino con un pañuelo de bolsillo con un alegre estampado rojo. —Tío, no estoy seguro de estos pantalones… creo que los hiciste para uno de mis primos.

—No —suspire yo.

—No —dijo José María al mismo tiempo—. Esos están perfectos. Date la vuelta.

Cooper se dio la vuelta, y tuve que morderme la lengua para que no se me saliera de la boca como la de un lobo en una caricatura antigua. Los pantalones apretaban y definían su trasero, y si José María no hubiera estado allí, habría dejado que mis manos siguieran las curvas que mi mirada trazaba. *Jódeme.*

José María se rio entre dientes con la boca llena de alfileres. —¿Ves? Perfecto. Ben aprueba.

Hice una mueca. Lo había dicho en voz alta.

A Cooper no pareció importarle. Se giró lentamente para mirarme, y la chaqueta azul hizo que sus ojos azules se vieran feroces. —Entonces me lo llevo. Tal como está.

—Listo —. José María se puso de pie, sus rodillas crujiendo—. Haré que uno de los muchachos entregue las prendas a tu casa. Excepto el primer conjunto. Usarán ese hoy. Ben, puedes usar la camisa roja. No necesita alteraciones.

—Sí, señor —. Regresé detrás de la cortina y me puse la guayabera roja con mis shorts caqui. No la lucía con tanta naturalidad como Cooper su camisa azul, pero al menos parecía un poco menos turista.

Cuando salí con mi montón de ropa llena de alfileres, Cooper tecleaba en su teléfono. Besó la mejilla de su tío. —Gracias, tío.

Busqué mi billetera. No había forma de que tuviera suficiente efectivo para cubrir ropa hecha a mano.

—Yo invito —. Cooper detuvo mi mano y levantó su teléfono con la aplicación de pago en la pantalla—. Es mi turno de comprarte ropa.

Yo había cargado sus camisas feas a mi tarjeta corporativa, así que, en realidad, él las había pagado. Pero no discutí. Mi novio me había comprado ropa. El corazón me dio un vuelco en el pecho. Había perdido la batalla. No solo con Cooper por el dinero. Sino la que tenía con mi corazón, demasiado dispuesto a enamorarse.

—Gracias.

Afuera, Mateo estaba de pie, con los brazos cruzados, a la sombra junto a Coco, quien soltó un ladrido alegre cuando salimos de la tienda de José María. Tenía una correa. No una de nailon nueva que podríamos haber comprado en una tienda de mascotas en el continente. Era de cuero suave, desgastada por el tiempo. Como si hubiera servido a muchos satos cocoteros que habían decidido autodomesticarse. Mateo me entregó el extremo de la correa y Coco trotó a mi lado como si nada.

Paseamos de vuelta a la calle principal hacia donde estaba estacionado el coche. Al pasar frente a los impecables escaparates de la joyería, vi nuestro reflejo. No parecíamos un par de estadounidenses haciendo compras en el lindo pueblo caribeño. Parecíamos un par de expatriados, completamente adaptados al estilo de la isla. Con un perro con correa para demostrarlo.

Cuando llegamos al coche, mi teléfono vibró en mi bolsillo. Lo saqué para leer el mensaje.

MARLEE

Weston se está reuniendo con gente de Gurusoft de nuevo esta mañana. ¿Qué demonios estás haciendo?

Mis ojos se abrieron como platos. ¿Qué demonios estaba haciendo? Comprando ropa como si nos fuéramos a quedar más de unos pocos días. Y olvidando por completo la razón por la que me había arrastrado hasta la isla.

Tenía que retomar el rumbo. Asegurarme de que Cooper no vendiera más acciones de Synergy. Y hacer que volviera a California, a donde pertenecía. A donde ambos pertenecíamos.

24

COOPER

DE REGRESO de nuestro viaje de compras, vi cómo los pulgares de Ben volaban sobre su teléfono.

Había sido un buen día, caminar por el pueblo con él, comprarle ropa para que pareciera que pertenecía a la isla.

¿Sería tan malo si no volvíamos? Jamila dijo que debía hacer lo que fuera mejor para mi salud mental, incluyendo dejar Synergy y a Jackson atrás como el caparazón abandonado de un cangrejo ermitaño.

Ben tenía amigos y familia en San Francisco. Podría ser difícil para él dejarlos. Pero yo era un hombre adinerado y tenía muchas herramientas de negociación a mi disposición.

Mientras él tecleaba en su teléfono, yo planeaba mi estrategia.

Había renunciado a su trabajo para que pudiéramos estar juntos. Luego se sonrojó cuando se me escapó llamarlo mi novio. Parecía disfrutar de la vida en la isla. Se había hecho amigo de Ramón y los demás. Quizás quería que lo convencieran de quedarse. Pero esto era demasiado importante como para dejarlo a la suerte.

Una regla de la negociación es controlar el entorno. Ben sería más fácil de persuadir en un ambiente romántico. Le envié un mensaje de texto a Luis para que organizara una cena para dos justo afuera de mi propiedad, en la playa, donde Ben estaría en contacto directo con la belleza de la isla. Y aunque estaría más seguro dentro de la reja cerrada con llave, sería importante darle una sensación de libertad para que supiera que podría marcharse si quisiera. El pecho me ardió de solo pensar que se fuera.

Aunque había cerrado muchos tratos en mi carrera —préstamos corporativos, adquisiciones, ofertas de trabajo—, nunca había estado en una negociación personal con tanto en juego. Claro, había negociado con muchas mujeres para que fueran mis novias temporales para algún evento u otro. Una o dos veces para una temporada completa de eventos. Si no aceptaban los términos, podía encontrar a alguien más —siempre parecía haber alguien deseosa de dar un paso al frente— o ir solo y alimentar los rumores sobre que era el soltero más codiciado.

Pero esto era diferente. No podía alejarme de Ben. Si lo hacía, dejaría mi corazón atrás. Por primera vez en años, era feliz. Y haría casi cualquier cosa por seguir así.

Ben seguía ocupado con su teléfono, así que estiré el brazo por el asiento y apoyé mi mano en su rodilla. Él levantó la vista, sorprendido, pero me dedicó una rápida sonrisa. Continuó escribiendo con la mano izquierda y colocó la derecha sobre mis dedos.

La tensión abandonó mi pecho. A Ben le importaba. Ese último día en la oficina, envolvió mi mano ensangrentada con su pañuelo. Luego vino a la isla para ver cómo estaba. Para intentar convencerme de volver. Aunque no me lo merecía, se preocupaba por mí.

Ahora que estábamos juntos, tenía que darse cuenta de que quedarse aquí era la mejor opción para mí. No obstante, sacaría la artillería pesada. Flores. Champaña. Ese postre de triple de chocolate que hacían en el restaurante del resort que hacía que Jamila se derritiera.

Tan pronto como llegamos a la casa y abrimos las puertas, Coco olfateó el aire y gruñó.

—¿Qué pasa, Coco? —preguntó Ben como si el perro fuera a responderle en inglés.

—Cooper —el tono de Mateo contenía una advertencia.

Me acerqué a donde estaba él, con la mano en la manija de la puerta principal.

—La puerta no tiene seguro —dijo—. Y sé que la revisé cuando nos fuimos. Vuelvan al auto y cierren las puertas con seguro.

Coco ladró a todo pulmón cuando empujé a Ben de vuelta a la camioneta. Me deslicé detrás de él y me estiré hacia el asiento del conductor para presionar el botón del seguro de las puertas.

—¿Qué está pasando? —Ben subió a Coco a su regazo y le acarició los costados hasta que se calmó. El perro miraba fijamente la puerta principal como si pudiera ver a través de ella.

—Mateo cree que podría haber alguien adentro. Está revisando.

—¿Mateo va a estar bien?

—Si no sale en cinco minutos, entraré.

—Iré contigo.

—No —puse una mano en su hombro y lo miré a sus ojos sorprendidos—. Te quedarás aquí afuera. Donde es seguro.

—Llévate a Coco contigo.

Le rasqué la cabeza al perro. —De acuerdo. Puede volver a salvar el día mordiéndole el tobillo al malo.

Mateo salió de la casa y corrió hacia el auto. Le quité el seguro y él asomó la cabeza por la ventanilla.

—Todo despejado —dijo—. Una confusión con el servicio de limpieza. Un chico nuevo pensó que le tocaba limpiar tu casa.

Un carrito de limpieza salió traqueteando por la puerta principal. El hombre que lo empujaba era casi demasiado corpulento para su uniforme. Los botones estaban tirantes, a punto de reventar. Cojeaba detrás del carrito por el sendero y nos saludó con la mano, avergonzado. Coco gruñó.

—Luis debería saber de esto. Y debería conseguirle un uniforme que le quede mejor —tomé mi teléfono.

—No lo hagas —Ben puso una mano sobre la mía—. Fue un error sin mala intención. Y es nuevo. No quisiera que perdiera su trabajo por esto.

Ben siempre era tan considerado con el personal de servicio. Guardé mi teléfono de nuevo en el bolsillo. —Está bien.

—Gracias —me besó en la mejilla—. Creo que entraré a tomar una siesta.

Levanté la mano hasta su mejilla y redirigí el beso a mis labios. —Suena bien. Tengo una cena especial planeada.

—Mmm —ese sonido se disparó directo a mi entrepierna—. Me gusta cómo suena eso.

Hacía mucho tiempo que no me besuqueaba en un auto, pero si Mateo no hubiera estado ahí, y si Coco no hubiera estado gruñendo y arañando la ventana, podría haberlo intentado. Pero, dadas las circunstancias, abrí la puerta y agarré a Coco por la cintura para que no persiguiera al empleado de limpieza. Me lo metí bajo el brazo y ayudé a Ben a salir. Nuestra caminata por el pueblo de antes debió haber sido dura para su tobillo.

Mientras Ben dormía la siesta, fui al gimnasio y, después, compré algunos artículos esenciales de la sección de cuidado personal de la tienda de regalos. Artículos esenciales que esperaba usar más tarde con Ben. Hablé con Luis sobre los planes para la cena, pero como le había prometido a Ben, no dije nada sobre el empleado de limpieza descarriado.

Luis me dio una palmada en la espalda. —Buena suerte, amigo. Me alegro de que al fin hayas encontrado el amor.

Mis ojos debieron abrirse como platos porque Luis se rio. —¿No me digas que no le has dicho lo que sientes?

—Yo… no. ¿Qué es lo que siento? —además de jodidamente posesivo cada vez que Mateo se reía de uno de los chistes de Ben. Eufórico cuando Ben me besaba. Incluso me encantaba usar esa camisa de iguanas jodidamente horrible que había elegido para mí.

—Creo que lo sabes. Solo necesitas admitírtelo a ti mismo. Y a él.

¿Tenía razón Luis sobre lo que sentía? Le di vueltas al asunto mientras trotaba de regreso al bungaló, agarrando mi bolsa con las provisiones. Nunca había estado enamorado de nadie excepto de Jackson. Y supe, incluso cuando sucedió, que mis sentimientos no eran saludables. La opresión en mi pecho cuando estaba con Jackson no era cálida y efervescente como se sentía con Ben. Con Jackson, siempre era dolor porque sabía que él no sentía lo mismo por mí. No importaba que me hubiera besado un par de veces cuando estaba borracho, Jackson era completamente heterosexual. Había sabido desde casi el primer día que lo conocí que no tenía ninguna oportunidad con él.

Y aun así había suspirado por él como un adolescente por una estrella de rock. ¿Por qué? ¿Por qué lo había hecho durante quince años? Había pensado que era porque éramos tan cercanos como hermanos. Mejores amigos que estaban a un pasito de ser amantes si tan solo él despertaba y veía lo que sentía por él.

Cuando se casó con Alicia, pensé que no duraría. Él nunca había tenido una relación seria. Además, a pesar de todos sus defectos, todavía esperaba que estuviéramos destinados a estar juntos. Por eso me había encargado de cada pedazo de trabajo que él dejaba caer. Para que supiera que estaría ahí cuando todo se viniera abajo. Pero la noche en que nació su bebé, cuando vi la euforia en sus ojos mientras abrazaba a su nueva familia...

Quizás la Dra. Pradhi había tenido razón todos esos años.

Lo que sentía por Ben era diferente. No conocía todos sus secretos. Lo conocía desde hacía solo seis meses. Sin embargo, cuando estaba con él, me sentía completo.

Llamé al departamento de catering y les pedí que duplicaran el tamaño del arreglo floral.

De vuelta en el bungaló, me duché y pasé un tiempo extra logrando la onda perfecta en mi cabello. Ben se fijaba en mi cabello. Le encantaba tocarlo. Nunca antes me había puesto nervioso por mi apariencia, ciertamente no en la isla donde todos me aceptaban. Pero esta noche, todo tenía que ser perfecto. Para Ben.

Cuando entró en la sala de estar, me levanté de un salto de donde había estado sentado en el sofá, con un vaso de agua con gas intacto en la mesa de centro frente a mí. Lo devoré con la mirada. Se veía como en la oficina, con una camisa de botones de cuadros grises y unos jeans de lavado oscuro más sueltos que los que había usado en el club. Estaba descalzo y su cabello todavía estaba húmedo por la ducha.

Inhalé la miel de su bálsamo labial y el cálido aroma del algodón recién planchado. Él también se había arreglado para mí.

—¿Tienes hambre? —lo besé, solo una nerviosa presión de mis labios contra los suyos.

—Mucha. No pensé que dormiría tanto —me agarró la mano para mantenerme donde estaba y me devolvió el beso, más largo y con un deslizamiento de su lengua que hizo que los dedos de mis pies se enroscaran en la alfombra.

Cuando nos separamos, apoyé mi frente en la suya. Esperaba haber hecho lo suficiente para asegurarnos de tener cenas juntos en la playa por mucho tiempo. Que pudiera tener sus besos todas las noches.

—La cena está lista. Al aire libre —lo llevé de la mano a través del patio y por la reja trasera que conducía directamente a la playa. Mis pies se hundieron en la arena cálida y me detuve para arremangarme las perneras del pantalón.

Ben hizo lo mismo y, cuando se enderezó, vio la mesa. O lo que podía ver de ella bajo el enorme arreglo de flores tropicales. Se quedó sin aliento.

—¿Te gusta? —quizás era demasiado. La champaña. Las flores. El mesero de pie junto a una mesa de preparación con calentadores de comida.

—¿Bromeas? ¿Una cena romántica en la playa al atardecer? No pensé que tuvieras esto en ti, Cooper. Me encanta.

Mi estómago dio un vuelco y quise levantar el puño como lo hacía en la preparatoria cuando sacaba una buena nota en un examen. Pero me hice el indiferente y lo ayudé a cruzar la arena irregular hasta la mesa y le retiré la silla. Pasé mi mano por sus hombros mientras caminaba detrás de él hacia la silla junto a la suya, y él se estremeció.

—¿No tienes frío, o sí? —una ligera brisa soplaba desde el agua.

—No, solo… solo estoy feliz —sonrió, y algo hizo clic dentro de mí. Agarré su mano y la llevé a mis labios. Yo también era feliz.

—Señores, ¿están listos para el primer plato? —el mesero se acercó silenciosamente detrás de mí.

—Sí, por favor.

Puso nuestros aperitivos frente a nosotros. Los ojos de Ben se abrieron como platos cuando vio la comida. —Es precioso. Demasiado bonito para comerlo.

Mi mirada no se apartó de su rostro. —No, no lo es.

Las mejillas de Ben se pusieron rosadas. —Vaya, señor Fallon. Creo que eso fue una insinuación sexual. ¿Qué voy a hacer con usted?

Se me ocurrían muchas cosas que dejaría que me hiciera. Pero primero teníamos que hablar. Y quería que estuviera de buen humor cuando lo hiciéramos. Dejé que una de las comisuras de mi boca se levantara. —Primero la cena. Y luego podemos hablar sobre lo que harás conmigo.

Sus ojos brillaban dorados con el atardecer. Miró por encima del hombro al mesero, que se había ocupado con el contenido de los calentadores. Luego sentí un roce de piel a lo largo de mi empeine. Sus pies estaban arenosos, y los míos también, pero me hizo imaginar cómo se sentirían nuestros cuerpos, deslizándose uno contra el otro. Los rizos ásperos de su pecho. Mi barba de tres días rascando la cara interna de su muslo. Me estremecí. —Come.

Ben se puso a devorar el aperitivo. Mi estómago era un nudo duro, nervios envueltos en lujuria, así que le ofrecí mi plato cuando terminó el suyo.

—¿No vas a comer?

Volví a torcer la boca. —Tengo hambre de otra cosa.

Él levantó las cejas. —Todavía estamos en el primer plato.

—Quizás estoy esperando el postre.

Levantó la voz. —Señor, creo que estamos listos para el plato principal.

El mesero retiró nuestros platos de aperitivo y sirvió el plato principal. Puso uno frente a Ben y el otro ante mí.

—Gracias, señor —dijo Ben—. Creo que nosotros nos encargamos desde aquí.

El mesero me miró y yo asentí. Apiló los platos de aperitivo en una bandeja y se los llevó por el sendero hacia el resort.

—Cooper, esto está demasiado bueno como para dejarlo pasar. Prueba un bocado —Ben se estiró sobre la mesa y me acercó su tenedor a los labios. Sin mirar, cerré la boca a su alrededor. Algún tipo de pescado, ligero y tierno. Ben retiró el tenedor—. Bueno, ¿verdad? —su voz se había vuelto entrecortada.

Quizás no necesitaba esperar. Quizás este momento, compartiendo comida deliciosa, la brisa alborotando nuestro cabello, el sonido de las olas de fondo, era el indicado.

—Ben, yo... quiero seguir haciendo esto.

—¿Tener comidas románticas juntos? Definitivamente estoy de acuerdo con eso —guiñó un ojo y tomó otro bocado del pescado.

—Sí, y... y el resto. Ir de compras juntos. Llevarte a citas. Y quiero que te mudes a mi habitación.

Deslizó su pie en mi regazo y presionó su talón en mi entrepierna. —¿Ah, sí? Me gusta cómo suena eso.

Masculié una maldición y tomé su pie juguetón en mi mano. Amasé su empeine arenoso.

—Quiero que... —tragué saliva— seas parte de mi vida.

Su pie se sacudió de mi mano, y la neblina lánguida se disipó de sus ojos. —¿Parte de tu vida?

Me estiré sobre la mesa, con la palma hacia arriba, y él puso su mano en la mía. El contacto me tranquilizó, me dio valor para continuar. —Te quiero a ti —aclaré la garganta—. Permanentemente.

—¿Permanentemente? —apretó mi mano—. ¿Como para siempre?

Respiré hondo, ya no constreñido por una opresión en el pecho. —Para siempre.

Aflojó su agarre y trazó un círculo en mi muñeca que me hizo temblar. —¿Incluso después de que vuelvas a trabajar?

El temblor se convirtió en una ráfaga helada a través de mi cuerpo. ¿Trabajo? ¿Quería hablar de eso ahora, cuando me estaba abriendo en canal para él? —A la mierda el trabajo. A la mierda Synergy. *A la mierda Jackson.* —Te quiero a ti, Ben. ¿No puedes verlo?

—Aunque yo ya no trabaje allí, me importan las personas que sí lo hacen. No puedes rendirte con Synergy. No por mí.

Demasiado tarde. —Nunca me he sentido libre como aquí, en la isla contigo. No quiero volver. No pronto. Quizás nunca.

Sus ojos se suavizaron, pero su voz no. —Te necesitan de vuelta en Synergy. Marlee. Mi hermana, Mimi. Y Jackson. Tu amigo.

Apreté la mandíbula. —Synergy —y Jackson— sobrevivirán esté yo allí o no. Aunque venda hasta mi última puta acción. Pero no me importa una mierda nada de lo de allá. No tenemos que volver a San Francisco. Podríamos quedarnos aquí. ¿No eres feliz aquí? —la isla le sentaba bien. Su piel olivácea se había vuelto dorada bajo el sol, y su cabello oscuro tenía reflejos rojizos del atardecer. Pero Ben era hermoso incluso bajo las luces fluorescentes de la oficina.

Me quitó mi salvavidas y se pasó ambas manos por el cabello. —No puedo quedarme aquí. Tengo una vida. Familia. Estudios.

—Podemos resolver todo eso. Estudios a distancia. Visitas al continente. Incluso traer a nuestras familias aquí —a mamá le encantaría estar de vuelta con la familia. A veces pensaba que yo —y sus damas de la iglesia— éramos lo único que la mantenía en los Estados Unidos.

—No sé si sabes esto —le dediqué mi sonrisa ganadora—, pero

soy asquerosamente rico. Ninguno de los dos tiene que trabajar ni un día más en nuestras vidas.

Esperaba que su rostro se iluminara con eso, con la idea de compartir todo lo que tenía, pero sus labios se tensaron. —No quiero depender de ti, Cooper. No de esa manera.

El frío me recorrió. —¿Solías depender de mí para un sueldo. ¿En qué sería esto diferente?

Parpadeó, mirando su plato. —Yo… no lo sé. Incluso cuando toqué fondo y mis padres quisieron ayudar, no acepté su dinero. Supongo que tenía que demostrar que podía salir adelante por mi cuenta. He trabajado duro para construir una vida para mí. Quizás no es grandiosa, pero es mía, ¿sabes?

La imagen de Ben solo en un refugio para indigentes hizo que mi sangre pasara de helada a hervir. —¿Por qué carajos querrías eso? ¡Lo tengo todo y te lo estoy ofreciendo!

Sus ojos brillaban con el sol poniente. —¿No me estás ofreciendo todo, o sí? Te conté todo sobre lo que me pasó de niño. Pero no me has contado ni una sola cosa sobre tu vida antes de Jackson Jones.

Mi estómago se revolvió. Si se lo contaba, esos ojos amables suyos se endurecerían con juicio. O peor, con lástima. —No quieres saber eso.

—Claro que sí —espetó.

Me puse de pie, con las manos temblando. —Acabo de abrirme las venas por ti. Me estoy desangrando por ti. ¡Te estoy ofreciendo mi puta vida! —golpeé el costado de mi puño contra la verja, y resonó como una campana.

Ben se levantó, lentamente. —No creo que eso sea cierto. No te has abierto en absoluto. Ni a mí, ni a nadie más. Me gustan los destellos que me has dado esta semana. Pero lo quiero todo.

—¿Todo? —podía sentir mis ojos saliéndose de las órbitas, y no me importaba. Mi voz se rasgó al salir de mi pecho—. Nadie quiere todo lo que hay dentro de mí —alguien tan hermoso y perfecto como Ben no podría soportar la fealdad con la que luchaba todos los días. Estaba acostumbrado a ocultarla. Y por un momento, había esperado que lo que estaba dispuesto a mostrarle pudiera ser suficiente.

Los ojos de Ben se volvieron duros y brillantes como el topacio. —Necesitamos un tiempo para calmarnos. Podemos hablar cuando no estés así —giró sobre la planta desnuda de su pie y cojeó rodeando la verja hacia el sendero que llevaba al resort.

—Espera —¿cómo la había cagado tanto? Corrí hasta la esquina de la verja y choqué contra un muro sólido.

—Quítate de mi puto camino, Mateo —gruñí.

—No, Lito. No puedes hablar con él cuando estás enojado.

—¿Por qué demonios no?

—Porque me dijiste que lo protegiera. Y ahora lo estoy protegiendo de ti.

Todo el calor se desvaneció de mí como la marea que se retira. —Yo no lo… nunca lo…

Se cruzó de brazos.

Tenía razón.

El costado de mi mano me dolía de donde lo había estrellado contra la verja de metal. Mierda. Froté mi otra mano sobre mis ojos. —Ve tras él, por favor. Asegúrate de que esté a salvo —no agregué *de mí*.

Al segundo siguiente, se había ido.

Me volví hacia la mesa. Las flores chillonas. La cena a medio comer de Ben. Mi plato intacto. La hielera que contenía el postre de chocolate demasiado dulce que le habría encantado. Puse mis manos sobre mi cabeza y tiré de las raíces de mi pelo. La había cagado por completo. Y ahora se había ido.

Quería patear la mesa. Destrozar las flores con mis propias manos. Romper los platos. Se sentiría bien por un minuto. Liberar toda la tensión que se había acumulado en mis músculos.

Pero no lo traería de vuelta.

Solté mi cabello y mis manos cayeron a mis costados.

Un gemido vino de abajo y, cuando miré, Coco me miraba, parpadeando con sus grandes ojos marrones.

—¿Qué demonios haces aquí? ¿Por qué no te fuiste con Ben?

El perro bostezó y luego frotó su cara contra mi pierna.

—Animal descerebrado. Todo el mundo sabe que Ben es mejor humano que yo. Probablemente se me olvide darte de comer. Deberías seguirlo. Vete.

Dejó caer el trasero en la arena y me miró fijamente.

—Bien, entonces. Error tuyo.

Puse mi plato de pescado y verduras en la arena. Mientras Coco lo devoraba, me enjuagué los pies con agua fría del grifo y luego entré penosamente a la casa. Encontré una toalla y sequé a Coco. Cuando estuvo limpio, dejé que me siguiera al interior. Le cerré la puerta de la habitación en la cara —tenía mis límites— y me metí bajo las sábanas, solo.

25

BEN

ME DESPERTÉ con el aroma de un rico café de la isla.

—Mmm, Cooper —me estiré, y cuando mis manos tocaron el cojín del sofá, sentí una sacudida en el estómago como si me hubiera saltado un escalón.

Abrí los ojos de golpe y me quedé mirando el techo desconocido, que no danzaba con la luz reflejada de la piscina de Cooper.

Y un par de ojos marrones, no azules, me observaban por encima del respaldo del sofá.

Me senté tan rápido que vi puntos negros.

—Buenos días —dijo Ramón—. ¿Café? —Me tendió una taza blanca.

—Por favor —se la tomé y di un sorbo. Le había puesto crema y bastante azúcar, y me recosté en los cojines del sofá—. Gracias por dejarme quedar aquí.

—No hay problema. Pero vas a volver hoy, ¿verdad?

—No lo sé. —Ayer, caminar por el pueblo, conocer al tío de Cooper, había sido pura alegría. El futuro se había abierto ante mí, y nos había visto a los dos, a Cooper y a mí, lado a lado, enfrentando los desafíos de la vida y sus recompensas. Juntos.

Luego, cuando intentó reorganizar mi vida y, lo que es peor, cuando se guardó esa parte de sí mismo, los sentimientos familiares de duda, de autodesprecio, de celos, habían regresado sigilosamente. ¿Habría compartido su verdad con Jackson? Una vez más, yo era lo suficientemente bueno para una aventura, pero no para las cosas serias.

—Hoy. —Ramón asintió, como si lo hubiéramos decidido. No me hizo ninguna pregunta anoche cuando llamé a su puerta. Simplemente me dejó entrar y se sentó de nuevo en el sofá a ver el béisbol. Tuve la sensación de que me habría escuchado si yo hubiera querido hablar. Pero parecía saber lo que no había dicho. Que no podía renunciar a Cooper Fallon más de lo que podía renunciar a respirar.

—Tienes razón. Debería hablar con él. Soy un adulto hecho y derecho.

Se rio entre dientes. —Sí, lo eres. Ahora ve por tu hombre.

Me bebí el resto del café de un trago e intenté ponerme presentable en el baño de Ramón. Tenía los ojos hinchados y la camisa de botones arrugada por haber dormido con ella. Pero no necesitaba ocultarle a Cooper mi mala noche. Que viera lo que había hecho. Cómo me había herido. Para que no lo volviera a hacer.

Veinte minutos después, respiré hondo y me desvié del sendero hacia la puerta trasera de Cooper. Después de haberlo dejado plantado anoche, no me parecía correcto usar la tarjeta que me había dado. Tampoco llamar al timbre de la entrada.

Un ladrido familiar provino de la playa. Di dos pasos en esa dirección antes de que Coco corriera hacia mí, con sus orejas caídas volando. Me arrodillé, abrí los brazos y él se metió contoneándose en ellos, lamiendo cada parte de mí que podía alcanzar.

—Para, Coco —dije, riendo—. Yo también te extrañé.

Se detuvo un momento para mirar hacia atrás por encima de su cola que se meneaba. Cooper estaba a unos seis metros, sosteniendo una pelota de tenis.

Cuando me levanté, Coco trotó de vuelta hacia Cooper y se sentó a sus pies.

—Hola —dijo Cooper. Llevaba los shorts y una de las guayaberas que habíamos comprado en nuestro viaje de compras. Unas gafas de sol reflejaban el cielo nublado.

—Hola. —Acorté la mitad de la distancia entre nosotros.

—Me alegra que estés bien. ¿Mateo dijo que fuiste a lo de Ramón?

—Sí. Vimos béisbol y dormí en su sofá.

—Es un buen hombre, Ramón.

—Sí. —Dejé que una sonrisa me quebrara el rostro—. Hace mejor café que tú.

Tensó la mandíbula y miró las olas que acariciaban la playa.

Lentamente, me acerqué a él hasta que estuve lo suficientemente cerca como para tocarlo. Le busqué la mano y le tomé la pelota de tenis asquerosamente húmeda. La arrojé hacia la playa y me limpié la mano en los jeans. Luego, entrelacé mi mano con la suya. Esperé.

—Mira, lamento haber estallado anoche. Si te sientes más seguro en casa de Ramón...

Le apreté la mano para detenerlo. —Tus ladridos no me asustan. Ya deberías saberlo.

Coco corrió por la arena y dejó caer la pelota en la mano de Cooper. La lanzó con la mano derecha y Coco se alejó a toda velocidad.

Relajé los hombros. —Cuando te cerraste a mí, tocaste mi punto débil, ¿sabes? He tenido muchas relaciones, pero nadie se queda. Estoy empezando a pensar que no son ellos, soy yo.

Se acercó hasta que nuestros hombros se tocaron. —Ben, no eres tú. Tú eres...

—Solo déjame terminar, ¿sí? —Desearía que no llevara esas gafas de sol para poder mirarlo a los ojos—. Mimi —mi hermana — me dice todo el tiempo que llevo el corazón a flor de piel. No necesito que tú hagas eso, pero sí necesito que te abras un poco. Que compartas lo que pasa dentro de ti. Cuando tengas sentimientos, habla de ellos en lugar de intentar distraerme con uno de tus estallidos. ¿De acuerdo?

Bajo las gafas de sol, su boca se crispó. Tras unos segundos de silencio, dijo: —Lo siento, Ben. Por estallar contigo y por contenerme. Intentaré mejorar. Solo… solo quédate.

Me acerqué más, listo para tomarlo en mis brazos, pero levantó una palma y metió la otra mano en el bolsillo de sus shorts. Mientras tecleaba en el teléfono, le lancé la pelota a Coco de nuevo por la playa, quien salió disparado por la arena.

—Mira. —Cooper me mostró el teléfono.

Revisé la pantalla. —¿Una orden de venta de acciones? —arrugué la nariz—. Creí que estábamos teniendo un momento y ¿tú estás pensando en tu portafolio?

—No es una venta. Es una transferencia. Para ti.

—¿Para mí? ¿Son acciones de Synergy?

—Sí. No te emociones demasiado. Es solo alrededor del cinco por ciento de mis acciones.

Observé el número más de cerca. Eran muchos ceros. —¿Para… para mí? ¿Estás seguro?

—Voy a romper la sociedad con Jackson. Quiero ser tu socio.

Hice una mueca. —Cooper, eso no suena como la forma más sana de…

—Shh. Estoy con todo, Ben. Contigo. ¿No es eso lo que querías?

Contemplé al hombre de pie en la arena, el sol acariciando las ondas doradas de su cabello y la piel bronceada de sus pómulos. Estar con todo era exactamente lo que quería. Lo que necesitaba después de la larga lista de hombres que nunca pensaron que yo era suficiente. Asentí.

Abrió los brazos y yo entré en ellos, acomodando mi cara en el hueco entre su cuello y su hombro.

Acurrucado en su abrazo que se sentía como la cocina de mis padres en Rosh Hashaná, un saco de dormir cálido en una noche fría y un latte con la cantidad justa de espuma, nunca quise irme. Si él estaba dispuesto a intentarlo, a darme un vistazo del verdadero Cooper Fallon, el que nadie, ni siquiera Jackson Jones, había visto jamás, valdría la pena.

—Está bien —dije con un suspiro.

Agachó la cabeza para besarme, sus labios tirando de los míos como si no pudiera acercarse lo suficiente. Me abrí a él y dejé que saqueara con su lengua. Necesitaba reclamarme, de la misma manera que reclamaba el asiento de poder frente a una sala llena de ejecutivos. *Mío,* decía su beso.

Y como éramos socios iguales, le mordisqueé la lengua. *Mío.*

Cuando ya no pude respirar más, me aparté. Dejé que mis labios se curvaran al ver cómo su pecho también se agitaba, por la expresión de desesperación en su rostro. —¿Te gustaría llevar esto adentro?

Sin decir palabra, me condujo apresuradamente a través de la puerta y hacia la casa. Directo por el pasillo hasta su habitación. Cerró la puerta. Coco gimió una vez y luego dio un golpecito contra ella.

Cooper me palpó la parte delantera de los pantalones mientras me daba otro beso castigador. Dios, ¿iba a cogerme por fin? Necesitaba una ducha primero. Necesitaba...

—Deja de pensar. Déjame ocuparme de ti aquí, al menos —gruñó contra mis labios. Me bajó el cierre y me empujó los pantalones y la ropa interior hacia abajo. Luego me guio para que me sentara en la cama y se arrodilló frente a mí.

—Oh, Dios —susurré.

Sin romper el contacto visual, bajó sus labios hasta mi pene. Lamió la punta. Luego abrió la boca y la cerró alrededor de la cabeza. Esos ojos azules, atravesados por la lujuria, decían: *Eres mío. Esto es mío.*

Cerré los ojos, abrumado por la intensidad. Cooper Fallon me había conquistado.

Me la metió hasta el fondo de la garganta. No fue la mamada más experta que me habían hecho, pero lo compensó con entusiasmo. La presión se acumuló en mis bolas y el conocido cosquilleo se derramó por mi columna. Le toqué la cabeza, una advertencia. —Cooper, yo...

Se puso de pie, forcejeó con sus pantalones y los dejó caer.

Joder, casi me corrí en ese momento, mirando su pene. Era más largo y más grueso que el mío, con una curva hacia arriba. Sin circuncidar. Y duro, solo para mí. Se iba a sentir increíble dentro de mí. Me incliné hacia adelante, ansioso por lamer la punta brillante, pero me levantó de un tirón y nos tomó a los dos en su mano. No se molestó en usar lubricante, sino que usó su pulgar para juntar nuestro líquido preseminal y lo deslizó por su palma.

Su gran mano nos envolvió a ambos, y nos juntó con un tirón. Mi pene se deslizó contra el suyo. El cosquilleo en la parte baja de mi espalda se intensificó. Me incliné hacia él y capturé su labio inferior entre mis dientes. Luego le acaricié las bolas, y él gimió, su mano moviéndose más rápido.

Estaba a punto de entrar en erupción como un volcán, así que me agaché y pasé un dedo desde su perineo hasta su agujero. Sin lubricante, todo lo que hice fue poner la yema de mi dedo sobre él. ¿Qué podríamos hacernos el uno al otro más tarde, cuando no estuviéramos tan desesperados por conectar, cuando el sexo de reconciliación hubiera terminado? ¿Le gustaría que lo tocaran allí?

Sí le gustó. Se sacudió contra mí y salpicó mi camisa, su camisa y mi barbilla con su semen. Me estremecí y me corrí también, chorreando sobre ambos. Me sujetó con fuerza durante todo el proceso. Finalmente, me desplomé sobre él. Me soltó y puso una mano pegajosa en mi espalda, sosteniéndome.

Me reí entre dientes. —Aunque me encanta el sexo de reconciliación, no volvamos a pelear así, ¿de acuerdo?

Su risa me alborotó el pelo. —De acuerdo. Aunque fue bastante increíble.

Le di un beso en la mejilla y luego me eché hacia atrás. —Te mostraré lo que es increíble. Después de que nos limpiemos. Y tomemos una siesta.

Parpadeó sus ojos inyectados en sangre. —Me gusta cómo piensas.

Y, como si lo hubiéramos estado haciendo desde siempre y no solo durante diez días en el paraíso, me siguió al baño y se metió conmigo en la ducha.

26

COOPER

—PARECE que ustedes dos hicieron las paces.

Gruñí, sin apartar la vista del *hacky sack* que Mateo me pateó. No podía creer que hubiera encontrado esa vieja cosa en el cobertizo de tía Camelia. No había visto uno desde que éramos adolescentes. Estaba un poco oxidado, pero no podía dejar que mi primo me ganara. Lo recibí con el empeine, lo controlé un poco y se lo devolví a Mateo de una patada.

—Cuando fue a lo de Ramón, pensé: «Eh, a lo mejor ustedes ya terminaron y él está listo para pasar a alguien... —señaló con la barbilla a mis espaldas, y oí la carcajada profunda de Ramón y luego la más aguda de Ben— más sencillo».

Mis ojos ardían por ver qué estaban haciendo. La risa de Ben tenía su propia llave para mi corazón y, cuando se reía conmigo —de mí, la mayoría de las veces—, quería atesorar ese sonido como si fuera oro.

Pateé el saquito muy alto, pero Mateo lo cabeceó fácilmente de vuelta hacia mí. Lo paré con el pecho, lo dejé caer a la punta de mi pie y se lo lancé de vuelta a la entrepierna.

Él se hizo a un lado, lo tocó con la cadera y luego con el talón, haciendo un arcoíris por encima de su hombro, y me lo devolvió con la punta del pie. —¿Supongo que Ben es cariñoso por naturaleza?

El saquito me dio en el culo porque me había dado la vuelta de golpe para fulminar a Ben con la mirada. Pero él le estaba acariciando las orejas a Coco, y Ramón estaba a unos dos metros, sirviendo otro de los ponches de ron de la tía abuela Isobel. Si Ben bebía demasiados de esos, tendría que sacarlo cargando de aquí. Mateo y yo habíamos vomitado nuestra buena dosis en los arbustos de Camelia.

—Imbécil —gruñí.

—¿Puedes culparme? —Mateo se encogió de hombros, con las palmas hacia arriba—. Eres demasiado divertido de provocar.

Recogí el *hacky sack* y se lo estampé en la palma de la mano. —Ya me harté. Ve a jugar con los otros niños.

Él se lo metió en el bolsillo de los pantalones cortos. Luego puso su mano en mi hombro. —Es bueno verte así. Me alegro por ti, primo.

Una sensación poco familiar, mis mejillas estirándose en una amplia sonrisa, tiró de músculos que no había usado en mucho tiempo. —Yo también me alegro por mí. —Le di una palmada sobre su mano y la mantuve ahí un segundo. Luego se la quité de un manotazo—. Te buscaré cuando estemos listos para irnos.

Me saludó con dos dedos antes de trotar para unirse a sus sobrinos y sobrinas en un partido de fútbol en el pequeño trozo de césped de tía Camelia.

Me volví hacia Ben, que estaba desparramado en una silla baja tipo Adirondack y empinaba un vaso del ponche rosa de Isobel. Había sido él quien me había arrastrado al *brunch* dominical con mi familia. Y parecía estar pasándoselo bien, devorando la comida sencilla y practicando su español rudimentario con mis parientes. Estaba a gusto con mi familia. Conmigo.

Su felicidad, su comodidad, se habían convertido en lo más importante para mí.

Le gustaba tal y como era, con mis estallidos ridículos y todo.

Aunque esperaba no tener tantos estallidos con la influencia tranquilizadora de Ben en mi vida. Y con la nueva libertad de estar menos involucrado en Synergy.

Una vez que renunciara como director de operaciones y transfiriera mis responsabilidades, ya no tendría que ser el ejecutivo perfecto. No tendría que tomar un avión a Singapur, Bombay o Londres. O a Boston con solo un día de antelación. Podría centrarme en mi familia en la isla. En ayudarlos. No tendría que preocuparme por el valor de una corporación global de personas, más todos los accionistas y socios comerciales. Solo por la gente que se preocupaba por mí.

Incluido Ben.

Podría hacerlo feliz. Encontraría un trabajo, muy probablemente de vuelta en California porque su familia —y su independencia— era importante para él. Pero podríamos visitar la isla tan a menudo como quisiera. Mi familia ya lo había acogido. Uno de mis primos pequeños le dio un mantecadito y él se metió la galleta mantecosa en la boca. El niño se rio cuando Ben puso los ojos en blanco y fingió desmayarse.

Él nunca tendría que conocer el otro lado de mi familia. Sobre mi padre con su alcoholismo, su rabia y sus puños demoledores. Le hablaría de Mick para que supiera el peligro, tanto por parte de Mick como por mí, al ser su hijo. Si Ben todavía quería estar conmigo, levantaría un cortafuegos a su alrededor, igual que había hecho con Mamá.

A Mamá le encantaría. Reconocería su afecto, su amabilidad, su inconsciencia de que alguien pudiera hacerle daño.

Nuestras miradas se cruzaron a través del jardín y, de repente, quise probar la dulzura del ponche en sus labios. Me acerqué a él con paso felino, serpenteando por el sendero entre los arriates de flores de Camelia. Sus ojos se abrieron de par en par y una sonrisa se dibujó en las comisuras de su boca.

Mi primo pequeño se fue saltando. No podía distinguir lo que Ramón estaba haciendo o si seguía allí con Ben. Mi mirada no se apartó de sus claros ojos marrones. Cuando llegué a él, me incliné desde la cintura y apoyé las manos en los anchos reposabrazos de la silla. La posición puso mi cara justo delante de la suya. Su respiración se aceleró a través de sus labios entreabiertos.

Lentamente, acorté la distancia hasta que mis labios se encontraron con los suyos, pegajosos por el ponche azucarado. Le quité una miga de galleta con la lengua y luego hundí mi lengua en su boca. Uno o dos de mis parientes nos vitorearon, pero no me importó. Lo único que quería era a mi Ben y la libertad de acercarme y besarlo cuando se me diera la puta gana.

Cuando me aparté, sus ojos se abrieron lentamente. —¿Y eso por qué?

—¿Por qué? Por nada. Lo hice porque puedo. —Dejé que mi mirada recorriera desde sus ojos vidriosos hasta su boca enrojecida por los besos, y hasta el bulto en sus pantalones cortos. Me detuve ahí, y cuando volví a mirar la cara de Ben, sus ojos se habían agudizado.

Se lamió los labios. —¿Listo para irnos?

—Apuesta tu culo a que sí —gruñí, demasiado bajo para que nadie más lo oyera.

Se removió en la silla y discretamente pasó la mano por sus pantalones cortos antes de extenderme el brazo. —¿Me ayudas a salir de esta cosa?

Le agarré la mano y tiré de él para sacarlo de la silla baja, hasta que su pecho se topó con el mío. Se tambaleó y lo sujeté por los hombros. —¿Estás bien?

—Sí. —Parpadeó—. Ese ponche es potente.

—Claro que lo es. Casi me emborracho por contacto cuando te besé.

—Menos mal que tenemos quién nos lleve a casa.

A casa. Sonreí.

En mi familia, las despedidas nunca son rápidas. Ni sobrias. Casi una hora después, tiré el último vaso de ponche de Ben y lo seguí hasta el asiento trasero de la camioneta. Mateo miró por encima del hombro para asegurarse de que nos habíamos abrochado los cinturones de seguridad. Ayudé a Ben con el suyo.

Dejó caer la cabeza contra el reposacabezas. —¿Te divertiste, Mateo?

—Por supuesto. Siempre es bueno tener a mi primo de vuelta en casa. Puedo molestarlo como hacía cuando éramos niños.

—¿Ah, sí? —Ben me lanzó una mirada pícara antes de encontrarse con la de Mateo en el espejo retrovisor—. ¿Con qué solías molestarlo?

—Con las chicas. Y los chicos. Y los deportes. Aunque nunca con la escuela, porque en eso era en lo único que me pateaba el culo.

—¿Lo único? —enarqué una ceja.

—Lo único. Acabo de derrotarte en el *hacky sack*. Y no me hagas hablar de Isaac.

—Vale, vale. —Levanté las palmas de las manos—. Tú ganas.

—Hoy oí una historia interesante —dijo Ben—. De boca de Luis.

—¿Ah, sí? —Me froté la esfera de mi Rolex.

—Dijo que eres copropietario del complejo turístico. Que le diste el capital inicial.

Luis. Con una copa de ponche encima, cantaba como un pitirre. Apreté la mandíbula. —Fue una buena inversión.

—E Isobel dijo que reinviertes tu parte de las ganancias en la comunidad.

—Estoy seguro de que no dijo eso. —La tía abuela no era una borracha lengua suelta.

—Dijo que estás financiando la construcción del nuevo centro comunitario. Y recuerdo que ese amigo de la familia tuyo dijo que hiciste lo mismo con la escuela. O sea, que la construiste con tus propias manos.

—A Isobel le encanta el centro comunitario —refunfuñé—. Bailar es un buen ejercicio para alguien de su edad.

Mateo resopló. —Desearíamos que se limitara a recaudar fondos. Para evitar que se lastime esas manos de oro.

Lo fulminé con la mirada en el espejo. —Todos teníamos que

arrimar el hombro después del huracán. Quería ayudar a mi familia.

—¿Toda la gente de la isla es tu familia? —Ben giró la cabeza para mirarme y parpadeó lentamente.

—No todos. No en la ciudad. Pero en esta parte, casi todos. Mamá y yo vivíamos en Estados Unidos, pero me traía de vuelta siempre que podía. —Siempre que Mick la dejaba, o cuando estaba demasiado borracho para que le importara. Aunque normalmente sí le importaba cuando regresábamos. Aun así, esos pocos días o semanas de paz habían valido la pena. E invertir en el complejo turístico no solo ayudó a mi amigo, sino que fue una forma de agradecer a la pequeña comunidad lo que habían hecho por mí.

—Hasta el alcalde es nuestro primo tercero en segundo grado. Todos somos familia, y ahora tú también lo eres, Ben. —Mateo asintió a su propia declaración mientras ponía la camioneta en modo de estacionamiento frente al bungaló.

—Esperen aquí —dijo. Abrió la puerta con la llave y entró. No había pensado que se tomaría tan en serio sus deberes de guardaespaldas. El primo que yo recordaba solía tomarse la vida a risa y dejar que otros se encargaran de las responsabilidades. Parecía que había cambiado. ¿Podría yo cambiar en la dirección opuesta, volverme más despreocupado y disfrutar de verdad la jubilación?

Miré a Ben. Sus ojos se habían cerrado. Le aparté un rizo rebelde de la frente y él sonrió. ¿Qué había hecho yo para merecer el derecho de tenerlo aquí conmigo, y de que le gustara lo suficiente como para venir a una de mis reuniones familiares? ¿Para estar dispuesto a compartir una casa conmigo, y una cama?

Nada. No había hecho nada. Ben, con el corazón en la mano, anhelando amor, lo había hecho todo. Y si él no podía proteger su propio corazón, yo lo haría por él.

Mateo abrió mi puerta. —Todo despejado.

Salí, rodeé la camioneta y abrí la puerta de Ben. Después de desabrocharle el cinturón de seguridad, me agaché bajo su brazo y casi lo levanté para sacarlo del coche. Abrió los ojos parpadeando cuando sus pies tocaron el camino de entrada. —¿En casa?

—Sí. En casa. —Lo sostuve hasta la puerta—. Gracias, Mateo. Buenas noches.

—Buenas noches, Lito. Nos vemos mañana.

Cerré la puerta con llave y caminé a trompicones con Ben a través de mi dormitorio hasta el baño, donde lo apoyé contra el lavamanos. —¿Necesitas ayuda?

Sus párpados todavía estaban caídos, pero se mantenía de pie con bastante firmeza. —Puedo solo.

Para cuando usé el baño del pasillo y me puse un pantalón de pijama ligero, Ben salió del baño, todavía completamente vestido pero con olor a menta de la pasta de dientes.

—Ese ponche de verdad que me pegó fuerte —dijo con una sonrisa de disculpa.

—Debí haberte advertido. Isobel ha aniquilado a hombres más grandes con él. —Pasé un brazo por su cintura y lo acompañé hasta la cama—. ¿Te divertiste a pesar del ponche?

—Sí. Me gustó ser parte de tu familia.

Me temblaron las rodillas y lo dejé caer en la cama con menos delicadeza de la que había planeado. Él se rio y rebotó.

—¿En serio? —Me senté a su lado. Me incliné para quitarle los zapatos y los calcetines.

Me frotó la espalda. —Sí.

Después de quitarle la camisa por la cabeza, lo acomodé sobre el colchón. Le abrí la cremallera de los pantalones cortos y se los quité, dejándolo en calzoncillos. Luego doblé su camisa y sus pantalones y los puse en la mesita de noche antes de rodear la cama por el otro lado y meterme bajo las sábanas.

Ben se encontró conmigo en medio. Me besó y luego giró para ser la cucharita pequeña, restregando su culo contra mí. Puede que el alcohol le hubiera jugado una mala pasada, pero a mí no. Me moví, tratando de que mi erección fuera menos obvia.

—Ya veo por qué te gusta estar aquí. —La voz de Ben era pastosa y lenta.

—¿Ah, sí? —Le besé el hombro—. ¿Qué es lo que no te puede gustar? Sábanas suaves, un hombre precioso en mis brazos...

—No me refería a mí. Aunque soy precioso y asombroso. —Bostezó—. Me refiero a aquí, la isla. Tu familia.

Murmuré un sonido de acuerdo. Ahora, con Ben somnoliento y borracho, no era el momento adecuado para volver a hablar de mudarse aquí permanentemente. Pero la posibilidad de que no recordara lo que le dijera me envalentonó. —Mi familia... mi familia de la isla... son maravillosos. Pero parte de mi familia no lo es.

—¿No? —Cambió su peso, pero lo mantuve quieto. Esta conversación sería más fácil sin mirar sus hermosos ojos.

—Te debo un poco de historia. —Apoyé mi nariz contra su omóplato—. Mi padre tenía mal genio. No, no voy a suavizarlo. Era un maltratador. Primero con mi madre, y luego con los dos.

—Cooper. —Intentó darse la vuelta de nuevo, pero lo mantuve en su sitio.

Apreté los ojos con fuerza. —Y yo... yo soy como él. Incluso me llamo como él. Soy Michael Cooper Fallon. Por eso la gente de aquí me llama Miguelito o Lito. Significa pequeño Michael.

—No eres como él. Cooper, déjame... —Cuando se revolvió para mirarme, uno de sus afilados codos me golpeó el estómago y gruñí—. No lo eres.

Me quedé mirando el centro de su pecho como si pudiera ver a través de él hasta su tierno corazón. —¿No recuerdas por qué vine aquí? Rompí mi puto escritorio.

—El cristal se hizo añicos porque no era el tipo de cristal adecuado. Alguna de esas terribles asistentes temporales que tuviste antes que yo debió de encargar el equivocado. —Me atravesó con su mirada—. Sí, tienes mal genio. Y probablemente deberías trabajar en ello. Pero no eres un maltratador. No me harás daño.

No lo entendía. Nunca antes había estado cerca de un maltratador. —Golpeé la valla con la mano la noche que te fuiste.

—Golpeaste la valla, no a mí. Me fui porque ambos necesitábamos calmarnos. Lo hicimos y volví.

—Pero yo...

—Shh. —Me besó el centro del pecho—. No me harás daño.

Él no podía saberlo. Ni siquiera yo lo sabía. Mick nunca había estado en la isla, pero esa noche estaba en mi dormitorio, flotando justo detrás de mí. El temperamento explosivo, los puños martilleantes, el remordimiento posterior. Todas mis sesiones con la Dra. Pradhi no me habían convencido de que él no estuviera en lo más profundo de mí, esperando el momento oportuno para estallar y que yo golpeara a alguien a quien amaba.

Y a pesar de mi discurso a Ben el otro día sobre estar completamente comprometido, ese era un riesgo que no correría. Encerraría esa última parte de mí, la que lo amaba.

Las emociones grandes como el amor eran peligrosas. Hacían daño.

—Duérmete —le susurré en el pelo.

—Mm-hmm —murmuró contra mi esternón.

Me giré sobre mi espalda, arrastrándolo conmigo para que su cabeza descansara en mi pecho. Su respiración se acompasó y se hizo más lenta.

Podía soportar este tipo de intimidad. La cena romántica, el conocer a la familia, lo de acurrucarse en la cama que a Ben le encantaba. Él no necesitaba esa última parte de mí. Si supiera lo peligroso que era, no la querría.

Aunque él la quisiera, yo nunca podría dársela.

27

COOPER

BEN TODAVÍA ESTABA DORMIDO, roncando suavemente, cuando me desenredé de él a la mañana siguiente, temprano. Corrí hasta el pueblo vecino y de regreso; el aire bochornoso llenó mis pulmones mientras el sol resplandecía en el cielo, haciéndome desear las mañanas frescas y con neblina de San Francisco.

Extrañaría la ciudad que siempre había llamado hogar. Pero no extrañaría Synergy. La inquietud que se había agitado en mí los últimos días no significaba que extrañara el desafío, la sensación de logro al final de un largo día o la gente que solía llamar mi familia laboral. Tenía el centro comunitario en el que trabajar, y eso era suficiente.

Tenía todo lo que necesitaba en la isla. Comida deliciosa, un hogar cómodo, wifi cuando lo quería, una familia cariñosa —aunque un poco entrometida— y a Ben. Ben me hacía feliz. Desarrollaríamos un pasatiempo para compartir. Golf. Partidos improvisados de fútbol con los adolescentes del barrio. Quizás podría desempolvar mis habilidades de construcción y ser un verdadero activo para la comunidad local. Había más reconstrucción por hacer, incluso dos años después del huracán.

Solo tenía que convencer a Ben de que se quedara. De que me necesitaba tanto como yo a él.

Mientras subía a zancadas por el camino hacia la casa, formulé un plan. Con mi apoyo, Ben podría asistir a la escuela de forma remota o transfiriéndose a la universidad de la isla. A tiempo completo, podría terminar su carrera en un semestre. Había muchos chicos que necesitaban ayuda en la isla. Sería voluntario o encontraría un trabajo pagado en una organización local. Y arreglaríamos algo para que pudiera ver a sus amigos y familia en California tan a menudo como quisiera. Satisfecho con mis argumentos, reduje la velocidad y caminé de regreso a la casa.

Todavía goteando de sudor, me quité las zapatillas y me deslicé silenciosamente hacia la puerta del dormitorio. Ben se había puesto boca abajo, abrazando mi almohada. Observé su espalda subir y bajar. Podría haberlo observado el resto del día, pero estaba pegajoso y apestaba a sudor.

Tan silenciosamente como pude, tomé ropa limpia y fui al baño del pasillo a ducharme.

Veinte minutos después, acababa de servirme una taza de café cuando mi teléfono vibró en la encimera. Cuando me incliné para silenciarlo, vi una cara que hizo que el corazón se me subiera a la garganta. La de Jackson.

No estaba listo para hablar con él. Todavía no. No había respondido a sus llamadas ni a sus mensajes de texto en tres semanas, desde que me escabullí de mi oficina aquel día, con la sangre empapando el pañuelo de Ben. Habíamos sido mejores amigos durante quince años y nunca habíamos pasado tanto tiempo sin comunicarnos. Incluso cuando estaba de luna de miel, me enviaba fotos de la playa, de lagartijas y pájaros, una *selfie* tonta sosteniendo un coco junto a su cabeza.

El teléfono dejó de vibrar. Pude respirar de nuevo. Aspiré una bocanada de aire acondicionado y levanté la vista cuando las uñas de Coco repiquetearon en las baldosas.

El perro precedió a Ben a la sala. Coco tomó su puesto, vigilando la puerta corrediza. El pelo de Ben estaba alborotado y una de mis camisetas le colgaba de su cuerpo más delgado. Tenía las mejillas sonrosadas, una de ellas marcada por la almohada. Se acercó a mí y se puso de puntillas para besarme la mejilla.

—Buenos días —su aliento olía a pasta de dientes.

—B-buenos días —intenté sonreír.

No engañé a Ben. —¿Qué pasa?

—Nada —pero no pude evitar mirar mi teléfono.

Ben siguió mi mirada y el aviso en la pantalla de bloqueo delató mi secreto.

—Deberías hablar con él —pasó junto a mí de camino a la cafetera. Sus hombros rígidos desmentían sus palabras casuales.

Se me hizo un nudo en el estómago. No me gustaba esta versión fría de Ben. Le agarré la mano. —¿Qué ocurre?

Permaneció en silencio tanto tiempo que pensé que no respondería. Pero después de servirse una taza y aclararla con leche y azúcar, me tomó de la mano y me llevó al sofá.

—¿Cuánto tiempo llevas enamorado de él? —no me miró cuando preguntó, solo observó la playa al otro lado de la piscina.

—¿Qué? No lo estoy...

Se giró y una sonrisa triste le curvó la boca hacia abajo en el centro, pero hacia arriba en las comisuras. —Claro que sí. Cualquiera que haya prestado atención puede verlo. Lástima que Jackson nunca lo haga.

—Espera un momento —mis hombros se echaron hacia atrás, condicionados por demasiados años de defender a mi mejor amigo.

—No te pongas a la defensiva. Es un hecho. Jackson está demasiado ensimismado como para pensar en ti y en lo que necesitas. Y tú se lo has permitido durante años.

Tenía razón. Había defendido a Jackson, lo había presionado para que mejorara, había cubierto sus carencias casi desde el primer día que nos conocimos. Pero no fue hasta ese último día en mi oficina que le había demostrado cómo me hacía sentir.

—Está dando el primer paso —Ben apretó más mi mano—. Deberías escuchar lo que tiene que decir.

Volví a mirar mi teléfono en la encimera como si fuera Jackson en persona. —Supongo que podría disculparme.

Ben esperó a que volviera a mirarlo. —O podrías escucharlo.

Inhalé profundamente y suspiré. —Está bien.

Ben se levantó del sofá. —Iré a...

—Quédate —le agarré la mano—. No es así. Ya no. No desde hace un tiempo. Él no me importa de la forma que me importas tú. Quédate. Por favor —no estaba seguro de poder hacerlo sin él.

Sonrió, esta vez no con tristeza sino de forma tranquilizadora. —De acuerdo —se soltó de mi agarre, rodeó el sofá y me entregó mi teléfono. Luego se sentó a mi lado y se giró para que nuestras rodillas se tocaran.

El contacto ralentizó los latidos de mi corazón. Alivió el hormigueo en mis dedos. Mi mano no tembló cuando pulsé el botón de rellamada y me llevé el dispositivo a la oreja.

—Coop —mi nombre salió como un suspiro y el corazón se me oprimió en el pecho.

—Hola, Jay. ¿Qué tal?

—No jodas jugando a que no han pasado tres semanas desde que hablamos. ¿Estás bien?

Había pensado que podría salir del paso con esta llamada. Estaba equivocado. —Estoy bien.

—Jamila dice que Ben está en la isla contigo. Me alegro de que alguien te esté cuidando.

—¿Jamila te llamó? —no había pensado que me delataría.

—Yo la llamé, imbécil. Ya que tú no me llamaste a mí.

—Mira, yo...

—No. Escucha —su voz fue contundente como el extremo de un martillo—. Lo siento. Me está costando adaptarme a... a todo. Y supongo que me aproveché de ti. De nuestra amistad. Creí que siempre estarías disponible para cubrir mis carencias. Pero eso no es justo y lo siento.

Se me atascó la respiración en el pecho. Se había disculpado por muchas cosas, pero nunca por eso. —¿Está... gracias? —No estaba bien. Había tenido suficientes sesiones con la Dra. Pradhi para saberlo. Pero podía aceptar su disculpa.

—¿Sí? —podía imaginármelo, con esa expresión esperanzada en su rostro.

—Sí —Ben puso una mano en mi rodilla y yo la cubrí.

—Bien, porque yo… tengo que pedirte un favor. Uno grande.

El peso volvió a mi estómago. —¿Qué es?

—Odio molestarte mientras estás de vacaciones. Especialmente después de que te encargaras de las cosas mientras estuve con la licencia de paternidad. Y por nuestra luna de miel antes de eso. Mierda, soy un idiota…

Resoplé. —De acuerdo. ¿Y?

—Las cosas no están bien en la oficina. Ha habido gente aquí. De Gurusoft.

Hice una mueca. Gurusoft no. Y Jackson lo había enfrentado solo. Hacía quince años, habían acosado a su padre para que vendiera su *startup*. Jasper Jones había trabajado hasta el agotamiento y se negó a venderla hasta el día de su muerte. Luego su viuda le vendió la empresa, su orgullo y alegría, a Gurusoft. Jackson albergaba muchos sentimientos complicados sobre la compañía.

Se apresuró a continuar. —Weston pensó que no los conocería, pero sí. Conocí a uno de los cabrones en esa conferencia a la que fui el verano pasado. ¿Recuerdas que te conté cómo me compró tragos e intentó que subiera a su asistente a mi habitación?

Joder, claro que lo recordaba. Aunque él había estado comprometido, me había sorprendido que la táctica no hubiera funcionado. Gruñí.

—En fin, ahora Weston ha convocado una reunión de emergencia de la junta directiva. Creo que han ofrecido comprarnos.

—¿Qué?

—Supongo que ninguno de los dos ha estado revisando su correo electrónico.

—Ah… no —habíamos estado ocupados de una forma mucho

más placentera. Había desactivado las notificaciones del trabajo en mi teléfono.

—Weston mencionó que vendiste algunas de tus acciones.

Seguro que lo hizo, el imbécil. Aunque ¿quién era más imbécil, Weston por revelar mis secretos o yo por no decírselo a mi amigo?

—Sí, yo…

—¿En serio? ¿Así que es verdad? —su voz se quebró.

—Lo es. He tenido… he estado pensando en la empresa —Ben subió su mano por mi antebrazo y lo acarició. Respiré un poco más tranquilo con su tacto—. En cuánto de mí mismo le entrego. En si quiero seguir adelante —él lo entendería. Especialmente por lo que había pasado con su padre.

—¿Y pensaste que la mejor manera de manejarlo era desinvertir sin hablar conmigo? Teníamos un acuerdo, Coop.

Ni siquiera el tacto de Ben pudo contrarrestar el peso que se extendió desde mi vientre hasta mi pecho. —Yo… no podía hablar contigo. No después de… —se me cerró la garganta y luché por tragar.

—Está bien. Está bien. Pero ¿puedes volver? La reunión es pasado mañana. Si pudieras llegar antes, podrías hacer entrar en razón a Weston. Tal vez ya no te importe una mierda Synergy, pero a mí sí.

—¿A ti sí? Weston dijo que estabas considerando dejarlo.

—Maldita sea. Weston diría cualquier puta cosa. Por supuesto que me importa Synergy. La construimos juntos.

Todas las razones por las que no podía —por las que no debía — se agolparon en mi cerebro. Jackson no había actuado como si le importara nuestra empresa. A mí no debería importarme. Ni él.

Además, si volvía, ¿qué pasaría entre Ben y yo? Nuestra relación era muy nueva. Quería consolidarla en la isla antes de volver a las presiones de San Francisco.

¿Y si la ira volvía? ¿Y si los factores estresantes del trabajo activaban la parte de mí que Mick Fallon había creado? ¿Y si no era un escritorio o una mesa o una cerca lo que golpeaba, sino a Ben?

Lo miré a los ojos, llenos de un apoyo firme. ¿Podría convencerlo de que se quedara en la isla, de que esperara a que yo resolviera esto y regresara?

Enlacé mis dedos con los suyos. Podía preguntar.

Y ahora mi amigo me estaba pidiendo ayuda. Nunca había podido decirle que no.

—De acuerdo. Estaré allí mañana.

Su suspiro crepitó a través del teléfono. —Gracias. ¿Y hablaremos después? ¿Sobre tú y Synergy?

Ambos sabíamos que no se refería a Synergy y a mí. Quería decir que hablaríamos de nosotros dos.

—Lo haremos.

—Ok. Te veo mañana. Te quiero, amigo.

Era su despedida habitual. Pero esta vez, no se retorció en mis entrañas como un cuchillo.

—Yo también.

28

BEN

COOPER me apretó los dedos con fuerza cuando lo único que yo quería era salir corriendo. Había hablado con su mejor amigo y no había mencionado nuestra relación. Y luego dijo que regresaba a San Francisco. No *«regresamos»*. *«Regreso»*.

Si Cooper Fallon pensaba que me iba a dejar en la isla como si fuera un sustituto, estaba muy equivocado.

Dejó su teléfono sobre la mesa y se giró hacia mí hasta que nuestras rodillas se tocaron. Luego levantó la vista, con una disculpa en los ojos, y dijo:

—Tengo que volver.

Intenté mantener un tono ligero.

—¿En qué desastre se metió Jackson ahora?

—Es toda la empresa. —Tomó mi otra mano—. Jay no dio muchos detalles, él y Weston no son exactamente confidentes, pero gente de Gurusoft ha estado en el edificio y Weston ha convocado una junta directiva de emergencia para pasado mañana. Tal vez improvisaron una oferta de adquisición hostil.

Pobre Marlee. Mi teléfono había vibrado mientras Cooper

hablaba con Jackson, pero yo había estado demasiado absorto escuchando a Cooper como para tomarlo.

—¿Crees que Weston apoya una adquisición?

—No. Es un buen tipo. Probablemente se metió tanto en el trabajo que yo debería haber estado haciendo, que él... —Frunció el ceño.

—No es tu culpa, Cooper. —Levanté la mano y toqué ligeramente el pliegue entre sus cejas.

No se suavizó.

—De hecho, sí lo es. Yo vendí esas acciones.

—Supongo que tenemos que averiguar qué está pasando y cómo reaccionar. ¿Cómo funcionaría una compra? —Desearía haber podido hacer que todo desapareciera para él, pero a Cooper le encantaba resolver problemas. Lo mejor para él era trabajar en ello. Yo podía ayudar con eso.

Trazó círculos con su pulgar en el dorso de mi mano, mirándola como si fuera una de sus hojas de cálculo.

—No podrían haber comprado suficientes acciones como para tomar el control total. Yo todavía tengo una buena cantidad y Jay tiene las suyas. Weston también tiene una posición fuerte. Es posible que hayan acumulado una minoría significativa, suficiente para influir en las decisiones de la junta. Supongo que Weston quiere reunir a la junta de forma proactiva para determinar nuestra estrategia de respuesta.

Apreté mis dedos sobre los suyos.

—Voy a ir contigo.

—Te prometo que no me iré por mucho tiempo. Un par de días como máximo. Y será más fácil si no vienes. —Bajó la mirada a nuestras manos unidas.

Mi cuerpo se tensó. No habíamos definido nuestro futuro, pero pensé que íbamos camino a algo permanente.

—¿Por qué sería más fácil?

—Es un viaje muy corto. No tendrías que lidiar con el *jet lag*. Podrías quedarte aquí y relajarte sin distracciones. —Se inclinó para darme un beso, pero me giré para que solo alcanzara la comisura de mi boca.

—¿Y qué hay de ti? —Esta vez, mi tono se volvió mordaz—. ¿Jackson Jones va a ser una distracción?

Se echó hacia atrás y, aunque estaba cabreado, extrañé la conexión con sus manos. Se alisó los pantalones cortos.

—No es así. Nunca ha sido así.

—¿Quieres decir que tu atracción no es correspondida? Porque definitivamente es así por tu parte.

—Jay es heterosexual —dijo, con voz inexpresiva—. Nunca ha sentido eso por mí. Y yo nunca quise poner en peligro nuestra amistad diciéndole lo que sentía. La Dra. Pradhi dijo que yo sentía eso por él porque era seguro. Inalcanzable. Quizás tenía razón.

¿Seguro? Jackson Jones era lo más alejado de lo seguro. Era guapísimo, rico y el mejor amigo de Cooper desde que eran adolescentes. Lo único en lo que se podía confiar de Jackson es que la jodía, y esta vez, su cagada podría destruir lo que Cooper y yo estábamos construyendo juntos.

Jackson Jones tenía unos hombros grandes y anchos, y los sentía metidos entre nosotros. Ya podía sentir cómo el afecto de Cooper por mí disminuía mientras él resolvía su camino de regreso a Synergy.

Había hecho exactamente lo que le dije a Mimi que no haría. Le había entregado mi corazón. Pero ahora que yo había renunciado, sería Jackson quien estaría en la oficina con Cooper en lugar de yo. Lo conocía desde hacía solo seis meses y nuestra relación tenía menos de dos semanas. Él y Jackson tenían toda una historia que yo nunca podría igualar. Cuando se reconciliara con su amigo, ¿todavía habría espacio para mí?

No si no le decía lo que quería. Lo que necesitaba. Nosotros también habíamos construido algo especial. Podía ser nuevo, pero valía la pena luchar por ello.

—Escúchame. —Esperé hasta que me miró a los ojos—. Vamos a volver juntos. Ya no soy tu asistente ejecutivo, pero quiero ayudar con esto. Porque me importas. Porque yo... te amo. —Mi corazón se detuvo porque me lo había arrancado del pecho y lo había puesto frente al hombre por el que latía.

Parpadeó, mirándome.

—¿De verdad?

No era la reacción que buscaba. Aun así, insistí.

—Sí.

—Ben, yo...

—Mierda. —Salté del sofá y me quedé mirando la piscina. Ya había oído este guion antes. Muchas veces. Y era mejor cuando no los miraba a los ojos mientras tiraban mi corazón al suelo y lo pisoteaban.

—No, Ben, yo...

Sentí su corpulencia detrás de mí, pero no me tocó.

—Está bien. —Intenté que mi voz sonara despreocupada, como si no me importara, pero se quebró y me traicionó. Me aclaré la garganta—. Está bien.

Su gran mano se posó en mi hombro e intentó girarme para que lo enfrentara. Me resistí.

Me rodeó, pero me negué a levantar la vista hacia su hermoso rostro, que solo mostraría lástima por mí y mis ridículos sentimientos.

—Ben. —Se le quebró la voz y, finalmente, lo miré. Le temblaba el labio—. Por lo que mi padre nos hizo a mi mamá y a mí, tengo algunos problemas con el amor. Con lo que significa. Con abrirme a otra persona. Después de pegarle, mi papá siempre se disculpaba con mi mamá y le decía cuánto la amaba.

—Joder. —Tracé la línea tensa de su mandíbula—. Eso jodería a cualquiera.

—Estoy trabajando en ello —dijo—. En terapia. Y creo que puedo llegar a ese punto. Si eres paciente.

Mi corazón comenzó a latir de nuevo y el calor volvió a mis dedos.

—Puedo darte tiempo. Lo que necesites. ¿Preferirías que no te lo dijera de nuevo?

—No. —Se acercó hasta que nuestros pechos se tocaron—. ¿Dilo otra vez?

—Te amo.

Apartó el rizo rebelde de mi frente.

—Sentí algo por ti en el momento en que entraste en mi oficina. En el instante en que me diste la mano. Una energía. Como la que siento aquí en la isla. Como pertenencia. Como si perteneciéramos el uno al otro. —Sonrió, una comisura se elevó más que la otra—. Mis palabras no están saliendo bien. Lo que quiero decir es que empecé a enamorarme de ti ese primer día y me he enamorado un poco más de ti cada día desde entonces.

—¿Todos los días? —Puse mis manos sobre su pecho y sentí su corazón latiendo rápido—. ¿Incluso el día en que fui un cabrón porque me soltaste la reunión general de la empresa con un solo día de antelación?

—Especialmente ese día. Eras un general, reuniendo al equipo, haciendo que sucediera. Y salió sin problemas. Me merecía cada mirada de odio que me lanzaste. Pero no fue hasta que viniste aquí a la isla, me desintoxicaste y me compraste camisas... —tiró de la camisa con estampado de conchas que llevaba—, que pensé...

Iba a desmayarme por la presión que se acumulaba en mi pecho.

—¿Que pensaste qué?

—Que podrías sentir lo mismo. Que podríamos estar juntos. En una relación. Novios, aunque usar esa palabra me hace sentir como si tuviera quince años.

Todo encajó como Mjölnir volando a la mano de Thor. Cooper sentía lo mismo que yo. Solo que todavía no podía decirlo. Me incliné y lo besé, un suave roce de labios.

—Seré tu novio, Cooper Fallon.

Un destello en sus ojos azules fue la única advertencia que tuve antes de que mi espalda golpeara los cojines del sofá, mis muñecas quedaran sujetas contra el brazo del sofá y sus caderas se encajaran entre mis piernas. Jadeé dentro de su boca. Me besó, agresivo, castigador, desesperado como un soldado que parte hacia el frente. El roce de sus pantalones cortos contra la parte delantera de mis bóxers provocó un cálido hormigueo que se extendió hasta la punta de los dedos de mis pies, que envolví alrededor de sus musculosos gemelos.

Gimiendo, lo besé desde su suave mandíbula hasta su cuello.

Se apartó para estrellar su boca contra la mía y me abrí a él, dejé que invadiera mi boca como el ejecutivo autoritario que era. Sabía a poder. Y a afecto. Yo creía en él. Tenía el poder de arreglar las cosas para nosotros. Se quedaría cuando las cosas se pusieran difíciles.

Deslicé mi mano desde su rodilla hasta el bulto en sus pantalones cortos.

—Al cuarto.

—Joder, sí. —Se puso de pie, luego extendió una mano y me levantó. Tomados de la mano, lo llevé a la habitación y me senté en el borde de la cama que no había hecho. Se unió a mí, con su muslo presionado contra el mío. Sus besos eran más suaves esta vez, casi dulces.

Pero yo no quería dulzura. Quería algo sudoroso y sucio. Reclamar y ser reclamado. Estábamos a punto de dejar nuestra isla paradisíaca y regresar a la fría ciudad donde las cosas serían diferentes. No iba a dejar que regresara sin marcas, sin cambios. Tal vez no podría entrar a las salas de juntas con él, pero se acordaría de mí cuando estuviera allí.

Sentándome a horcajadas sobre él, lo empujé para que quedara boca arriba. Levanté el dobladillo de mi camisa.

—No —ladró—. Déjatela puesta. Joder, me encanta verte con mi camisa.

Levanté una comisura de mi boca en una sonrisa socarrona. Así que él también quería reclamarme.

—Bien. Pero tu camisa se va fuera.

Él comenzó a desabrochar desde arriba y yo trabajé desde abajo hacia arriba hasta que expusimos su pecho. Todos esos músculos. Todos míos. Tracé con un dedo desde el hueco de su clavícula hasta su esternón, donde su vello brillaba dorado bajo la luz de la tarde. Bajé mi dedo, a través de los bultos de sus abdominales, que se tensaron a mi contacto. Cuando arremoliné mi dedo a través de su camino de vello, se encogió, abultando esos abdominales.

Lo apreté hacia abajo con un dedo en su esternón.

—Estoy pensando en dónde voy a marcarte. No muy arriba. No quiero arruinar ese bonito cuello tuyo y hacer que lo escondas con el cuello abotonado. Aunque me encanta verte con corbata. —Roce mi pelvis contra la suya. Algún día, haríamos el amor mientras él llevaba una de sus sedosas corbatas. Tal vez le ataría las muñecas con ella. O él podría atar las mías.

—Márcame —gimió, empujando hacia arriba—. Soy tuyo.

Quería desnudarlo en ese mismo instante y poner mi boca en un lugar que no marcaría. Todavía no.

Con la punta de mi dedo, rodeé un punto justo encima de su cadera.

—¿Aquí? ¿O aquí? —Tracé alrededor de su ombligo. Luego subí por sus costillas, donde su piel se onduló, hasta justo debajo de su pectoral izquierdo—. ¿Aquí? —Roce mi dedo sobre su pezón hasta la parte carnosa de su pectoral superior.

Volvió a empujar las caderas.

—Ahí, creo. —Pero no lo hice todavía. Primero besé sus labios hambrientos, una presión contundente y un deslizamiento de lengua. Cuando gimió, bajé por su mandíbula hasta su cuello. Su pulso palpitaba, llamándome, pero Cooper Fallon, Director de Operaciones, no podía volver a la oficina con un chupetón en el cuello como un adolescente. Deslicé mis labios hasta su pezón y lo besé, luego tomé el nódulo erecto entre mis dientes y succioné.

Frotó sus caderas contra las mías.

—Por favor.

Mi piel chispeó con el poder de su súplica. Por fin, tracé una línea por su pectoral con mi lengua y rodeé mi objetivo una, dos veces, antes de cerrar mis labios sobre su piel y succionar. Se arqueó debajo de mí, gimiendo.

Deslicé una mano entre nosotros y palpé la parte delantera de sus pantalones cortos. Siseó. Lamí para calmar el lugar y luego descendí de nuevo, succionando y mordisqueando hasta que estuve satisfecho de que llevaría el recordatorio de vuelta a California. Besé el lugar y luego devoré sus labios. Cuando me levanté, él persiguió mi beso.

Me bajé de él y me paré en el suelo entre sus rodillas abiertas. Empecé por su cuello, trazando una línea por su pecho, el centro de su vientre plano, su ombligo. Cuando le quité los pantalones cortos y la ropa interior, su erección se balanceó, sonrojada y desesperada.

Descendiendo a sus testículos, inhalé la mezcla de jabón y almizcle. Luego lamí mi camino hacia arriba, rodeando la cabeza. Su cuerpo se tensó y apretó las sábanas.

Se la metí en la boca hasta donde era cómodo y empecé a trabajar para bajar más cuando me agarró del pelo.

—No.

Retrocedí y sostuve la base de su pene en mi mano.

—¿No?

—Quiero… —Se apoyó en los codos y movió la boca—. Quiero que me folles.

Mi corazón se aceleró.

—¿Quieres follarme? —Era lo que había querido toda la semana. Durante meses, en realidad. Mi culo se apretó.

Negó con la cabeza.

—No. Quiero que tú lo hagas. Fóllame.

Mis ojos se abrieron de par en par. Siempre había considerado a Cooper como un activo. Su brusquedad, su proteccionismo, incluso su puto título con «Jefe» en él, todo apuntaba a un hombre dominante. Entrecerré los ojos.

—Esta no es tu primera vez con un hombre, ¿verdad?

—No. Aunque es la primera vez en mucho tiempo.

Suspiré por la nariz.

—¿Quieres decir que es la primera vez desde que conociste a Jackson Jones?

Apartó la mirada.

—Sí.

El puto Jackson Jones de hombros anchos. Ni siquiera quería a Cooper, no como yo lo quería, y aun así su presencia llenaba la habitación.

—¿Estás seguro de esto? Digo, no la tengo enorme, pero es mucho para quitar la virginidad de alguien. O devolvértela después de tantos años, supongo. —Hice una mueca. ¿Por qué estaba siendo un imbécil con esto? Jackson no estaba aquí. Yo sí. Y Cooper me estaba pidiendo que lo follara.

—Uso juguetes. Creo que te darás cuenta de que puedo aguantarte. —Me miró directamente a los ojos, un desafío—. Las cosas que necesitas están en la mesita de noche.

Caminé hacia la mesa y abrí el cajón superior. Efectivamente, había un bote de lubricante, una caja de condones sin abrir y un surtido de juguetes. Un vibrador, un dildo y un juego de *plugs* anales de tamaño gradual, uno de ellos el más grande que había visto en mi vida.

Lo saqué del cajón. Era un monstruo, tan grande como mi puño.

—¿Has usado esto?

—Sí.

—Hmm. —La próxima vez, sacaríamos sus juguetes y jugaríamos.

Pero él no quería un juguete. Me quería a mí. Al menos, eso creía. El sexo con penetración a veces cambiaba las cosas. Y mi relación con Cooper pendía de un hilo. Acababa de proponer dejarme aquí mientras él volvía a California. No quería que una primera vez incómoda fuera otra razón para que se cerrara de nuevo.

—¿Estás seguro de esto? No tenemos que hacerlo. Estoy feliz con lo que hemos hecho hasta ahora.

—Te quiero a ti, Ben. Estoy jodidamente seguro.

La opresión en mi pecho se aflojó. Había dicho lo que quería y yo se lo iba a dar. Abrí la caja de condones y saqué uno. Puse el bote de lubricante en la cama.

Volví a pararme entre sus rodillas. Sosteniendo su mirada, anudé el dobladillo de su camiseta para que no estorbara, luego, con toda la chulería que pude reunir, me deslicé fuera de mi ropa interior.

Era esto: la posesión que había querido. Diga lo que diga sobre no necesitarlo, la parte cavernícola de mi cerebro insistía en que sí lo hacíamos. Unas gotas de preseminal brotaron en la punta de mi pene.

—Ben, deja de pensar y fóllame. Te necesito. —Cooper puso las manos detrás de las rodillas y levantó las piernas, abriéndose para mí.

Rasgué el paquete del condón y me puse el látex.

—Estás seguro.

—Maldita sea, Ben, no me jodas así.

Sonreí. Ahí estaba él. Podía estar siendo el pasivo para mí físicamente, pero seguía al mando.

Vertí el lubricante en mi mano y dejé que se calentara por unos segundos. Luego lo unté sobre su pene, acariciándolo hasta que suspiró y relajó sus músculos tensos. Por fin, lo esparcí por su agujero, rodeándolo con un dedo resbaladizo.

—¿De acuerdo?

—Mmm. Sí.

Metí un dedo dentro, luego dos, mientras continuaba masturbándolo lánguidamente con mi otra mano.

—¿Quieres correrte primero? Podría relajarte.

—No, quiero correrme mientras estás dentro de mí, si puedo.

—Qué romántico. —Chasqueé la lengua. Pero eso era lo que mi corazón romántico también quería. Metí un tercer dedo dentro de él y encontré su próstata. La froté suavemente y él comenzó a retorcerse. Dejé de mover los dedos—. ¿Te sientes bien?

—S-sí. No pares.

—No, amor. —Moví mis dedos dentro de él, observando su

rostro. Sus labios se separaron y sus ojos se cerraron. Cuando aceleré mi movimiento, sus piernas temblaron. Esa era mi señal.

Saqué mis dedos, me lubriqué y me alineé en su entrada.

—Mírame, amor.

Cuando abrió los ojos, empujé hacia adentro. No se tensó, así que seguí hasta que estuve completamente dentro, el apretado abrazo enviando chispas directamente a mi columna vertebral. Hice una pausa.

—¿Estás bien?

Asintió, sin apartar la mirada. Mientras retrocedía y embestía de nuevo, me ahogué en los estanques azul gélido de sus ojos. Estaba tan perdido por este hombre. ¿Cómo podía pensar en volver a California sin mí? No estaba seguro de poder dejarlo ir solo a la oficina. Nunca quise romper esta conexión, la electricidad que recorría mi cuerpo cada vez que lo tocaba.

El calor chispeó a lo largo de mi columna, instándome a ir más rápido, pero mantuve un ritmo medido. Mi corazón martilleaba en mi pecho mientras lo observaba, con la mandíbula floja y los ojos desenfocados. Piel chocaba contra piel. Unas gotas de preseminal gotearon sobre su vientre, y mojé un dedo en él y unté el líquido sobre la cabeza de su pene.

—¿Está bien así?

—Dios, sí, estoy... —Cerró los ojos bruscamente mientras se estremecía por completo y el semen salía a chorros sobre mi mano y sobre sus abdominales.

Aceleré mis embestidas mientras veía su pene sacudirse contra su abdomen. Mi propio orgasmo se disparó hacia mí. Me retiré, me quité el condón y, un par de caricias después, mi semen salpicó junto al suyo en su pecho.

Apoyé una mano en su rodilla, con puntos bailando frente a mis ojos y el pecho agitado.

Cuando mi visión se aclaró, miré a Cooper. Sus ojos estaban abiertos de nuevo, suaves y brumosos. Pasó un dedo por su pecho pegajoso.

—Eso fue... increíble.

Mi pecho se expandió. El cavernícola dentro de mí bailaba al ver a mi amante cubierto de nuestro placer. El hombre más suave y moderno estaba listo para un abrazo.

—Ya vuelvo. —Agarré una toalla del baño, nos limpié y tiré la toalla en el cesto de la ropa sucia. Luego Cooper y yo nos acurrucamos de nuevo en la cama y subimos las sábanas—. ¿Todavía bien? —murmuré en su pecho.

—Muy bien. —Besó la parte superior de mi cabeza y dejó su pesado brazo sobre mi costado—. ¿Tú?

Metí mi pie entre sus piernas y lo acerqué.

—Perfecto.

Y durante esa gloriosa hora, éramos solo nosotros dos en la habitación. Sin Synergy, sin Jackson Jones. Solo yo y mi novio.

29

BEN

COOPER MIRÓ FIJAMENTE al perro sentado entre nosotros en el asiento trasero de la camioneta. —Creo que estaría más feliz quedándose en la isla.

Él pensaba que yo también estaría más feliz si me quedaba atrás. Pero no sin él. Y sabía que Coco sentía lo mismo. Apreté a Coco contra mi pecho y lo abracé con fuerza. Me lamió el lóbulo de la oreja. —Él va a donde yo voy. *Y yo voy a donde tú vas.*

Los labios de Cooper se curvaron en esa media sonrisa neutral a la que me había acostumbrado en California. —Está bien. Lo que tú quieras.

Mateo detuvo el auto justo en la pista de una parte del aeropuerto que no había visto cuando llegué. El jet corporativo de Synergy estaba estacionado a unos treinta metros, de un blanco brillante que contrastaba con las nubes oscuras que se arremolinaban en la costa.

Había visto el avión un par de veces antes, cuando Cooper necesitaba que lo encontrara en el aeropuerto para llevarle algo o para ponerlo al día antes o después de un vuelo, pero… tragué saliva… nunca había volado en él. No era más grande que el diminuto avión en el que había volado desde Charlotte Amalie, ese en el que devolví el almuerzo. Y teníamos que volar a través de esas nubes densas y turbulentas y luego cruzar el país en él. Apreté a Coco con más fuerza.

Como si pudiera leerme la mente, Cooper dijo: —No te preocupes. Emily nos llevará rodeando la tormenta. Es bueno que nos vayamos antes de que llegue.

Mateo se giró en el asiento del conductor. —¿Seguro que no me necesitas, lito?

—Estoy seguro de que quienquiera que atacó a Ben ya se rindió o se quedó en la isla. Tengo un equipo de seguridad en San Francisco. Estaremos bien.

Mateo asintió, pero sus ojos no brillaban como de costumbre.

—Gracias. —Cooper se inclinó hacia el asiento delantero y apretó el hombro de su primo—. Por protegernos. Puedes venir a visitarnos a San Francisco si decidimos quedarnos.

Por la tensión en su voz, lo último que Cooper quería era quedarse.

Mateo no debió notarlo. Sonrió. —Me gustaría.

—Puede que volvamos antes de que tengas la oportunidad de visitarnos. —La voz de Cooper sonaba áspera, como siempre sonaba en California. Extrañaba la melodía relajada a la que me había acostumbrado demasiado en la isla.

Le tomé la mano a Cooper. —Hablaremos de eso cuando hayas arreglado las cosas en Synergy. —Teníamos una gran conversación pendiente. Pero podíamos resolverlo. Si lograba que se tomara vacaciones más frecuentes, podría disfrutar del sol y liberarse de las presiones de casa. ¡Demonios!, podría jubilarse si quisiera. Yo nunca podría mantenernos al nivel al que Cooper estaba acostumbrado, pero una vez que terminara mi carrera, podría encontrar un trabajo que nos diera para comer. Y los amplios ahorros e ingresos por inversiones de Cooper podrían encargarse del resto.

—Vamos. —Cooper abrió la puerta y salió.

Solté a Coco. Saltó de la camioneta y se sacudió mientras yo salía con dificultad, y luego me apoyé contra el viento racheado. Agarré el extremo de su correa y dejé que el vendaval me empujara hasta la parte trasera del auto para tomar mi maleta.

Mateo levantó ambas maletas con la misma facilidad con la que yo habría levantado un par de bolsos de laptop. —Yo me encargo de esto. Ustedes suban.

Cooper me esperaba a unos pasos, con mi bolso de la laptop al hombro. El sol se escondía detrás de las nubes amenazantes que se reflejaban débilmente en sus lentes de sol. Sin la luz brillante a la que me había acostumbrado, se veía más apagado, desvaído, como solía verse en la oficina.

Extendió su mano y, agradecido, la tomé. Apenas afectado por el viento azotador, caminó a paso rápido hasta las escaleras de embarque y las subió. Lo seguí, aferrándome a la barandilla mientras subía los empinados escalones. En la cima, inhalé mi última bocanada del aire fresco de la isla. Nuestro paraíso, donde finalmente me había enamorado de un hombre que me correspondía, aunque no pudiera decirlo con palabras.

Nos metimos en el avión. Nos recibió un aire fresco y seco, y un interior cálido de color gris. A un lado había un sofá, completo con cojines azules. Estaba frente a una mesa con una televisión de pantalla grande encima. Hacia la parte trasera del avión había grupos de mullidos sillones de cuero, también en tonos neutros de gris.

Cooper me guio más allá del sofá hasta un par de asientos que estaban uno frente al otro a la izquierda. Se sentó mirando hacia adelante y yo tomé el asiento de enfrente. Coco olfateó el asiento y luego saltó a mi lado.

El asistente de vuelo se nos acercó. —Señor Fallon. Señor Levy-Walters. ¿Qué les puedo ofrecer? ¿*Bourbon*? ¿Jugo?

Aún no eran las nueve de la mañana. Levanté una ceja hacia Cooper. ¿*Bourbon*?

—Agua para mí, por favor. ¿Ben?

—Jugo de naranja.

El asistente dijo: —Tenemos jugo de guayaba si lo prefiere.

—Sí, por favor. —Me contuve justo lo suficiente para que el asistente desapareciera en la cocina antes de volverme hacia Cooper con los ojos muy abiertos—. ¿Hiciste que consiguieran jugo de guayaba para mí?

—Es un avión privado. Abastecen lo que les pido.

Cooper Fallon vivía de una forma muy diferente a la mía. ¿A qué más tendría que acostumbrarme?

El asistente regresó con nuestras bebidas. —¿Les puedo ofrecer algo más?

Cooper me consultó en silencio y luego dijo: —No, gracias. Y estamos listos para partir cuando la piloto lo esté.

—Le informaré. —El asistente atravesó una puerta en la parte delantera del avión.

Me abroché el cinturón de seguridad. Frente a mí, Cooper fruncía el ceño mirando su teléfono.

—¿Está todo bien en la oficina?

Deslizó algo en la pantalla y luego lo dejó en la mesa entre nosotros. —Weston programó una reunión para primera hora de la tarde. Tendré que ir directamente para allá.

—¿Y Jackson? —odiaba preguntar, pero necesitaba entender también su relación. La idea de que Cooper y Jackson trabajaran juntos, pasaran el rato… maldita sea, bebieran juntos… mientras Cooper volvía a caer bajo el hechizo de Jackson Jones, me apuñalaba directamente en el corazón. ¿Seguiría importándole yo con Jackson cerca?

—¿Qué pasa con Jackson?

—¿No crees que deberías aclarar las cosas? —Contuve la respiración.

—Ya no importa. Él está con Alicia. Y yo estoy contigo.

Mis labios querían curvarse en una sonrisa. *Estoy contigo.* Pero…

—Deberías decirle cómo te sientes. Sentías. Son mejores amigos, y no es justo guardarte algo así.

—Yo… —frunció el ceño—… está bien. Quizá no hoy, pero pronto.

Tenía que aceptarlo. Era su amistad. Su relación. Y yo tenía que trabajar en mi propia relación.

—Entonces, si vas a la oficina, yo... —Mierda. No había pensado tan a futuro.

—Pediré otro auto para que te lleve... ah.

No sabría decir si el escalofrío que me recorrió el cuello era de alegría porque casi había dicho que el auto me llevaría a casa, a su casa, o una advertencia de que íbamos demasiado rápido, de que él estaba tratando de tomar el control. —No, iré a la oficina contigo. Hablaré con Marlee. Probablemente haya algunas cosas de las que deba encargarme antes de... antes de limpiar mi escritorio. —Extrañaría Synergy, pero estar con Cooper valía la pena renunciar a mi trabajo.

—¿Y después?

Debería haber sabido que no me dejaría posponer esa conversación.

—Creo que debería volver a casa de mi hermana. ¿No te parece? —Mi voz sonaba aguda, como la del ratón Mickey. Me bebí el jugo de un trago.

—Si necesitas ir por tus cosas. O puedo enviar a alguien a que las recoja por ti.

—¿Un poco autoritario, no? —Pero arruiné mi comentario sarcástico al agarrarme de los apoyabrazos cuando el avión comenzó a moverse. Mi corazón se aceleró.

—Lo soy, y más vale que te acostumbres.

Joder. Necesitaba un abanico. Y una pastilla para el mareo. Tragué saliva. El avión se sacudió al despegar de la pista. Un cosquilleo frío me recorrió la piel.

—¿Estás bien? —Cooper se metió en el asiento a mi lado y dejó a Coco en el asiento que él había desocupado.

—¿No se supone que deberías llevar puesto el cinturón de seguridad? —me aferré a su mano y fijé la vista en la mesa, en cualquier lugar que no fuera la ventanilla, por donde el jet rasgaba las nubes negras.

—No me dijiste que te ponías nervioso al volar. —Me frotó la mano.

—Supongo que no lo sabía. La primera vez que volé fue cuando vine aquí. —La parte delantera de mi camisa temblaba con la fuerza de los latidos de mi corazón.

Soltó mi mano. —Vuelvo enseguida.

—¡No, no se supone que te muevas por la cabina!

Pero ya se había ido. Un momento después, regresó con una botella de vodka. Vertió un buen chorro en mi vaso de jugo. —Bébetelo.

Mis dedos temblaban al tomar el vaso. Pero hice lo que me pidió, sorbiendo el jugo dulce que enmascaraba el sabor del alcohol.

Cuando me lo hube bebido hasta los cubos de hielo, me pasó el brazo por los hombros y apoyó mi cabeza en su hombro. —Todo va a estar bien. Emily hace este viaje todo el tiempo. Mira afuera. Ya nos alejamos de la tormenta. ¿Sientes lo estable que está ahora que nos hemos nivelado? Estará así todo el camino hasta California.

Me froté el pecho, esperando poder calmar mi corazón desbocado. —¿Lo prometes?

—Lo prometo. Será un vuelo tranquilo hasta California.

Exhalé. Inhalé. —¿Y luego?

—Quizá una o dos sacudidas en el descenso. —Me besó la coronilla—. Pero estaremos bien.

—Te amo, Cooper. —Levanté el rostro hacia él.

Me besó, una presión tranquilizadora de sus labios. Pero no me lo dijo de vuelta. Estaba bien. Por ahora.

El asistente carraspeó. —¿Más jugo?

—Por favor. —Cooper me besó de nuevo, un poco más tiernamente.

El asistente retiró mi vaso de la mesa y se fue.

—Acabas de besarme delante de un empleado de Synergy, ¿sabes? —murmuré contra sus labios.

—¿Ah, sí? —La comisura de su boca se curvó—. Más vale que te acostumbres a que te bese en todas partes.

—¿En todas partes, señor Fallon? —Sentía los labios entumecidos y flojos.

—En todas partes. —Inclinó la cabeza y presionó un beso con succión justo debajo de mi mandíbula.

Me estremecí. —Podría acostumbrarme a eso.

30

COOPER

LLEGÁBAMOS TARDE porque me había olvidado del perro.

En realidad no me había olvidado de él; estuvo con nosotros durante todo el vuelo. Con la ayuda de una amiga de Sara, una veterinaria, me las había arreglado para conseguir las vacunas y los papeles para que Coco pudiera entrar en Estados Unidos. La molestia y el hecho de sumar otro favor a mi cuenta con Sara habían valido la pena por la mirada radiante en el rostro de Ben cuando se acurrucó en el asiento del avión con Coco.

Después de que Ben se durmiera sobre mi hombro, Coco se subió, mitad en el asiento y mitad sobre Ben, y me lanzó una mirada funesta que nunca le había visto. Esos ojos marrones no se apartaron de mí, ni siquiera para cerrarse y dormir, hasta que aterrizamos en San Francisco.

Fue entonces cuando me di cuenta de que necesitábamos un auto aparte. Para el perro. Porque podíamos ser una empresa progresista, pero no permitíamos perros en la oficina.

El auto nunca llegó debido al caos del tráfico de San Francisco, así que manejamos con Coco hasta la oficina.

Cuando Ben se sentó en una de las sillas de color chartreuse del vestíbulo, Coco se dejó caer a sus pies.

—No te preocupes por nosotros —dijo Ben—. Te esperaremos aquí. —Tenía el teléfono en la mano, listo para escribirle a su hermana o a uno de sus muchos amigos en Synergy.

—¿Por qué no te vas a...? —Me aclaré la garganta. Quería decir *casa*. Mi casa. Pero Ben había dormido durante todo el vuelo y no habíamos tenido tiempo de resolver nuestros planes de convivencia. Miré al perro. Quizás sería una ventaja en esas negociaciones. ¿El complejo de apartamentos de su hermana permitía perros? Por supuesto, sería típico de mi mala suerte que Ben no estuviera listo para mudarse conmigo y yo, de alguna manera, me quedara con la custodia de un perro que no quería.

—Esperaremos. Veré si Marlee puede bajar.

—De acuerdo. Te escribiré si me voy a demorar. —Weston había sido escueto en los detalles de nuestra reunión. No debería haberme sorprendido. Siempre se guardaba las cartas. Su ego era incluso más grande que el mío.

Arriba, fui directamente a la oficina de Weston en el lado soleado de la planta, en el extremo opuesto al de Jackson. No tuve tiempo de pasar por la oficina de Jackson, aunque hubiera querido.

¿Quería hacerlo? Desde que habíamos hablado, no parecía tan terrible. Hasta que recordé lo que Ben pensaba que debía confesar.

Me preocuparía por eso más tarde, cuando no estuviera llegando tarde a una reunión con el director ejecutivo.

Julie levantó la vista de su pantalla. Mirando el reloj, apretó los labios.

—Lo está esperando.

Odiaba llegar tarde. Pero no había nada que pudiera hacer al respecto. Así que toqué la puerta, giré el picaporte y entré.

—Cooper. —Weston estaba sentado en su escritorio, con su camisa de vestir blanca abierta en el cuello, dejando ver un cuello casi tan bronceado como el mío. Debía de haber salido en su barco recientemente. Como de costumbre, su cabello estaba perfectamente recortado, no revuelto como el mío a menudo por pasarme los dedos por él, ni aplastado como el de Jackson por los audífonos.

—Harris. —Crucé la afelpada alfombra de seda y le estreché la mano. Estaba fría, como de costumbre. Pero su sonrisa era cálida como siempre, y la tensión entre mis omóplatos se alivió.

—Tome asiento. —Señaló las sillas de cuero con tachuelas frente a su escritorio.

Me senté en el borde del rígido cojín y me incliné hacia adelante, apoyando los codos en las rodillas.

—¿Qué es eso que oí sobre…?

Habló por encima de mí:

—Las vacaciones le sientan bien. ¿Disfrutó en la isla?

—Sí. —Normalmente, Weston prefería ir al grano como yo, pero tenía sentido ponernos al día, ya que no lo había visto en tres semanas—. ¿Qué podría no gustarme? Un poco de sol, arena y tragos con sombrillitas. —Nunca le había revelado que mi familia vivía allí. No era algo que soliera compartir. Dejar que todos pensaran que yo era un turista allí, uno que provenía de un entorno suburbano, blanco y adinerado como la mayoría de los ejecutivos de tecnología que conocía. Como el propio Weston.

—Me preocupo por usted, Cooper. —Sus cejas se fruncieron, aunque su frente no se arrugó. Puede que dejara ver las canas en sus sienes, pero nunca había visto una arruga en el rostro de Harris Weston—. Durante el último año o dos, no ha parecido tan feliz como cuando lo conocí a usted y a Jones por primera vez.

Quizás el bótox me habría facilitado mantener el rostro inexpresivo. Para estas fechas el año pasado, ya sabía que Jackson nunca me amaría como yo lo había amado a él. Pero nada de eso importaba ahora. No cuando Ben me esperaba abajo.

—Estoy mejor ahora. El tiempo fuera me dio perspectiva.

—Claramente, la necesitaba después del incidente en su oficina. ¿Su mano está bien?

Julie debió de habérselo contado. Un calor comenzó en la coronilla y me consumió el rostro. Le dediqué una sonrisa forzada y levanté mi mano derecha. Solo unas pocas marcas rojas la cruzaban.

—Fue solo un rasguño. No hay motivo para alarmarse.

Inclinó la cabeza. Con su nariz romana, me recordaba a un halcón.

—Creo que la gente de aquí estaba muy alarmada. Especialmente Jones. Y más aún cuando vendió sus acciones de Synergy.

El calor me quemó hasta el pecho. Quería desabrocharme el cuello de la camisa, pero no podía, no bajo su mirada de halcón. Permanecí quieto como un ratón de campo.

—Afortunadamente, tenía algunos fondos disponibles y pude asegurarlas. Así que se han quedado dentro de la familia Synergy. —Abrió las palmas en un gesto benévolo.

Un frío alivio fluyó por mis venas. Mis acciones no habían terminado en las garras de Gurusoft. No había convertido a la empresa en un objetivo de adquisición. Weston originalmente tenía una participación menor que Jackson o yo, pero ahora él y yo tendríamos cantidades aproximadamente iguales de la empresa, con Jackson poseyendo la mayor parte. Juntos, los tres todavía teníamos una sólida mayoría. Me recliné en la silla.

—Me alegro de que haya hecho eso. No estaba pensando con claridad cuando inicié la venta, o habría hablado con usted al respecto.

—Interesante que tampoco haya hablado con Jones al respecto. Parecía no saber que usted se estaba deshaciendo de sus acciones.

Hice una mueca de dolor.

—Yo, ah… Como dije, no estaba pensando con claridad. —Aunque había estado borracho perdido cuando inicié esa venta, había tenido la mente clara, pensando en mi jubilación con Ben, cuando le regalé el siguiente paquete. Una vez que superáramos esto, tomaría una decisión racional sobre el resto de mis acciones. Si decidía vender, se las ofrecería a Jackson o a Weston.

—Supongo que de las decisiones precipitadas pueden salir cosas buenas. —Pero frunció el labio. Dudaba que Weston hubiera tomado alguna vez una decisión precipitada. Y nunca, jamás lo había visto borracho. Ni siquiera la noche después de que la empresa saliera a bolsa y todos nos convirtiéramos en multimillonarios de la noche a la mañana.

—Sí. Pueden. —Si no hubiera perdido la cabeza y huido a la isla, Ben no me habría seguido. Habríamos seguido siendo jefe y empleado, sin tocarnos nunca, sin sentir nunca el fuego que saltó entre nosotros, la atracción que sentía en ese mismo instante hacia él, cinco pisos más abajo.

—Y algo muy bueno salió de su decisión de vender sus acciones. —Weston se reclinó en su silla y juntó las yemas de sus dedos sobre su pecho—. Hemos recibido una oferta de compra de Gurusoft. Y Jones no tiene suficientes acciones para bloquearla.

Un escalofrío recorrió mi piel.

—Una… ¿qué?

—Una oferta de compra extraordinariamente atractiva. Efectivo más acciones. Será un hombre muy rico. —Se rio entre dientes—. Un hombre aún más rico.

La bilis me subió a la garganta. Le había prometido a Jackson que mantendría nuestro bloque mayoritario precisamente por esta razón. Y ahora la había cagado, y Synergy caería en las garras de Gurusoft. Todo lo que habíamos construido juntos, consumido por la empresa más grande; el software —la creación de Jackson— desmantelado e incorporado al de ellos o retirado por completo. Exactamente lo que le había pasado a la empresa de su padre. Los empleados, desde Marlee hasta la hermana de Ben y el desarrollador más nuevo y sin experiencia, recibirían paquetes de indemnización y serían echados a la calle. Solo unos pocos desarrolladores estrella, como el protegido de Jackson, Tyler Young, serían lo suficientemente valiosos como para que Gurusoft los conservara. Tragué saliva.

—No se preocupe. —Me mostró una sonrisa paternal—. Disfrutará de la jubilación. Y si no, puede empezar una nueva empresa, siempre y cuando no viole la cláusula de no competencia.

Una puta cláusula de no competencia. Gurusoft también

usaría su poder legal para hacerla cumplir. Nunca nos dejarían empezar una nueva compañía de software de las cenizas de Synergy. Jackson estaría furioso. Y me lo merecía. Mi egoísmo acababa de destruir todo lo que habíamos construido juntos. Cuando vendí las acciones, quería terminar con Synergy. Pero no así. La ira familiar me hirvió en las entrañas.

—¡No! —Salté de la silla y me puse de pie—. Yo… no quiero eso. No ahora.

Sus cejas se alzaron una fracción.

—Es lo mejor para usted. Y para la empresa. Usted y Jones podrán volver a ser amigos sin toda esta… —agitó la mano— desagradable situación entre ustedes.

Desagradable situación. Así llamaba él a la tormentosa —aunque altamente efectiva— sociedad entre Jackson y yo. Synergy, la empresa multimillonaria que habíamos construido en nuestro dormitorio de la universidad, se había convertido en una *desagradable situación.*

Respiré hondo como había practicado con la Dra. Pradhi. Pero a pesar de la traición de mi mentor, la ira que normalmente hervía justo debajo de la superficie no estaba allí. Claro, había calor y dolor, pero mi infame temperamento seguía de vacaciones.

—No —dije de nuevo, con más firmeza—. Jackson y yo lucharemos contra esto. Hablaremos con la junta…

—Cooper, sea razonable. Es lo mejor para todos nosotros. —Levantó los brazos para abarcar su oficina, el sexto piso, el edificio histórico—. Todos tomaremos nuestras ganancias y pasaremos a la siguiente aventura. Tendrá más tiempo para pasar con sus seres queridos. Todos lo tendremos. —Dejó que su mirada se posara en la foto enmarcada de su escritorio, la de él, su hija, Phoebe, y su caballo.

La gente que amaba dependía de Synergy. Aunque Ben ya no fuera mi asistente, no podía dejar a ninguno de ellos, especialmente a su hermana, sin trabajo. Caminé unos pasos lejos de su escritorio y luego de vuelta para pararme frente a él.

—No puedo. No puedo dejar que lo haga.

Weston apretó la mandíbula.

—Lo hará. Es lo correcto.

Mi rabia permaneció enroscada en una bola dentro de mí, como Coco cuando dormía la siesta. Apoyé las manos en mis caderas, aprovechando mi tamaño. Pero mantuve mi voz suave.

—No lo haré.

Negó con la cabeza, y una expresión casi de arrepentimiento cruzó su rostro.

—Lo hará. Tengo bastantes incentivos para hacerle ver las cosas a mi manera.

—¿Incentivos? —¿Qué podría ofrecerme que me hiciera cambiar de opinión?

—Ha oído hablar de la zanahoria y el palo. Creo que ya tiene una zanahoria. No querrá ver mi palo.

—¿Una zanahoria?

Una leve sonrisa levantó sus labios.

—Seguramente considera a su apuesto jovencito como una zanahoria, ¿no? Parecía hacerlo bastante feliz.

Un escalofrío me recorrió la espalda. Metí mis dedos entumecidos en los bolsillos del pantalón.

—¿Q-qué?

—Me enviaron un video que documenta cómo pasó sus vacaciones de primavera. —Tecleó una secuencia en su teclado y giró el monitor hacia mí. El video era silencioso y granulado, pero mi rostro era fácil de distinguir, mi boca abierta en éxtasis mientras Ben, de espaldas a la cámara, me embestía.

Se me cortó la respiración en el pecho. Ese momento hermoso que habíamos compartido, la cercanía que habíamos experimentado, la vulnerabilidad que tanto me había costado ofrecerle a Ben, todo estaba allí en un crudo blanco y negro para que Weston lo examinara y juzgara.

—El señor Levy-Walters es su asistente, ¿no es así? —Estiró el cuello para ver el video, su rostro impasible—. Me pregunto qué pensará la junta de sus argumentos cuando vean esto.

—Renunció. Antes de eso. —Agité una mano temblorosa hacia

la pantalla y luego aparté la vista de ella. ¿Cómo carajo había conseguido ese video? Nadie entraba nunca en mi bungaló, ni siquiera el servicio de limpieza. ¿Había sido Ben…? Tragué saliva. No. Ben no habría plantado cámaras en el bungaló. Nunca. Pero ¿quién?

Weston miró la pantalla unos segundos más.

—¿Realmente importa?

No importaba. En ese video, yo era un hombre privilegiado, aprovechándome de un subordinado, sin importar si todavía era su empleador.

—¿Me está… me está chantajeando? —Me dejé caer en la silla. Sin el acero de mi ira, no tenía nada que me sostuviera.

Inclinó la cabeza de nuevo.

—Simplemente estoy compartiendo todos los hechos con usted.

Era chantaje, puro y simple. Pero si lo acusaba, el video se haría público. Y probablemente tenía más. Weston nunca llegaba a una negociación sin estar preparado.

No importaba. Lo que importaba era cómo respondía a su amenaza. Lentamente, me puse de pie.

—Estoy enamorado de Ben. Estoy orgulloso de nuestra relación.

Weston frunció los labios.

—Usted es el Director de Operaciones, supervisando recursos humanos en esta empresa. Tirarse a su secretario —o ser tirado por él— no da una buena imagen.

—Tiene razón. —Tragué saliva. Pensé que después de que Ben renunciara, nuestra relación era aceptable. Pero el video en blanco y negro me demostró que estaba equivocado. Yo tenía todo el poder. Prácticamente había obligado a Ben a renunciar. No era una buena imagen para el Director de Operaciones, a cargo de las relaciones con los empleados.

—Haré una declaración a los empleados —dije—. La junta decidirá sobre las consecuencias de mis acciones. Si deciden destituirme, que así sea. —Era lo que me merecía. Y no tan diferente de lo que quería. Aunque a Ben le molestaría la violación de nuestra privacidad. Demonios, a mí también. —¿Cómo consiguió ese video?

Pausó la reproducción y me atravesó con una mirada dura.

—¿Importa?

No importaba. Ben se molestaría aún más si Synergy era vendida a Gurusoft y todas las personas que le importaban perdían sus trabajos.

Había estado equivocado, muy equivocado sobre Weston. Jackson había tenido razón todo el tiempo. Nadie que me apreciara, que me respetara, usaría un video como ese para conseguir lo que quería.

Había pensado en él como una figura paterna. Pero al igual que mi verdadero padre, le importaba una mierda.

Apoyé una mano en el respaldo de la silla para sostenerme.

—Publíquelo si es necesario. No voy a ceder en mi posición.

Apretó la mandíbula.

—Tengo otra carta que jugar. No quería hacer esto, pero no me deja otra opción. —Con aspecto casi arrepentido, tomó el teléfono de su escritorio y presionó un botón—. Julie, por favor, haga pasar a nuestro nuevo guardia de seguridad.

—¿Guardia de seguridad? ¿Qué carajo, Weston? —¿Iba a hacer que me escoltaran fuera de mi propio edificio? ¿Por tener sexo consentido? ¿Por no estar de acuerdo con él? La ira, caliente y familiar, finalmente se despertó y se revolvió en mi estómago. Mi puño se cerró, queriendo destrozar algo. Lo pegué a mi muslo.

La puerta de la oficina se abrió, y la última persona que esperaba ver se deslizó a través de ella. Llevaba una camisa polo azul marino descolorida. Sus pantalones caqui nunca habían conocido una plancha, y eran demasiado cortos para sus largas piernas, mostrando un par de pulgadas de calcetines de tubo de un gris sucio. Todavía era enjuto y estaba en forma, como si hubiera seguido con su régimen de boxeo, pero su cabello y la barba incipiente en su mandíbula se habían vuelto completamente blancos, y su rostro estaba más arrugado que la última vez que lo vi.

Era inequívocamente mi padre.

Frunció el ceño, y la expresión reemplazó mi ira con una oleada de frío miedo, incluso después de todos estos años.

Retrocedí hasta que la parte posterior de mis muslos golpeó el escritorio de Weston.

—¿Qué...?

Weston se levantó, y su voz sonó junto a mi oído.

—¿No es una coincidencia que su apellido también sea Fallon? Pensé que era lo suficientemente interesante como para traerlo aquí a que lo conociera.

—Mikey. Ha pasado tiempo. ¿Cómo está tu mamá?

Mamá. Si Weston había encontrado a mi padre, probablemente también sabía sobre mi madre. Solo se necesitaría un pequeño desliz —intencional o no— y Mick sabría dónde vivía. Y si supiera dónde vivía, no importaría que tuviera un pequeño ejército protegiéndola. Se las ingeniaría para entrar y hacerle daño.

Me aparté del escritorio de Weston y di un paso hacia mi padre.

—¿Qué demonios haces aquí, Mick?

Me miró con lascivia.

—¿Es esa forma de hablarle a tu viejo querido papá?

Un jadeo vino de fuera de la puerta. Efectivamente, Mick la había dejado abierta, y tres personas, Julie, Marlee y —joder— Ben, se agolpaban alrededor del escritorio de Julie, con la boca abierta como la de mamá frente a una de sus telenovelas.

Entre dientes, murmuré:

—Cierra la puerta.

Me ignoró y se adentró más en la oficina.

—¿Eso es porno? —Señaló la pantalla a mi lado—. ¿Porno gay? ¿Qué carajo está pasando aquí?

—Es una grabación de seguridad de su hijo y su asistente. —Había olvidado que Weston todavía estaba allí.

—Exasistente —gruñí. Mis manos se cerraron en puños. ¿Y si a Mick se le ocurría amenazar a Ben también?

Mick se rio entre dientes.

—¿Te estás tirando a tu asistente? —Ladeó la cabeza—. O él se está tirando a ti. Debería haber sabido que saldrías así. Blando. Como tu mamá.

—Cierra tu puta boca. —Mi voz era tan baja que casi no la reconocí—. No soy blando, y ella tampoco.

—Supongo que no. —Resopló mirando el video detrás de mí —. No cuando se trata de tu novio.

Joder, si le hiciera daño a Ben, de la forma en que ese hombre le hizo daño en la isla… no. No podía darle esa ventaja. No podía dejar que se acercara a Ben. No podía dejar que supiera lo especial que era Ben para mí.

Mi rabia se escabulló de nuevo al lugar donde siempre se había escondido cuando mi padre me amenazaba. Mis puños se abrieron y mis manos cayeron inertes a mis costados.

—No es mi novio.

Otro jadeo desde el otro lado de la puerta abierta. Reprimí una mueca. Se lo explicaría más tarde. Si me dejaba.

—¿Qué demonios es este lugar, Weston? —Cuando Mick dio un paso más cerca, olí el whisky. ¿Estaba borracho en mi edificio? Tampoco podía permitir que Mick Fallon pusiera en peligro a mis otros empleados. Cuando éramos una familia, nunca había podido proteger a mamá. Pero ahora era mayor, y tenía el poder de mi posición y mi riqueza. Haría lo que fuera necesario para proteger a mi familia de Synergy, especialmente a Ben.

—No. —Me volví para mirar a Weston, manteniendo a mi padre a la vista. Hacía mucho tiempo había aprendido a nunca darle la espalda—. No.

La sonrisa de Weston era forzada, como si todo el drama que se desarrollaba allí fuera demasiado incluso para él.

—Lamento que se haya llegado a esto. Pero me alegro de que esté entrando en razón, Cooper.

Unos pasos se alejaron con fuerza y, cuando miré más allá de mi padre, solo Marlee y Julie permanecían allí, contemplando las ruinas en las que había convertido mi felicidad.

31

BEN

NO ERA SU PUTO NOVIO. Había temido que nuestra relación no sobreviviera a la presión de las salas de juntas corporativas, pero no había previsto que a Cooper le tomaría menos de una hora desmoronarse.

Arrojé mi caja de pañuelos a la caja de cartón de la mudanza que estaba sobre mi escritorio. No la necesitaría. Tenía los ojos secos, ardiendo con el fuego de mi ira. Ira hacia Cooper, pero también hacia mí mismo. Había esperado que me viera y que le gustara lo que veía. Pero no había sido más que eso: una esperanza.

Un taconeo resonó en el piso y percibí el aroma del perfume de Marlee. —No hagas esto, Ben. Quédate y habla con él.

—Oh, claro que hablaré con él. —Me quedé mirando la puerta de la oficina de Weston, que alguien finalmente había tenido el buen tino de cerrar.

—¿Entonces es verdad? ¿Ustedes están juntos?

Me quedé helado, con la mano extendida hacia el pequeño cactus que tenía en mi escritorio. Mierda, había olvidado el antiguo flechazo que ella tuvo con mi jefe. Y su beso. Lentamente, me volví para mirarla. —Lo estábamos.

—Ay, Ben. —Sus ojos se llenaron de lágrimas—. Quédate. Arreglen las cosas.

—Lo oíste. No soy su novio. No hay nada que arreglar. —Me di la vuelta bruscamente y traté de agarrar el cactus, pero fallé. Un dolor agudo me recorrió el dedo y brotó una gota de sangre donde la espina se me había clavado.

El chirrido de un par de zapatillas, y luego la voz de Jackson resonó en el silencioso piso. —Vaya, la tensión aquí se puede cortar con un cuchillo. Coop debe de haber regresado.

—Ahora no, Jackson. —Marlee puso una mano sobre la mía—. Guarda esa caja.

—Espera, ¿qué está pasando? —La mirada de Jackson se fijó en la caja de embalaje—. Ben, no te vas, ¿o sí? No puedes. Cooper se volverá loco.

—De verdad, Jackson, ahora no. Vuelve a tu oficina. Te lo explicaré todo más tarde. —La voz de Marlee era suave como una ola en la playa, pero con la fuerza del océano detrás.

—Pero Ben no puede…

—Sí puedo. —Acomodé el cactus junto a la caja de pañuelos y acuñé el otro lado con mi reserva de emergencia de barras de granola—. Y lo haré. —Recogería a Coco de con José en el vestíbulo y luego lo metería a escondidas en casa de Mimi. No iría a la opulenta casa de Cooper, esa que había fantaseado con compartir con él y nuestro perro. Había fallado en la primera prueba de nuestra relación. No me amaba. Nunca lo haría.

—Ben. —Como si lo hubiera invocado con el pensamiento, ahí estaba, abriéndose paso entre Marlee y Jackson—. Detente.

Metí la mano en el cajón, pero estaba vacío. Lo cerré de un golpe. —No.

—Coop, ¿qué demonios está pasando? —Jackson sacó pecho, grande y erizado—. No puedes tratar mal a Ben como a esos otros asistentes. Lo necesitas.

—Ese es el punto, Jackson —dije—. Ya renuncié. Así que me

voy. —Un fugaz arrepentimiento sobre el programa de la colegiatura, mi sueldo y dormir en el sofá de Mimi por el resto de mis veintes pasó por mi cerebro. Pero había dejado mi corazón desprotegido otra vez, y ahora Cooper lo había hecho añicos como el cristal de su escritorio. No podía quedarme.

—Te necesito, Ben. —La voz de Cooper era baja, y sus ojos azules estaban más suaves de lo que nunca los había visto—. Te amo.

Jackson se quedó con la boca abierta.

Miré a Cooper a los ojos. —¿Me lo dices *ahora*? ¿Después de que me negaste? —Me había ilusionado de más, carajo. Había dicho las palabras, pero sus acciones decían otra cosa. Cooper Fallon nunca podría amarme de la manera en que yo necesitaba que me amaran.

—Déjame explicarte.

—¿Qué carajos está pasando? —Cooper, ¿eres… gay?

—Cállate, Jackson. —El susurro de Marlee fue cortante—. Cooper, Ben, llévense su drama a tu oficina. Todo el piso está escuchando.

A mí no me importaba; me estaba yendo. Pero por el bien de Synergy, Cooper necesitaba guardar las apariencias. Sin decir palabra, giré sobre mis talones y entré furioso a su oficina.

Cooper me siguió. Lentamente, cerró la puerta y luego se tomó un minuto para abrir las persianas de las ventanas interiores.

—No te preocupes. No pienso volver a tocarte nunca más. —Me dejé caer en la silla en la que solía sentarme, al otro lado de su escritorio, cuando le daba mi informe diario y recibía sus instrucciones. Luego me levanté de un salto. No había nada normal en esta situación. Y yo ya no era su asistente. Él mismo lo había dicho. Crucé a su salita y me acomodé en un sillón orejero.

Cuando terminó de juguetear con las persianas, se dio la vuelta. Como si llevara el peso del edificio sobre los hombros, caminó con paso pesado a la salita y se desplomó en el sofá de dos plazas junto a mi sillón.

Pasándose ambas manos por sus ondas rubias, esas ondas que

alguna vez tuve derecho a tocar, se quedó mirando el techo. —Lo he jodido todo.

Resoplé. —Ni que lo digas. —Una oleada de justa indignación me hizo enderezar la espalda, y lo fulminé con la mirada—. ¿Cómo no sabías que había una cámara de seguridad en tu habitación? Tienes que destruir esa grabación.

—Por supuesto. —Se frotó el cuero cabelludo—. He puesto en riesgo a la empresa. He roto mi promesa a Jackson…

Siguió hablando, pero dejé de escuchar cuando dijo el nombre de Jackson. Una neblina roja nubló mi visión. Les dijo a todos que yo no era su novio. Lo hermoso que había entre nosotros quedó reducido a un puto video sexual. Después de todo lo que habíamos dicho en la isla, su ternura en el jet justo esa mañana, no significaba nada para él. Su *te amo* no tenía sentido. Yo era el tonto que lo había confundido con algo más. Que había renunciado a mi maldito *trabajo* por él.

Aunque él todavía estaba hablando, me puse de pie. —No necesito oír más.

—Pero te dije que te amo, Ben. ¿Eso no significa nada? —Se levantó, alzándose sobre mí como de costumbre, y todo lo que quería hacer era apoyarme en él.

Pero no podía. —Sigues diciendo eso. No estoy seguro de que tú y yo tengamos el mismo concepto de lo que significa.

—Significa que te cuidaré. Siempre. Ve a mi casa. Date un baño en la piscina. O un baño largo y relajante en la tina. Norma te preparará algo de comer. A Coco también. Y cuando termine con el control de daños aquí, iré a casa y hablaremos.

—¿Control de daños? —Hizo una mueca por lo aguda y fuerte que había sonado mi voz—. ¿Soy un control de daños para ti? No, gracias. Encárgate de la puta grabación. Ya te dije, sé cuidarme solo. —Levanté la barbilla y lo miré fijamente.

Sus manos se cerraron en puños. —Sé que puedes, pero eso es lo que hago por la gente que amo.

—La gente que me ama está dispuesta a admitirlo en público.

El rostro de Cooper se enrojeció, pero su voz era controlada. —Tienes que darme otra oportunidad.

—No. No tengo por qué. —Pasé a su lado y abrí la puerta. Recogí mi caja y, con la cabeza en alto, caminé hacia los ascensores.

Me detuve cuando llegué al escritorio de Marlee. Ella y Jackson estaban en la oficina de él, sus voces eran murmullos bajos. Metí la mano en mi caja y saqué el cartón de barras de granola. Ella sabría qué hacer con ellas cuando Cooper estuviera demasiado ocupado y se olvidara de comer.

Me di la vuelta y abrí de par en par la puerta de las escaleras. Hoy no iba a esperar el ascensor. Había terminado con Synergy. Terminado con Cooper Fallon.

Conocía el procedimiento. Iría a casa, lloraría y desahogaría mis penas comiendo. Como siempre. La única complicación esta vez era que ahora también estaba sin trabajo.

32

COOPER

RAYOS DE COLOR sorbete entraban por la ventana de mi oficina, haciendo que me doliera el corazón al recordar los muchos atardeceres que Ben y yo habíamos visto desde la terraza del bungaló. Pero no podía ir tras él. Todavía no. Primero tenía que averiguar qué carajos iba a hacer con mi empresa, porque si dejaba que Gurusoft tomara el control y despidiera a todos sus amigos, Ben nunca me lo perdonaría. Se había subido a un maldito avión —dos veces— para evitarlo. No podía fallarle también en eso.

Me mordí el labio y me quedé mirando las nubes rosadas. En la isla, Ben había usado una polo de ese color. Fue la primera vez que le vi los brazos desnudos. ¿Volvería a verlos alguna vez? Quizá no, después de haber hecho exactamente lo que temía hacer. Lo había lastimado.

Unos golpes en la puerta me sobresaltaron y mi mejor amigo asomó la cabeza en mi oficina. —¿Estás listo para hablar de… —agitó la mano— todo?

Le dediqué una sonrisa sombría y forzada que ocultaba el vacío de mi interior. —No estoy seguro de que sobre todo. Pero sí tenemos que hablar.

Apareció ese surco que siempre se le formaba en la frente cuando estaba herido. Cerró la puerta. —Somos mejores amigos. Solíamos hablar de todo.

Rodeé mi escritorio y me senté, no en el sofá de dos plazas donde había estado cuando Ben me aplicó la ley del hielo, sino al otro lado de la mesa de centro, en la esquina del *chaise longue*. Me pasé una mano por la cara. —Jay, nunca te lo conté todo. —Nunca había sido sincero, ni siquiera con mi mejor amigo.

No hasta Ben. Y no había sido lo suficientemente honesto con él.

Se dejó caer en el extremo del *chaise longue*. —Nunca me dijiste que eras gay.

Solté un suspiro. —Soy bisexual. Siempre lo he sido.

—¿Por qué no me lo dijiste? —El surco se hizo más profundo.

—Porque yo… era complicado.

—¿Complicado cómo?

Mierda, acababan de sacarme del clóset frente al director ejecutivo, a mi padre homofóbico y a la mitad del sexto piso. ¿Por qué ocultárselo a él?

—Porque estaba enamorado de ti. Y no quería que te sintieras incómodo. No quería poner en peligro nuestra amistad. —La confesión, que tardó tanto en llegar, no me hizo sentir más ligero. Me preparé para su reacción.

El surco desapareció. Abrió la boca y tomó aire. Luego la cerró.

Di algo. Ahora que era demasiado tarde, quería que me viera. Que viera por lo que había pasado.

Finalmente, habló. —¿Enamorado de *mí*? Pero si siempre me estabas gritando.

Me hundí más en la esquina. —Mi terapeuta cree que desplacé mi afecto inapropiado con ira. Y que pensé que estaba enamorado de ti porque eras un lugar seguro. Nunca corresponderías a mis sentimientos, así que nunca tendría que hacerme vulnerable. Sublimación clásica.

Arrugó la frente. —Has pensado mucho en esto. Lo has

hablado con tu terapeuta. Y, sin embargo, nunca me dijiste ni una palabra. Podrías haberme dado una maldita oportunidad.

—Jay. —Suavicé mi tono de voz—. Agradezco que pienses que nuestra amistad es lo suficientemente fuerte como para soportar una confesión de amor, pero nunca podrías haber correspondido. ¿De qué habría servido?

Me tomó la mano y la apretó entre sus palmas ásperas. —Sabes que te quiero, amigo…

Puse mi mano sobre la suya. —Lo sé. Pero dejé ir todo eso cuando nació Valentine. Supe que tenías lo que necesitabas. Estabas completo. Eras tan feliz. Eres tan feliz.

Me apretó la mano y luego la retiró. —Así que vendiste tus acciones.

El remordimiento me atravesó, frío y agudo. —No dije que no estuviera celoso. Herido. Y enojado.

—¿Ya no quieres trabajar conmigo? Pensé que esto… Synergy —agitó las manos hacia la oficina—, era lo que más te importaba.

—Tú me importabas. Y lo que construimos juntos. Y luego, luego fue demasiado. Cuando parecía que a ti ya no te importaba.

—Mierda, Cooper. —Se frotó el pecho—. No es que no me importara. Solo tuve que reordenar mis prioridades por un momento.

Cerré la mano en un puño, aliviando la tensión. —Y sentí que nuestra amistad… que yo… era la prioridad más baja.

—Vaya forma de seguir lanzando granadas, Coop. Suéltalo todo.

Lo fulminé con la mirada. —¿Me estás jodiendo ahora mismo?

—No, estoy hablando muy en serio. Me alegro de que por fin me digas cómo te sientes de verdad. Puede que después de esto quede hecho un montón de emociones pulverizadas, pero valdrá la pena.

—Está bien. —Me froté los nudillos—. Está bien.

—Esto podría ser más fácil con alcohol. ¿Quieres ir a algún lado?

—No, yo… —Eché los hombros hacia atrás—. Dejé de beber.

Parpadeó, con los ojos muy abiertos. —¿Que hiciste qué?

—Yo era un desastre cuando llegué a la isla. Me emborraché hasta las manitas y me quedé así. Hasta que Ben me hizo parar. Y yo… me gusta más quién soy sin el alcohol. ¿Quieres ir a correr en su lugar?

—Sí. De acuerdo. ¿Nos vemos en el pasillo en cinco?

—¿Seguro que tienes tiempo? ¿No tienes una esposa e hijos a los que deberías ir a ver?

—Coop. —Volvió a extenderme la mano y me la apretó—. Me necesitas. Eres mi máxima prioridad en este momento.

Me ardieron los ojos. —Cinco minutos.

—Claro que sí. —Se dio la vuelta para irse.

Lo agarré por la muñeca. —Espera. Una cosa más. Weston tiene esa… esa grabación. De Ben y yo. Necesito que desaparezca.

Un brillo apareció en sus ojos marrones y se tronó los nudillos. —Puede que tenga justo el código para encargarme de eso. Dame diez minutos para prepararlo. Puede hacer su trabajo mientras corremos.

Cuantas menos preguntas hiciera sobre por qué tenía ese código por ahí, mejor. —Gracias. Eres el mejor.

—Es verdad, soy el mejor programador. Todavía estoy trabajando en lo de ser el mejor amigo.

Mi voz salió ronca, esforzándose por salir de mi garganta cerrada. —En eso somos dos. Ahora lárgate de aquí.

———

NUESTRAS ZAPATILLAS deportivas golpeaban el pavimento, nuestros pasos sincronizados, mientras dejábamos atrás el centro de la ciudad y nos dirigíamos al sendero que bordeaba la bahía.

—Entonces, ¿qué quieres hacer con la empresa? —Jay me lanzó una mirada.

—¿Qué quieres hacer tú? ¿Dejarla ir o estás comprometido del todo?

El surco había vuelto. —Por supuesto que estoy comprometido del todo.

—¿De verdad? Weston dijo que tú… —Mierda. Weston.

—¿Weston? Después de lo que ese imbécil te hizo hoy, ¿cómo puedes creer algo que él diga?

—Tienes razón. Lo siento. Debí haber hablado contigo.

Jay se quedó mirando el sendero que teníamos delante. Me alegré de que no dijera lo que estaba pensando.

Alargué la zancada. —Esto va a requerir un putero de trabajo. Y algunas súplicas.

—¿Súplicas? Tú eres el idiota que le vendió sus acciones a Weston.

Hice una mueca. —No a mí. A la junta directiva.

—Ah. Entonces supongo que estoy dentro. —Esquivó a un par de yorkies que paseaban con una correa doble—. ¿Crees que podemos suplicar lo suficiente como para convencerlos en la reunión de mañana?

Si no hubiéramos estado prácticamente esprintando, habría suspirado. Pero, como buen competidor, había marcado un ritmo demasiado rápido y no tenía aliento para eso. —Todo lo que podemos hacer en la reunión de la junta de mañana es retrasar la decisión. Consideraré una victoria si conseguimos una semana para hacer nuestra magia.

—Quizá la oferta de Gurusoft no sea tan buena. —Jay me miró con ojos esperanzados—. Tal vez sea fácil de rechazar.

—Lo dudo. Weston la llamó extraordinaria. Se habrá encargado de que ofrezcan su mejor número.

—Weston. —Jay escupió en el césped junto a la pista para correr—. Lo que te hizo fue un golpe bajo. Tenemos que sacarlo ya.

—Si lo sacamos, seremos solo nosotros dos hasta que podamos contratar a alguien más. Es mucho trabajo que asumir. No puedo hacerlo solo. Tendrás que cargar con tu parte.

—Contrataré más ayuda. En otro mes, cuando acabe el colegio en Texas, podemos pedir a las madres de Alicia que pasen el verano con nosotros y los niños. —Se quedó mirando el camino—. Pero si la cago —y lo haré—, no te quedarás callado arreglando mis cagadas. Me lo dirás, ¿sí? Y haremos el trabajo juntos. O lo delegaremos. —Me lanzó una rápida mirada.

Relajé los hombros y sacudí las manos. —Sí.

—Bien, entonces. Exponemos nuestro caso a la junta. ¿Y luego qué?

Aceleré para adelantar a un par de corredores más lentos. —Rezar para que lo vean a nuestra manera.

—Sabes que soy ateo.

—Entonces más te vale que supliques con todas tus fuerzas.

—Hablando de suplicar —me miró de reojo—, ¿qué vas a hacer con Ben?

—No lo sé. La cagué bastante. —Todavía podía ver la conmoción y el dolor en su rostro, oír su jadeo cuando negué nuestra relación—. Intenté llamarlo antes de que nos fuéramos, pero no contestó. No estoy seguro de que piense que valgo la pena.

Ben fue inteligente al no contestar. Al no querer tener nada que ver conmigo. Al no darme otra oportunidad para lastimarlo.

Desearía ser lo suficientemente inteligente como para no quererlo de vuelta.

Jay se desvió a la derecha para darme un codazo en el hombro. —Vales la pena. Si fuera gay, estaría totalmente encima de eso. —Agitó la mano desde mi cara sudada hasta mi camiseta, que se pegaba a mi pecho y olía a angustia y desesperación.

—Ah, ¿lo estarías? —Me reí por primera vez desde que había entrado en Synergy—. Creo que Ben tiene estándares más altos.

—En serio. No estaría tan herido si no le importara.

Se me oprimieron los pulmones. Al enfrentarme a Mick Fallon, solo había querido proteger a Ben... y a mí mismo. Como todas esas otras veces, me había quedado paralizado. Debería haberme defendido. Haber defendido a Ben. No me lo merecía.

—Sabes lo que tienes que hacer ahora, ¿verdad? —Por suerte, atenuó su sonrisita.

Aceleré el paso, y él igualó mis zancadas. Gruñí.

—Un gran gesto, nene. Marlee tiene esta pila de libros. —Gesticuló por encima de su cabeza.

—No. —Corté el aire con la mano—. Ni de coña novelas románticas.

Se encogió de hombros. —Tú te lo pierdes. Algunas son bastante calientes. Y tiene algunas solo con chicos que… —se aclaró la garganta— no están tan mal.

—Este gran gesto. Resúmemelo.

—¡Por la izquierda! —Una bicicleta pasó zumbando a nuestro lado.

Jay redujo la velocidad, y yo también. —El punto es que tienes que hacerte vulnerable. Sacrificar algo de ese… —agitó de nuevo la mano sobre mí—, ese orgullo. Ese autocontrol. Demuéstrale que lo amas. Porque después de lo que hiciste, las palabras no son suficientes.

Cerré los ojos con fuerza por un momento. —¿Cuándo te volviste tan jodidamente inteligente?

—Después de que arreglé mis cosas con Alicia. Llegarás a eso. Solo requiere práctica.

—¿Práctica? ¿Quieres decir que tengo que hacer múltiples grandes gestos? —No sabía cómo hacer uno. ¿Cómo podría hacer más?

—No, nerdazo. —Me dio una palmada en la nuca—. Una relación es un trabajo jodidamente duro. Siempre estás haciendo algo por lo que tienes que disculparte. Y aprendes a aguantarte y a disculparte.

Si nuestro tiempo en la isla era un indicio, tenía razón. ¿Cuántas veces me había disculpado con Ben? Aun así, se había quedado. Hasta que negué nuestra relación en público.

Y eso demostraba que yo no era lo mejor para él.

No me merecía a Ben. Lo inteligente —lo amable— era mantenerme bien lejos de él.

—No habrá grandes gestos —resoplé—. Concentrémonos en nuestra estrategia para salvar nuestra empresa.

—Quieres decir que te encargarás de Synergy primero, ¿verdad? ¿Y luego de Ben?

—Quiero decir, lárgate de mi vida amorosa. Tenemos trabajo que hacer.

33

BEN

—CARIÑO, ya llegamos.

Cerré la puerta detrás de mí y dejé en el suelo el bolso de lona que no paraba de moverse y que había usado para meter a Coco a escondidas en el edificio de Mimi. Saltó del bolso, se sacudió y empezó a olisquear el perímetro de la habitación.

Olisqueé con esperanza, pero no venía ningún olor a comida de la cocina. Debería haber comprado algo, pero sin trabajo y con la matrícula del próximo semestre venciéndose en unos pocos meses —y sin sueldo, y mucho menos un programa de la empresa que la pagara—, odiaba la idea de gastar dinero en comida cara para llevar.

Lancé mi mochila sobre el sofá —también conocido como mi cama— y me giré hacia la cocina. Mimi estaba de pie junto al fregadero, tomándose una pastilla para la alergia. Iluminada por la luz de la campana extractora, se veía tan agotada como yo me sentía.

—¿Trabajaste hasta tarde? —entré en la cocina y serví agua fresca en el tazón de Coco.

—Sí. Nos están haciendo sacar todo tipo de informes extra. Supongo que por la compra de la empresa.

—¿No le contaste a nadie, verdad? —Había firmado un acuerdo de confidencialidad cuando me contrataron en Synergy. Todos lo hicimos. Contarle a Mimi cualquier cosa que oyera en el sexto piso estaba prohibido, pero se me salió todo anoche cuando entré con mi caja. Y mi perro. Y una botella de Benadryl para mi hermana.

Coco entró trotando en la cocina y lamió ruidosamente el agua de su tazón.

—Claro que no. Estoy siendo una buena contadora y manteniéndome al margen de asuntos que no me conciernen. —Dejó el vaso en el fregadero y me lanzó una mirada inexpresiva. Por supuesto que la compra de la empresa le concernía. Los departamentos como contabilidad y marketing solían ser los primeros en ser despedidos.

—Jackson y C-Cooper van a luchar contra esto. Sé que lo harán. —Si no planeara resistirse a la compra, no se habría molestado en decir que yo no era su novio. Podría haber tomado su liquidación y haberse ido de allí con sus secretos intactos. Con nuestra relación intacta.

No es que nuestra relación fuera más importante que Synergy. Los trabajos de mis amigos dependían de que la empresa se mantuviera intacta. Supuse que él también lo sabía. Aunque me había hecho el corazón polvo, todavía tenía que admirarlo un poco.

—¿No lo viste hoy, verdad? —La pregunta se me escapó antes de que pudiera detenerla.

—No. Hoy fue la reunión de la junta directiva. Seguro que estaba encerrado en el sexto piso. —Cruzó hasta el otro lado de la encimera donde guardábamos el correo y sacó un sobre grande y rígido del fondo de la pila—. Esto llegó para ti mientras no estabas.

Me lo entregó y miré el remitente. Synergy. Supuse que podría ser papeleo sobre mi despido. Mejor lidiar con eso mientras me sentía fatal. ¿Qué era una puñalada más en mi pecho vacío? Deslicé el dedo bajo la solapa y saqué un par de hojas de papel con un reverso de cartón. Una carta de presentación. Y un certificado de acciones. Por un número de acciones exorbitante.

—Mierda. —Me había hablado de la transferencia de acciones, pero ver esos certificados grabados lo hacía real. Metí los papeles de nuevo en el sobre. Odiaba la idea de aceptarlos. Debería triturarlos y devolvérselos a Cooper hechos trizas. Pero necesitaría el dinero si no encontraba trabajo pronto.

—¿Qué es? —preguntó Mimi.

—Un regalo.

Mi hermana levantó las cejas.

—Estábamos juntos cuando lo hizo. Ahora no significa nada.

Me hizo un gesto para que le diera el sobre y sacó el certificado. Silbó, bajito. —Aceptaría un regalo sin importancia como este en cualquier momento. Esto es, como, dinero para un departamento. Y dinero para un deportivo europeo. —Siempre con su mentalidad práctica de contadora, me miró entrecerrando los ojos—. Quiero decir, dinero para la jubilación. Y ahora Cooper te necesita.

—Él no me necesita. —Yo solo era un juguete para él, algo con lo que jugar cuando le placía y tirar a un lado cuando no.

—Synergy te necesita. *Yo* te necesito. Si se llega a una votación de accionistas, tienes que votar en contra de la venta.

—Mi voto no importará. Los ejecutivos tienen tantas acciones que todo dependerá de ellos.

—Benny, esto va a estar muy reñido. Cada voto cuenta. Hazlo por la empresa. Hazlo por mí.

Tenía razón. Ella, Marlee y todos mis otros amigos me necesitaban. —Por ti. Pero no por él.

—De acuerdo. Te abriremos una cuenta para que las deposites ahí. Y así no tendrás la tentación de estropearlos.

—¿Te refieres a que, uy, se cayeron accidentalmente en la trituradora?

—Exacto. Eso es un buen fajo de billetes. Lo necesitarás si...

—Sí. —Sin una recomendación de mi antiguo empleador, con otra extraña laguna en mi experiencia laboral, encontrar un nuevo trabajo iba a ser un desafío—. Ahora que he hecho mi examen final, voy a empezar a buscar mañana.

Me sonrió, con seriedad. —Puede que yo también empiece. Por si acaso.

Se me oprimió el pecho. —Mimi, lo siento.

—No pasa nada. Al menos estoy prevenida. Llevo un tiempo queriendo hacer algo diferente.

—¿Algo diferente? ¿Por qué no hemos hablado de esto?

Se encogió de hombros. —Has estado muy ocupado. Y no quería que mamá se preocupara.

Eso me hizo sonreír un poco. —Mamá siempre se preocupa.

—Sí.

—¿Algo diferente? —Le di un codazo en el brazo.

—Una organización sin fines de lucro, creo. Tu trabajo de voluntario siempre me ha inspirado.

—¿Una organización sin fines de lucro? Mamá se preocupará.

—Todo irá bien —dijo—. Sabes lo precavida que soy.

—Sí. —Si tan solo yo tuviera una pizca de su precaución, nunca me habría enamorado de mi jefe. Entonces podría haber convencido a Cooper de que volviera antes a la oficina para que Weston no hubiera tenido tanto tiempo de armar su plan. Si yo fuera como Mimi, habría hecho mi trabajo y no habría perdido el corazón.

—Celebremos —dijo—. ¿Pizza?

—¿Qué diablos estamos celebrando? —Tragué, pero el nudo seguía en mi garganta.

—Tienes un pequeño colchón. —Agitó el sobre—. Bueno, no es tan pequeño. Un buen y gran colchón. Y a día de hoy, yo tengo trabajo. Ambos estamos sanos, tenemos un techo sobre nuestras cabezas —ambos miramos la mancha de agua amarilla en el techo; ¿se estaba extendiendo?— y tenemos un Chianti afrutado para acompañar.

Así que, a pesar de mi bajo saldo bancario y de que el pago de la matrícula se cernía sobre mí, pedimos pizza. Y, sentados en mi sofá cama, bebimos el Chianti. Después de demasiado vino y no suficiente pizza, dije: —Mimi. Mimi. Mírame.

Parpadeó, con los ojos inyectados en sangre. La baja tolerancia al alcohol era un rasgo familiar. —¿Sí, Benny?

—He acabado con el amor. ¿Me oyes? No más. Tú vas a encontrar a alguien y a tener un par de hijos, y yo seré el tío genial que viva en la casa de al lado.

—Sabes que eso no te hará feliz, cariño. Si alguien alguna vez necesitó amor y un par de hijos, eres tú.

—¿Necesitar amor? —Reí con amargura—. Ya no. Amo a este perro. —Le rasqué a Coco entre las orejas—. Te amo a ti. Y amaré a tu hombre. Como a un hermano, quiero decir, no como un extraño triángulo amoroso. Y amaré a tus hijos. Y a mamá y papá. Eso será suficiente.

Tenía que serlo. Porque tenía la sensación de que esta vez, mi corazón no se recompondría, no como lo había hecho después de que rompí con Trey.

—Pero ¿y qué hay de la… —agitó su rebanada de pizza hacia mi entrepierna—, compañía?

—Oh, me follaré a cualquiera que me acepte. Pero no más amor. Lo prometo. De hecho, encontraré a alguien con quien follar ahora mismo. —Me puse de pie, pero fue demasiado rápido. Me tambaleé y volví a caer en el sofá, y la copa de vino que tenía en la mano se derramó, salpicándome a mí y al sofá—. Joder, lo siento. —Tomé una servilleta de la pila que había en la mesita de centro y limpié la mancha.

—No te preocupes. La tela es oscura. No se notará. De todos modos, es un sofá de mierda.

—Créeme, lo sé.

Nos reímos, como no lo había hecho desde que dejé la isla. Desde que me rompió el corazón. Y la risa me dio la esperanza de que podría superar a Cooper Fallon. Que podría vivir mi vida con mi corazón adentro, donde pertenecía, y no dejar que cada persona que conociera me arrancara un pedazo.

Coco parecía saber lo que necesitaba. Se acurrucó a mi lado, con la cabeza apoyada en mi rodilla, mirándome con sus conmovedores ojos marrones. *Cooper se ha ido*, parecía decirme, *pero todavía me tienes a mí.*

Tendría que ser suficiente.

34

COOPER

—SIÉNTATE.

Una sola palabra bastó para que supiera cómo iría mi conversación con Jamila. Me dejé caer en la silla de mimbre acolchada de su terraza con vistas al mar. Ella se sentó en la silla a mi lado y me sirvió una taza caliente del té de manzanilla que le gustaba. Olía a tierra y a un tipo equivocado de flores, pálidas y pequeñas.

Levantando su propia taza hasta los labios, dijo:

—Supongo que esta visita es por negocios, ¿no personales?

—Sí. —Jackson y yo nos habíamos dividido a la junta directiva. Él se había encargado de su padrastro, Charles, que también era el presidente, y de la mitad con más probabilidades de escucharlo. Pensaba que podría convencer a Charles de que se pusiera de nuestro lado.

Yo me había encargado de Jamila y de la otra mitad. La mitad difícil. Ninguna de mis otras visitas había tenido éxito. O Weston había llegado primero o habían perdido la fe en Jackson y en mí. Quizá ambas cosas. Supuse que Jamila sería fácil de convencer, así que la dejé para el final. Debería haber estado de acuerdo conmigo, teniendo en cuenta nuestra larga amistad. Pero el ceño fruncido en sus labios de un intenso color morado me oprimió el pecho.

—Escucha, Jamila…

—A mí no me vengas con «escucha, Jamila». Soy miembro de la junta directiva de Synergy. Tengo que votar por lo que sea mejor para los accionistas. Weston, con lo imbécil que es, presentó un argumento sólido el otro día. Y no estoy tan segura de que mantener a Synergy independiente sea la mejor jugada para ti, amigo mío.

—¿Qué? —Dejé el té hirviendo. A pesar del aire frío de la mañana, mi cuerpo se acaloró—. Yo construí esta empresa. ¿Por qué querría que Gurusoft la destrozara?

Bebió un sorbo de té y dejó la taza. Enarcó las cejas.

—Me parece recordar que estuve sentada en otra terraza hablando de tu futuro en la empresa. El Cooper con el que hablé entonces estaba quemado. Herido. Harto de Jackson. Y de Synergy. Cantabas una canción muy distinta.

Mierda, yo también lo recordaba. El dolor. El agotamiento. La desesperanza. ¿Qué había cambiado? Para empezar, me había tomado tres semanas libres del trabajo. Y había tenido una buena conversación con Jackson. Estaba cumpliendo con su parte hasta el momento; teniendo exactamente el tipo de interacciones que odiaba con los miembros de la junta, socializando y hablando de números, cuando lo único que quería era escribir código.

Pero la mayor diferencia era Ben. Me había recordado que la empresa no era solo mía y de Jackson. Era más grande que nosotros dos. Gente que me importaba dependía de ella, creía en ella. Había sido egoísta al pensar solo en mí.

—No puedo… no podemos… defraudar a nuestros empleados. Si Gurusoft toma el control, los que despidan serán los afortunados. Ya sabes lo tóxico que es su ambiente de trabajo.

Se mordió el labio.

—He oído cosas. Todo el mundo las ha oído. Pero ¿estás seguro de que estás dispuesto a quedarte, a quitarle el control a

Weston y a actuar como el fundador de la empresa que necesitan que seas?

Mi respuesta fue automática.

—Lo estoy.

—No tan rápido, Coop. —Se inclinó sobre la mesa auxiliar que nos separaba—. No se trata solo de los accionistas. Tú también me importas. ¿Has hablado con tu terapeuta desde que volviste?

—Llevo cinco días de vuelta y la mayor parte del tiempo me la he pasado corriendo para reunirme con los accionistas. ¿Cuándo iba a tener tiempo para hablar con ella?

—Hazte el tiempo. No tendrás mi voto hasta que lo hagas. ¿Y qué hay de Ben?

Su nombre en sus labios hizo que quisiera acurrucarme alrededor del agujero que tenía en el pecho. Le conté lo que pasó en la oficina el martes. La grabación que Weston me mostró. Cómo metió a mi padre en el asunto y el viejo miedo había vuelto de golpe hasta que dije cosas que no sentía.

—¡Esa víbora! —explotó Jamila—. Ojalá hubiera sabido eso en la reunión de la junta. Weston es tan rastrero que tiene que mirar hacia arriba para ver el infierno. —Se pasó la mano por sus pantalones color perla como si pudiera limpiarse el apretón de manos de él—. ¿Necesitas ayuda para borrar esa grabación?

—Jay se encargó de eso. Pero era solo la prueba física. Nunca debí haberme acostado con mi asistente.

—Técnicamente…

—Técnicamente nada. Como Director de Operaciones, me equivoqué al aprovecharme de él de esa manera. Se supone que debo dar el ejemplo. Una vez que superemos esto, haré una declaración a los empleados.

—Cooper. —Su voz era suave—. No puedes ser el Director de Operaciones todo el tiempo. También tienes que ser humano. Los humanos se enamoran.

—No creía que pudiera. Dejarme amar a alguien que pudiera corresponderme. Pero al final, era mejor persona con Ben. Gracias a Ben.

—¿Al final? El Cooper Fallon que conozco no se rinde.

—Mila, se fue con sus cosas y no miró atrás. Además, soy tóxico. Está mejor sin mí.

—¿Tóxico? ¿No serás un poco dramático? —Sonrió con suficiencia—. Admito que te va a costar trabajo recuperar a tu hombre después de la estupidez que hiciste. Pero nunca te he visto rehuir el trabajo duro.

Jackson me había dicho lo mismo. Pero yo no sabía cómo hacer ese tipo de trabajo. Si me dabas una pila de hojas de cálculo, me las devoraba. ¿Presentaciones? Podía componerlas en el acto. Pero nunca había visto de cerca a gente esforzándose en una relación. Me estremecí al recordar el matrimonio de mis padres. El miedo constante en los ojos de mi madre.

—¿Y si yo... y si él no quiere que vuelva? —Tomé la taza de té y le di un sorbo para ocultar el temblor de mis labios. El té era repugnante; escupí la mitad de nuevo en la taza y tosí la otra mitad en mi codo.

Se rio. De mí. Pero la ira no me subió al pecho como solía hacerlo en las raras ocasiones en que alguien —normalmente Jackson— se burlaba de mí. Me dolía demasiado el corazón.

—Claro que quiere que vuelvas. Estaba loco por ti cuando los vi en la isla. Necesita que le demuestres que te importa.

—Jay dijo que necesito hacer un gran gesto.

Resopló.

—No sé si tanto. Tienes que demostrar que vas en serio con él.

—Voy muy en serio. Pero también tengo que pensar en lo que es mejor para él. ¿Y si eso no soy yo?

Agitó la mano como si mis defectos fueran lo suficientemente ligeros como para dejarse llevar por la brisa del mar. Yo sabía que no era así. Eran enormes. Pesados. Me habían agobiado durante años. No podía dejar que aplastaran a Ben también. Lo que hice en la oficina la semana pasada lo aniquiló. Él no se merecía eso.

—Vamos adentro. —Jamila se puso de pie—. Te traeremos algo de beber, algo de comer. Pensarás mejor entonces. Y haremos un plan para Synergy y para Ben. Si lo llevas a cabo, si prometes tomar más vacaciones y ver a tu terapeuta con regularidad, votaré en contra de la fusión.

Con el voto de Jamila, podríamos tener mayoría. Confiaba menos en su ayuda con Ben. Ella había tenido incluso más relaciones sin sentido que yo.

—No más manzanilla.

Se levantó y me ayudó a ponerme de pie. Me rodeó con sus brazos y me relajé en su abrazo. No me había sentido tan seguro desde que me había retirado de debajo de Ben nuestra última mañana en la isla.

—De acuerdo.

Dejé que me llevara adentro. Porque una cosa que había aprendido con todo esto era que la única manera de recuperar el control de mi vida era cediendo el control.

———

ESA TARDE, localicé a mi madre. Si me hubiera acordado de que era domingo, no me habría molestado en llamar a su equipo de seguridad. Solo había un lugar donde podía estar.

Aunque la misa había terminado hacía horas, el olor a incienso se aferraba al edificio como las enredaderas a los árboles de la isla. Con amargura, me alejé de las puertas del santuario. Dios no nos había salvado de Mick Fallon. Su Iglesia no nos había salvado. Yo nos había salvado a los dos.

La encontré en el armario de donaciones. Una joven latina delgada que apretaba a un bebé envuelto contra su pecho estaba cerca, con sus grandes ojos fijos en mi madre mientras esta rebuscaba en bolsas de plástico con ropa. Un ojo morado se hinchaba en la piel bronceada de la mujer.

Mamá salió de la bolsa y levantó un par de pantalones negros y una blusa de flores llamativas como si hubiera encontrado la cura para el cáncer.

—Pruébate estos, querida. —Se los extendió a la joven.

Entonces me vio.

—¡Lito! ¡Estás aquí!

Sabía que había vuelto; la había llamado la noche que regresamos.

—No te emociones. No busco la salvación. Te busco a ti.

Me levantó un dedo. Con delicadeza, le quitó el bebé a la mujer y le entregó el conjunto.

—Pruébate estos. —Asintió hacia la ropa que la mujer sostenía.

Con el bebé en brazos, Mamá salió al pasillo y yo la seguí. En las paredes ondeaban dibujos de María Magdalena retirando la piedra del sepulcro de Jesús, coloreados con crayones brillantes por los niños de catequesis.

Mamá ladeó la cabeza hacia mí como Coco solía hacer a veces.

—No pareces feliz. Isobel dijo que estabas feliz.

—Por Dios, Mamá. Hola a ti también.

Tapó la oreja del bebé dormido con una mano.

—¿ Tomas el nombre del Señor en vano en la iglesia, Miguel? Te crie mejor.

Sentí un calor en la piel, como siempre que recordaba al hombre por el que me había puesto ese nombre.

—No la ha molestado, ¿verdad? —Los de seguridad informaron que no había intentado verla, pero no estaban monitoreando su teléfono. Ella no me lo permitía.

—No. ¿Ha intentado verte a ti?

—No desde el martes, cuando lo vi en el trabajo. —Ojalá no hubiera tenido que decírselo, pero lo hice por su propia seguridad.

—Bien. Pero dime, ¿por qué no eres feliz? ¿Es por él?

Me apoyé contra la pared de bloques de hormigón pintada de blanco.

—No. El trabajo y… otras cosas.

—Ah. Isobel me contó lo de tu novio. Ben. ¿Qué pasó?

—Yo… el Director Ejecutivo me confrontó con un… un video. De Ben y mío. Luego trajo a pa… a Mick. Fue demasiado y reaccioné mal.

—¿Hablaste con tu terapeuta sobre eso?

—Po… —Me lo tragué. Sonaba igual que Jamila—. Tengo una cita esta semana.

—Bien. Ojalá… —Bajó la mirada al rostro del bebé dormido y le arregló la manta.

Le toqué el hombro.

—¿Qué es lo que ojalá, Mamá?

—Ojalá hubiera sido más fuerte cuando eras pequeño. Ojalá me hubiera enfrentado a él.

El aire impregnado de incienso era demasiado pesado para respirar.

—Mamá, no. Hiciste lo mejor que pudiste.

—Y tú también, Lito. Estoy orgullosa de ti.

—Nunca me enfrenté a él. No como debería haberlo hecho. —Todas esas veces que los oía en su habitación, debería haber irrumpido ahí. Hacer algo. Hacer lo que fuera. Pero nunca tuve el valor.

—No, no. Lo que necesitaba que hicieras era que te hicieras más grande que él. Y lo hiciste.

—Eso es solo genética…

—No. —Se puso la mano sobre el corazón—. Más grande aquí.

Mi propio corazón ennegrecido latió con fuerza.

—Pero no lo soy.

La joven apareció en el umbral. La blusa, por muy chillona que fuera, le quedaba bien y resaltaba los reflejos rojizos de su pelo.

Mamá le entregó el bebé.

—Un minuto, querida.

Cuando la mujer volvió al armario, Mamá me miró fijamente a los ojos.

—Eres un buen hombre.

Raspé mi zapato de vestir contra el mugriento suelo de linóleo.

—¿De verdad lo soy? —Enumeré cosas con los dedos—. Casi golpeo a mi mejor amigo. Vendí mis acciones aunque le había prometido a Jay que no lo haría, y eso puso en peligro mi empresa y a cada uno de mis empleados. Y luego, cuando las cosas se pusieron difíciles, dije que Ben no era mi novio. A pesar de que quería que lo fuera. No le dije que lo amaba hasta que fue demasiado tarde. —Cerré los ojos con fuerza para no ver el asco en su cara.

—Lito. —Se estiró para levantarme la barbilla y que la mirara a los ojos—. Todo el mundo comete errores. A veces cometen muchos, todos seguidos. Pero escucha, tú no eres como tu padre. Lo conocí en sus mejores y en sus peores momentos. Y hasta en tu peor día, eres mejor que él en su mejor día.

—¿En serio? Porque cuando destrocé mi escritorio, me sentí muy parecido a él.

—En serio. —Puso su palma, áspera por el trabajo, en mi mejilla—. Te preocupas por hacer lo correcto por los demás. Por tu familia. Por la gente que amas.

—Pero no lo hice, Mamá. La jo… lo arruiné todo.

—Pero estás trabajando para arreglarlo, ¿no?

Suspiré.

—Le pedí disculpas a Jay. Y estoy haciendo todo lo que puedo para salvar la empresa.

—¿Y Ben?

—Está mejor sin mí.

—Por lo que dijiste, él no piensa así. Te ama. ¿Y quién eres tú para tomar esa decisión por él?

Cerré los ojos con fuerza.

—Deja de ser tan sabia.

—Lito. Me gané esta sabiduría. Cometiendo muchos, muchos errores. —Me dio una palmada en la mejilla—. Quiero que tomes mejores decisiones. Discúlpate con él. Demuéstrale que lo amas. Si todavía te ama, eso será todo lo que se necesite. Mereces ser feliz.

—Mamá. No es tan fácil. —Según Jackson y Jamila, necesitaba algo más para recuperar a Ben. Las ideas de Jackson sobre grandes gestos eran una porquería. Y Jamila podría ser genial para planificar el desarrollo de aplicaciones, pero su plan para recuperar a Ben rayaba en el acoso y el secuestro y era más probable que me llevara a la cárcel que a ablandar el corazón de Ben.

—¿Para ti? No, no es fácil. —Me dio una palmadita en la mejilla—. Primero tienes que derribar esos muros tuyos. Para ti, esa es la parte más difícil.

El frío glacial en mi estómago me dijo que tenía razón.

—¿Y luego?

Sonrió.

—Luego le muestras el tipo de hombre que eres. Aquí adentro. —Puso una mano sobre mi corazón.

Mostrarle sonaba mucho al jodido gran gesto de Jackson. Y sabía quién era el experto que podía guiarme.

35

COOPER

EL CAFÉ se desbordó por el borde de mi taza y salpicó la encimera en la sala de descanso de empleados del sexto piso.

Jackson saltó para ayudar con un fajo de toallas de papel.

—¡Aléjate! No puedes entrar a la reunión de la junta con café en el traje.

—Maldita sea, ya lo sé —gruñí, apartándome de la cascada de café que caía por la encimera, mientras intentaba ocultar el temblor de mis manos—. Más toallas de papel.

—¡Chicos! Aléjense del derrame —ladró Marlee desde detrás de nosotros. Suspiró, con todo el peso del mundo en ello—. Yo lo limpio. Ten. —Me entregó un batido verde—. Bebe esto en su lugar.

—Gracias. —Le di una sonrisa débil.

—No podemos permitir que nuestro jugador estrella se quede sin sus antioxidantes o lo que sea. —Su tono era de broma, pero su preocupación se notaba en la tensión de su boca. Su trabajo dependía de mi desempeño en la sala de juntas esa mañana. Si Gurusoft tomaba el control, Jay y yo —y su asistente— seríamos los primeros en irnos.

—Haré lo mejor que pueda. —Desearía poder decir que no los decepcionaría, pero no estaba seguro de que tuviéramos los votos. Como no había seguido el plan de Jamila para recuperar a Ben, ella no se había comprometido a votar en contra de la compra. Y al menos uno de los dos votantes del bloque de Charles sería convencido si ella no lo hacía. Weston tenía a tres miembros de la junta firmemente de su lado.

Si tan solo Jay siguiera en la junta, me sentiría mejor. Pero la primera jugada de poder de Weston hace unos años había sido votar para sacarlo después de que Jackson se perdiera demasiadas reuniones de la junta. De acuerdo, se había perdido todas y cada una, pero yo había luchado duro por mi amigo.

Jay me dio una palmada en el hombro.

—Sé que puedes hacerlo. Ahora, bébetelo y vamos.

Metí el popote en la tapa y tomé un trago profundo del batido verde. Al igual que los otros que Marlee me había conseguido esa semana, sabía a pasto y tierra. Ben debía poseer algún tipo de magia para los batidos que los simples mortales no podían replicar. Pensar en él agrandó el agujero en mi estómago. Puse mi mano sobre él.

—¿Qué tal el batido? —preguntó Marlee, arrojando las toallas de papel empapadas de café al cesto de compostaje.

—Delicioso. Gracias. —Ella estaría bien. Me aseguraría de que ella y Ben tuvieran trabajo después de esto, incluso si ya no existiera un Synergy para emplearlos. *Ben.* —¿Pudiste, ah...?

—Lo invité a almorzar. Vamos a comer en la cafetería de abajo, así que podrás encontrarnos. ¿Tú *sí* sabes dónde está la cafetería de empleados? —Arqueó una ceja.

—Sí. Solo que no como allí. Nuestros empleados tienen una idea sorprendentemente pobre de lo que es la nutrición. Pero te veré allí. Después.

—Vamos. Te acompaño a la puerta. —Jay me ofreció su brazo.

Lo miré con desagrado.

Él guiñó un ojo, un hábito que había adquirido el año pasado en Texas.

—¿Demasiado pronto?

—Siempre será demasiado pronto para eso, idiota.

Él sonrió.

—Ahí está mi Cooper Fallon. Pero en serio, camina conmigo.

Me guio fuera de la sala de descanso y caminamos lado a lado hacia la sala de juntas, posiblemente por última vez. La sala de juntas era un poco más opulenta que las otras salas de conferencias, con nuestras sillas más cómodas y el mejor equipo de videoconferencia. Sabía a ciencia cierta que nuestro equipo de limpieza se esmeraba después de cada reunión para limpiar las huellas dactilares de la elegante mesa de cristal. Weston la había elegido, sospechaba, porque quería poder escudriñar cada parte del cuerpo de una persona, desde sus manos sudorosas entrelazadas bajo la mesa hasta los dedos de sus pies que tamborileaban nerviosamente.

En la puerta, enderecé la espalda. Jay quitó una pelusa fantasma del hombro de mi saco.

—Dales con todo.

No necesitaba decir nada más. Sabía por la rigidez de su postura, la tensión en su voz, que lo que sucediera en la sala de juntas le importaba. Y yo no iba a decepcionar a mi amigo.

Asentí y crucé la puerta. Los otros miembros de la junta ya estaban dentro. Algunos se sentaban a la mesa, escaneando los papeles que Julie había puesto en cada lugar. Otros estaban de pie junto al aparador, llenando sus platos con pastelitos o sirviéndose más café. Weston estaba sentado solo a la cabecera de la mesa. Encontró mi mirada y sonrió. Antes, habría dicho que su sonrisa era de seguridad en sí mismo. Que inspiraba confianza. Desde aquel fiasco en su oficina, cuando me había echado en cara todos mis demonios, su sonrisa parecía reservada. Presumida.

Me volví para buscar una última mirada tranquilizadora de Jackson, pero no era él quien estaba en la puerta. El hombre era corpulento. Y me resultaba familiar. ¿De qué lo conocía? La forma en que la camisa de seguridad de Synergy, demasiado pequeña, se abultaba en los botones me recordó a otro uniforme que no le sentaba bien. Contuve el aliento. El ama de llaves de mi bungaló. Lo supe con certeza cuando se dio la vuelta y se alejó cojeando.

¿Qué carajo estaba haciendo en mi edificio? Salí por la puerta. Lo confrontaría. Obtendría su identificación.

—Jay, detén…

Mi voz se evaporó en mi garganta repentinamente seca. La última persona que quería volver a ver en mi vida estaba en el pasillo. Maldije en voz baja y el corazón me martilleaba.

A diferencia del otro hombre, su camisa de botones con el logo de Synergy le quedaba bien a su cuerpo esbelto y musculoso. Pero sus pantalones oscuros, sin cinturón, le quedaban flojos en la cintura. Y sus zapatos negros estaban rozados y gastados en las puntas.

—¿Vas a alguna parte, hijo? —Mi padre se cruzó de brazos.

Jackson se dirigía a su oficina, pero al oír la voz de mi padre, se giró para encararlo.

—¿Qué demonios? ¿Qué está haciendo usted aquí?

—Seguridad. —Mick Fallon chasqueó los dientes.

Mi mano se cerró en un puño, pero Jackson se interpuso entre nosotros.

—¡Va a necesitar que la jodida seguridad lo salve cuando yo…!

—¿Hay algún problema? —Weston salió deslizándose de la sala de conferencias, con una sonrisa burlona en el rostro.

—¿Qué demonios, Weston? —espetó Jackson—. No puedes traerlo aquí.

Mi padre se enfureció y yo me encogí. Yo era tan alto como él y más pesado, pero una docena de años siendo su saco de boxeo me habían entrenado demasiado bien.

Ampliando su sonrisa, Weston se apoyó en el marco de la puerta.

—Creo que sí puedo.

—Déjalo, Jay —masculló.

—Pero…

—Está bien. —No estaba nada bien, y Jackson lo sabía. Weston había traído a mi padre aquí de nuevo para joderme la cabeza. También como una amenaza. Me expondría como el hijo de un borracho maltratador, uno pobre, tan diferente de la mayoría de los ricos miembros de la junta. Me estremecí. ¿Cambiarían de opinión los miembros de la junta que habíamos convencido a nuestro favor cuando supieran que yo no era uno de ellos? ¿Si supieran que, si no fuera por el aliento de mi madre y un montón de dinero de becas, podría haber terminado como su jardinero o su chofer?

Los olores a sudor agrio y whisky inundaron mi nariz. Tiré mi vaso de plástico del batido a la basura.

—Está bien —dije, más para mí que para nadie.

—Creo que es hora de que regrese a su trabajo, Jones. —Weston puso las manos en sus caderas.

Mi mejor amigo me miró a los ojos.

—Coop, ¿estás...?

—Estaré bien. Te haré saber lo que pasa.

Miró con dureza a mi padre, luego a Weston. Luego se dirigió a grandes zancadas hacia su oficina.

—Puede esperar aquí afuera, señor Fallon —le dijo Weston a mi padre—. Le llamaré si lo necesitamos.

¿Se refería a si las cosas se ponían violentas en la sala de juntas, o si necesitaba restregarme a mi padre en la cara de nuevo? Cuadré los hombros. No importaba. O no debería. Tenía un trabajo que hacer. *Concéntrate.*

—Espera —dije.

Weston se giró y alzó las cejas.

—Había otro hombre aquí afuera. Un hombre con cojera. ¿Quién era?

—No tengo ni idea. —El rostro de Weston era una máscara. Pero esos profundos ojos azules suyos se desviaron hacia un lado tan rápidamente que si no lo hubiera estado observando de cerca, me lo habría perdido. Conocía al hombre. ¿Por qué era ahora un guardia de seguridad en Synergy?

Pero antes de que pudiera presionarlo, Weston dijo:

—Es hora de que comience la reunión. Ya sabe cómo somos con la puntualidad.

Tenía razón. Ya estaba en desventaja. Lo último que necesitaba era que la junta tuviera otra razón para votar en mi contra.

Adormecido, seguí a Weston a la sala. Los miembros de la junta se habían acomodado en sus asientos habituales alrededor de la mesa. Charles Hayes se sentaba en la cabecera, y los asientos a su derecha e izquierda estaban reservados para Weston y para mí. Jamila se sentó en la silla de cuero a mi izquierda; el secretario, Rod Sanchez, se inclinaba sobre su laptop al pie de la mesa, y el resto estaban dispuestos a los lados.

Weston cerró la puerta detrás de mí. El clic del pestillo se sintió como si me hubieran encerrado en una jaula para luchar por mi vida. Congelé una sonrisa en mi rostro y saludé a cada uno de los miembros de la junta, que de repente se sentían menos como mi equipo y más como mis oponentes. Incluso Jamila, a quien no se le escapó el temblor de mis dedos cuando me estrechó la mano.

—¿Estás bien? —preguntó, sus grandes ojos marrones se abrieron con preocupación.

—Estoy bien. Hablé con la Dra. Pradhi ayer —susurré. No me había hecho sentir mejor, pero al menos había sido una hora en la que no estuve preocupado por el destino de mi empresa. Tenía demonios más grandes que enfrentar.

Y ahora uno de esos demonios, mi padre, me amenazaba desde fuera de la sala de juntas. Y el hombre misterioso —el hombre de Weston, que había estado *en mi casa*—, deambulaba libremente por los pasillos.

Ella susurró:

—¿Y qué hay de…?

Negué con la cabeza. Tenía que esperar hasta que terminara la reunión para hacer mi último recurso. Si Ben no me escuchaba esa tarde, se habría acabado. No más oportunidades.

Tomé mi asiento y, mientras Charles nos llamaba al orden y repasaba la agenda, movía la rodilla nerviosamente bajo la mesa. Weston sonrió burlonamente al verlo a través del cristal, pero no pude parar. Quería sacudir a cada miembro de la junta. Ellos no estarían aquí si no fuera por Jay y por mí. Tenían que ver que éramos dignos de otra oportunidad para hacer a los accionistas —y a cada uno de ellos— millones de dólares más ricos. Miré el reloj. ¿Terminaríamos a tiempo para que yo corriera escaleras abajo a encontrarme con Ben? ¿Y tendría buenas o malas noticias para compartir con él y Marlee?

Finalmente, Charles pasó al evento principal.

—Primer punto. Como discutimos en la reunión de la semana pasada, recibimos una oferta de compra de Gurusoft. Acordamos reunirnos hoy para votar si aceptamos o rechazamos la oferta. Si aceptamos, convocamos una votación de accionistas para confirmar. Ahora abro el debate. Harris, ¿creo que usted pidió ser el primero?

Weston se puso de pie.

—Gracias, Charles. —Circuló lentamente la mesa—. Creo que a algunos de ustedes se les ha contactado para pedir su voto en contra de la fusión. Entiendo que se han utilizado argumentos emocionales para animarlos a ponerse del lado del señor Fallon, quien parece haber cambiado de opinión recientemente sobre la empresa.

—Verán, el señor Fallon —me estremecí cada vez que usaba mi apellido, recordando que lo compartía con el despreciable ser humano al otro lado de la puerta— vendió recientemente un número significativo de sus acciones Clase A en la empresa con la intención de abandonar su posición. Ahora, de repente, ha recuperado el interés en mantener la empresa independiente. ¿Por qué? —Weston extendió las manos—. Quizás nos lo diga cuando sea su turno de hablar. Quizás tenga que ver con lo que el señor Fallon anduvo haciendo durante su permiso de ausencia.

Un reconocimiento helado me recorrió las venas. Eso era.

El hombre de Weston, el falso ama de llaves y ahora falso guardia de seguridad, había plantado cámaras en mi casa e informado a Weston lo que yo *había andado haciendo*. La rabia me nubló el cerebro, pero luché por superarla para pensar con claridad.

¿Dónde más lo había visto? Quizás en el bar, pero había estado demasiado borracho para confiar en mi memoria. ¿En el restaurante con Ben esa noche? Había habido un hombre comiendo solo, y tenía una complexión similar. ¿El día que fuimos de compras? No podía estar seguro. Ese día solo tenía ojos para Ben. Y había estado preocupado por su tobillo.

Su tobillo.

Ben dijo que un tipo corpulento lo había atacado y que Coco lo había mordido. ¿Era por eso que cojeaba? ¿Era él el tipo que atacó a Ben?

Mi visión se tiñó de rojo.

A mi lado, Jamila carraspeó. Entrecerró los ojos hacia el bolígrafo en mi puño. Lo había doblado con la fuerza de mi agarre, y tinta carmesí goteaba sobre el dorso de mi mano. Tomé una servilleta y la sequé.

Concéntrate.

—Independientemente, la… —Weston vaciló y escupió la siguiente palabra como si tuviera mal sabor— inestabilidad del señor Fallon debería ser motivo de preocupación para esta empresa y esta junta. Todos hemos observado a fundadores con apegos emocionales a sus empresas que no logran ver lo que es mejor para los accionistas. Me temo que estamos en esa situación ahora. El señor Fallon parece tener un enredo emocional —su mirada de ojos azules captó la mía y la sostuvo— que podría impedirle ver con claridad que una venta es lo mejor para Synergy.

A mi lado, Jamila se movió. A pesar de las claras señales de que me estaba quebrando —limpié más tinta roja—, no podía estar de acuerdo con él, ¿o sí? La miré, pero mantuvo su vista en Weston.

Él continuó:

—Los insto a todos a considerar esta generosa oferta de Gurusoft. Podría significar el fin de una era para algunos, pero seguramente traerá nuevas oportunidades de éxito para la empresa y nueva riqueza para sus accionistas.

Hubo murmullos de acuerdo del lado de la mesa de Weston. Después de que Weston tomó asiento, Charles se volvió hacia mí.

—Cooper, ¿creo que le gustaría decir unas palabras?

—Así es. —Me levanté y caminé detrás de mi silla, obligando a mis emociones a calmarse. No importaba cuánto amara a Synergy, hoy se trataba de lógica, no de emociones. —Harris tiene razón en que hace unas semanas, estaba agotado. Desanimado. Listo para dejar Synergy atrás. Me fui abruptamente, dejando a Harris y a otros a cargo de limpiar el desastre. Y me disculpo por eso.

—También vendí una parte significativa de mi participación en la empresa, con la plena intención de salir de Synergy como dijo Harris. —Más murmullos surgieron en el otro extremo de la mesa. Caminé por ese lado para acallarlos.

—Sin embargo, en mi tiempo fuera de Synergy, aprendí algunas cosas sobre mí mismo. —En este lado de la mesa, podía ver el rostro de Jamila, pero mantuvo su expresión en blanco—. Siempre he sido un gran trabajador. Pocos de ustedes lo saben, pero vengo de la pobreza. Nunca tuvimos mucho, pero mi madre me animó a estudiar y a trabajar duro para poder elevarme por encima de lo que siempre había conocido.

Los hombros de Weston se tensaron, pero no se dio la vuelta.

—Mi trabajo duro y la brillantez de Jackson Jones crearon esta empresa. Le dimos todo lo que teníamos: nuestro dinero, nuestro esfuerzo, nuestro tiempo. Siempre estaré agradecido con Jackson, con nuestros primeros empleados y con esta junta, que han ayudado a convertir Synergy en un éxito más allá de cualquier cosa que aquel chico que vivía al día, que tuvo la suerte de ser lo suficientemente alto y fuerte como para conseguir su primer trabajo en la construcción a los catorce años, podría haber imaginado.

—Estaba tan orgulloso de lo que habíamos construido, tan invertido en su éxito, que apenas tomé un descanso desde que fundamos la empresa hace una década y media hasta ahora. —Miré a Jamila. —Ahora sé que fue un error. Que descuidé mi propia salud mental por el bien del éxito de la empresa.

—Cuando tuve una reacción inesperada a un desacuerdo con Jackson, me di cuenta de que necesitaba un descanso. Y en mi estado emocional, pensé que necesitaba hacer ese descanso permanente. No estaba seguro de poder contribuir a la empresa de manera positiva después de eso.

—Pero mientras estuve fuera, una buena amiga —capté la mirada de Jamila y la sostuve— me habló sobre el equilibrio. No siempre tengo que ser yo quien dirija el espectáculo. Tengo socios fuertes en Jackson, en la junta y en los muchos empleados competentes que hemos contratado para compartir la carga. Tengo la intención de tomar vacaciones regulares en el futuro. Alejarme de vez en cuando me hará un mejor líder.

Continué mi recorrido alrededor de la mesa. —Alguien que me importa me dijo cuánto significa la empresa para él. Otros empleados se me han acercado en los pasillos esta semana para hacer lo mismo. A lo largo de los años, hemos trabajado duro para hacer de Synergy un lugar donde todos se sientan bienvenidos. Donde nuestra diversa fuerza laboral se sienta conectada con la empresa mientras mantiene un saludable equilibrio entre el trabajo y la vida personal. Bueno —reí entre dientes—, excepto por su Director de Operaciones, y como les dije, estoy tomando medidas para cambiar eso.

La expresión pétrea de Jamila se quebró en una sonrisa.

—Creo que todos somos conscientes de que Gurusoft no comparte los valores de nuestra empresa. Artículo tras artículo ha destacado su cultura laboral tóxica. Desde horas extras obligatorias hasta acoso y hostigamiento, pasando por una junta directiva decepcionantemente homogénea, Gurusoft dirige su negocio de manera muy diferente a lo que estamos tratando de hacer en Synergy. —Claro, Synergy podría ser más diverso, pero lo estábamos intentando. Gurusoft no parecía estar haciendo eso—. Todos estamos de acuerdo en que la diversidad de empleados y líderes conduce a la diversidad de ideas e innovación. Creo que, por separado, Synergy puede superar a Gurusoft en los próximos cinco años.

—Pero nunca lo sabremos si hoy votamos por dejar que Gurusoft tome el control. Los productos de Synergy, nuestra cultura innovadora y nuestras brillantes ideas morirán lentamente dentro de nuestro competidor. Espero que todos se unan a mí en la votación en contra de la compra.

Yo todavía estaba de pie, pero Weston se levantó de su asiento, su expresión ya no era paternal, sino airada.

—Esta es una decisión financiera. Les animo a todos a considerar su responsabilidad fiduciaria con la organización, en lugar de sus emociones. —Frunció los labios—. El señor Fallon, mientras habla de los *valores* de Synergy, se ha enredado con su secretario. No es tan noble como les haría creer.

El cuero crujió cuando los miembros de la junta se giraron en sus asientos. Unos pocos jadearon. Todos los ojos se volvieron hacia mí.

Bueno, carajo. Esperaba mantener a la junta fuera de mi dormitorio, pero Weston había abierto la puerta y encendido las luces.

—Es cierto que he iniciado una relación romántica con mi antiguo asistente. Lo amo. Y haré lo que sea necesario para estar con él.

—También amo esta empresa. Ben renunció antes de que comenzáramos nuestra relación. Era un activo para la compañía, y si alguna vez decide volver a trabajar en Synergy, Recursos Humanos y yo trabajaremos juntos para asegurar que no haya ninguna incorrección en su empleo, que demos un buen ejemplo para otras relaciones dentro de la empresa. Creo que se lo debo a Ben y a los demás empleados de Synergy ser honesto sobre quién soy y a quién amo.

El otro extremo de la mesa refunfuñó.

—Pero mis relaciones personales no son lo que está a debate hoy. La adquisición de Synergy lo es. Synergy será más fuerte sin el peso de Gurusoft y sus perniciosas prácticas comerciales. Espero que estén de acuerdo conmigo y voten que no hoy.

Me senté y, después de un largo momento, Weston también lo

hizo. Miré alrededor de la mesa. Charles me dio un sutil asentimiento. Como si estuviera orgulloso de mí. A mi otro lado, Jamila me dio una palmada en el hombro. Los dos miembros de la junta a su izquierda mantuvieron sus expresiones en blanco, pero sus ojos rebotaban entre Charles y yo. Al final de la mesa, Sanchez tecleaba las notas furiosamente en su laptop mientras la cohorte de Weston fruncía el ceño. El propio Weston me fulminaba con la mirada, sus ojos de zafiro ardían y su mandíbula rechinaba bajo su perilla gris.

—¿Alguien más desea hablar? —preguntó Charles. Cuando nadie habló, dijo—: Muy bien, entonces. ¿Quién propone votar sobre el asunto de la oferta de Gurusoft para comprar Synergy?

36

BEN

EL GAFETE de visitante amarillo fosforescente sujeto al bolsillo de mi camisa me quitó por completo el apetito. Sentado en la cafetería de empleados de Synergy, picoteaba mi ensalada mientras mis antiguos compañeros de trabajo se acercaban a nuestra mesa, a veces solos, a veces en grupo. Algunos se sorprendieron de que ya no trabajara allí. Otros habían oído que había renunciado —nadie parecía sorprendido de que hubiera dejado al notoriamente exigente Cooper Fallon— y me preguntaban dónde estaba trabajando. *Todavía estoy considerando mis opciones*, les decía, como si tuviera media docena de ofertas y no cero. *Me estoy tomando un tiempo para pensar en mis próximos pasos*, decía, lo cual se acercaba más a la verdad.

Lo único bueno de aceptar reunirme con Marlee para almorzar en la cafetería era que no había posibilidad de que me topara con Cooper allí. Los empleados votaban por los menús, y les gustaban la grasa y los carbohidratos. Si sabías cómo pasar de largo la parrilla de hamburguesas deliciosamente grasientas, había muchas opciones saludables. Pero Cooper evitaba la cafetería como si fuera a subir cinco kilos solo con mirarla.

—Ben. —Marlee dijo mi nombre en voz alta, como si no fuera la primera vez—. Tierra llamando a Ben.

—Lo siento. —pinché un trozo de lechuga y un arándano—. Es que es raro estar aquí de nuevo.

—Lo sé. Te extraño.

—Yo también te extraño. —extrañaba mi trabajo y a mis antiguos compañeros. Actualizar mi currículum y enviarlo masivamente a todas las bolsas de trabajo que podía encontrar fue más doloroso de lo que esperaba. Especialmente cuando tuve que poner una fecha de finalización en mi empleo con Synergy. Podía imaginar las preguntas que me harían al respecto. *¿Por qué te fuiste después de seis meses?* Y la respuesta que no podía dar: *Me enamoré de mi jefe. Lástima que él no sintiera lo mismo.*

—¿Escuché que no has respondido a sus llamadas ni a sus mensajes?

Moví un trozo de lechuga por un charco de vinagreta. —Bloqueé su número.

—Ay, cariño. —su voz estaba llena de compasión.

Me sentí bien cuando lo hice. La ruptura definitiva de la comunicación. Estuve tentado de escuchar sus mensajes de voz, pero también los borré. Si él no podía reconocerme en público, yo no lo escucharía en privado. —Está bien. Estaré bien. Ya aprendí la lección.

—¿Aprendiste la lección? —revolvió su propia ensalada en el plato.

—A no volver a enamorarme.

—Tú mereces amor, ¿sabes?

Ah, Marlee y sus ideas románticas. —Merecer amor y estar dispuesto a volver a romperme por dentro son dos cosas completamente diferentes. —dejé el tenedor.

Miré a Marlee al otro lado de la mesa y su bol de ensalada todavía lleno. Mierda, era un imbécil egocéntrico. Algo le preocupaba a ella también. —¿Marlee, qué te pasa? ¿Todo bien con Tyler?

—Oh. —sus ojos se suavizaron—. Sí, estamos bien. De hecho, nos vamos de viaje juntos este fin de semana. Una especie de gran sorpresa. —hizo un gesto con las manos como si estuviera en un musical.

—¿Y tu papá?

Su sonrisa se apagó. —Está bien. Más o menos igual. Pero igual es mejor que peor, supongo.

Extendí la mano sobre la mesa y le di una palmadita en la suya. —Le estás consiguiendo un cuidado excelente. Igual es bueno. ¿Es eso lo que te preocupa?

Ella volteó su mano y apretó la mía. —No exactamente. Hoy es el día… —bajó la voz a un susurro— en que votan.

—¿Es hoy? —no debería haberme importado. Ya no me afectaba en absoluto. Pero se me cortó la respiración. ¿Sería capaz Cooper de salvar su empresa, todo por lo que había trabajado tan duro? ¿O conseguiría lo que dijo que quería, un largo descanso, la jubilación? Por muy idílico que hubiera sido nuestro tiempo en la isla, no podía imaginarlo tumbado en la playa, día tras día. Aunque estar tumbado en la playa —y en la cama— con él había sido algo que quise en otro tiempo. Había vuelto de la isla hacía siete días, pero parecía que toda una vida me separaba de esas semanas perfectas con Cooper.

Lo sentí antes de oírlo. Un cosquilleo en los brazos me erizó el vello. Luego, el murmullo de la cafetería disminuyó.

Marlee, que estaba de cara a la entrada, levantó la vista y parpadeó con los ojos muy abiertos. Giré en mi silla.

Cooper estaba de pie a pocos metros de la entrada, examinando los rostros en la cafetería.

—¡Mierda! —me di la vuelta bruscamente, dándole la espalda. De todos los días que Cooper podía hacer una visita de estado a la cafetería, yo tenía que estar allí sentado como un acosador.

Marlee le hizo señas con el brazo.

—¡No! ¡No hagas eso! —susurré.

Ella enarcó una ceja y continuó saludándolo. —Quiero saber cómo fue la votación. Y ustedes dos necesitan hablar.

Joder. Todo había sido una trampa. —Nuestra amistad se acabó. No seré el tío gay adorable de tus encantadores hijos.

Sus mejillas se sonrojaron. —Sé razonable. Lo amas. No puedes evitarlo para siempre.

Ella bajó la mano y lo sentí, alto e inflexible, de pie junto a nosotros. —¿Les importa si los acompaño?

Un silencio antinatural nos rodeó como el agua tranquila de una laguna. Asentí. Ciertamente no diría nada aquí, en medio de la concurrida cafetería, rodeado de empleados que intentaban averiguar por qué al director de operaciones de repente le había entrado el gusto por el especial de *sloppy joe*.

Bajó su alta figura a la silla junto a mí, pero no me miró. Miró a Marlee y dijo: —Salió a nuestro favor. No hay venta.

Parte de la tensión me abandonó y me dejé caer contra el respaldo de plástico de mi silla.

Ella chilló y aplaudió. —¡Sabía que lo lograrías! ¿Le dijiste a Jackson?

—Estaba merodeando fuera de la sala de juntas.

—¿Y Weston? —susurró ella.

—Está fuera. Y sus lacayos con él. Incluido mi padre. —apretó los labios—. Le conté a la junta sobre el comportamiento de Weston para persuadirme de que apoyara la venta. Le quitaron su puesto en la junta. No le hizo ninguna gracia.

Probablemente era un eufemismo. Podía imaginar a Weston, lleno de furia fría y planes malvados de venganza. Me estremecí. Al menos yo no soportaría la peor parte de eso.

Se volvió hacia mí. —Le quité su as bajo la manga. Les dije cómo me siento por ti.

—No lo hiciste —dije, con voz plana e incrédula. Le había negado nuestra relación a Weston. De ninguna manera la revelaría a la junta, que podría despedirlo como habían despedido a Jackson.

—Sí lo hice. Ben, lamento haberlo negado cuando regresamos. Cuando vi a mi padre, entré en pánico. Me lastimó durante mucho tiempo, y no quería que pensara que podía lastimarme lastimándote a ti.

Me derretí como queso cheddar en la hamburguesa especial.

—Cooper, eso es… eso es…

—Fue una cobardía, y lo siento. Desearía poder hacerlo de nuevo, pero no puedo. Quiero recuperarte si me dejas. —sonrió—. Charles me felicitó después. Él, ah… —esos pómulos afilados se sonrojaron—. Él cree que será fácil. Que simplemente caerás en mis brazos. Sé que no lo harás.

—Oh. Eh… —Marlee echó su silla hacia atrás—. Creo que debería dejarlos…

—Está bien, Marlee. No me importa quién oiga. —esos ojos de acero azul me abrieron en canal—. Te amo, Ben —dijo, en una voz lo suficientemente alta para que yo la oyera.

Cooper Fallon, director de operaciones, me dijo que me amaba en una cafetería abarrotada. Las mesas más cercanas probablemente leyeron las palabras en sus labios. Mi corazón palpitaba con fuerza, intentando saltar a través de la mesa hacia él. Le dediqué una sonrisa coqueta. —¿Te importaría decirlo un poco más alto para que el resto de la clase pueda oír?

Él sonrió de oreja a oreja, mostrando ese hermoso hoyuelo de la mejilla izquierda. —Está bien, Ben.

Echó la silla hacia atrás, y las patas de metal rechinaron contra las baldosas. Se puso de pie.

—Mierda, espera. —agité la mano, tratando de que se sentara de nuevo como una persona razonable.

La ignoró. Con la voz potente que usaba para proyectar hasta el fondo de nuestras reuniones con todos los empleados, una que podía ser escuchada incluso por los trabajadores de la cafetería mientras hacían sonar los platos y echaban comida a la parrilla chisporroteante, dijo: —Ben Levy-Walters, te amo. Sé que estás enojado conmigo ahora mismo porque te lastimé. Estuve mal. Fui un cobarde, y lo siento. Haré todo lo posible para no volver a lastimarte nunca más.

Si pensaba que la cafetería estaba en silencio antes, no era nada comparado con el silencio que descendió sobre la gran sala.

Incluso la parrilla pareció enmudecer. Alguien gritó en la trastienda de la cocina y lo mandaron a callar.

—Yo... ¿qué? —estaba perdido en los pozos azules de sus ojos.

Sonrió con ambos lados de la boca. No era exactamente la sonrisa fácil que me había dado en la isla, sino una sonrisa tierna que conectaba con la calidez de sus ojos. —Ben, te amo. ¿Me perdonarás y considerarás volver conmigo? —extendió su mano.

La tomé y dejé que me levantara. Me tomé un segundo para mirar a los empleados que ya no fingían comer, sino que nos miraban fijamente, con los ojos y la boca abiertos.

—No tenías que hacer *esto* —susurré—. Todo lo que quería era que dijeras que me amas y que me llamaras tu novio. En privado. No en la puta cafetería de los empleados.

—Ben —dijo, todavía proyectando la voz hasta el fondo de la cocina—. Declararé mi amor en todas partes. Porque te amo y quiero que el mundo lo sepa.

Cerré los ojos con fuerza. —Ni siquiera estás borracho. Te arrepentirás de esto mañana.

—No creo que pueda arrepentirme de nada que tenga que ver contigo. Excepto de lo que hice para lastimarte. ¿Volverás conmigo?

La cafetería estaba en silencio. No creo que nadie se atreviera a masticar. Ni a respirar. ¿Podían oír mi corazón latiendo en mi pecho? Por Cooper. Latía por él.

Me mordí el labio y asentí. En voz baja, dije: —Te amo, Cooper Fallon.

—¿Cómo dices? —se llevó la mano a la oreja—. No creo que te hayan oído en el rincón más alejado.

Tomé una respiración profunda y proyecté mi voz, no tan bien como lo había hecho Cooper, pero tan fuerte como pude. —Te amo, grandísimo idiota. Volveré contigo.

Los murmullos se extendieron por la cafetería. Una persona aplaudió.

Cooper me dedicó una sonrisa de dos hoyuelos en todo su esplendor que casi me hizo retroceder un paso.

—¿Y ahora qué? —si hubiera podido romper nuestra mirada, habría mirado a Marlee para saber el plan de acción para después del gran gesto.

—Te voy a besar ahora, Ben —gruñó, bajando la voz a un registro que pude sentir hasta en las muelas y en el estómago.

—¿Qué, aquí?

Sus labios se posaron sobre los míos. Incluso por encima de mi pulso martilleando en mis oídos, oí los vítores a nuestro alrededor. Cooper Fallon me estaba besando. En público.

Pasé mis brazos por sus hombros y me aferré con fuerza. Pero cuando abrió la boca para jugar con mis labios con su lengua, me eché hacia atrás, sin aliento. —Oye, oye. Nada de eso. Estamos en el trabajo, por el amor de Dios.

Sus mejillas estaban rojas y su pecho también se agitaba. —¿Tal vez podríamos encontrar un cuarto de suministros para que pueda mostrarte cuánto te extrañé?

Me alegré de haber llevado mis jeans más holgados, que no revelarían cuánto me atraía esa idea. —Después del trabajo, puedes mostrármelo en un lugar privado. Como tu habitación.

—Me gusta cómo suena eso. Pero primero, tendremos una cita. Cena y cine.

—¿Una cita en San Francisco con Cooper Fallon? ¿Qué dirán los tabloides?

—¿Importa?

—Bien. Cena. Pasa por mí a las siete. Pero no tendré paciencia para una película. Prefiero echarle un vistazo a tu habitación.

Me dio un piquito en los labios. —Pasaré por ti a las seis. Ponte los jeans ajustados. —no me dio una nalgada, pero su mirada ardiente decía que lo haría más tarde.

Me lamí los labios. —De acuerdo. No me importa lo que te pongas. Te lo quitaré tan pronto como pueda.

—¿Chicos? —había olvidado que Marlee estaba justo enfrente de nosotros—. Tal vez guárdenlo para su cita.

Tomó mi mano y la apretó. —Tengo que volver arriba y aprobar la respuesta a Gurusoft.

—No te olvides de comer. —agarré su mano y la solté—. Nos vemos a las seis.

Con una última mirada de llama de gas, se dio la vuelta y se fue. Sí, le miré el trasero. También lo hizo media cafetería.

Cuando me volví hacia Marlee, ella ya estaba de pie. Tenía las mejillas sonrosadas. —Vamos. Te acompaño a la salida. Luego voy a buscar a Tyler. Y un cuarto de suministros.

37

BEN

TENER una cita con Cooper Fallon fue más complicado de lo que imaginé. Me recogió puntualmente a las seis. Esa no fue la parte complicada, aunque Mimi le dedicó una de sus patentadas miradas amenazantes de hermana mayor cuando llegó a la puerta. Me llevó en su elegante Porsche eléctrico gris a uno de los restaurantes lujosos con vistas a la bahía.

Lo complicado fueron las miradas y los flashes de las cámaras. Cooper era el rostro de Synergy y la gente reconocía esos pómulos altos, esos penetrantes ojos azules. Incluso si no conocían su rostro, nadie se dejaba engañar pensando que su ropa era de confección. Sus pantalones tenían ese brillo caro y su camisa caía sin esfuerzo sobre su torso tonificado. Irradiaba poder y riqueza, y la gente se giraba a nuestro paso.

Me tomó de la mano mientras entrábamos en el restaurante y los susurros comenzaron. Cuando oí a alguien decir su nombre, me volví —él no lo hizo— y fue entonces cuando la cámara de alguien me captó con la boca abierta, pareciendo un niño revoltoso que Cooper llevaba a rastras. La foto llegó a un blog local de celebridades al día siguiente, donde me etiquetaron como «El juguete travieso de Cooper Fallon».

No lo odié.

El anfitrión nos sentó en un balcón privado con vistas al agua. Me habría recordado a las comidas que tomábamos en la terraza de Cooper en la isla, pero la brisa del agua me puso la piel de gallina en los brazos; o quizá fue estar tan cerca de Cooper. En cualquier caso, yo llevaba mi chaqueta y Cooper también. Extrañaba ver su piel.

Más tarde, Ben.

La cena en sí fue increíble. El menú no tenía precios, y cuando intenté saltarme los aperitivos y las ensaladas, que obviamente eran a la carta, Cooper me dijo que dejara de ser ridículo o él me pediría la comida. Eso me provocó un escalofrío por la espalda, pero entonces recordé la comida saludable que Cooper prefería y pedí todo lo que sonaba delicioso.

Finalmente, durante el plato principal —pescado para los dos, pero el mío era frito y el suyo a la parrilla, sin mantequilla— me armé de valor para preguntar por Synergy.

—¿Qué tan enojado estaba Weston? ¿La seguridad lo sacó del edificio?

—¿Enojado? Es difícil saberlo. Siempre tiene todo bajo control. Salió voluntariamente. Con calma. Ojalá yo pudiera ser así.

—No. —Imaginé a Cooper como era a veces antes de llegar a conocerlo, gélido y distante—. ¿Y qué si a veces se acaloraba un poco? Yo podía manejarlo. Él también—. Te amo tal como eres.

Se aclaró la garganta. —Hice que la seguridad sacara a mi padre. Me puse un poco… acalorado con eso. Y fue bueno que no encontrara a ese tipo que te atacó en la isla. El que escondió cámaras de video en nuestro dormitorio.

Parpadeé. —¿Espera, qué?

—Lo vi en el edificio antes de la reunión de la junta. El ama de llaves que vimos el día que regresamos del pueblo. Confronté a Weston después de la reunión y admitió que lo contrató para seguirme. Dijo que se suponía que el tipo no debía atacarte. Solo enviar información. Weston dijo que fue porque estaba preocupado por mi salud mental. —Agarró su tenedor con una fuerza que habría doblado uno de los endebles de Mimi.

Yo también quería romper algo. —Ese imbécil.

—Le hice saber a mi gente de seguridad que está en San Francisco. Lo encontrarán si pueden.

—Oh, Dios mío. Todo eso, y además Weston te echó en cara a tu padre de nuevo. ¿Estás bien?

Dejó su tenedor en el plato y extendió la mano sobre el mantel blanco para sostenerme la mía. —Ahora lo estoy.

Me incliné y le besé la mejilla. —¿Y la compra de la empresa?

—No va a suceder. Pero no creo que sea la última vez que oigamos hablar de la fusión. Algunos en la junta, no solo Weston, pensaron que era el mejor camino para el futuro de Synergy. Para nuestra seguridad. Le demostraremos que está equivocado. —Levantó la vista, con los ojos encendidos.

Tragué saliva. —Te apoyaré en todo.

Él sabía, sin que yo tuviera que decirlo, que no volvería a Synergy. No como su asistente. Ni siquiera en marketing después de obtener mi título. —¿Y tú? ¿Qué harás?

—Seguiré buscando trabajo. Al menos ahora puedo pagar mi matrícula, gracias a tu regalo.

—No puedes vender esas acciones para pagar tu matrícula. El precio se va a disparar. Ya lo verás. —Sus mejillas brillaban de confianza. Me estremecí.

—Escúchame, Ben. Escúchame de verdad. —Esperó hasta que lo miré a los ojos—. Sé que no quieres depender de nadie, pero déjame hacer esto por ti. Déjame pagar tu matrícula. Ve a la universidad a tiempo completo. ¿Cuánto te tomaría sacar tu título si hicieras eso?

—S-suponiendo que pudiera conseguir las clases que necesito, solo un semestre más. Pero pago por clase, así que...

—No te preocupes por el dinero —gruñó—. Conozco el valor de una buena educación. También tengo contactos en varias fundaciones que ayudan a los niños. ¿No es eso lo que te interesa?

Mierda, se acordaba. Parpadeé para reprimir el ardor en mis ojos. —Sí.

—Podría conseguirte una pasantía de medio tiempo en una de ellas mientras estudias. Podría convertirse en un trabajo permanente después de que te gradúes.

—Tú… yo… no puedes.

—¿Por qué no? Eres un empleado excelente. Considéralo una inversión en la juventud de San Francisco. En la futura fuerza laboral de Synergy.

—Guau. —Dejé mi tenedor—. Vaya forma de hacer que tu generosísima oferta suene tan poco romántica. —Pero era mentira. Cooper cuidaba de los que amaba y ahora yo estaba en el grupo de seres queridos que le importaban.

Se reclinó en su silla, con sus ojos azules brillantes. —Ni siquiera he comenzado con la parte romántica. Preguntaste por negocios, así que te di negocios. ¿Considerarás mi oferta?

—Sí. —Sería un tonto si la dejara pasar. Y una vez que tuviera un trabajo en mi campo, podría devolverle el dinero de la matrícula.

—De acuerdo, entonces. —Empujó su plato un poco lejos de él y nuestro atento mesero se lo llevó, junto con el mío—. Me gustaría que vinieras a casa conmigo esta noche.

Le dediqué una sonrisa pícara. —Creo que ya acepté hacer eso. ¿Recuerdas que quedamos en «Netflix and chill» pero sin el Netflix?

Me lanzó una *mirada* y me estremecí. Podía imaginarlo mirándome así mientras me arrodillaba ante él para bajarle la cremallera.

—Me gustaría que vinieras a casa conmigo y te quedaras. Tengo más espacio en esa casa del que podría necesitar. Siete habitaciones y podrías elegir la que quieras. Aunque espero —recogió una migaja del mantel— que elijas la mía.

—¿Qué? ¿Y renunciar al sofá destartalado de Mimi? —Esperé una sonrisa que no llegó. Vale, supongo que había cosas sobre las que no se bromeaba con Cooper Fallon—. Estoy bromeando. Sí, hagámoslo. Al menos a modo de prueba. Puede que odies cómo tiro mis calcetines al suelo.

Su ojo izquierdo tembló. Definitivamente odiaría cómo tiraba mis calcetines al suelo. Tendría que dejar de hacerlo... con el tiempo.

—Pero necesito pagar algunas cosas. —Cooper probablemente había pagado su mansión al contado, así que no tendría una hipoteca que yo pudiera compartir con él; no es que alguna vez pudiera permitirme *eso*. —Los víveres. Las salidas por la noche. Aunque nada tan elegante como esta noche. —Miré hacia el interior, al candelabro de cristal que dominaba el comedor principal.

—Te dejaré comprar mis licuados. No sabían igual cuando no estabas.

Arándanos estaba en la punta de mi lengua. Pero me lo guardé. Mejor mantener algunos secretos para que todavía me necesitara.

—Y —me miró a través de sus pestañas, y mi corazón dio un gran vuelco—, te dejaré pagar la mitad de nuestra fiesta de compromiso. Bueno, la mitad menos el valor del tiempo que invertirás en planificarla.

—¿Com-compromiso? —Mis labios estaban demasiado entumecidos para funcionar correctamente—. ¿Me estás pidiendo matrimonio? ¿Esta noche?

—No. —Se reclinó en su silla, con una suficiencia relajada—. No esta noche. Pero pronto.

—Llevamos saliendo menos de un mes. No podemos casarnos.

—Claro que podemos. Llevo meses enamorado de ti. —Levantó las cejas.

—¿Meses? ¿Desde que empecé a trabajar para ti?

—Bueno. —Bajó la vista hacia el mantel—. Desde que saqué la cabeza del culo por... —Sacudió la cabeza—. Puedo ver por la forma en que frunces las cejas que es demasiado por ahora. Puedo ser paciente. —Se inclinó hacia adelante y puso sus labios justo al lado de mi oído—. En algunas cosas.

Se echó hacia atrás para sonreírme con aire de suficiencia justo cuando el mesero se acercaba con los menús de postres.

—¿Les gustaría a los señores…?

—Solo la cuenta, por favor. —Mi voz sonó demasiado aguda y mis mejillas ardieron.

—Por supuesto. —Desapareció.

—¿Sin postre? —La mano de Cooper aterrizó en mi rodilla debajo de la mesa.

—Esperaré hasta que lleguemos a casa.

—Me gusta cómo suena eso. A casa. —Y me besó, con los labios cerrados y dulcemente. Pero contenía la promesa de más. Más noches como esta, los dos tomados de la mano y besándonos en público. Y más noches a solas, con las sábanas enredándose a nuestro alrededor. Más años juntos después de que yo aprendiera a recoger mis calcetines y después de que a él aprendiera a gustarle ver mis calcetines en su suelo.

Ese beso en la galería significaba para siempre.

EPÍLOGO

COOPER
Seis meses después

NO PODRÍA HABER ESTADO MÁS orgulloso.

Ben todavía llevaba su birrete de graduación de la ceremonia que había tenido lugar más temprano, con la borla colgando del lado izquierdo. Estaba de pie en medio de sus padres frente al gazebo mientras su hermana, Mimi, sacaba una foto con su teléfono.

Aferrando mi vaso de agua con gas, me acerqué. Mimi también debía estar en la foto.

—Cooper, ven, ven acá —Ben se quitó el birrete, se lo encajó a Mimi en la cabeza y me atrajo hacia él—. Hora de la foto de compromiso. —Después de unas horas de fiesta, que se extendía desde una carpa climatizada en nuestro patio trasero, su aliento olía a cerveza.

—Pensé que les sacaría una foto a los cuatro juntos. —Pero pasé los dedos por su pelo, ahuecándoselo donde el birrete lo había aplastado.

—Oh. Eso también. Pero primero esto. —Me pasó un brazo por la cintura y nos giró para mirar a Mimi.

—Una, dos, tres. —Mimi presionó el obturador—. Se ven geniales. Ni siquiera tuve que recordarte que sonrieras, Cooper. Mamá, papá, métanse ustedes también. —Me había tomado unos meses demostrar mi valía, pero finalmente Mimi me había aceptado en sus vidas.

Pudo tener algo que ver con que le presentara a la directora de la fundación. Parecía que Ben no era el único Levy-Walters que quería apoyar las causas infantiles.

—Esperen. Voy a buscar a Mamá. Será un retrato familiar. —Recorrí con la mirada a los invitados esparcidos por el césped. Mi madre y Mateo estaban apoyados en el puente sobre el estanque de peces koi. Coco estaba sentada a sus pies—. ¡Mamá! ¡Mateo! —Les hice señas para que vinieran. Había invitado a Mateo a vivir con nosotros y a coordinar la seguridad. Con el exespía de Weston y Mick Fallon sueltos, toda precaución era poca.

Aparté los pensamientos sobre mi padre de mi mente. No tenía cabida en nuestra feliz ocasión.

Cuando mi primo guio a mi madre hacia nosotros, con Coco ladrando y bailoteando a su lado, dije:

—Mateo, tú toma la foto. Mimi, ven para acá.

—Cuidado —le espetó Mimi cuando a Mateo se le tambaleó su teléfono. Siendo siempre tan sereno y cortés, desde que se había unido a nosotros en los Estados Unidos, se había vuelto torpe. Especialmente cerca de Mimi.

Se le enrojeció el rostro. —Ya lo tengo.

Ben levantó a Coco en brazos. Puse mis manos sobre los hombros de mi madre y la coloqué frente a mí. Los padres de Ben nos flanquearon y Mimi se ubicó en un extremo. Mateo nos hizo señas para que nos acercáramos, y yo rodeé a Ben con mi brazo y me giré hacia él.

El obturador sonó, pero yo solo veía el hermoso rostro de Ben. Ahora que todo el estrés de la universidad había quedado atrás, ahora que su pasantía en la fundación se había convertido en un trabajo de tiempo completo tal como yo había predicho, se veía relajado, con las líneas alrededor de sus ojos suavizadas. Me incliné y lo besé suavemente. Su sabor era intensamente ácido por la IPA que había estado bebiendo. Coco se retorció y saltó al suelo.

—¿Un buen día hasta ahora? —le pregunté a mi prometido mientras el grupo comenzaba a dispersarse.

Me echó los brazos al cuello. —El mejor.

—¿No te arrepientes de tener que compartir tu gran día conmigo? —Había intentado convencerlo de hacer fiestas separadas para su graduación y nuestro compromiso. Pero, siempre consciente de las finanzas, dijo que sería más eficiente combinarlas. Y tenía razón: planificar y organizar una fiesta había sido más fácil que dos. Estaba mejorando en el equilibrio entre el trabajo y la vida personal, pero todavía viajaba mucho por Synergy.

—Mi graduación es tanto tu logro como el mío. No estaría aquí si no fuera por ti.

—Claro que lo estarías. Solo que te habría llevado más tiempo. —Le pasé una mano por la espalda solo porque podía.

—No. —Él negó con la cabeza—. Tener la beca Cooper Fallon fue una cosa. Pero siempre te he admirado. Incluso antes de conocerte. Eres una maldita inspiración, mi amor.

Escondí mi rostro acalorado en su hombro. —Gracias.

Me besó la mejilla y se apartó suavemente. —Hola, Marlee. Tyler.

Los padres de Ben se habían ido con mi madre. Mimi y Mateo habían desaparecido. Y parados frente a nosotros estaban Marlee y Tyler, tomados de la mano.

—Felicidades, Ben. Felicidades a ambos. —Marlee se inclinó y abrazó a Ben, y luego a mí—. Queremos oírla.

—¿Oír qué? —pregunté, estrechando la mano de Tyler.

—Su romántica historia de compromiso.

—Te la conté en el trabajo justo cuando regresamos. ¿No te acuerdas?

Ella puso los ojos en blanco. —Quiero oírla de Ben. Tu versión no fue lo suficientemente romántica.

Parpadeé. Creí que había sido muy romántico en mi

propuesta. Y le había contado la historia y respondido la mayoría de sus preguntas.

—Además, Tyler también quiere oírla. ¿Verdad, cariño?

Después de que me había juntado con Ben, Tyler finalmente había dejado de fulminarme con la mirada.

—Claro —dijo él, sonriendo—. Me encantaría oírla, Ben.

—Bueno, fuimos a la isla para el Día de Acción de Gracias. Llevamos a Rosa también, para que viera a la familia. Así que no me esperaba nada, ¿entienden? Pensé que si no me lo había pedido para la víspera de Año Nuevo, yo se lo propondría a él entonces.

—¿Ibas a proponérmelo tú a mí? —lo interrumpí.

—¿No te diste cuenta de que intentaba averiguar tu talla de anillo?

—Pensé que era para reemplazar el anillo de larimar que rompí.

Se dio unos golpecitos en la sien. —Astuto como un zorro. Pero te me adelantaste. En fin… —se giró hacia Tyler, como si a Tyler le importara en lo más mínimo la historia— Rosa se quedó con la tía abuela Isobel después de la cena una noche, y Cooper y yo volvimos solos a nuestra casa. Me preguntó qué quería hacer, y le dije que caminar por la playa. Había luna llena esa noche, y se veía tan hermosa sobre el agua.

Recordé cómo la luz de la luna relucía también en su pelo oscuro. Toqué un rizo brillante que destellaba con un tono burdeos bajo la luz del sol de la tarde.

—Estábamos caminando, y yo le estaba contando algo que había aprendido en mi clase de psicología. ¿Qué era?

—Genética del comportamiento —murmuré.

—Eso es. Y de repente, se detuvo, me di la vuelta, y estaba arrodillado.

—¡Por Frank Kameny! No pensé que tuvieras un solo hueso romántico en tu cuerpo, Cooper Fallon. —Marlee me dio una palmada en el brazo.

—Supongo que sí. —Me encogí de hombros—. Eso es lo que querías, ¿verdad, Ben?

—Luz de luna y mi hombre de rodillas. Exactamente lo que quería. Y entonces, *entonces*, dio un discurso.

—Espera, ¿Cooper Fallon de rodillas en la arena, dando un discurso? Te lo dije, omitiste todas las partes buenas, Cooper.

—El discurso fue personal. —Fulminé a Ben con la mirada, pero no pude evitar sonreír también. Unas lágrimas habían brillado como plata en sus mejillas.

—Fue la cosa más romántica del mundo. —Ben me rodeó la cintura con su brazo, y mi mano se posó en la parte baja de su espalda, justo donde pertenecía.

—¿Ves? Sabía que había una historia mejor que la que me contaste. —Marlee bajó la voz imitando la mía—. «Fuimos a la isla y nos comprometimos». —Puso los ojos en blanco—. Me alegra que me entiendas. —Besó a Tyler en la mejilla—. Tú nunca me contarías una historia así.

Ben me atrajo más hacia él y me dedicó una sonrisa secreta. Él entendía que yo guardaba mis momentos románticos para cuando importaba, solo para él.

—Felicidades, chicos —dijo Tyler—. Y gracias por invitarnos. Creo que Marlee necesita otra bebida.

—O una sesión de besos detrás del garaje —murmuró Ben. No me había pasado desapercibido cómo los labios de ella se habían demorado a un milímetro de los de su prometido.

—¡Benny! —Mimi se abalanzó sobre el hombro de Ben, con sus rizos oscuros alborotados—. Lo siento, tengo que irme. Felicidades a los dos.

—¿Adónde vas? —preguntó Ben. No me había dado cuenta durante las fotos, pero Mimi se tambaleaba, con la mirada perdida.

—¡Noche de chicas! Te lo dije, Benny, ¿recuerdas?

—Lo recuerdo. ¿Estás segura de que quieres salir? Parece que ya has bebido bastante.

Ella le sonrió, pero la sonrisa no le llegó a los ojos. —Lo prometí. Y estaré bien. Un vaso de agua por cada trago.

Ni siquiera eso le quitaría la borrachera. —¿Ten cuidado, sí? ¿Tienes cómo volver?

—Sí... —Se mordió el labio para no decir lo que fuera que iba a decir. Hacía eso mucho delante de mí. Ojalá pudiera pensar en mí como el prometido de su hermano y no como su jefe, varios niveles por encima de ella.

—Diviértete. Y cuídate. —Ben la abrazó, y ella se alejó con pasos menudos, dando aquellos pasos demasiado cuidadosos que yo recordaba de mis días de bebedor.

—¿Quieres que...?

—Sí, por favor. —Se mordió el labio.

—¡Mateo! —ladré.

Sorprendentemente, estuvo a mi lado en un instante. —¿Sí, Lito?

—¿Conoces a la hermana de Ben, Mimi?

Él asintió, con una expresión indescifrable en su rostro.

—Vigílala, por favor. Desde la distancia. Asegúrate de que llegue a casa sana y salva. Y sola.

—Entendido. —Le dio una palmada a Ben en la espalda—. Felicidades, Benny. Y mantendré a tu hermana a salvo.

—Gracias. —Abrazó el hombro de mi primo. Mateo se marchó sigilosamente con ese andar felino que tenía.

—Solos al fin —suspiró Ben.

—¿Estamos en una fiesta con cien de nuestros amigos y familiares más cercanos, y esperabas estar a solas? —Pero lo atraje hacia mí, sin importarme quién viera.

—En realidad no. Pero esa es la mejor parte de combinar mi fiesta de graduación con nuestra fiesta de compromiso.

—¿Cuál es?

—Que puedo hacer esto. —Se puso de puntillas y me besó, y lo dejé entrar para que deslizara su lengua contra la mía. Hubo silbidos y tintineos de copas a nuestro alrededor, pero no me importó. Lo único que me importaba era que este hombre, Ben, era mío para besarlo. Que quería besarme solo a mí por el resto de su vida.

—¿Supongo que no hay besos con lengua en una fiesta de graduación? —murmuré contra sus labios.

—Ni de lejos tantos como en una fiesta de compromiso. —Bajó sobre sus talones, asegurándose de rozarse contra mí mientras descendía.

Lo abracé fuerte para ocultar el bulto en mis pantalones de vestir. —¿Qué más podemos hacer en una fiesta de compromiso sin que nos descubran? —le susurré, mis labios rozando el pabellón de su oreja.

Se estremeció. —Creo que una breve desaparición de la pareja comprometida no estaría fuera de lugar.

—Guíame, mi amor. Estoy justo detrás de ti.

Nuestra desaparición no fue tan breve como debería haber sido. Pero la fiesta continuó sin nosotros. Y más tarde, cuando regresamos, con la ropa arrugada y los labios hinchados de besos, todos lo entendieron. Todos, es decir, los que sabían lo que era haber conocido al amor de tu vida y estar deseando un para siempre con él.

EPÍLOGO EXTRA
DÍA DE SAN VALENTÍN

BEN

CUANDO SE ENCENDIÓ LA DUCHA, saqué la cabeza de debajo de la almohada y me senté. Coco levantó la cabeza de mi espinilla. No tenía permitido subirse a la cama. Reglas de Cooper.

Le rasqué entre las orejas. —¿Es hora de levantarse, amigo? ¿Tienes hambre?

Volvió a apoyar el mentón sobre mi pierna. Seguro que Cooper ya le había dado de comer. Él decía que Coco era mi perro, pero hacía al menos el cincuenta por ciento del trabajo, desde darle el desayuno hasta sacarlo a correr.

Hablando de eso, Cooper solía preparar el café después de su entrenamiento. Yo bajaba a hurtadillas por un par de tazas e intentaba tentarlo para que volviera a la cama a acurrucarnos.

Las mañanas de sábado de pereza en la cama con mi prometido eran mis favoritas. Deseaba poder pasar todo el día en la cama con champaña, fresas cubiertas de chocolate y él —después de todo, era nuestro primer Día de San Valentín juntos—, pero Cooper había comprado una mesa para la gala de la fundación de Jackson.

¿A quién carajo se le ocurre organizar una puta *gala* el Día de San Valentín? Solo a ese corta nota de Jackson Jones.

Aunque un par de horas con un Cooper Fallon de esmoquin del brazo no era la peor manera de pasar la noche. Y más tarde, podría arrancarle el esmoquin y hacer con él lo que quisiera.

Pero primero, el café. Me levanté y me estiré, luego encontré mis calzoncillos en la alfombra y me los puse. Coco saltó al suelo y se acurrucó en su cama de perro en la esquina.

—Buen perro. Más te vale que Cooper no te vea en la cama.

En la habitación hacía frío y se me puso la piel de gallina en los brazos, así que fui al clóset de Cooper a tomar una sudadera. No el clóset de Cooper. *Nuestro* clóset. Aunque era tan grande como el departamento que tenía antes de mudarme con Mimi.

Cooper tenía mucha ropa, sobre todo trajes a la medida, pantalones de vestir oscuros y un surtido de camisas, pero la había apretujado y me había destinado la mitad del espacio. Tío José María me enviaba unas cuantas prendas nuevas y preciosas cada mes, y mi lado empezaba a verse menos desolado.

La vida era buena.

Sudadera en mano, no pude evitar que mi mirada se desviara hacia el gabinete en medio del clóset.

Específicamente, al cajón superior.

Miré hacia la puerta, pero no había ni rastro de Cooper. La ducha seguía corriendo.

Regresé al gabinete y abrí con cuidado el cajón de arriba. Era uno ancho y plano, destinado a guardar joyas. Cooper no usaba muchas —sus relojes tenían su propio estante—, pero junto a su modesta colección de mancuernillas, había dos joyas. Dos anillos.

Nuestros anillos de boda.

Los habíamos elegido en un viaje a Nueva York durante Año Nuevo. El de Cooper era una simple argolla de platino, ancha y plana. Profesional. Discreta.

El mío era cualquier cosa menos discreto. También era de platino, pero tenía una hilera de brillantes diamantes incrustados en el centro, a todo lo largo. Cuando nos los probamos en la tienda, cada vez que movía la mano, me sobresaltaba el destello de la luz reflejada.

Lo adoraba.

No me lo probé hoy, pero acaricié ambos anillos en su nido de terciopelo.

Habíamos hablado de fijar una fecha, pero el itinerario de viaje de Cooper era tan brutal que no había querido presionarlo. Podría tener más sentido ir al registro civil una tarde. Eso encajaría con la personalidad de Cooper. Entrar, hacerlo y ya. Sin complicaciones, sin líos.

Pero cada vez que pensaba en hacer eso, me encogía.

Yo quería las complicaciones. Y los líos. Quería la gran boda con Mimi a mi lado. Y si Cooper quería que Jackson estuviera a su lado, por mí estaba bien. Lo miraría, con aire de suficiencia. Cooper era todo mío ahora.

Ok, quizá eso era un poco mezquino.

Pero, carajo, tenía derecho a ser mezquino el día de mi boda.

Oí que se cerraba la ducha, mi señal para dejar de embobarme con los anillos. Con cuidado, deslicé el cajón para cerrarlo.

Mientras me ponía la sudadera por la cabeza, algo inesperado me llamó la atención en mi lado del clóset.

Con la sudadera atascada en un brazo, me acerqué sigilosamente como si fuera un tigre dormido.

Pero era solo un esmoquin.

Jadeé. No solo un esmoquin. Un esmoquin de *Tom Ford*. Me vería como el mismísimo Daniel Craig.

Ok, quizá me vería más como Tom Holland disfrazado para parecerse a Daniel Craig, pero aun así. Pasé un dedo por la solapa de satén, suave y sedosa. ¿Podría evitar mancharlo de comida en la gala de la fundación? Tal vez sería mejor no comer —ni beber— nada. Definitivamente no comer. Metería las mejillas y parecería un actor en la alfombra roja.

—¿Te gusta?

Pegué un brinco de treinta centímetros al oír la voz de Cooper.

—¡Mierda! ¡Me asustaste! —Me puse una mano sobre el corazón desbocado y me di la vuelta para encararlo.

Mi pobre corazón no tuvo ninguna oportunidad. Cooper estaba apoyado en el marco de la puerta, con gotas de agua que le resbalaban de las puntas del pelo y le caían sobre el pecho desnudo. Las gotas se unían en pequeños ríos que se abrían paso por el bosque de vello rubio oscuro de su pecho hasta llegar a la toalla blanca que llevaba anudada a las caderas.

Muerto. Estaba muerto.

—Entonces… ¿te gusta?

Tenía la boca demasiado seca para hablar. Me lamí los labios, pero mi voz seguía saliendo áspera y entrecortada. —Me gusta.

Una de las comisuras de su boca se curvó. —Me refería al esmoquin.

—Oh. —Giré la cabeza para mirarlo, y fue entonces cuando me di cuenta de que todavía tenía la sudadera a medio poner, amontonada en mi cuello. Me la arranqué por la cabeza y la tiré al suelo. Ya no tenía frío—. Es precioso.

—Tú eres precioso. —Se acercó a mí con paso felino—. Y esta noche estarás deslumbrante con ese esmoquin.

—¿Deslumbrante? —Una niebla de lujuria se arremolinó en mi cerebro mientras se acercaba, mi mirada clavada en el lugar donde la toalla se ceñía a sus caderas.

Inclinó la cabeza y me besó, su aliento mentolado y su lengua deslizándose lentamente contra la mía. Besar a Cooper era lo mejor. Me besaba como hacía todo, con confianza, sin retroceder nunca, como si tuviera algo que demostrar. Pero por debajo de todo había un atisbo de vacilación, de la sospecha de que no se lo merecía, de que no debería estar haciéndolo. Me abrí a él, dándole la bienvenida, mostrándole que no quería nada más que a él. Me agarré a sus hombros para estabilizarme y perseguí sus labios cuando se apartó.

—Deslumbrante —repitió.

—Tú también lo estás. —Dejé que mi mirada se deslizara desde sus ojos azules hasta su mandíbula dura, hasta los deliciosos músculos de su pecho y abdomen, hasta sus caderas estrechas y el bulto entre ellas. Luego volví a subir la mirada hasta su rostro—. Feliz Día de San Valentín.

—Feliz Día de San Valentín. Ojalá no tuviéramos que ir a esa gala esta noche.

—Ah, ¿en serio? —me mordí el labio—. ¿Qué preferirías hacer?

Me rozó con un dedo desde la mejilla hasta la mandíbula. —Pasar todo el día demostrándote cuánto te amo.

Giré la cabeza para besarle la palma de la mano. —Puedes hacer eso y aun así ir a la gala. Prueba A, ese hermoso esmoquin. Prueba B…

Había una banca detrás de mí donde a veces nos sentábamos a ponernos los zapatos. Me dejé caer en ella, lo que me situó a la altura de los ojos con el bulto bajo su toalla. Bastó un tirón seco para que la toalla cayera al suelo. Su verga se irguió de un salto, sonrojada y erecta. Y toda mía.

—Hola, Prueba B —dije justo antes de lamerle la cabeza.

Gimió y se acercó, apartando la toalla de una patada.

Ese gemido impotente de mi almidonado ejecutivo, cediéndome el poder de complacerlo, encendió mi deseo como una hoguera. hundí los dedos en la redondeada nalga y lo succioné hasta donde pude. Con la otra mano, le acuné los huevos como a él le gustaba, acercando las yemas de mis dedos a su perineo.

Abrió más las piernas, pero no me aproveché, todavía no. Lentamente, subí y bajé por su longitud, trazando con la lengua la vena de la parte inferior. Su pecho se agitaba, y yo canté victoria por dentro. Mi hombre estaba perdiendo el control.

Mierda, yo también. Aparté una mano de él y me masturbé mi propia erección a través de los calzoncillos. *Todavía no.*

Arremoliné la lengua alrededor de su glande y fui a por más, ahuecando las mejillas para darle la presión que necesitaba. Cuando finalmente rocé su agujero con la punta de mi dedo, contuvo la respiración. Estaba cerca.

Pero en lugar de tocarme la mejilla como solía hacer para avisar, se apartó.

—A la cama —gruñó.

Me levantó de la banca de un tirón, me sacó del clóset y me llevó de vuelta a nuestra cama deshecha. Se sentó en el borde y me quitó los calzoncillos. Lamiéndose los labios, conectó su mirada con la mía, pidiendo permiso en silencio.

—Espera —dije—. Acuéstate.

Una sonrisa burlona asomó por la comisura de su boca, pero obedeció, y yo me monté sobre él al revés, deslizándome hacia arriba hasta que mis caderas quedaron suspendidas sobre su cara y miré su verga, todavía brillante por mi saliva.

—¿Está bien? —pregunté.

No respondió, solo me engulló con la humedad cálida de su boca.

Unas chispas me recorrieron la columna. —Ok, entonces —dije.

Le lamí la verga hasta los huevos, todavía frescos de jabón por la ducha. Los repasé con la lengua mientras le masturbaba la verga con la mano. El placer de sus atenciones a mi verga se enroscó en la parte baja de mi espalda.

Intenté concentrarme en la verga dura como una roca de Cooper, en la forma en que sus abdominales se tensaban bajo mi cuerpo, pero mi visión se redujo a un túnel. Todo lo que pude hacer fue volver a poner mi boca sobre él y aguantar, subiendo y bajando a tirones mientras el éxtasis me aflojaba las articulaciones y me nublaba el cerebro.

Le di un golpecito en la cadera para hacerle saber que no podía aguantar más. Arqueó las caderas hacia mi boca y palpitó, su corrida chorreando en mi boca.

Gracias a Dios. Solté el tenue control sobre mi propio orgasmo y me vine, estremeciéndome sobre él. Apenas me di cuenta de que me movió las caderas hacia un lado para que pudiera acostarme junto a él, con la cabeza apoyada en su muslo.

Largos minutos después, me encontré metido bajo las sábanas y con Cooper acurrucado detrás de mí.

Tenía lo que quería: acurrucarme un sábado por la mañana. Suspiré y dejé que mis ojos se cerraran.

Pero algo me hizo cosquillas en el fondo de la mente. —¿Cooper?

—¿Mmm? —Sonaba tan borracho de sexo como yo me sentía.

—Ahora que tengo ese esmoquin precioso, quizá deberíamos pensar en fijar una fecha. Para nuestra boda.

Sentí cómo sus músculos se tensaban a mi alrededor. —¿Deberíamos?

Oh, mierda. Me aparté y me di la vuelta para encararlo. —¿Es que no quieres?

Me acunó la mandíbula en su gran mano y me besó, con los labios cerrados y dulces. —Claro que sí. Pero...

—¿Pero? —Sentí un hormigueo en las yemas de los dedos y no sentía los pies. ¿Pero qué?

—Esperaba que pudiéramos casarnos de una manera menos formal.

Se me hundió el estómago. El registro civil. Un comisionado matrimonial apurado en un turno de treinta minutos. Dos testigos. Sin esmoquin. Un beso rápido y casto mientras nos apuraban para que la siguiente pareja pudiera ocupar nuestro lugar. Intenté mantener mi voz ligera. —Menos formal.

Me pasó un dedo por el escaso vello sobre mi corazón. —En la isla. Con mi familia allí. Podríamos llevar a los demás invitados en avión. Tu familia, nuestros amigos de aquí. Hablé con Luis...

—¿Lo hiciste? —Eso sonaba mucho mejor que el juzgado. ¿Había estado planeando esto?

Sonrió, tenso y nervioso. —Lo hice. No puede darnos un bloque de habitaciones hasta noviembre. ¿Estaría bien?

—¿Noviembre? Eso es solo en nueve meses. No sé si yo...

—No te preocupes por eso. —Me apartó un rizo de la frente—. Luis tiene un coordinador de bodas que se encargará de todo.

—No de todo. —Mi labio inferior hizo un puchero—. Yo quiero planearla.

—Por supuesto. —Pasó su mano desde mi hombro hasta mi brazo y entrelazó sus dedos con los míos—. Lo que tú quieras.

Una calidez me llenó el pecho. —¿Cualquier cosa?

—Lo que sea.

—¿Camisas a juego con estampado de iguanas? —pregunté con una sonrisa burlona.

Arrugó las cejas por un segundo, pero luego su frente se despejó. —Lo que tú quieras. Mientras termine casado contigo.

Me acerqué más y enterré mi cara en el hueco de su cuello. No siempre decía lo correcto, pero esta vez, lo había hecho. —Te amo.

Sus brazos me rodearon la espalda, atrayéndome hacia él. —Yo también te amo.

Lo inhalé. No necesitábamos los anillos ni la boda. Él era mi hombre y yo era el suyo. Sentía nuestra conexión cada vez que estábamos juntos, en su toque gentil y en el asombro en su voz que me decía que todavía no creía haber tenido tanta suerte como para encontrar a alguien —a mí— que lo amara de vuelta.

No es que no peleáramos a veces. Seguía siendo Cooper Fallon, el del temperamento explosivo. Pero me amaba a través de las tormentas. Y necesitaba arriesgarme a una más para hablar con él.

Me aparté hasta que pude ver su rostro, relajado y tranquilo. —Entonces, sobre la gala…

—¿Has decidido que no tenemos que ir? —Con un movimiento poderoso, me tumbó de espaldas y se colocó sobre mí en una plancha con los antebrazos. Sus bíceps, que daban ganas de lamer, se contrajeron junto a mis hombros. Su verga endurecida se acurrucó contra la mía.

—Tranquilo. —Me reí—. Tenemos que ir. No solo es la fundación de Jackson, sino que este es el bebé de Mimi. Me mataría si no apareciéramos. Pero, ah… —Mierda, ¿cómo podía decirle algo en lo que definitivamente no quería pensar?

Me besó y rodó hacia un lado, llevándose su calor con él. Lo seguí, acurrucándome en sus costillas y apoyando mi cabeza en su pecho. Sería más fácil para ambos si no le estuviera mirando la cara.

—¿Conoces a Mimi y Mateo?

—¿De qué hablas? Por supuesto que conozco a tu hermana y a mi primo.

—Me refiero a que… —pasé un dedo por el áspero vello de su pecho—, están… saliendo. O estaban.

—Hmm.

La relación de Cooper con su primo era… complicada. Pero sin importar lo que ella dijera, Mimi necesitaba esto.

—Necesitan un empujoncito.

—¿Un empujoncito? No me gusta cómo suena eso.

—Son perfectos el uno para el otro.

—¿Perfectos? Pelean como Coco y ese maltés psicótico de la misma calle.

—Pelean porque se aman.

Resopló. —¿Eso dijo Mimi?

—No exactamente. —No necesitaba compartir lo que ella había dicho sobre su primo. No lo decía en serio. Al menos, no creía que lo hiciera.

—Entonces… ¿un empujoncito? —Cooper me pasó una mano por la espalda.

—Deberías hablar con Mateo. Pedirle que venga a la gala esta noche y hable con ella.

—Sabes que cuesta dos mil dólares el plato.

—El dinero va a la fundación de Jackson. ¿Y no vale la felicidad de Mateo dos mil dólares para ti?

Cuando se encogió de hombros, le di un mordisquito en el pectoral.

—¡Ay! —Me levantó de un tirón para que lo mirara a los ojos—. No quiero hablar de mi primo ahora mismo. Tu felicidad vale la pena. Y si te hace feliz, lo haré.

—Me hace feliz. —Le besé los labios—. Gracias.

El collar de Coco tintineó, y luego sentí un movimiento en la cama cuando saltó. Me olfateó el pelo y luego suspiró mientras se acurrucaba junto a Cooper.

—Tu perro está en la cama otra vez —dijo, enroscando sus dedos en mis rizos.

—Amas a mi perro —murmuré.

—Te amo a ti. Tu perro…

Coco apoyó la cabeza en el pecho de Cooper y me lamió la nariz.

Cooper le rascó entre las orejas. —Supongo que también lo amo a él.

———

Muchas gracias por leer *Mándame!* Por favor, considera publicar una reseña en tu tienda favorita, BookBub o Goodreads. Las reseñas ayudan a otros lectores a encontrar autores nuevos como yo.

¿Funcionará el empujoncito de Ben con Mimi y Mateo? El siguiente libro de la serie, *Recuérdame,* es una comedia romántica con cita falsa, de polos opuestos y con un giro divertido en el tropo de la amnesia. Presenta a una contadora estricta y a un guaperas tontorrón que pierde los estribos cuando está cerca de ella. Se puede leer como un libro independiente y es el quinto de la serie Synergy Workplace Romance. Sigue leyendo para un adelanto.

RECUÉRDAME, SYNERGY LIBRO 5
CAPÍTULO 1

MIMI

LO HABÍA OLVIDADO TODO. Excepto sus bonitos ojos.

Azules y redondos, aunque el tequila había opacado los detalles. No podía recordar el tono exacto o si tenían manchitas. Solo azules. Y lentes. Lentes a lo Clark Kent. La lámpara colgante que pendía sobre nuestras cabezas destellaba en los cristales.

La forma y el color de los marcos estaban borrosos en mi memoria, pero estaba un noventa y dos por ciento segura de que no eran redondos y de metal como los de Byron. Incluso tan borracha como estaba, habría corrido en la dirección opuesta.

¿Cuánto tiempo me había quedado mirando sus ojos mientras estábamos sentadas en ese bar de la calle Divisadero? Parecieron horas, pero el tequila. Tanto tequila.

Un destello de memoria: ojos azules arrugados por la preocupación y una mano grande agarrándome el brazo para estabilizarme en el taburete. Y otro destello, aunque este se me escapaba, justo fuera de mi alcance. Su mirada clavada en mí, seria e intensa. Algo presionado en mi mano.

Me miré la palma de la mano como si todavía fuera a estar ahí. Pero no había nada, excepto un feo anillo de plástico, el falso diamante luminoso del tamaño de una nuez. Cuando lo toqué, parpadeó débilmente en un rosa neón. Como dama de honor de Bree, había impuesto la regla: nada de chucherías vulgares en su despedida de soltera. Pero una de las otras amigas de Bree había traído una bolsa llena de porquerías de plástico. Y después de un par de chupitos de tequila, las reglas me importaron un bledo. Me arranqué el anillo del dedo y lo dejé caer sobre la encimera.

Maldita resaca. Me froté la sien, pero eso no alivió en absoluto la opresión alrededor de mi cerebro.

Aunque no recordaba mucho de su aspecto, sí recordaba cómo me había hecho sentir el hombre misterioso de anoche. Interesante. Cuidada. Segura. Y me había reído tanto que los músculos del estómago todavía me dolían un poco.

En realidad, eso podría haber sido por los vómitos.

El zumbido de mi teléfono contra la encimera de la cocina desató un nuevo dolor en algún lugar cerca de mis molares.

Le quité de encima la banda fucsia barata —la inscripción decía: «Hot Mess», y ¿no había *resultado* ser cierto?— y la tiré a un lado. Deslicé el teléfono por la encimera y entrecerré un ojo para mirar la pantalla. Bree. Apreté el botón de responder.

—¿Por qué estás despierta tan temprano?

Ella gimió y su voz salió ronca. —Tuve que abrazar el trono. Bebiste tanto como yo. ¿Cómo estás?

—Igual. —«¿Qué tal mi aliento?». No podía llegar a mi presentación oliendo a tequila regurgitado. Ahuequé la mano sobre mi boca, exhalé y olfateé. Fresco como menta. Metí una cápsula en la cafetera y pulsé el botón de preparación.

—Mimi —se quejó mi mejor amiga—, ¿no era esto más fácil a los veinte?

—¿La parte de beber o la de la resaca?

—Ambas. Recuerdo salir el sábado por la noche y luego beber mimosas en el *brunch* del domingo. Ahora, solo pensar en champán —o en jugo de naranja— me da ganas de vomitar.

—Supongo que muchas cosas son diferentes ahora que pasamos los treinta. —Como el extraño sarpullido alrededor de mi boca que tuve que cubrir con una capa extra de base de maquillaje. Uno que se parecía sospechosamente a una irritación por barba, aunque definitivamente no recordaba haber besado a nadie —. Oye, ¿recuerdas mucho de anoche?

—Uf, la verdad es que no. Sobre todo después de la tercera ronda de chupitos de tequila.

¿Tercera ronda? Esforcé mi perezosa memoria, pero todo era una nebulosa de la cabeza de Bree echada hacia atrás en una carcajada, las risitas de las otras chicas y esos lentes enmarcando un par de ojos azules centelleantes.

La luz de la cafetera se apagó y tomé mi taza. Su aroma amargo hizo que se me revolviera el estómago. La volví a dejar en la encimera. —¿Te la pasaste bien?

—Sí. Gracias por venir. Sé que tenías mucho lío con la fiesta de compromiso de tu hermano ayer.

—No me habría perdido tu despedida de soltera por nada del mundo. Hemos sido amigas por demasiado tiempo para eso. —Éramos mejores amigas desde que nos conocimos en el cine viendo *Los Increíbles*. Ninguna de nuestras familias había querido verla con nosotras. Era la tercera vez para mí, la quinta para ella. Nos unió lo mucho que nos identificábamos con Violet, aunque entonces no sabíamos cómo expresarlo. A medida que nuestra amistad se profundizó, nos obsesionamos con Spider-Man, el Superman de Henry Cavill y cada uno de los Vengadores.

Así que, aunque normalmente no perdía el tiempo en fiestas, había reorganizado todo mi fin de semana para poder asistir tanto a la fiesta de Ben como a la suya, trabajando hasta tarde el viernes por la noche para terminar mi presentación.

—Gracias a Dios que tenemos un día para recuperarnos antes de tener que volver al trabajo —dijo ella.

Hice un ruidito con la garganta y saqué mi presentación del maletín, solo para revisarla una última vez. Los nítidos gráficos circulares, los gráficos de líneas mostrando mis proyecciones. No había nada que la perfecta de Larissa pudiera criticar, e íbamos a impresionar a su jefe, Jackson Jones. Quien también resultaba ser un ejecutivo en Synergy, donde yo trabajaba.

—Oh, no —dijo Bree—. Ese no es un *hmm* de «me vuelvo a la cama». Es un *hmm* de «voy a correr dieciséis kilómetros».

Me reí entre dientes. —Sabes que odio correr. En realidad, tengo que trabajar hoy.

—¿Un domingo?

—Es para la fundación. Tenemos una reunión con almuerzo en el Mission en media hora, y voy a presentarle el presupuesto del próximo año a Jackson Jones.

—Espera, ¿ni siquiera te *pagan* por esto?

—No. —Aunque algún día, si le copiaba a mi hermanito y convertía mi pasión en un trabajo remunerado, podría tener un día libre de vez en cuando—. La cultura del *hustle*, ya sabes.

—Uf, no me vengas con esa tontería. Eres un sol. Lo haces por… por los niños.

Sabía que casi había dicho *por mí*. Era cierto que había empezado a ser voluntaria en la fundación por mi mejor amiga. Desde la vez que oí a ese imbécil, Anthony Anker, llamarla Barbie Parpadeos el primer día de séptimo grado. Había querido plantarle cara, probar el puñetazo que mi hermano me había enseñado el verano anterior, *definitivamente* asegurarme de que Anthony nunca más se burlara del tic de mi amiga, pero Bree me había detenido, diciéndome que no valía la pena que me castigaran por él. Pero todos estos años después, había seguido con mi trabajo voluntario porque de verdad amaba el trabajo que la fundación hacía por los niños con síndrome de Tourette. Niños como lo había sido Bree.

Justo había abierto la boca para romper la tensión con una broma cuando ella dijo: —¿Pensaste en lo que hablamos anoche?

Mirando mi póster del Doctor Strange, busqué en mis recuerdos algo más que tequila, gritos de risa y bailes. ¿Bailes? —Vas a tener que refrescarme la memoria.

—¿No te acuerdas? —Mierda, sonaba dolida—. Hablamos de que eres la última soltera de nuestro grupo de amigos. Prometiste intentar…

—Lo dudo. —Giré mi taza sobre la encimera hasta que el asa formó un ángulo preciso de 45 grados—. Sabes lo centrada que estoy en mi carrera ahora. Y en la fundación. No tengo tiempo para distracciones.

—¿Una distracción como Byron, quieres decir? Ese tipo era un patán de primera. Hay montones de chicos buenos por ahí, Mimi. Chicos que te ayudarán y no te robarán tu ascenso.

—No necesito ayuda. Puedo triunfar por mis propios medios. —Las palabras salieron más cortantes de lo que pretendía.

—Lo sé, lo sé. Todo lo que necesitas es inteligencia, empuje…

—Y confianza —terminamos a la vez. Mi madre había dicho esas palabras como un millón de veces.

—Tu mamá se casó —dijo Bree.

—Es la mejor abogada medioambiental del estado. Nunca me compararía con ella. Y solo porque estés a una semana de dar el «sí, quiero» no significa que sea lo correcto para todo el mundo. Quiero establecerme en mi carrera primero.

—¿Y rascarte esa picazón con rollos de una noche?

Levanté la barbilla aunque no pudiera verme. —No hay nada de malo en mis ligues sin compromiso. Obtengo todos los beneficios y nada de las discusiones sobre a qué evento de trabajo tenemos que ir y dónde pasamos las fiestas.

—Es bastante agradable tener a alguien con quien pasar las fiestas, ¿sabes?

Apoyé una cadera contra la encimera. No se me había escapado la forma en que los ojos de mamá se habían suavizado cuando mi hermano apareció en su fiesta de Hanukkah con su prometido. Llevaban suéteres feos de Hanukkah a juego. Incluso mi frío y negro corazón se había derretido un poco al ver lo adorables que eran juntos.

¿Yo? No podía exactamente pedirle a uno de mis ligues que viniera a la fiesta de mis padres después de haberme escabullido de su apartamento antes del amanecer y haber dejado de responder a sus mensajes.

—¿Qué, quieres que aparezca en tu boda con un acompañante?

—¡No! —Su risa fue aguda y forzada—. Ya le dimos el número final al servicio de catering. Pero estás evadiendo el tema. Incluso Ben…

El intercomunicador sonó, salvándome del discurso de mi mejor amiga sobre cómo hasta mi hermanito había encontrado finalmente el amor duradero. Tenía razón en todo eso del emparejamiento. No pasaba una semana sin que llegara una invitación a una boda, una despedida de soltera o una fiesta de compromiso. Si alguien me enviaba un anuncio de nacimiento, iba a vomitar. Otra vez.

—Lo siento, Bree. Alguien está en la puerta. —Probablemente era Ben, que pasaba a ver cómo estaba. Aunque la última vez que lo vi en su fiesta de compromiso ayer por la tarde, él también estaba bastante borracho.

—Buena suerte con tu gran presentación. Sé que la romperás. ¿Me llamas después? —Hizo un ruido de beso antes de que yo colgara.

Caminé hacia el intercomunicador. Era muy propio de Ben traerme una bolsa de bollería para el desayuno para absorber el alcohol. Mi estómago gruñó.

—Hola —dije por el altavoz mientras le abría.

Abrí la puerta una rendija y me dirigí de nuevo a la cocina para guardar mi presentación en el maletín. Entonces me quedé helada. Ben todavía tenía una llave. ¿Por qué usaría el timbre?

Cuando me di la vuelta, la respuesta llenó el umbral de mi puerta. Un metro ochenta y tantos de piel bronceada, pelo rubio, una mandíbula bien afeitada que podría cortar cristal y ojos del color del océano Pacífico en un raro día soleado. El amigo de Ben, y primo de su prometido, Mateo. Me quedé mirando su hombro redondeado por los músculos, donde su camiseta negra demasiado ajustada se ceñía a él. Mirarle a la cara era como mirar al sol. Cegadoramente brillante y hermoso. Demasiado guapo para ser real. Y hoy no necesitaba una distracción que viniera en la forma de un doble de Thor coqueto.

—Buenos días, bella —dijo, entrando en mi apartamento.

Arrugué la nariz ante el leve olor a humo de cigarrillo que entró con él. Conocía a Mateo lo suficiente como para no sentir ningún aleteo en el estómago. Todo el mundo en su universo —hombres, mujeres, viejos, jóvenes— recibía un apodo coqueto. Era un donjuán para todos por igual, y no significaba nada.

Un ejemplo: en la fiesta de Ben de ayer, había estado coqueteando con Marlee, la mejor amiga de trabajo de Ben. Era la mujer más hermosa que había conocido, todo cabello suave color miel y sentido de la moda. Pero tenía pareja, y Mateo lo sabía. Aun así, lo había pillado mirándome por encima de su cabeza un par de veces. Como si quisiera que me diera cuenta de que Marlee era el tipo de persona con la que él pasaba el tiempo. Nunca alguien como yo. Conmigo, era silencioso y distante.

De hecho, ¿por qué había venido aquí esta mañana? Nunca había estado en mi casa, ni siquiera con Ben.

—¿Por qué estás aquí? —Me crucé de brazos—. ¿Se te acabaron las modelos de trajes de baño a las que seducir?

Su sonrisa resplandeciente se desvaneció. Parecía… ¿dolido? —Vine a ver cómo estabas. ¿Te sientes bien esta mañana?

—Bien —dije—. Aunque en realidad estoy en un… espera. ¿Qué sabes de anoche?

Sus cejas rubio oscuro se fruncieron. —¿No te acuerdas?

Rememoré el día de ayer. Ya estaba entonada cuando salí corriendo de la fiesta de compromiso de Ben para unirme a la despedida de soltera de Bree, que ya había empezado. ¿Se habría dado cuenta Ben y habría enviado a Mateo a vigilarme? Era el tipo de cosa que haría mi hermanito.

No recordaba haber visto a Mateo en el primer bar. Ni en el segundo. Recordaba el reservado, la mesa redonda llena de chupitos, a Bree riéndose a carcajadas, tiaras de plástico brillantes, luces de Navidad parpadeando alrededor de la ventana y la habitación girando a mi alrededor mientras las bebidas seguían llegando.

—No. ¿Por qué? ¿Estabas allí?

Las comisuras de sus labios se curvaron hacia abajo. —¿No te acuerdas?

—¿Debería? —Definitivamente recordaría si él hubiera estado en el bar. Las amigas de Bree lo habrían convertido en el rey de su corte. Lo habrían halagado, tocado, coqueteado con él de una manera que me daba repelús. No conocían a Mateo como yo. Podría ser guapo como un modelo de fitness, pero era tan profundo como un charco.

Pareció desinflarse. Luego, pegó una sombra de su habitual sonrisa burlona y me tendió una bolsa blanca de panadería. —Te traje el desayuno.

Se me revolvió el estómago. —No, gracias. Resaca. Necesito café.

—No. —Pasó a mi lado—. Necesitas carbohidratos. Azúcar. ¿Tienes té de jengibre?

Corrí para alcanzarlo, pero sus anchos hombros y el apeste a cigarrillos llenaron toda mi cocina alargada. Me ardía la garganta. No tenía tiempo para otra visita al baño. Agité la mano delante de mi cara. —Lo siento, pero hueles a humo y... —tragué saliva— me temo que mi estómago no está lo suficientemente asentado para eso. Gracias por pasar, pero...

Su rostro palideció, pero dejó la bolsa en la encimera antes de abrir de un empujón la ventana de la cocina. Vaya. Pensé que estaba sellada con pintura.

—¿Mejor ahora? —Se quedó a su lado un momento, como si pudiera airearse.

Respiré hondo el aire frío y fresco. —Mejor. Gracias.

—Ahora, para tu estómago. —Abrió un armario superior—. Necesitas algo con jengibre. ¿O nopal?

¿Nopal? —No. Vivo en el mundo real, donde bebemos café cuando tenemos resaca. Gracias por venir, pero necesito prepararme.

—¿Prepararte? —Cerró el armario y se giró hacia mí—. Te ves perfecta.

—Gracias. —Las palabras salieron secas, automáticas. Él le decía esa clase de mierdas a todo el mundo. Con mi suéter negro holgado y mis jeans, no estaba ni cerca de ser perfecta, no en comparación con un semidiós como Mateo. Obviamente, él mantenía su físico con entrenamientos diarios. Era el tipo de hombre que bebería batidos de kale con su pareja, un modelo de ropa interior igual de atractivo. Que hablaba de suplementos y repeticiones y de nopal.

No es que hubiera nada malo en eso. Simplemente era diferente. Yo prefería ejercitar mi cerebro con hojas de cálculo, impulsada por una bolsa de papitas de sal y vinagre. Al kale, paso total.

—Tengo que irme. A una reunión. Comeré allí. —Me escurrí a su lado para entrar en la cocina y echarlo.

—Sí, tu reunión con Larissa y Jackson. ¿No deberías comer primero?

—Mi… mi ¿qué? ¿Cómo sabes eso?

Miró la bolsa y murmuró algo.

Claro. Ben debió de mencionarlo en la fiesta de ayer. Con un par de copas encima, nada era un secreto. No es que mi reunión de la fundación fuera un secreto, pero definitivamente no era asunto de Mateo.

—Vale, pues, buena charla, pero estoy segura de que tienes algunos músculos que necesitan ser esculpidos. —No los tenía. Eran absolutamente perfectos, pero su ego no necesitaba que yo se lo inflara—. Y yo tengo que irme.

—Lidiarás mejor con las tonterías de Larissa si no llegas con hambre y mal humor. Prueba esto. Están deliciosos. —Alcanzó la bolsa de la panadería, pero cuando su brazo rozó el mío, dio un respingo. La bolsa golpeó mi taza de café y la volcó. Un líquido marrón oscuro se derramó por la encimera, directo hacia mis papeles.

—¡No! —Salté para recogerlos, pero el sólido cuerpo de Mateo me bloqueó el paso. El café empapó los papeles, derritiendo mis perfectos gráficos circulares y manchando mis preciosos gráficos de líneas—. Mierda, Mateo. Esa es mi presentación para… —miré el reloj de la pared— ¡para mi reunión que empieza en quince minutos!

—¿Puedes imprimir otros nuevos? —Agarró el paño de cocina y secó los papeles, pero lo único que consiguió fue transferir la mancha a mi impecable paño de color crudo. El pánico me oprimió la garganta.

—¡No! Para. —Cuando le agarré el brazo, se encogió. El papel mojado se rasgó.

Aunque pudiera secar mágicamente el papel en quince minutos, un gráfico circular unido con cinta adhesiva no iba a impresionar a nadie. Mi presentación, y mi oportunidad de impresionar a Jackson Jones, estaban arruinadas.

—Lo… lo siento, Miriam.

Mi cuerpo se acaloró y mi ira estalló. —Maldita sea, Mateo. Voy a llegar tarde, y ahora no tengo presentación. Quítate de en medio. —Tiré los papeles a la basura. No tenía tiempo de ir a la oficina a reimprimirlos. Tendría que mostrarlos en pantalla. Excepto que…

Con un horror creciente, miré el café. Se había filtrado en mi maletín. Con mi laptop dentro. Cuando la saqué, el café goteaba de una esquina.

—¡Mierda! —Le arrebaté el paño arruinado a Mateo y sequé el borde. *Por favor, por favor,* por favor, *arranca.* Coloque la laptop en una parte seca de la encimera, la abrí y presioné el botón de encendido. Unos pocos píxeles se iluminaron, y luego la pantalla se puso negra.

Apreté el botón de encendido con fuerza, y esta vez, no pasó absolutamente nada. —¡Carajo!

Su cara estaba más pálida que mi paño de cocina. —¿Puedo hacer algo?

Apreté los molares. —Lárgate.

—Yo… yo puedo pedirle a Lito… quiero decir, a Cooper… que te consiga una laptop nueva…

—¡No! —Podría ser el primo favorito de Mateo, Miguelito, pero para mí, era Cooper Fallon, el jefe del jefe de mi jefe. De ninguna manera podía enterarse de que había arruinado mi laptop de Synergy. Su temperamento era legendario, y ni siquiera su futura cuñada podría estar a salvo de uno de sus famosos regaños—. Solo vete.

—Pero yo…

—¡Vete! —Señalé la puerta.

Se encogió sobre sí mismo y se fue arrastrando los pies. La puerta de mi apartamento se cerró con un clic mientras metía mi laptop fallecida en mi maletín empapado.

Desesperada, miré de nuevo el reloj. Definitivamente llegaría tarde. Ni Larissa ni Jackson Jones quedarían impresionados. Y mañana, tendría que pedirle una laptop nueva a mi jefe.

Gracias, Mateo.

———

Recuérdame está disponible en edición de bolsillo con tu vendedor favorito.

ACERCA DE LA AUTORA

A Michelle McCraw le encanta leer novelas románticas y trabajar en tecnología. Un día, decidió combinar sus dos intereses, y ahora escribe romance contemporáneo picante y nerd que podría hacerte reír. Sus libros presentan personajes que aman sin vergüenza la ciencia, la ingeniería y la tecnología.

Como autora estadounidense y texana de nacimiento, Michelle ha paleado nieve durante tormentas en Nueva Inglaterra y cambió a una quitanieves en el Medio Oeste. Ahora vive en Georgia, donde NO extraña la nieve EN ABSOLUTO. Disfruta de la lectura, los viajes, beber bourbon y consentir a su perro extraordinariamente mal educado pero adorable. Ha sido finalista en el RWA Vivian Contest, el Contemporary Romance Writers' Stiletto Contest y el Windy City Romance Writers' Four Seasons Contest.

facebook.com/MichelleMcCrawAuthor

instagram.com/MMOWriter

amazon.com/author/michellemccraw

goodreads.com/MichelleMcCraw

bookbub.com/authors/michelle-mccraw

LIBROS DE MICHELLE MCCRAW

Synergy Series

Trabaja Conmigo

Finge Conmigo

Viaja Conmigo

Mándame

Recuérdame

Tiéntame

40 and Fabulous

Fashion and Passion

Frenemies and Lovers

Books and Hookups

Conspiracies and Chemistry

Advances and Retreats

Marriage and Trouble

Sugar and Spice